ullstein

Anika Decker

WIR VON DER ANDEREN SEITE

Roman

Ullstein

Besuchen Sie uns im Internet:
www.ullstein.de

Ungekürzte Ausgabe im Ullstein Taschenbuch
1. Auflage Juli 2020
4. Auflage 2025

Bei Fragen zur Produktsicherheit wenden Sie sich bitte an
produktsicherheit@ullstein.de
Umschlaggestaltung: zero-media.net, München,
nach einer Vorlage von Favoritbuero GbR, München
Titelabbildung: Illustration von © Ilona Kochetkova
Foto der Autorin: © Edith Held
Satz: Pinkuin Satz und Datentechnik, Berlin
Gesetzt aus der Scala
Druck und Bindearbeiten: ScandBook, Litauen
ISBN 978-3-548-06338-6

Für Alexander Wilde, für meine Familie &
alle auf der anderen Seite

INTENSIVSTATION

Eine Krankenschwester wäscht einen ausgemergelten, blassen Körper, seift mit einem Waschlappen den Bauch und die Beine ein. Die Hüftknochen ragen aus dem Becken wie zwei Elchschaufeln. Daneben liegt eine dürre, adrige Hand.

Wer ist das?

Der Lappen wäscht weiter. Ich will das nicht weiter angucken und versuche, mich wegzudrehen. Ich bin so verdammt steif. Ich stütze die Hand ab. Die knochigen Finger neben dem Knochenkörper bewegen sich auch.

Noch mal. Und noch mal, dann verstehe ich: Das ist meine Hand. Ich bin das knochige Ding, das da gewaschen wird. Ich will etwas sagen, aber irgendein großer Stab steckt in meinem Hals. Kann mal jemand den Stab da rausholen?

Der Lappen ist verschwunden, anscheinend bin ich fertig gewaschen. Wie laut es hier ist, und überall piepst es elektronisch. Legt man hier Leute zum Sterben hin? Ich weine. Die Düsterkeit kommt und zieht mich weg.

Nach wirren Fieberträumen wache ich auf. Dieses ständige Gepiepse macht einen völlig irre. Schemenhaft nehme ich meine Eltern wahr und daneben meinen Bruder Juri, riesengroß und dürr. Sie lächeln mich an mit Tränen in den Augen, sie halten meine Hand. Hinter ihnen steht ein Arzt. Ich hoffe, der will mir nicht auch noch die Hand halten. Meine Haut brennt. Als ich etwas sagen will, klemmt wieder dieser komische Stab in meinem Hals. Was ist denn bloß los?

Juris braune Locken flirren vor den Deckenleuchten wie ein Heiligenschein um seinen Kopf. Er sieht mir in die Augen, fängt vorsichtig an zu reden. Dass ich auf der Intensivstation sei, sagt er, und noch ein bisschen schwach, aber ich solle mir keine Sorgen machen.

Oh Gott, irgendwas Schreckliches muss passiert sein. Hat mir jemand was amputiert? Amputation ist eine meiner Urängste, das Schlimmste, was ich mir vorstellen kann. Bestimmt hat mir jemand was amputiert. Hoffentlich nur einen von den unwichtigen Fingern.

Juri scheint meine Gedanken gelesen zu haben und erklärt, dass ich unversehrt sei. Es sei alles noch dran. Und das Ding in meinem Hals sei ein Tubus, weil ich noch nicht selber atmen könne. Ich solle mir keine Sorgen machen, morgen käme der sowieso raus.

Der Arzt im Hintergrund nickt.

»Es ist nur leider so«, sagt mein Bruder, »dass dir jemand vom Personal gestern aus Versehen die Ohren abgeschnitten hat.«

Wie bitte? Warum das denn?! Aber ich höre doch was. Und dann fällt bei mir der Groschen: Er hat einen Witz gemacht!

Ich muss grinsen. So ein Schwachsinn, klar hab' ich Ohren!

Meine Mutter schreit auf, als sie mein Lächeln sieht. Alle lachen gelöst und freuen sich wie verrückt über meine ziemlich lahme Auffassungsgabe.

Das heißt wohl, dass ich keinen Hirnschaden habe, kriege ich noch mit. Noch nie in meinem Leben war ich so müde. Ich drifte ab und gerate in eine dunkle Wohnung. Tack, tack, tack ist das einzige Geräusch in dem schmuddeligen Raum. Durch die Schlitze in einer französischen Tür kann ich sehen, dass draußen die Sonne scheint. Es riecht nach Süden, aber hier drin ist es kalt.

Meine Finger hämmern unaufhörlich auf der Tastatur eines Computers. Ich muss das Drehbuch fertig schreiben, unbedingt. Hinter mir höre ich ein kratzendes Geräusch und kurz darauf ein kehliges Lachen. Ich weiß, ich darf nicht hinsehen, sonst passiert etwas Schreckliches. Um Gottes willen nicht umdrehen! Dann wieder das höhnische, nach Aufmerksamkeit heischende Lachen. Ich nehme all meinen Mut zusammen und drehe mich mit einem Ruck nach hinten um.

In einem kleinen Käfig hockt ein verfilztes, mit schorfigen Krusten übersätes Wesen. Bei seinem Anblick läuft es mir kalt den Rücken herunter. Wer ist das?

Ein stechender Schmerz in meinem Hals holt mich zurück. Irgendwas brennt auf meiner Haut, als würde jemand Zigaretten auf mir ausdrücken, falls sich das so anfühlt.

Ich blinzele und sehe eine Frau in Weiß mit langem blonden Haar. Möglichkeit eins: Das ist eine Ärztin. Möglichkeit zwei: Ich bin endlich im Himmel, und ein Engel ist mir erschienen.

Ich höre Juri reden: »Gleich hast du's geschafft, nur noch ganz kurz … Du bist tapfer, Schwesterchen.«

Ein Schmerz wie von Feuer. Juri neben mir streichelt meine Hand.

Tja, wohl doch nicht im Himmel, also Möglichkeit eins.

Die Ärztin, aka kein Engel, jammert: »Ich komme so schlecht an der Sehne vorbei, es flutscht immer weg.«

Das klingt für meine Begriffe nicht gut. Und wieder spüre ich den Feuerschmerz. Mein Bruder redet mit warmer Stimme auf mich ein. Gleich habe ich's geschafft.

»Was denn eigentlich?« Ich höre mich lallen wie ein Vollalki.

Die Ärztin erklärt knapp, dass ich einen Zugang an den Hals genäht bekomme. Offenbar ohne Betäubung, sonst würde es nicht so verdammt wehtun. Was zum Teufel ist überhaupt ein Zugang? Immer wenn ich mich versuche zu konzentrieren, zersplittern meine Gedanken in tausend Teile.

»Die gute Nachricht ist aber, dass der blöde Tubus raus ist«, versucht mein Bruder mich aufzumuntern. Ich habe keine Ahnung, wovon er redet.

Als die Ärztin fort ist, bettele ich Juri mit meiner Besoffski-Stimme an, mich nach Hause mitzunehmen. »Olli kann dir doch helfen? Ich will hier weg, ich muss mein Drehbuch fertigschreiben. Die warten doch alle auf mich!«

Mein Bruder lächelt mich lieb an. Ich bin anscheinend nicht in Berlin, wo ich wohne, sondern in der Stadt meiner

Eltern. Wir wollten zusammen Weihnachten feiern. Um das Drehbuch soll ich mir jetzt keine Sorgen machen, das ist fertig und wird schon gedreht. Trotzdem, er versteht, dass ich hier bald rauswill.

Unbeirrt lalle ich weiter. Er soll mich gleich mitnehmen, damit ich mich auf das Sofa meiner Eltern kuscheln kann. »Mama kocht mir Suppe und päppelt mich auf. Dann feiern wir schön Weihnachten, so wie wir es bestimmt wollten, mit Plätzchen und Braten und Knödeln, und alles wird gut.«

Mir fällt noch was ein: »Ich habe so viele Geschenke für euch alle. Kannst du die vielleicht einpacken? Das hab' ich nicht mehr geschafft. Und zu Hause in Berlin ist Olli dann da und hilft mir. Vielleicht kann ich das Drehbuch ja auch im Liegen zu Ende schreiben?« Ich glaube, ich lalle immer noch. Meine Zunge wiegt mindestens zehn Kilo. Ich schaue zu meinem Bruder hoch.

Jetzt sieht er plötzlich sehr traurig aus.

Leicht panisch beharre ich darauf, dass er mich hochhievt, damit ich schon mal packen kann.

Juri hat Tränen in den Augen, glaube ich. Er atmet tief aus und erklärt mir, dass ich erst mal zu Kräften kommen müsse. Es habe mich ganz schön erwischt.

»Ich will aber nach Hause!« Eben waren wir uns doch einig, dass ich hier wegmuss. »Juri, bitte. Oder ruf Olli an. Olli kann …« Vor lauter Verzweiflung fange ich an zu weinen. Irgendein Gerät piepst wieder.

Juri setzt sich sofort zu mir ans Bett. Er sieht mich ernst an und verspricht, mich noch heute Nacht hier wegzuholen. Er habe einen ganz tollen Plan, aber der funktioniere nur im Dunkeln: »Ich gehe jetzt los, Nachtsichtgeräte besorgen und den Grundriss. Wir seilen uns von der Hauswand ab. Ruh du dich aus, du musst nachher fit sein, okay?«

Gott sei Dank. Ich frage sicherheitshalber, ob er mich eventuell Huckepack nehmen könne, nur falls ich nicht den ganzen Weg schaffe. Und können wir ein paar Infusionen klauen, so für die erste Zeit?

Die Antwort versuche ich noch mitzubekommen, aber keine Chance. Ich dämmere weg.

Als ich aufwache, bin ich allein. Es ist unfassbar laut hier auf dieser Intensivstation. Es gibt keinen Unterschied zwischen Tag und Nacht, unaufhörlich piepsen alle möglichen Geräte vor sich hin. Hier und da hört man jemanden vor Schmerzen stöhnen oder schreien. Sehen kann ich niemanden, weil mein Bett mit weißen Vorhängen umzäunt ist. Es wäre ein super Set-up für einen Stanley-Kubrick-Film oder irgendeine Quälvariante von »Big Brother«.

Ich bin wirr im Kopf und fühle mich fiebrig. Meine Haut ist so empfindlich. Ich würde so gerne wieder einschlafen, aber es geht nicht. Alles tut mir weh und umdrehen ist nicht, wegen der vielen Schläuche. Ich gucke an mir herunter.

Wirklich verdammt viele Schläuche. Ein paar führen unter mein Krankenhaushemd. Ich traue mich aber nicht nachzusehen, wohin genau. Am Hals sind welche mit kleinen Plastikventilen vorne dran, das hat mir vorhin die Ärztin erklärt. Immer wieder, wenn ich hinunterlinse, falle ich Idiot kurz darauf rein und freue mich, dass ich tolle neue Rastazöpfe mit Perlen habe.

Immer wieder drifte ich in erschreckend reale Albträume ab. So müssen sich Verrückte fühlen. Ich merke, dass ich anfange, Unsinn vor mich hin zu brabbeln, wie »bitte verlass mich nicht« zu irgendeinem Pfleger, aber ich kann es nicht verhindern. Danach schäme ich mich.

Vorhin, gestern oder wann auch immer, war ich mir ganz sicher, dass jemand mit einer Waffe direkt hinter der Trennwand steht. Ich war der festen Überzeugung, die Klinik sei evakuiert worden, aber mich hatte man vergessen. Stundenlang muss ich, starr vor Angst, so dagelegen haben. Ich flüsterte immer wieder: »Bitte schießen Sie nicht! Ich bin auf Ihrer Seite!« Wieder und wieder flüsterte ich das als Mantra für mich und den imaginären Mann mit der Pistole, was niemand bemerkte, weil niemand bei mir war und ich mich auch nicht bewegen konnte. Ich krieg' gerade mal so einen Finger hoch, wenn ich es schaffe, mich zu konzentrieren. Mein Körper fühlt sich an, als hätte mich ein sehr schlechter Schreiner aus verschiedenen Teilen zusammengesetzt und irgendwann mittendrin keinen Bock mehr gehabt.

Ich wünschte, ich könnte wieder einschlafen, aber das Fieber quält mich, und es ist so laut hier.

Neben mir Stöhnen. Einer bettelt nach Schmerzmitteln. Er bekommt aber nichts mehr, weil er anscheinend schon einiges intus hat, wie der Pfleger ihm erklärt.

Auf der anderen Seite stirbt jemand. Ich kann durch den Vorhangschlitz nur die Schuhe seiner Besucherin sehen. Sie weint und flüstert unablässig: »Papa, bitte, bleib bei uns, wir brauchen dich doch! Deine Enkelin braucht dich. Bitte, gib nicht auf, Papa.«

Keine Antwort.

Sie sagt es wieder und wieder, aber nie kommt eine Antwort.

Ich hoffe, dass er einfach nur auch einen Tubus im Hals hat. Jedes Mal, wenn ich kurz einschlafe und wieder aufwache: die flehende Stimme der Tochter, mit der ich fühle, ob ich will oder nicht. Nur für den Fall, dass Telepathie funktioniert, schicke ich all meine hoffnungsvollen Gedanken rüber.

Er scheint ein guter Vater zu sein, so wie seine Tochter um ihn kämpft.

Am nächsten Morgen sehe ich durch den Schlitz, dass das Bett neben meinem abgezogen wird. Keine Spur mehr von der Tochter und ihrem Vater. Zum ersten Mal finde ich es leise hier. Ein Kloß steckt mir im Hals. Tod im weißen Viereck. Danach wird die Bettwäsche gewaschen, gemangelt, und dann stirbt der Nächste drauf.

Ich muss an meinen eigenen Vater denken und daran, wie er mir gezeigt hat, wie man mit dem neuen Schweizer Messer eine Holzflöte schnitzt. Mir fällt der Tag ein, als ich meine ersten Schulhefte kaufen durfte und ein Kassierer mir falsch rausgab, der dann so tat, als hätte ich gelogen.

Noch nie zuvor hatte ich meinen Vater wütend gesehen. Er nahm mich an der Hand und marschierte durch das Kaufhaus, grenzenlos empört, dass jemand sein Kind der Lüge bezichtigte. Er machte so lange Ärger, bis der Geschäftsführer kam, mir die Differenz von einer Mark fünfzig aus seinem Portemonnaie übergab und sich entschuldigte.

Spätestens da war mir klar, dass mein Vater nie zulassen würde, dass jemand mir wehtut. Wie es ihm wohl jetzt geht, wo ich seit Neuestem ein behindertes Knochengerippe bin?

Eine Gestalt nähert sich mit hörbar entschlossenen Schritten. Ich bete, dass es nicht die blonde Ärztin mit der Nähnadel ist.

Sie ist es nicht, sondern Juri, mein Bruder. Er erzählt mir, dass unsere Eltern gestern lange da waren.

Ich kann mich nicht erinnern, ich bin so unfassbar lahm im Kopf. Das liegt vielleicht an dem Tropf, aus dem irgendwas Blassgelbes in meinen Hals läuft. Ich sollte eventuell mal fragen, womit die mich hier vollpumpen.

Juri zuckt mit den Schultern. »Freu dich doch, völlig legal und ohne Dealer bekommst du den besten Stoff. Ich kann dir zumindest sagen, dass es etwas Gutes ist. Du siehst schon so viel besser aus. Das ist doch jetzt wichtig.«

Und schon ist mein Interesse erloschen. Er hat recht. Im Gegensatz zu meinem ehemaligen Bettnachbarn lebe ich, und darum geht es. Der Medikamentenwahn hat immerhin auch seine guten Seiten. Ich kneife die Augen zu und sehe ein putziges Eichhörnchen, das mir zuwinkt wie in einem Disneyfilm. Wie süß! Wie ist denn das hierhergekommen? Ich würde es gerne streicheln. Moment mal, kann das überhaupt sein?

Ich frage meinen Bruder, ob er sieht, was ich sehe.

Ein zweifelnder Blick.

Jetzt führt das Eichhörnchen einen kleinen Tanz auf. Ich sehe jubelnde kleine Fäuste.

Juri lacht über meine Empörung, aber er muss mich leider enttäuschen in puncto Nager: »Das sind wohl die Nachwirkungen der letzten Wochen.«

Ich verstehe nicht. Ich bin doch erst gestern mit dem Nierenstein hergekommen.

Als ich den Schrecken in seinem Gesicht sehe, wird mir schlecht. Irgendein Gerät fängt grell an zu piepen. Eine Schwester schießt herein und sagt, ich solle mich beruhigen. Entschlossen drückt sie mir die Sauerstoffmaske auf Mund und Nase. Panik liegt in der Luft, und ich bin Darth Vader.

Juri entschuldigt sich immer wieder. Es tue ihm so leid, sagt er, er habe sich vertan. Der Nierenstein, natürlich. Gestern.

Das verwirrt mich noch mehr. Wie kann man sich denn mit so was vertun? Ich fange an zu weinen, neben mir der verzweifelte Juri. Irgendwann schlafe ich ein.

Diesmal wartet wieder das blutig zerkratzte Wesen auf mich. Aus seinem Käfig heraus stochert es mit einer langen spitzen Nadel nach mir. Es will in mein Herz. Daneben steht eine höhnisch lachende Blondine, die mir bekannt vorkommt, und feuert das Monster an.

Ich kann mich vor Schreck nicht bewegen. Das Monster kommt aus seinem Käfig – es steigt einfach zwischen den Stäben durch! – und hockt sich auf meine Brust. Ich schnappe panisch nach Luft.

Schweißgebadet wache ich auf. Die Atemmaske darf ich auch nachts nicht absetzen, dabei kommt es mir vor, als würde ich darunter ersticken. Ich habe das sichere Gefühl, dass jemand neben meinem Bett steht und mich ansieht. Da ist ein kalter Hauch an meinem Bein. Es ist jemand hier.

Was sagt man noch mal über Geister? Man darf ihnen keine Angst zeigen. Vielleicht ist es jemand, der sich von diesem Ort verabschieden will. Oder will er mich holen?

Mir ist unsagbar kalt. »Geh bitte weg«, flüstere ich unter meiner Darth-Vader-Maske. Und: »Du kannst mich nicht mitnehmen. Hau ab.«

Hau ab, hau ab, hau ab. Das mache ich so lange, bis ich wegnicke. Als ich aufwache, bin ich allein.

Nein, nicht ganz. Zur hektischen Melodie der Piepsgeräte schreit jemand »Hilfe« und dann, wütend, »Polizei«. Ich scheine einen neuen Nachbarn zu haben. Es riecht sogar durch meine Atemmaske hindurch nach Urin und Erbrochenem. Ich höre, wie sich zwei Krankenschwestern nebenan im Flüsterton darüber streiten, wer den anscheinend betrunkenen und vor Dreck starrenden Mann waschen muss.

Da fällt mir ein: Auch ich habe mich seit der Einlieferung nicht mehr gewaschen. Und ich habe nicht die geringste Ahnung, wann das war.

SCHNEEWITTCHEN

Eine fröhliche Schwester steckt ihren Kopf durch die Vorhänge und strahlt mich an. Sie möchte wissen, ob »die kleine Micky Maus« schon wieder wach ist. Ich schätze mal, das bin wohl ich. Ich versuche ein Grinsen und verkünde: »Micky Maus ist topfit und bereit, und wer bist du? Goofy?«

Nein, sie heißt Schwester Manuela. Das tut gut, wenn man von einem so sonnigen Gemüt betüddelt wird. Sie kommt mit einem Tablett an mein Bett und verkündet feierlich, dass ich jetzt, wo der Ernährungsschlauch raus ist, das erste Mal essen darf.

Ich habe gar nicht mitbekommen, dass der gezogen wurde. Sie erklärt mir, dass ich da wohl wieder weggedämmert war. Aha. Na, dann mal her mit dem Festmahl!

Das Festmahl besteht allerdings nur aus einem Becher Joghurt. Man reiche mir also einen Löffel! Ich bekomme erklärt, dass ich den noch nicht halten könne. Das macht mich etwas wütend. »Natürlich kann ich so einen Minilöffel halten!«

Die Schwester seufzt und legt meine Finger um den Griff. Dann lässt sie los, und es macht klack. Der verdammte Löffel ist mir einfach aus der Hand gefallen. Beschämt will ich es noch mal probieren und schneide auch beim nächsten Versuch nicht wesentlich besser ab. Krass, falls ich sterben sollte, könnte ich noch nicht mal den Löffel abgeben, sagt mein albernes Ich.

Micky Maus wird also gefüttert. Schwester Manuela führt einen Löffel an meine Lippen, und mein Schreck über den Misserfolg von eben weicht großer Begeisterung. Jede einzelne Portion lasse ich mir auf der Zunge zergehen und stöhne auf vor Wohlbehagen. Mit Sicherheit habe ich niemals etwas derart Köstliches gegessen! Welch eine Delikatesse, welch Wunderwerk der Joghurtklöppelkunst!

Ich verlange, das Etikett zu sehen, und muss sofort lachen. Schwester Manuela lacht herzhaft mit. Ich esse gerade den gewöhnlichsten Schrottjoghurt aller Zeiten. Mindestens einen goldenen Becher hatte ich erwartet oder eine Sonderedition mit hierzulande unbekannten exotischen Früchten. Schwester Manuela erklärt mir, dass das immer so ist, wenn man wieder feste Nahrung bekommt. Man würde auch einen Abspülschwamm ungeheuer köstlich finden.

Ich witzele herum, wie überaus geehrt ich mich fühle, dass man mir nach dieser kleinen Routine-Operation sogar die Mühe des Selberessens ersparen wollte. Wie leicht man hier eine Magensonde bekommt, wundert mich tatsächlich. Schwester Manuela wird plötzlich ganz ernst und weist mich darauf hin, dass sie dazu nichts sagen darf, ich aber bei der nächsten Visite mit meinem Arzt sprechen könne. »Den kennen Sie ja schon.«

Nein, ich kenne hier niemanden. Aber da irre ich mich wohl. Anscheinend habe ich sogar schon mit ihm gesprochen. Das ist wirklich unheimlich. Zu allem Überfluss sehe ich hinter Schwester Manuela schon wieder das lustige Eichhörnchen.

Diesmal winke ich nicht zurück.

Als ich wieder zu mir komme, stehen da meine Eltern und mein Bruder. Sie kommen gerade von zu Hause, dem Ort meiner Kindheit, mit unseren vielen Familienfotos an der Wand und dem gemütlichen Sofa. Da mein Vater ein Gegner der Wegwerfgesellschaft ist, werden bei uns fast nie Fotos weggeworfen und auch ziemlich viele aufgehängt, die besser hätten verbrannt werden sollen. Mein Bruder, mein Vater und ich haben auf fast allen Bildern nach allen Seiten abstehendes dunkles Borstenhaar und darunter dünne Körper mit überlangen Armen. Am schlimmsten sind die Bilder, auf denen Juri und ich in Partnerschottenkaros, Partnerlatzhosen oder schreiend bunte selbst gestrickte Ganzkörperspielanzüge gesteckt wurden. Diese Paarsache war, während Juri und ich im Kleinkindalter waren, ein ausgeprägter Spleen meiner Mutter, der permanente Entzückungsschreie auslöste, wo auch immer wir gemeinsam auftauchten, als hätte sie selbst nicht schon genug Aufmerksamkeit erregt.

Sie besitzt eine hervorstechende Vorliebe für Kleidung mit dem gewissen Pep, was sie zwar elegant wirken lässt, jedoch immer mit einem Schuss verrückte Kunstlehrerin. Sie ist genau wie wir dünn und wendig wie ein Frettchen und trägt statt der Borsten geschätzte zehn Kilo rote Locken auf dem Kopf. Zu meinen schrecklichsten Kindheitserinnerungen gehören ihr lila Fellhut und der bodenlange rote

Ledermantel, mit denen sie mich immer im Kindergarten abholte. Ich versteckte mich so lange hinter meiner Aschenbrödelgarderobe, bis ich gefunden und vor allen anderen Kindern abgeküsst wurde, als wäre ich aus dem Dritten Weltkrieg heimgekehrt. Meine Mutter liebt eben das Drama, alles andere langweilt sie entsetzlich.

Mein Vater ist stolz auf ihre Extravaganz und fühlt sich wohl in der Rolle ihres sich in britischer Zurückhaltung übenden Gefolges. Irgendwann in den Siebzigern hat er seinen persönlichen Look, bestehend aus einer braunen Cordhose plus schwarzem Rolli, gefunden und dem Wechsel der Mode trotzend stetig beibehalten. Never change a winning team. Zusammen sehen sie aus wie Komparsen in einer alten ZDF-Krimiserie, wobei meine Mutter in manchen Looks tendenziell die Prostituierte, die im Hintergrund auf dem Polizeirevier verhört wird, hätte sein können.

Was meine Eltern aber vor allem ausmacht, ist, dass sie warme Augen haben, aus denen sie mich jetzt mit einer Mischung aus betont optimistischer Grundhaltung und darunter liegender Traurigkeit ansehen. Mir fällt ein, dass wir es zu Hause gar nicht mehr geschafft haben, den Weihnachtsbaum fertig zu schmücken. Ich erinnere mich, dass mir die Glaskugeln aus der Hand gefallen sind, als die Schmerzen kamen. Auch mein Lieblingsbaumschmuck, das kleine gelbe New Yorker Taxi, war auf den Boden geknallt und zerschellt.

Ich versuche, es zu verhindern, aber schon rollen Tränen über meine Wangen. Meine Augen brennen, als wären sie der Anstrengung des Weinens nicht mehr gewachsen.

Nicht mal das geht hier ohne Schmerzen. Jämmerlich heule ich meinen Eltern entgegen: »Bitte nehmt mich mit!« Und dann: »Ich will Heiligabend doch wieder zu Hause sein!«

Ich schaue in betretene Gesichter. Meine Mutter fährt sich über die Augen. Dann streichelt sie mir den Kopf und ist voll des Lobes über den erfolgreich gegessenen Joghurt. Schwester Manuela habe geschwärmt von meinem Appetit.

Das interessiert mich aber nicht. Ich verliere mich in einem endlosen Wortschwall über den Mann, der neben mir gestorben ist, über die Angst vor dem Monster in meinen Träumen und vor dem Arzt, der mir wehtun will.

»Bitte nehmt mich mit, ich werde euch nie wieder um etwas bitten, das verspreche ich!« Die Verzweiflung kommt mit aller Macht aus mir heraus. »Bitte, Mama«, flehe ich, »hast du kein Mitleid? Der Tod steht neben meinem Bett! Alle sterben hier!«

Meiner Mutter schießen die Tränen in die Augen. Sie dreht sich sofort weg, damit ich es nicht sehe. Wo bleibt das Drama? Ich kenne meine Mutter so nicht, so still und schwer.

Mein Vater knetet hilflos meine Füße und versucht, beruhigend auf mich einzureden. Er erzählt mir eine auf lustig getrimmte Geschichte von meinem Bruder Juri, der anscheinend nur nicht zueinanderpassende Schuhe nach Deutschland mitgenommen hat, und das, wo Juri doch immer penibel auf sein Aussehen achtet. Seine Stimme klingt heiser.

Juri lacht künstlich und stimmt in die Schuhgeschichte ein, indem er ergänzend hinzufügt, dass er sogar sein Haargel vergessen habe. Das müsse man sich mal vorstellen.

Ich rege mich trotz des beinahe überzeugenden Schauspiels immer mehr auf, der Rotz läuft neben den Sauerstoffschläuchen heraus. Überall sind diese verdammten Schläuche. Ich will sie abreißen. Da packt mein Bruder meine Hände.

»Hör auf, bitte, sonst müssen sie dich wieder festbinden.«

Sofort kommt mir ein Erinnerungsfetzen in den Kopf: wie ich mich hin und her werfe, aus Angst vor dem unheimlichen Wesen, das auf meiner Brust sitzt und mir die Luft abdrückt. Ich muss weg, aber ich kann meine Arme nicht bewegen, ich winde mich, aber es geht nicht. Dann verstehe ich: Ich bin ans Bett geschnallt.

Ich lasse schlagartig ab. Das soll nicht noch mal passieren.

Juri sieht mich liebevoll an: »Du Dussel, wenn du hier so ein Theater machst, merken die doch, dass wir dich heimlich mitnehmen wollen.«

Wirklich? Oh Gott, bin ich erleichtert! Ich versuche, noch etwas zu sagen, aber mein Bruder bedeutet mir zuzuhören und rückt die Atemschläuche zurecht.

»Pass auf, Rahel.« Es geht um unseren Plan. Er beugt sich zu mir und flüstert, dass er schon ein Fluchtfahrzeug bereitgestellt habe. »Wir werden durch die Luftschächte kriechen müssen.« Dafür müsse er heute Nacht mit meinem Vater zusammen die gesamte Belüftung abstellen, dann sei alles ein Kinderspiel. Meine Mutter würde mit laufendem Motor draußen auf uns warten.

»Und Olli?«

Auch Olli. Bis es so weit sei, solle ich aber genügend essen und mich ausruhen, damit ich die Kriecherei überstehe. Ich frage mich, wo Olli die ganze Zeit bleibt. Ist ihm etwa auch etwas passiert? Das würden sie mir doch erzählen. Nein, er kommt bald, und alle holen mich hier raus.

Aye, aye, Sir. Ich bin selig. Sie verstehen mich! Nur noch ein Tag hier auf dem Todesstern. Das schaffe ich locker.

Als ich wieder aufwache, stehen circa zehn Ärzte vor mir und starren mich an. Meine Eltern und mein Bruder sitzen an meinem Bett. Ich erinnere mich, dass wir eben noch so ein tröstliches Gespräch hatten. Worum ging es noch mal?

Sosehr ich mich bemühe, es fällt mir nicht ein. Die Gaffer sind allerdings auch etwas irritierend beim Nachdenken.

Erst mal freundlich lächeln. Das kann nicht schaden.

Der mittlere ältere Arzt scheint wohl der Chef zu sein, da niemand etwas sagt außer ihm. Er möchte wissen, wie ich heiße.

»Wissen Sie das denn nicht?«, wundere ich mich.

Alle lachen. Tja, willkommen in der großen Rahel-Show.

Meine Mutter erklärt mir, dass der Arzt es von mir hören möchte. Außerdem möchten sie wissen, ob ich weiß, wo ich bin.

Ah, ich verstehe, auch die Profis halten mich für komplett durchgeballert. Gut, das können sie haben. Ich antworte: »Mein Name ist Elisabeth, die Dritte, ich bin Mitglied der englischen Königsfamilie und fühle mich sehr wohl hier in Ihrem heimeligen Schloss.«

Dieser Lacher bleibt aus. Nur mein Bruder schüttelt grinsend den Kopf. Der Hauptarzt macht sich eine Notiz in seiner Akte.

Okay, Schluss mit der Show. »Ich heiße Rahel Wald, und ich befinde mich hier in der Uniklinik. Ich hatte Nierenkoliken, glaube ich, und einen Stein, der jetzt hoffentlich raus ist.«

Nein, ist er nicht.

Aha? Ich bin verwundert. Wozu dann das ganze Drama hier?

Der Hauptarzt und meine Eltern tauschen Blicke. Offenbar haben sie noch etwas für mich in petto.

»Du brauchst keine Angst haben, wir sind bei dir.« Meine Mutter hat schon wieder Tränen in den Augen, aber das heißt eigentlich nichts. Sie heult ja schon bei der Merci-Werbung und drei Sekunden später lacht sie wieder und macht einen Witz. Mir ist lediglich ein Rätsel, was ihre neuerdings an den Tag gelegte Zurückhaltung bedeuten soll.

»Erst mal freuen wir uns, dass Sie noch leben, Frau Wald, und dass Sie so vergnügt sind. Pünktlich zu Silvester haben Sie die Augen wieder aufgeschlagen. Wir haben alle sehr gekämpft.«

Ich entgegne blöde: »Die Freude ist ganz auf meiner Seite.« Und schon schnäuzt sich meine Mutter. Näher kann man nicht am Wasser gebaut sein. Jetzt sehe ich aber, dass außerdem sowohl mein Bruder als auch mein Vater relativ heulig aussehen.

»Das können Sie nicht wissen, aber hier auf Station heißen Sie Schneewittchen ... weil Sie wieder aufgewacht sind.«

Micky Maus, Schneewittchen, was denn noch? Kriege ich jetzt meinen Pinocchio-Eisbecher?

Das sage ich nicht, denn der Hauptarzt, der passenderweise Dr. Held heißt, erklärt mir, dass ich nach der Nierenstein-OP eine Blutvergiftung hatte. Der Stein hatte sich derart verkeilt, dass er einen Nierenstau verursachte. Als die Erreger schließlich in mein Blut gelangten, fielen nach und nach alle Organe aus. Sepsis mit Multiorganversagen nennt man das. Es ging alles so rasend schnell, dass der Stein erst mal nur auf eine Schiene gelegt werden konnte. Doch die Vergiftung war ohnehin zu weit fortgeschritten. Um mich am Leben zu halten, mussten sie mich in ein künstliches Koma versetzen.

Mein Bruder zeigt mir ein Handyfoto, auf dem ich wirklich schneeweiß wie Schneewittchen, die Arme ausgestreckt wie der junge Erlöser, mit tausend Schläuchen und Kanülen dekoriert, im Krankenbett liege.

Im Koma wurde mein Zustand zusehends schlechter, und die verabreichten Antibiotika schlugen nicht an. Eine Woche in der Hölle.

Jetzt schluchzt meine Mutter laut auf und durchlöchert mit ihrem wilden Zeigefinger die Luft, als wäre dort irgendein ungerechter Gott, den sie zur Rechenschaft ziehen könnte: »Ich werde die Worte nicht vergessen, der feine

Kollege von ihm, von unserem Heldendoktor hier, hat gesagt, wir sollen deine Beerdigung planen! Dabei lagst du da. Mein armes Baby!« Jetzt landet ihr Zeigefinger auf meinem Arzt. »Dieser Mann ist ein Held! Vor diesem kleinen tapferen Mann knien wir alle nieder, denn er hat als Einziger außer uns an dein Überleben geglaubt!«

Das scheint Dr. Held doch etwas unangenehm zu sein, er hebt beschwichtigend die Hände, da meine Mutter mit voller Absicht die Zimmerlautstärke überschreitet. »Das ist wirklich zu viel der Ehre, Frau Wald.«

»Doch, Rahel, hör ihm nicht zu, er ist der Beste hier, mit Abstand!«, sagt sie, weil sie es so meint und damit sie das letzte Wort hat.

Mein Vater tätschelt ihr schließlich beruhigend den Rücken. »Genug, Charlotte, das ist jetzt zu viel für sie.«

Ich starre Dr. Held, der wohl tatsächlich ein Held ist, fassungslos an. Er hat ein rundes Gesicht und unter seinen freundlichen Augen tiefe zartblaue Ringe, die direkt in ein paar hellbraune Bartstoppeln übergehen. Wahrscheinlich bekommt er bei seinem Lebensretterjob nicht viel Schlaf, ganz im Gegensatz zu mir.

Neun Tage war ich Schneewittchen, bis sie die Betäubungsmittel reduzierten, um mich zurückzuholen. Weitere zehn Tage lag ich zwischen Wachen und Träumen, ein sogenannter kalter Entzug, da ich in der Zwischenzeit von den Mitteln abhängig geworden sei. Jetzt seien die Drogen langsam raus und mein Körper komme wieder zu Kräften. Ich würde neu laufen lernen müssen, weil meine Muskeln im Koma verkümmert seien. Eine ziemlich heftige Lungenentzündung habe ich wohl auch. Und das Herz sei angegriffen.

Damit will ich mich jetzt nicht beschäftigen. Hauptsache, ich bin erst mal wieder da. Es muss kein Loch für mich gegraben werden.

»Dieses Bett ist unser Glücksplatz. Vor Ihnen lag eine schwerkranke junge Frau hier, die ebenfalls überlebt hat, und das war gar nicht so wahrscheinlich. Letzten Monat konnte sie wieder nach Hause zu ihrer Familie. Mit den Patienten, die länger hier sind, passiert uns das nicht so oft«, sagt Dr. Held noch.

»Hilfe« und »Polizei« tönt mein Nachbar wieder hinter dem Vorhang.

Und da begreife ich: »Ich habe Weihnachten verschlafen?« Jetzt laufen mir die Tränen übers Gesicht.

»Ja«, sagt mein Vater, »aber Silvester, als du aufgewacht bist, haben wir ein paar Raketen für dich abgeschossen. Das hätte dir gefallen.«

Bestimmt. Ich liebe Feuerwerk. Bevor Dr. Held zum nächsten Patienten muss, frage ich ihn noch, wo mein Bewusstsein denn war, die ganze Zeit. Oder meine Seele oder wie man das auch immer nennen soll.

»In Bezug auf die Seele«, sagt er, »sind wir Mediziner leider genauso dumm wie alle anderen.«

Als ich in die Gesichter meiner Eltern blicke, bereue ich die Frage sofort. Sie haben sich nach dem ganzen Mist wirklich eine Pause verdient.

Ich lasse mir von Juri noch mal das Foto von mir im Koma zeigen und witzele, dass es bestimmt auch mal ganz angenehm für alle war, mich ohne Widerworte zu erleben.

Mein Bruder grinst und sagt: »Es war die schönste Zeit in meinem Leben.«

Dann sind alle weg, nur mein Nachbar verlangt weiter nach der Polizei. Ich versuche, ihn zu trösten und rufe ab und zu: »Keine Angst, die Bullen sind auf dem Weg.«

Das scheint ihn zu beruhigen, denn danach ist es immer lange still, so still, wie es hier eben sein kann mit dem ganzen Gepiepe und Gestöhne.

Ich fühle mich, als hätte mich ein Vierzigtonner überfahren. Es ist schwer zu begreifen, dass ich schon drei Wochen hier liegen soll, eine gute Woche Koma und dann zwei Wochen Aufwachzeit mit kaltem Entzug. Unaufhörlich summt dieses Lied in meinem Kopf, der alte Smiths-Song »Girlfriend in a Coma«. Immer und immer wieder spult sich der Text ab: *Girlfriend in a coma, I know I know, it's serious ...*

Wie ging es noch mal weiter? Als ich das Lied damals in meinem Jugendzimmer wieder und wieder abspielte, hätte ich nie gedacht, dass der Song einmal zu meinem werden könnte. Schon die Verwandlung von Nerd zu Girlfriend erschien mir vollkommen unwahrscheinlich, aber »Girlfriend in a Coma« lag und liegt außerhalb meiner Vorstellungsmöglichkeiten. Es ist genauso unwirklich wie mein Leben in Berlin.

Früher bin ich einfach so, nichtsahnend, meine Straße entlanggelaufen. Im Rückblick eine Szene wie bei »Aktenzeichen XY«: Das ist Rahel W. aus Berlin, an einem gewöhnlichen Montagmorgen. Sie schwingt die Laptoptasche über die Schulter und hat wieder einmal vergessen, wo sie ihr Auto geparkt hat. Rahel W. ahnt noch nichts ...

Diese Zeiten sind vorbei. Ich bin die verrückte Komafrau, die Frau mit dem Schicksal. Tut mir leid, Leute, ich lebe jetzt auf der anderen Seite.

GIRLFRIEND IN A COMA

Do you really think she'll pull through, do you really think she'll pull through? Do let me whisper my last goodbyes I know, it's serious … Wie verabschiedet man sich von jemandem für immer? Eine fremde Stimme unterbricht meine Gedanken: »Das Lied ist nicht schlecht, aber an der Singstimme würde ich noch arbeiten!«

Mir fällt auf, dass ich gerade »Girlfriend in a Coma« summe. Sofort höre ich auf und betrachte stattdessen den Mann, der jetzt vor mir steht und grinst. Markus ist, so wie alle Pfleger hier, freundlich und muskelbepackt. Anscheinend kennen wir uns schon eine Weile, aber da habe ich, wie er es ausdrückt, »eh noch bissele gepennt«.

Ich mag seinen Humor sofort. Markus erklärt mir, es sei Zeit für »die heilische Waschung«. Ich erkundige mich, an welchen Körperstellen die denn stattfinden soll, und erhalte ein fröhliches »Na überall« als Antwort. »Aber keine Angst, der Opa von nebenan hat eh bissele mehr Sex-Appeal.«

Ich schlucke erschrocken. Wirklich? Überall? Wo ist denn Schwester Manuela? Und schon wird mein Krankenhaushemd unten umgeschlagen. Meine Beine und dann meine Muschi werden mit einem kalten Waschlappen bearbeitet. Keine Zeit für Schamgefühle.

Der Frotteestoff schmerzt auf meiner immer noch fiebrigen Haut. Ich klappere mit den Zähnen vor Kälte. Erst nach ein paar Minuten traue ich mich, meinen Körper anzugucken: Zwischen meinen Beinen führt ein Katheterschlauch heraus, der beim Waschen ein bisschen ziept. Absurderweise sind immer noch Reste vom verführerisch blutroten Nagellack von einem Fotoshooting für eine Frauenzeitschrift auf meinen Fußnägeln. Schon verrückt, dass ich mich ausgerechnet daran erinnere, wahrscheinlich weil es ungewöhnlich war, dass sich die Presse auch für die normalerweise nebensächlichen Erfinder der Filmgeschichten interessierte. Ich weiß noch, wie die Redakteurin mich zum Thema »die ersten Fältchen« und »Bikinifigur« befragt hat. Sieht so aus, als hätte ich jetzt andere Probleme.

Markus faltet den oberen Teil meines Kittels zur Seite und wäscht geduldig und angenehm unpeinlich weiter. Aus beiden Armen und aus meinem Hals kommen weitere Schläuche. Deswegen darf ich mich auch nicht drehen. Aber ich sehe irgendwie urlaubsmäßig braun gebrannt aus. Markus erklärt mir, dass das eigentlich Gelb ist, von der Leber. Aha. Es sieht trotzdem ganz schön aus auf der Haut. Also doch Bikini?

Ich frage Markus, ob meine Augen auch gelb sind und ich das mal im Spiegel sehen kann. Aber er meint, ich solle noch warten mit dem Spiegel. Ich verstehe. Dann lass ich das vielleicht lieber.

Ein mittelschwerer Hustenanfall schüttelt meinen dürren gelben Körper. Ich will den Schleim herunterschlucken und bekomme sofort Ärger. Alles müsse aus mir raus, sagt Markus, der ganze Eiter und die Bakterien.

Eine große Tüte hängt neben meinem Kopfteil und ein Stapel Papiertücher kommt in Griffnähe auf mein Bett. Alles, was sich da brennend seinen Weg aus der Lunge hochbahnt, soll ich in die Tücher spucken und dann wegwerfen.

»Immer wegwerfen!« Markus bläut es mir ein wie einer Grenzdebilen. »Die Lungenentzündung muss wech!«

Das ist jetzt mein Mantra. Weiter soll ich nicht denken. Markus hält sich in Sachen Zukunft bedeckt, und ich vermute, dass es wohl besser so ist.

Mein Eichhörnchen winkt mir aus der Zimmerecke zu. Hallo, Kollege, du auch immer noch hier? Ich schließe lieber die Augen. Außerdem ekele ich mich vor dem hellgelben Schleim auf dem Papiertuch. Meine Lunge ist anscheinend voll davon. Kein Wunder, dass ich andauernd Fieber habe.

Am Nachmittag kommt Aufmunterung in Form meines besten Freundes Kevin, der extra aus Berlin angereist ist. Passend zum Krankenhausmotto und zu meinen Ehren trägt er unter dem Intensivstationskittel ein Sweatshirt mit dem Schriftzug »Sick, Tired and Lonely«. Ziel seiner äußeren Erscheinung ist die meisterhafte Balance gestylter Hässlichkeit, echter Hässlichkeit und trotzdem gut dabei aussehen, ganz so wie es in Berlin üblich ist. Auf Sylt würde man ihn wahrscheinlich einfach nur für arm halten. Er selbst bezeichnet sich als »zu alter Skater aus den Achtzigern«.

Ich freue mich so sehr, ihn zu sehen, und bin doch viel zu erschöpft, um lange zu sprechen. Nur nach Olli frage ich, weil ich sonst von allen immer nur vage Antworten bekomme. »Wo ist mein Freund? Warum bist du hier und Olli nicht?«

Kevin atmet laut hörbar aus und scheint zu überlegen. Nach einer Pause sagt er: »Olli kommt, das verspreche ich dir, okay? Er war verreist, aber er kommt wieder. So, das muss reichen für heute. Ich nehme ja nicht diese beschwerliche Reise auf mich, um über deinen langweiligen Freund zu reden.«

Eigentlich mögen sie sich, aber da ich mich vor vielen Jahren in Olli und nicht in Kevin verliebt habe, gebietet es Kevins Stolz, immer wieder ein paar Sticheleien unterzubringen. Nicht etwa, dass er mich wirklich gewollt hätte, es geht ihm ums Prinzip.

»Aber wann kommt er denn?«, hake ich weiter nach.

»Bald. Wirklich. Du musst noch ein bisschen Geduld haben. Glaub mir, er will dich sehen!«

Ich bin wieder so müde, dass ich mich damit zufriedengebe. Tatsächlich bin ich zu erschöpft, um weiter nachzubohren, und habe außerdem ein schlechtes Gewissen, dass mein bester Freund für ein Fünf-Minuten-Gespräch angereist ist.

Kevin sagt nur: »Hör auf zu spinnen. Ich habe jetzt keine Samstagabendshow von dir erwartet.« Er packt ein Buch von Sibylle Berg aus, das er mir eigentlich zu Weihnachten schenken wollte, und beginnt, mir vorzulesen. Direkt eine der ersten Textstellen trifft mich mitten ins Herz, so unglaublich passend finde ich, finden wir sie gerade: »Ich hatte immer Angst. Als Kind vor dem Sterben. Als junge Frau davor, beim Sterben zu merken, dass ich mein Leben vertan habe. Dann davor, mein Leben zu vertun und zu sterben.«

Noch vor wenigen Wochen hätten die Sätze keine große Bedeutung für mich gehabt. Jetzt frage ich mich, ob ich einen Teil meines Lebens mit den falschen Menschen und einem Übermaß an Pflichterfüllung vertan habe. Es ist allerdings tröstend, dass ich in diesem Moment genau die richtigen Menschen um mich habe.

Wo zum Teufel ist mein Freund? Wann habe ich Olli zuletzt gesehen?

Das erste Bild, das mir in den Kopf kommt, sind er und ich auf dem Geburtstag eines Filmproduzenten. Im Wohnzimmer wurde ein Video mit Glückwünschen von den Prominenten gezeigt, die nicht da sein konnten, wegen diverser Werbespotdrehs und Fotoshootings auf den Bahamas. Alle weiblichen Geburtstagsgäste nannten sich gegenseitig »Süße«. Insgeheim fand sich aber jede selbst am allersüßesten.

Ich stand mit Olli hinten in einer Ecke und kippte Schnaps, völlig erschöpft vom Versuch, selber süß zu sein. Das schöne Spiel mit dem Süß-Sein klappt eben nicht, wenn man unsicher und neurotisch ist. Ich sehe mich noch als liebeskranken Teenager, der die Männerwelt mit »zufällig« herumliegenden intellektuellen Büchern oder der Kenntnis aller Gags aus den *MAD*-Heften erfolglos zu bezirzen versuchte. Olli behauptet, wenn wir uns damals gekannt hätten, hätte er sich schon mit fünfzehn in mich verliebt, auch in der Phase, als ich mir Butter in die Haare schmierte, um auszusehen wie Christiane F. Für echt fettige Haare war ich schon damals zu pingelig.

Dank Olli wurde die Geburtstagsparty dann doch noch ziemlich lustig. Er hatte alle Gäste für ein kompliziertes Trinkspiel begeistert, bei dem niemand die Regeln verstand und alle unfassbar viel tranken. Später hat er mir gebeichtet, dass es gar keine Regeln gab, oder vielmehr nur eine: Alle müssen trinken.

Mir fällt ein, wie ich mit Olli Anfang letzten Jahres beim Filmpreis war, stolz, am Arm dieser Charismabombe dranzuhängen. Heimlich hatten wir auf der Afterparty die Trophäen vertauscht und uns amüsiert, als die Preisträger hektisch durcheinanderliefen. Danach waren wir noch am Hauptbahnhof bei McDonald's, ich im bodenlangen hellblauen Seidenkleid und er in seinem merkwürdigen Vintage-Smoking.

All die Veranstaltungen, auf denen ich mich immer unsichtbar gefühlt hatte, weil Autoren eben meistens nerdige Gestalten sind in ausgeleierten Jogginghosen, wurden mit Olli plötzlich zu einem großen Abenteuer. Anders als ich war er furchtlos und verwegen, und er scherte sich kein bisschen darum, was andere von ihm hielten.

Noch nie vorher habe ich mich von jemandem so erkannt und trotzdem geliebt gefühlt. Wir konnten zusammen über meine Sozialphobien und deren merkwürdige Auswüchse lachen. Nur Olli wusste, dass ich Hemmungen hatte, zweimal in das gleiche Geschäft zu gehen, weil mir das Gefühl des Wiedererkanntwerdens und der anschließende Small Talk so unangenehm waren. Er fand es auch nicht schlimm, dass ich, als klassischer Vermeider, lieber zwei Kilometer zum nächsten Laden ging wegen einer winzigen Besorgung.

Olli kannte auch meine Furcht, bei Rot über die Straße zu gehen, und dass ich es auch nicht aushielt, wenn andere es taten. Ich musste die Leute an der Ampel zurückrufen.

Unvorstellbar, dass mich jemand trotz dieser Obrigkeitshörigkeit lieben konnte. Aber er tat es. Ich frage mich, wie das jetzt mit uns weitergeht, wo ich so nutzlos hier rumliege. Warum kommt er mich nicht besuchen? Oder habe ich vielleicht wieder geschlafen und er war doch da?

Als ich aufwache, steht mein Vater vor meinem Bett und massiert mir die Füße, weil sie viel zu kalt sind, wie er beschlossen hat. Jüri, der auf der anderen Bettseite sitzt, erklärt ihm, dass auch die beste Massage der Welt nichts an meiner medikamentös gesteuerten schwachen Durchblutung ändern könne. Mein Körper sei noch zu schwach, um auf Hochtouren zu arbeiten. Mein Vater zuckt mit den Schultern und massiert trotzdem weiter. Wenigstens den kleinen Zeh will er noch warm bekommen.

Kevin ist auch noch da. Ich erinnere mich daran, dass er vorhin zu Besuch kam. Anscheinend bin ich weggedämmert.

Ich frage noch mal nach Olli, gerade als meine Mutter hereinkommt. »Er kommt, ganz bestimmt«, sagt sie tröstend zu mir und dann lachend zu Kevin und meinem Vater: »Herrje. Jetzt sind wir der feinen Dame schon zu langweilig.«

Ich muss auch lachen. »Nein, Quatsch«, sage ich. Warum bin ich auch so ungeduldig? Natürlich wird er kommen. Als mir die Augen zufallen, sage ich noch: »Das war schön mit dem Vorlesen.«

Also macht Kevin weiter, während ich immer wieder ein wenig wegdämmere. In den Lesepausen witzeln wir herum, mehr mit Gesten als mit Worten, das Sprechen fällt mir immer noch schwer. Wir ziehen uns gegenseitig mit unseren Macken auf, so wie immer. Meine Familie muss mitlachen. Das Gesamtbild hat etwas Futuristisches, weil alle die weißen Schutzkittel der Intensivstation anhaben.

Ein kleines bisschen Wintersonne scheint durch den Schlitz im Vorhang. Meine Mutter cremt mir das Gesicht und die schlauchfreien Stellen ein und sagt immer wieder: »Wahnsinn, wie glatt und fein deine Haut ist, das hast du von mir geerbt.« Genüsslich sauge ich den Babyduft ein, der sich um mich verteilt. Wahrscheinlich müsste man nur einen einzigen Knopf an der Maschine drücken, und ich wäre hinüber, und doch sitzen alle um mich herum und tun so, als wäre ich ein Sack voll Spaß.

Ich will die Zeit anhalten, will uns alle festhalten, hier im kleinen weißen Viereck, das jetzt mein Leben ist.

Fast lustig, wenn ich daran denke, wie verzweifelt ich oft um die Liebe und Anerkennung irgendwelcher Idioten gekämpft habe. Wie anstrengend das war, permanent meine Unzulänglichkeiten mit möglichst viel Aktionismus zu überdecken. Wie dumm ich doch immer war, zu denken, ich müsste Kunststücke vollführen und Eindruck schinden, um das zu bekommen, was ich offensichtlich schon immer hatte.

Nur bei Olli, so kommt es mir vor, habe ich irgendwann losgelassen – aber wie wenig, im Vergleich zu jetzt. Die Einsicht tut weh. Andererseits, selbst wenn ich wollte, ich habe ja gar keine Kraft übrig für diesen Selbstoptimierungswahn. Jetzt, wo ich nicht mal mehr einen Löffel halten kann.

Mir war nicht klar, wie viel Liebe da für mich ist, aber jetzt ist sie hier im Raum, so dicht und deutlich spürbar, als wäre weiche Watte um uns herum, die den Ausgang zur Welt verstopft.

Später, als alle gegangen sind, denke ich über die letzten Jahre nach. Nachdem ich lange verloren im Berufsleben herumgeirrt war, hatte ich mein einziges Talent entdeckt und angefangen zu schreiben. Ich kaufte Kevin für hundertzwanzig Euro seinen rumpeligen Diplomcomputer ab und hämmerte in meiner düsteren Einzimmerwohnung Serienkonzepte in die Tasten.

Geld für die Miete verdiente ich als Produktionsassistentin bei einer Spieleshow. Maximale Arbeitszeiten für ein minimales Gehalt. Ich hätte es lieber andersherum gehabt, aber so war es nun mal.

Nach Feierabend und an den Wochenenden setzte ich mich an den altersschwachen Computer, schrieb die Nächte durch und rauchte Kette. Frustriert über meine stümperhaften Fähigkeiten, fand ich nicht, dass ich Pausen verdient hätte. Dreimal am Tag löffelte ich mit der einen Hand mein Billigmüsli und mit der anderen schrieb ich weiter. Erst wenn ich die mir verordnete Seitenzahl erschrieben hatte, huschte ich, wachsbleich wie ein Vampir, zur Videothek und lieh mir Filme aus von Leuten, die ihren Job beherrschten, im Gegensatz zu mir.

Insgesamt drei Jahre lebte ich so vor mich hin. Eigentlich war es ein Wunder. Ich hatte mich immer für extrem faul gehalten und staunte jetzt über das überraschend austretende Herzblut und meine preußische Disziplin. Vielleicht war mir bisher einfach nie irgendetwas besonders wichtig gewesen? Anders konnte ich es mir nicht erklären. Während meines Literaturstudiums hatte ich mich so gehen lassen, dass ich regelmäßig verkatert und in Schlafanzughose bei den Seminaren aufgetaucht war. Meistens rauchte ich in der Mittagspause vor lauter Frust und Langeweile noch einen Joint auf dem Mensa-Klo. Ich weiß nicht, ob es an der Literatur des Mittelalters lag oder an mir, dass ich sie nur in dieser künstlichen Verlangsamung ertragen konnte.

Wie stolz ich war über den ersten Schreibjob, von dem ich leben konnte! Mit zwanzig anderen Autoren schrieb ich an einer hanebüchenen Soap Opera, die in einer von Intrigen gebeutelten Luxusklinik spielte.

Ich gehörte eindeutig zum unteren Drittel, regelmäßig bekam ich meine Szenen mit tausend roten Streichungen und unverständlichen Anmerkungen zurück, bis Ulrich, der erfahrenste unter den Autoren, mich in einer Mittagspause väterlich beiseitenahm. Bei einer Tasse Tee im Stehen erklärte er mir, ich hätte kein Gefühl für die Geschichte oder für Dialoge – und für die Figuren ein sehr schlechtes Gefühl.

Ich weiß noch, wie ich fieberhaft überlegte, was dann noch übrig bliebe. Mir fiel nichts ein, außer der Zeichensetzung, von der ich ganz sicher wusste, dass ich sie in keinster Weise beherrschte.

Ulrich selbst, der unter den anderen Soapschreibern verehrt wurde wie ein Gott, war bekannt für seine zu Tränen rührenden Teddy-Szenen. Die liefen in der Regel so ab: War die Hauptfigur ein gut aussehender Arzt, was sehr oft vorkam, traf er im Flur der Klinik auf ein unbegleitetes, verheultes Kind mit Teddybär. Durch einfühlsames Nachfragen ging der Arzt dem Trauma auf den Grund, um festzustellen, dass dem armen Bärchen ein Arm, Auge oder die Nase abgefallen war. Das invalide Tier wurde daraufhin in ein passend zurechtgeschnittenes Mini-OP-Tuch gehüllt und mit medizinischer Assistenz des Kindes wieder in Ordnung gebracht.

Das getröstete Kind sagte dann Sätze wie: »Du bist der beste Arzt der Welt.« Oder: »Jetzt will ich doch nicht mehr Kranfahrer, sondern Arzt werden, wie du«, genau in dem Moment, in dem die von der Suche völlig entkräftete, wunderschöne, herzensgute, aber bettelarme Singlemutter um die Ecke bog. Es ist wahrscheinlich unnötig zu erwähnen, dass Kind und Teddy bei der anschließenden Traumhochzeit die Ringe an das glückliche Paar übergeben würden: »Du bist der beste neue Papa der Welt, für Teddy und mich!«

Insgeheim hatte ich gehofft, dass meine Selbstmordszene am Meer, wie in »Midnight Express« unterlegt vom Herzklopfen der Suchenden, einen ähnlichen Effekt auf die Kollegen haben würde. Doch in der Büroküche in Babelsberg, die passenderweise neben dem ehemaligen Büro von Propagandaminister Goebbels untergebracht war, erfuhr ich, dass es allen lieber wäre, wenn ich die eben geschriebenen Szenen nicht den Chefautoren zeigte. Stattdessen könnte doch der attraktive Dr. Sonnenfeld beim Joggen am Strand auf einen verlorenen Stoffhund stoßen, der undsoweiterundsofort.

Irgendwann hing sowieso ein Schreiben des Senders im Flur mit der Information, dass die Firmenleitung trotz der miesen Quoten voll hinter der Soap stehe und wir nichts zu befürchten hätten. In diesem Augenblick wusste ich, dass wir alle gefeuert werden würden.

Ich hatte mich schon damit abgefunden, nirgendwo Fuß zu fassen, als die Rettung kam: Ein Fernsehsender wollte unglaublicherweise eine von mir entwickelte Serie kaufen, das heißt, zuerst kaufte er nur eine Option für zwei Jahre und insgesamt zweitausend Euro. Das Konzept und die Ideen für die einzelnen Folgen wurden extra bezahlt, sodass ich am Ende auf insgesamt achttausend Euro Verdienst im gesamten Jahr kam.

Doch das bremste meinen Elan nicht. Egal, wo ich mich aufhielt, beim Arzt, bei Facebook, in Hotels oder zu Hause beim Ausfüllen des REWE-Gewinnspiels, ich schrieb überall mit aufgeregt schwitzenden Fingern meinen nun offiziellen Beruf hin: Autorin!

Ein knappes Jahr und ungefähr fünfunddreißig Pilotbuchfassungen später war der Zauber verflogen und ich wieder arbeitslos. Der Sender hatte Marktforschung betrieben und dabei herausgefunden, dass der Fernsehzuschauer keine weiblichen Singles als Hauptfiguren sehen wollte. Mist.

»Wie wäre es«, schlug ich verzweifelt vor, »wenn wir aus den weiblichen Singles männliche oder gender-unentschlossene machen würden?«

Aber die Redakteurinnen erklärten mir beim mittäglichen Blutwurstbrötchen, meine Ideen und meine verrückten Figuren seien einfach nicht massenkompatibel.

Betrübt und bockig setzte ich mich an den Schreibtisch und verschmolz alle meine Figuren zu einer einzigen, und ich machte auch aus all meinen bisherigen Geschichten eine einzige. Ein Produzent las und kaufte das Ganze und arbeitete mit mir. Zusammen landeten wir einen unfassbar großen Kinohit.

Während ich überglücklich bereits wieder in Schlafanzughose zu Hause saß und am nächsten Projekt schrieb, änderte sich alles. Ich war von heute auf morgen Teil einer sich permanent um sich selbst drehenden Maschine geworden.

Dankbar für die neuen Chancen, die sich vor mir auftaten, versuchte ich, es allen recht zu machen. Ich begriff nicht, dass die Ungeduld und Unzufriedenheit, die mir entgegenschlugen, Mittel zum Zweck waren. Je schneller ich eine neue Drehbuchfassung fertig hatte, desto knapper wurde die nächste Frist gesteckt. Permanent musste ich gegen mich selbst antreten.

Manchmal, wenn ich zum Schreiben im Hintergrund den Fernseher laufen ließ, wurde irgendeine Preisverleihung übertragen, bei der unser Kinohit mit goldenen Tieren, Kugeln oder sonst wie geformten Ehrungen ausgezeichnet wurde.

Einmal durfte ich sogar mit und den Bayerischen Filmpreis entgegennehmen. Aber als wir von der Bühne kamen, waren leider nur für den Star des Films und den Produzenten Plätze reserviert, also stand ich fesch im Abendkleid und mit Fönfrisur den Rest der Veranstaltung hinter einer Säule an der Seite. Ein eifriger Mitarbeiter hatte mich noch darauf hingewiesen, ich möge den abgespreizten Finger der empfindlichen Harlekinfigur, die wir als Preis erhalten hatten, bloß nicht anfassen, der falle leicht ab. Beim anschließenden Fototermin brauchte ein Pressemensch »noch was Buntes zwischen den Herren«, und so wurde ich, ganz in Hellblau, als lebender Paravent zwischen den Regisseur und den Produzenten geschoben.

Man könnte meinen, dass ich intelligent genug gewesen wäre, den Quatsch zu durchschauen, aber das war ich leider nicht. Der Porzellanfinger zerbrach mir beim ersten Aufflammen des anschließenden Blitzgewitters, und ich ließ ihn erschrocken unter meiner unnatürlich aufgestellten Schuhspitze verschwinden. Die verdrehte Körperhaltung hatte ich mir im Internet bei Vollprofis wie Paris Hilton und Ross Anthony abgeschaut. Auf den Fotos sah es später einfach aus, als hätte ich einen ausgeprägten Buckel und nur ein Bein.

Egal, ich wollte keinen Ärger machen und um Gottes willen nicht gierig erscheinen. Dass der Film zweistellige Millionenbeträge einspielte, während ich mal wieder ein leeres Konto hatte, war kein Glück, aber immer noch besser als das Schicksal jenes Schauspielers, der mehr Geld gefordert hatte und danach nie wieder in einem nennenswerten Film zu sehen war. Mir fiel lediglich auf, dass keiner von denen, die maßgeblich am Einspielergebnis des Filmes beteiligt waren, mich an seinem Geburtstag in die gleiche Wohnung einlud. Sie alle wohnten jetzt in Lofts.

Das waren Rahels Lehr- und Wanderjahre.

Wieso habe ich Idiot eigentlich nie eine Berufsunfähigkeitsversicherung abgeschlossen, frage ich mich jetzt, wo ich hier so ohne Ablenkung liege. Lesen geht nicht. Ich kann schlicht und einfach das Buch nicht halten. Sogar die Muskeln in meinen Fingern und Armen sind verkümmert. Ich kann noch nicht mal ein verschissenes Taschenbuch halten, das ist die Wahrheit. Ich liege im Bett und kann keinen Finger rühren. Ich liege hier und wünschte, ich wäre gieriger als gierig gewesen, die Gierigste von allen.

Meine Schwester Manuela, die heute wieder Dienst hat, rollt ein Schränkchen heran, klappt das daran befestigte Essenstablett heraus und kippt es schräg, um es zum Lesepult zu machen. Ich versuche, zwischen den Wörtern zu verschwinden, ich will alles um mich herum vergessen, aber es klappt nicht. Ich lese einen Satz und frage mich, wie das alles nur passieren konnte. Ich lese den Satz noch mal und frage mich, wie nah ich dem Tod wohl war.

Ein letztes Mal versuche ich, hineinzukommen in Sibylle Bergs literarische Welt und bin frustriert. Dass ich mich an wirklich überhaupt nichts erinnern kann! Weder an den gerade gelesenen Satz noch an die vielen Tage im Koma.

Ich buchstabiere das Wort vor meinen Augen aus, versuche eine Verbindung zu schaffen, aber es sagt mir nichts. K o m a.

Ich war im Koma – vielleicht sollte ich mir das auf ein Zierkissen sticken oder auf T-Shirts drucken lassen? Ich versuche, nicht zu weinen, aber meine Verzweiflung darüber, dass ich weder weiß, was war, noch eine Ahnung habe, was sein wird, nimmt plötzlich so viel Raum ein, dass ich kaum atmen kann.

Ich komme mir selbstmitleidig vor. Für die Welt ist es doch völlig gleich, ob ich hier bin oder nicht. Wieso kann ich mich nicht zusammenreißen?

Ich versuche, daran zu denken, dass wir alle nur ein Tropfen im Meer sind. Dass es eigentlich absolut unwesentlich ist, wie ich mich gerade fühle. Ich stelle mir den Ozean vor und mich darin, eingehüllt in Millionen von Meerestropfen. Bei schlimmen Schreibblockaden hat mich das Wissen um die eigene Bedeutungslosigkeit immer getröstet.

Doch anstelle des Meeres sehe ich meine Mutter vor mir, die mich liebt, die für mich, als ich klein war, alle Märchen umgeändert hatte und die Prinzessinnen die Drachen und Hexen besiegen ließ, meine Mutter, die letzte Woche zusammen mit meinem Vater am Komabett Kinderlieder für mich gesungen hat. Meine Mutter sieht so traurig aus.

Ich bin kein Tropfen im Meer. Keiner ist eine Insel.

GUCCI UND PRADA

»Sind Sie auch ein Fan der Tour de France?«, will eine aufgekratzte Physiotherapeutin von mir wissen.

»Nein, kein bisschen«, antworte ich wahrheitsgemäß. Ich begutachte das lenkerlose Fahrrad, das an mein Fußende gerollt wird. Kurz darauf setzt schlagartig die Vorfreude ein. Meine Muskeln sollen trainiert werden, damit ich schon bald wieder olympiareif rennen, springen, tanzen kann. Ich werde eisern trainieren!

Die Therapeutin hebt meine Füße und schnallt sie an den Pedalen fest. Euphorisch starte ich in meine erste Sportstunde. Ich bin so froh, endlich selbst etwas beitragen zu können zu diesem Kampf hier. Mit vollem Schwung trete ich in die Pedale. Ich will alles geben.

Ich gebe auf. »Wie lange?« Vielleicht hat es sich kürzer angefühlt als gedacht? »Drei Minuten und ein bisschen«, antwortet die gerade noch optimistische Therapeutin in einem Ton zwischen aufmunternd, verständnisvoll und mitleidig.

Wir sehen uns einen Moment lang ratlos in die Augen. Dann packt sie ihre Utensilien ein und lässt mich allein mit meinen »Drei Minuten und einem Bisschen«. Ich taste nach einem Papiertuch und huste Schleim. Wenigstens Markus soll stolz auf mich sein.

Eine Gestalt nähert sich von hinten. Ich bete, dass es nicht wieder die mitleidige Therapeutin mit ihrem Liegerad ist. Sie ist es nicht, sondern Olli, mein Olli! Ich atme seinen Zuhause-Geruch ein, als er sich über mich beugt.

»Hey, was machst du denn?« Sein kantiges Gesicht ist ganz schmal geworden, die blonden Haare noch blonder, und überall hat er Sommersprossen.

So richtig weiß ich nicht, wieso, aber das Wort »Bali« kommt schwächlich aus meinem Mund.

»Ich bin so schnell gekommen, wie ich konnte. Ich war mit den Jungs ja auf dieser Mini-Insel ohne Netz. Erst bei der nächsten Station habe ich die Nachrichten von deiner Familie und von Kevin bekommen. Sonst wäre ich sofort da gewesen.«

Er war nicht da. Olli war mit seinen Kumpels auf Bali. Jetzt fällt es mir wieder ein.

Olli setzt sich zu mir und küsst mich ganz vorsichtig. Er sagt wieder: »Was machst du nur?!«

Ich versuche, ein Schulterzucken in meinen Blick zu legen: »Keine Ahnung ... Mir war irgendwie langweilig, und dann hab' ich mir das hier ausgedacht.«

Er muss lachen, und dann küsst er mich wieder. Ich freue mich so unglaublich, ihn zu sehen, dass mir tausend Schmetterlinge in den Bauch schießen. Für Olli kann ich tapfer sein.

Ich witzele herum, er solle mich ab jetzt Schneewittchen nennen. Das sei mein Komaname. Außerdem stelle ich klar, dass ich jetzt, wo ich einen kalten Entzug hinter mir habe, ja wohl bitte nicht mehr die Getränkekisten in unsere

Wohnung im fünften Stock tragen muss. Ich erwarte ab sofort etwas mehr Respekt und Nachsicht in der Beziehung, nun, da ich ein Schicksal habe.

Wie so oft überfordere ich Olli mit meiner Direktheit. Sein Gesicht verdunkelt sich. Trotzdem muss ich das Wort »Koma« fast zwanghaft wiederholen, wie um zu verstehen, dass es wirklich passiert ist. Aus irgendeinem Grund tut es mir gut, die Dinge zu benennen und damit den Finger in die Wunde zu legen.

Mein Hausfrauenpsychologie-Diplom lässt mich vermuten, dass das der Anfang der Verarbeitung ist. Schön ist es für die anderen nicht, das sehe ich schon ein. Ich hatte immerhin den Luxus, mit Drogen vollgepumpt vor mich hin zu dämmern, während alle anderen um mein Leben fürchten mussten. Wenn man's genau nimmt, hatte ich es mit am besten.

Ich kann sehen, wie Olli bei jedem meiner Sätze zusammenzuckt. Im Kino haben die Leute mehr über meinen Humor gelacht. Vielleicht gut, dass ich keine Diplomatin geworden bin: »Jetzt mal ehrlich, Ihr Nationalgericht sieht ziemlich eklig aus, das müssen Sie schon zugeben.« Oder: »Welche von Ihren Ministern sind jetzt die korrupten?« Und, um beim Thema zu bleiben: »Habe ich Eurer Majestät schon berichtet, dass ich im Koma war?«

Ich frage Olli, ob er das Handyfoto von mir im Koma hat, das Juri mir gezeigt hatte. Ich war noch zu wirr, um es mir genau anzuschauen.

»Kann ich es bitte noch mal sehen?«

Widerwillig sucht Olli es heraus. Ich solle jetzt nach

vorne schauen, sagt er. Wenn man sich andauernd die schlechten Dinge vor Augen führe, könne es einem doch nicht besser gehen.

»Mir geht es aber besser! Und ich muss wissen, wie das aussah, in den neun Tagen, die mir fehlen.« Wo ich schon nicht weiß, was innen passiert ist, brauche ich wenigstens eine Vorstellung vom Außen.

Endlich hat er das Foto gefunden und hält es mir hin.

Es hilft mir nicht. Ich hatte gehofft, etwas Neues zu entdecken. Ich halte das Telefon in der Hand und schaue suchend in mein eigenes, leeres Gesicht, dann wische ich weiter.

In der Reihenfolge davor ist ein Foto von Olli und mir, in einer Bar. Das muss gute drei Wochen her sein, also kurz bevor ich hierherkam. Angetrunken lache ich in die Kamera. Ich habe die viel zu teure schwarze Lederjacke an und sitze auf der Bar, mit einem Drink in der Hand. Olli, neben mir, hat aus Spaß den Kopf in meinen Schoß gelegt.

Das Foto versetzt mir einen unangenehmen Stich. Ich tippe sofort auf die Sperre, und das Handy rutscht vom Tablett auf meine Bettdecke. Olli steckt es hastig wieder weg.

Was war da? Ich kann mich an den Abend nicht erinnern. Es ist alles so wirr in meinem Kopf. Nur wo ich das Kleid gekauft habe, weiß ich noch. Typisch.

»Olli, ist irgendwas passiert an dem Abend?«

Er reagiert leicht genervt auf meine Frage, irgendwie defensiv, so kommt es mir vor.

Was das denn bitte für eine Bedeutung hat, jetzt, wo wir hier sitzen und das alles passiert ist?

Ja, ich merke, dass er recht hat, und nehme mir vor, etwas mehr die brav ruhende Patientin zu sein.

Nur eine Frage noch. Ich muss ihn das fragen, er ist doch mein Vertrauter, und meine Eltern will ich damit nicht belasten. »Hat mich, ganz am Anfang, einer von den Ärzten angeschrien oder habe ich das geträumt? Es war so ein kleiner Mann, mit Strichmund.«

Olli kann mir nicht weiterhelfen, schließlich war er nicht da. Bali. Mein Herz fängt an, ungut zu hämmern.

Da kommt Markus herein. »Jetze is ma Schluss hier. Das Turteltäubsche braucht Ruhe!«

Nicht mit mir. »Hallo? Ich bin null müde.« Unpassenderweise muss ich im selben Moment gähnen.

Markus grinst. »Jaja. Schnäbelsche unter den Flügel und Klappe halten!« In seiner bestimmten Art lässt er auch Olli keine andere Wahl, als sofort aufzubrechen. Erst morgen darf er wiederkommen, und nur, wenn er mich nicht aufregt.

»Du kannst mir meine Freunde nehmen, aber du kannst mich nicht zum Schlafen zwingen! Ich bin hellwach, verdammt!« Das stimmt zwar nicht, aber ich bin sauer und fühle mich bevormundet.

Meinen Pfleger berührt das nicht. Er rollt den Lesetisch zur Seite und befiehlt mir, die Augen zuzumachen. »Dei Lunge ist noch schwach, und du machst hier Halligalli. Das geht net.«

Ich bestehe auf meinem Buch, weil ich mich sonst nicht von den Schmerzen ablenken kann und mir tausend Dinge im Kopf herumgehen. Das ist eigentlich das Schlimmste: mit meinen düsteren Gedanken allein zu sein.

Markus seufzt, nennt mich noch »unendlische Nervensäge« und rollt den Tisch mit dem Buch wieder heran. Als er mir die Nase schnäuzt und meine Spucktücher wegräumt, fühle ich mich wie ein Trottel. Dann fallen mir die Augen zu.

Ich werde erst wieder wach, als ich die Stimme meines Bruders höre. Nebenan ist das Gestöhne und Gepiepe wieder so laut, dass ich nur die Hälfte verstehe. Noch wirr vom Schlaf versuche ich, ganz genau zuzuhören. Reden sie über mich?

»Ihre Schwester wird sich frühestens in sechs Wochen eigenständig ein T-Shirt über den Kopf ziehen können.«

»Aber sie wirkt doch schon relativ fit.«

»Sechs Wochen, und das nur, wenn keine Komplikationen hinzukommen und die Lungenentzündung zurückgeht.«

»Aber das wird sie doch?«

»Das hoffen wir alle. Das hoffen wir sehr. Ob das Herz oder die Lunge wieder voll funktionsfähig sein werden, ist aber noch unklar. Wir müssen Geduld haben.«

Mein Bruder sagt einfach nur: »Okay.« Dann ist es still.

Mein Herz ist das Monster auf meiner Brust? Mein Herz drückt meine Brust zusammen. Ich bin nicht über den Berg. Die Sache mit dem T-Shirt macht mir Sorgen. Sechs Wochen klingen lang für eine derart schnöde Tätigkeit.

Ich höre meinen Bruder weinen. Und ich höre, wie Professor Held ihm ein Taschentuch und einen Stuhl anbietet. Hinter dem Vorhang sitzt Juri und weint. Das habe ich zuletzt gehört, als wir noch Kinder waren. Mein Bruder weint, so wie alle hier weinen. Er weint, und ich habe keine Ahnung, wie sein Gesicht dabei aussehen könnte, jetzt wo er ein erwachsener Mann ist.

Zwei Tage später schaffe ich schon »vier Minuten und ein bisschen« auf dem merkwürdigen Bettfahrrad. Danach sage ich bei der Körperpflege ganz ohne nachzudenken: »In meiner Waschtasche ist ein Conditioner in einer hellbraunen kleinen Flasche. Der ist sehr gut. Können wir den bitte benutzen?«

Die Schwesternschülerin ist verblüfft, ich auch. Meine Erinnerungen werden immer genauer. Bravo.

Vorerst bleibt es aber bei dieser einen Information bezüglich meiner Haarpflege-Routine. Zudem ich die Aktion auch gleich wieder bereue. Es gibt auf der Station zwar eine Herz-Lungen-Maschine, aber leider keinen Fön. Deswegen liege ich noch lange zitternd vor Kälte mit nassem Kopf herum und hoffe, dass es Zeit hat bis zur nächsten Wäsche.

Das Gespräch mit meinen Eltern gestaltet sich etwas abgehackt, da ich ihren freundlichen Small Talk permanent unterbreche, um zu fragen, wie viel Uhr es ist. Sehnlichst erwarte ich die Physiotherapeutin, die mir versprochen hat, dass wir demnächst das Aufstehen üben werden.

Ich begrüße meine Lehrerin voller Überschwang, als sie endlich ohne Fahrrad vor mir steht. Mein Vater hält seine Handykamera bereit, meine Mutter hilft mir, die diversen Schläuche unter den Arm zu klemmen, und los geht's.

Die erste Übung ist Auf-der-Bettkante-Sitzen und mich dann in den Stand drücken.

Klick, Foto.

Das Ganze schaffe ich genau vier Mal, danach bin ich zu Tode erschöpft und muss mich hinlegen.

Eine knappe Woche später kann ich zum ersten Mal stehen bleiben. Die Schläuche werden in eine Art Täschchen gepackt, sodass ich eins rechts und eins links halten kann. Meine Mutter und ich nennen sie »Gucci« und »Prada«.

Und dann kommt tatsächlich mein erster Schritt. Gucci rechts und Prada links, drücke ich mich vom Bett hoch und schlurfe bis zum Fußende. Mein Vater klatscht in die Hände. Er strahlt übers ganze Gesicht.

Als ich mich umdrehe, bin ich allerdings schockiert: Über meinem Kopf hängen mindestens dreißig Monitore mit irgendwelchen Kurven. »Sind die alle für mich?«

Vor Schreck lasse ich Gucci und Prada fallen. Ich starre auf die Wand über dem Kopfende. Kein Wunder, dass Markus immer sofort angeschossen kommt, sobald ich mich bewege. Habe ich überhaupt so viele Organe, wie hier Bildschirme hängen?

Meine Mutter erklärt: »Der hier an der Seite ist für dein Herz. Da haben Papa und ich immer draufgeguckt und gehofft.«

Mein Vater zählt zur Beruhigung erst mal alle Lieder auf, die sie beide zusammen an meinem Bett gesungen haben. Die Playlist reicht von »Freude schöner Götterfunken« über die Beatles bis zu »Häslein in der Grube«.

Die armen anderen Patienten.

Ich huste brav und nur noch ein paarmal am Tag gelben Schleim. Wenn Markus den Beutel ausleeren kommt, sage ich immer: »Ich habe dir mit viel Liebe ein kleines Geschenk gebastelt.«

Er grummelt dann in schlecht gelauntem Hessisch: »Immär enddäuschend, die Präsente der Fraue, immär einfach nur enddäuschend.« Aber die Lungenentzündung klingt langsam ab.

Bald nerve ich schon morgens herum und bettele die Physiotherapeutin herbei. Mittlerweile kann ich schon die zwanzig Meter bis zur Tür und zurück laufen, immer lässig mit Prada und Gucci in der Hand.

Pro Besucher gebe ich eine Show täglich. Ich drücke mich von der Bettkante hoch und tapere wie eine Oma los, dann langsam, langsam zurück. Mein T-Shirt kann ich zwar noch immer nicht selber anziehen, aber ich bin unfassbar stolz.

Beim Gehen muss ich mich so konzentrieren, dass ich immer nur einen kleinen Teil der Station wahrnehme. Die meisten Patienten sind durch Vorhänge abgeschirmt. Den ein oder anderen sehe ich daliegen, mit einem Schnitt im Hals und Beatmungsschlauch.

Um das bin ich Gott sei Dank herumgekommen. Wäre ich nur einen Tag länger im Koma gewesen, hätte auch ich jetzt ein solches Loch in der Kehle. Üblicherweise muss das spätestens am neunten Tag gemacht werden, um Entzündungen am Tubus zu verhindern.

Und dann schnappe ich von Schwester Manuela das Gerücht auf, dass ich auf eine andere Station verlegt werden soll. Als Olli kommt, bombardiere ich ihn sofort mit tausend aufgeregten Fragen. Und Olli nickt! Er hat gerade mit Professor Held gesprochen, die Heilung gehe gut voran. »Jetzt bist du zu langweilig für die Intensivmedizin geworden. Du darfst ab morgen mit den normalen Kranken abhängen.«

Ich kann vor Aufregung die ganze Nacht nicht schlafen.

Gleich am nächsten Morgen räumen meine Eltern das kleine Schränkchen neben meinem Bett aus, und Olli hält mir die Hand. Professor Held verspricht, weiterhin jeden Tag nach mir zu sehen.

Erst als Schwester Manuela dazukommt, fange ich an zu heulen. Sie muss mir schwören, dass ich immer ihre »kleine Micky Maus« sein werde, auch wenn ich den Spitznamen immer scheiße gefunden habe.

Ich glaube, auch sie hat Tränen in den Augen bei unserem Abschied. Es passiert relativ selten, dass ein Patient so lange auf der Intensivstation liegt und sie dann auch noch lebend verlässt.

Plötzlich geht mir alles viel zu schnell. Markus hat heute leider keinen Dienst. Ich hoffe, dass ich mich irgendwann noch von ihm verabschieden kann.

Unter großem Trara werde ich in meinem Bett aus der Station gerollt. Dabei spüre ich einen dicken Kloß im Hals und auch Angst, das alles hinter mir zu lassen. Die Intensivstation war fast zwei Monate lang mein Heim, und jetzt muss ich raus in die wirkliche Welt.

Na gut, tatsächlich geht es erst mal nur zwei Stockwerke nach oben: von der Intensivstation 5 auf die normale Station für Dies und Das.

NORMALE STATION FÜR DIES UND DAS

Es gehört schon eine Portion Humor dazu, wenn man einigermaßen würdevoll direkt neben einem neunzehnjährigen Zivi kacken soll. Ich weiß nicht, wer von uns beiden es schlimmer getroffen hat. Ich, der aktive Teil, oder er, der Dulder, der durch mich vielleicht für immer desillusioniert wird bezüglich der verdauungslosen Anmut des weiblichen Körpers.

Mein Magen-Darm-Bereich macht alle möglichen exotischen Geräusche. Entweder kommt das von dem grauen Fleisch, das ich hier essen muss, oder weil der Ernährungsschlauch erst seit vorletzter Woche raus ist. Auf jeden Fall ist es laut.

Trotzdem, mir geht es immer noch besser als Frau Rose, der Zweihundert-Kilo-Frau im Nachbarbett. Unter ihr ist gestern die Klobrille zerbrochen. Seitdem wird sie gewindelt, weil keiner sie stützen kann. Beim ersten Mal hat sie danach leise für sich geweint. Es bricht einem das Herz.

So, ich bin fertig! Der nette Zivi hilft mir aufstehen. Die Hose kriege ich mit meiner Restwürde noch alleine zu. Zurück ins Bett. »Ich danke Ihnen«, sage ich noch.

Schon absurd, dass wir uns siezen, mein Klo-Begleiter

und ich. Was sagt da der Knigge? Wer bietet das Du an, ich, der Kackende, oder er, der Klozeuge?

Olli hebt abwehrend die Hand. Er will die Details der Geschichte nicht hören. Wir sind eines dieser Paare, die voreinander vorgeben, keine Verdauung zu haben. Mein Vater dagegen findet die Story schreiend komisch und schlägt diverse Gesprächsthemen für meine kommenden Sitzungen mit dem Neunzehnjährigen vor. Am lustigsten finden wir ein kontroverses Gespräch über die mögliche Einführung von Autobahn-Mautgebühren oder, wahlweise, den Vortrag von Rilke-Gedichten.

Seit heute früh habe ich mein Handy wieder, randvoll mit Sammel-Weihnachtsgrüßen. Ich würde gerne jemanden anrufen, weiß aber null Komma null, was ich sagen könnte. Hi, wie geht's? Ach übrigens, witzige Geschichte: Ich war über die Feiertage im Koma …?

Beim Durchsehen der gespeicherten Handyfotos kommt es mir vor, als würde ich die *Bunte* durchblättern. Überall strahle ich gemeinsam mit illustren Schauspielerfreunden in die Kamera. Und dann die obligatorische Homestory in Form von lustigen Bildern von Olli und mir beim Kochen in unserer schönen Altbauwohnung. Fehlt nur noch Patrick Lindner fröhlich hinterm Gemüsebrett.

Ich, als *Bunte*-Leserin, schaue neidisch auf mich und mein bewegtes Leben. Gut, im Moment bin ich auf jeden neidisch, der weiter als zwanzig Meter laufen kann. Aber war ich wirklich immer so glücklich dabei?

Ich finde ein, zwei Fotos von Olli und mir in unserem Lieblingsrestaurant, aufgenommen an dem Abend, zu dem mir jede Erinnerung fehlt. Ich sitze mit Lederjacke auf der Bar und mache Quatschgesten. Wie bei dem Bild auf Ollis Handy habe ich plötzlich ein dumpfes Gefühl. Ich entdecke zwei verpasste Anrufe von ihm mit dem gleichen Datum. Nachrichten gibt es keine.

Das Bild löst etwas in mir aus. Ich sehe mich, die Laptoptasche über der Schulter, weinend durch den Schnee stapfen. Ich gehe eine vollgeschneite Einfahrt hoch und sehe ein Schild: Notfallambulanz.

Ich habe keine Ahnung, was das mit dem Lederjackenabend zu tun hat.

Ein weiteres Rätsel ist der heutige Besuch von Professor Held. Ich soll eine ziemlich hohe Dosis Schmerzmittel intus gehabt haben, als ich herkam. Er wirkt alarmiert, als er mich über eine mögliche Sucht aufklärt. »Ganz normale Schmerztabletten«, sagt er, »wie man sie in der Apotheke bekommt«, und »langjähriger Missbrauch kann Ihre Organe schädigen, Frau Wald! Glauben Sie mir, hier werden regelmäßig Workaholics eingeliefert, Topmanager, die sich mit Grippemitteln und allem Möglichen hochgepusht haben! Das ist nicht der Grund Ihrer Erkrankung gewesen, aber kann sehr schlimm für Sie ausgehen!«

Das hört sich ziemlich irre an, weil ich erstens noch nie gehört habe, dass Topmanager scharf auf Erkältungstabletten sind, und ich mich zweitens überhaupt nicht erinnern kann, jemals ein besonderes Verhältnis zu Tabletten gehabt zu haben. Und außerdem: Wäre ich dann jetzt nicht im Paradies?

Hier darf ich alles haben und will nichts. Jeden Abend

lehne ich die angebotenen Schlafmittel ab, weil ich klar im Kopf sein will. Zwar sitzt Nacht für Nacht das Monster auf meiner Brust und funkelt mich böse an. Doch das ist mir immer noch lieber als dieses schwammige Gefühl, das am nächsten Tag von den Pillen zurückbleibt.

»Würde sich ein Tablettenjunkie nicht anders benehmen? Würde ich hier in der Klinik nicht pausenlos alles annehmen, was mir angeboten wird?«

Darauf hat Professor Held auch keine Antwort. »Ich bin kein Suchtexperte, aber Sie müssen das dringend im Auge behalten. Es war ein ordentlicher Pegel, bitte nehmen Sie das ernst. Ich lösche es Ihnen zuliebe aus der Patientenakte, weil es noch zu wenig ist, um wirklich Alarm zu schlagen, und weil ich Ihnen vertraue und davon ausgehe, dass Sie sich kümmern.«

»Ja, mache ich, versprochen«, sage ich kleinlaut und beschämt.

Ich habe keine Erklärung dafür, wie diese Schmerzmittel in meinen Körper gekommen sind. Ich kann nicht fassen, dass meine Sucht kein bisschen in meinem Bewusstsein verankert ist. Was verbirgt sich da noch alles?

Eventuell ein gutes Konzept für eine Realityshow: »Wie irre bin ich wirklich?« Ein Kamerateam begleitet mich für ein, zwei Wochen durch den Alltag, und anschließend bewerten bekannte Experten und ein ehemaliger Dschungelstar den Grad meiner Verrücktheit.

Meine Gedanken werden von einem Geräusch unterbrochen, das mich zu Tode erschreckt: Mein Telefon klingelt. Jemand will mit mir sprechen!

Verwirrt betrachte ich das Display: Attila, der Filmstar, grinst mich von seinem Profilfoto an. Was will der denn? Wir kennen uns zwar, aber auf eine eher berufliche Art und Weise. Außerdem gehört er zu den zahlreichen emotional unzuverlässigen Menschen in der Filmbranche, die man nie persönlich erreicht und die einen nur an guten Tagen grüßen. Ich schätze, er will etwas von mir, aber was? Mein Bruder hatte mich gestern vorgewarnt, dass sich wohl langsam herumspricht, was mit mir passiert ist. Eines meiner Drehbücher wird gerade verfilmt, vielleicht deshalb? Anscheinend wurde dem Team am Set gesagt, dass ich krank sei. Daraufhin hat es wohl der ein oder andere weitererzählt. Berlin ist räumlich zwar groß, aber tratschtechnisch doch eher klein.

Es ist das Drehbuch, das ich in meinen Fieberträumen nach dem Aufwachen unbedingt fertigschreiben wollte. Ich erinnere mich nur vage an die Geschichte, aber ich weiß noch, wie glücklich ich war, nachdem meine Lieblingsschauspielerin für die weibliche Hauptrolle vorgesprochen hatte.

Beim Dreh war ich immer mit am Set, obwohl Autoren normalerweise dort nicht gern gesehen sind. Die Angst, dass an den Dialogen etwas verändert werden könnte, trieb mich hin und, nicht zuletzt, die unbändige Freude am Spiel der Schauspieler. Selbst nach dem fünften oder sechsten Film hat sich das Wunder nicht abgenutzt. Ich staune bei jedem neuen Film darüber, dass die Figuren aus den in endlosen Monaten zusammengezimmerten, tausendmal laut vor mich hin gesprochenen Dialogen nun zu lebendigen

Menschen werden und dass ich ihnen bei meiner Geschichte zusehen kann.

Die Schauspielerin aus dem jetzigen Film hatte die Rolle im Casting ganz anders gespielt als alle anderen, mit so viel Wahrhaftigkeit und Humor, dass mir peinlicherweise die Tränen gekommen waren. Sofort war ich in Panik geraten, dass man sich gegen sie entscheiden könnte.

Drehbuchautoren sind eigentlich nie bei einem Casting anwesend. Meiner persönlichen Penetranz und der Gutmütigkeit des Regisseurs war es zu verdanken, dass ich überhaupt da war. Zu Recht, wie ich insgeheim fand, da ich sowohl in Liebesbeziehungen als auch in Drehbuchfigurenbeziehungen über alle Maßen besitzergreifend bin. Für mich ist es schwer einzusehen, dass ich eine Person, die ich auf dem weißen Blatt erschaffen habe, nicht bis zum Ende begleiten soll.

Auf jeden Fall hätte ich der Schauspielerin nach den ersten drei Sätzen am liebsten zugerufen, dass sie sich keine Sorgen zu machen braucht, weil sie die Rolle ganz sicher hat.

Dummerweise lag die Entscheidung nicht bei mir.

Deswegen rannte ich nach dem Casting direkt wie eine Furie in die Kaffeeküche und zeterte dem Regisseur ins Gesicht: »Wenn du die nicht nimmst, rede ich nie wieder mit dir! Ich schwöre, ich rede kein Wort mehr mit dir! Für keine andere werde ich am Set die Scheißdialoge ändern! Die isses! Wenn du das nicht begreifst, ist das der schlimmste Fehler deines Lebens! Und meines Lebens auch!«

Der Regisseur biss seelenruhig in einen Müsliriegel und

grinste mich an, was mich nur noch aufgebrachter machte. Als ich erneut zu einer Brandrede ansetzen wollte (»Ja klar, der feine Herr will natürlich die mit dem französischen Akzent! Alles muss immer nur sexy sein! Ich hab' so die Schnauze voll, gestrichen voll! Am besten erschießt man sich als Frau in diesem Scheißbusiness! Es macht einfach keinen Sinn mit euch patriarchischen Dummköpfen! Guten Appetit, ich gehe mich jetzt erschießen!«), hielt er mir mit einer lässigen Bewegung die Castingliste vor die Nase, wo hinter dem Namen der Schauspielerin das Wort »Zusage« stand.

Er hatte sich längst entschieden. Gott sei Dank. Möglicherweise, weil auch er sie am besten fand. Möglicherweise, weil er diesen Gefühlsausbruch und alle nervigen Nachbeben meinerseits verhindern wollte.

Letzteres war Ollis Theorie.

Wie unfassbar schade, dass ich jetzt nicht am Set sein kann!

Mein Telefon hat schon lange aufgehört zu klingeln. In einem filmartigen Anfall von Sehnsucht rufe ich Attila zurück. Er hat zwar nicht das Geringste mit der jetzigen Produktion zu tun, aber die Abwesenheit meines alten Lebens fühlt sich so schmerzhaft an, dass ich dringend eine kleine Injektion brauche.

»Und, wie geht's?«, sagt er, als er abhebt.

»Na ja, geht so«, ist meine geistreiche Antwort. Weiter weiß ich nicht.

Am anderen Ende ein Räuspern. »Ich wollte nur mal so hören ...«

Piepsig sage ich: »Das kam alles sehr plötzlich. Ich weiß noch gar nicht so genau, was jetzt wird.« Und dann: »Kann sein, dass ich tablettensüchtig war.«

Warum, zum Teufel, habe ich das bloß gesagt?

»Wir sind doch alle Suchtmenschen«, entgegnet Attila, wohl an seine eigenen Partyeskapaden denkend. Ich bilde mir ein, sein egales Schulterzucken durchs Telefon zu hören.

»Wer wir?«, will ich wissen.

»Na, Künstler«, meint er und leitet direkt über zu seinem aktuellen Projekt. Aha.

Es gibt Probleme mit der anderen Hauptdarstellerin, erklärt er, und wie blöd und böse sie sei. Er liebt es, zu sagen: »Jetzt ist die Maske gefallen«, wenn sich jemand anders verhält, als er es erwartet hat. Keinesfalls würde er das seiner unterentwickelten Menschenkenntnis zuschreiben, er hält es für viel wahrscheinlicher, dass die Menschen um ihn herum andere Identitäten einstudieren, um dann, im entscheidenden Moment, ihr wahres Bösewicht-Ich zu präsentieren.

Ich höre ihm zu, meine Bettnachbarin Frau Rose schläft sowieso, und ich habe nichts zu tun. Ich weiß nicht, ob es seine Hilflosigkeit ist, mit meiner Lage umzugehen, oder sein ausgeprägter Narzissmus, der mich nicht zu Wort kommen lässt.

Es geht ihm außerdem schlecht, weil ein Kollege ihn in einem Interview über einen gemeinsamen Film nicht lobend erwähnt hat.

Ich muss an den alten Filmboss denken, der mich einmal von seiner Assistentin anrufen ließ, um mir vorzuhalten, dass ich ihn nicht namentlich erwähnt hatte in dem einen Autoreninterview, zu dem ein Journalist sich erbarmt hatte.

Ich versuche Attila mit dieser Geschichte zu trösten. Das geht aber völlig nach hinten los, weil er, wie sich herausstellt, in dem Interview damals ebenfalls gern erwähnt worden wäre und nur zu beleidigt war, um bei mir anzurufen.

Das ist Jahre her. Und wahrscheinlich hat er beim Lesen gedacht: Aha, das ist also die wahre Rahel! Die Maske ist gefallen!

Der Gedanke macht mich traurig. Ich will doch immer von allen gemocht werden, was auch ein narzisstischer Wesenszug sein könnte. Jetzt bin ich selbst gekränkt.

»Es gibt extrem viel Eitelkeit in unserer Branche, musst du wissen«, klärt er mich auf.

»In der Filmbranche? Die Welt wird schockiert sein«, witzele ich. Er lacht und schließt aber mit ernstem Ton an: »Weißt du, du und ich, wir sind immer auf dem Teppich geblieben. Ich bin immer noch voll down to earth, das können alle bestätigen.«

Mich würde interessieren, wer diesen Blödsinn bestätigen soll. Seine unzähligen Assistenten? Nur die Menschen, die seit Jahren keinen Supermarkt mehr betreten haben und sich ausschließlich in Sponsorenprodukte kleiden, müssen permanent betonen, wie bodenständig sie sind. Seit über zehn Jahren denke ich jedes Jahr an seinen Geburtstag, noch nie hat er an meinen gedacht. Wenn man den Down-to-earth-Attila anruft, geht er in der Regel nicht ran. Dann muss man bei der Assistentin seiner Agentin anrufen, die dann seine Agentin benachrichtigt, die es wiederum seinem persönlichen Assistenten ausrichtet. Der probiert dann einen günstigen Moment zu erwischen, um dies auszurichten – allerdings nur, wenn er einen gerne mag, was sich jederzeit immer wieder überraschend ändert. Von selbst ruft Attila eigentlich nur an, wenn er etwas will.

Und wie aufs Stichwort sagt er: »Ist ein bisschen kurzfristig, aber ich muss morgen bei der GQ-Verleihung eine Laudatio für das Lebenswerk von diesem Typen halten. Wie heißt der noch? Schick ich dir gleich. Auf alle Fälle haben die mir einen total langweiligen Text geschickt. Wäre geil, wenn du den ein bisschen aufpeppen kannst, ja?«

Als ich das das letzte Mal gemacht habe, hat er sich den ganzen Abend für meine Gags in seiner Rede feiern lassen und zur Belohnung noch eine bemitleidenswerte Jungschauspielerin abgeschleppt. Bei großen Altersunterschieden stelle ich mir immer vor, wie der eine den anderen auf dem Schoß hat und das Fläschchen gibt. Dann finde ich es schon wieder lustig. Es wäre auf jeden Fall ein schönes Coffee Table Book: Mächtige Männer mit ihren ins Bild montierten Babyfrauen auf dem Arm.

»Ich frage ja dich, weil du die Beste bist.« Es war so klar, dass er natürlich etwas will.

»Wenn ich mir drei Minuten lang die Zähne putze, habe ich danach Muskelkater in den Händen, ganz abgesehen von diversen Halluzinationen mit kleinen Eichhörnchen und dass ich nicht alleine auf die Toilette gehen darf – so ungefähr ist der Status hier, falls es dich interessiert.«

»Oh«, sagt er und dann erst mal nichts mehr. Ich weiß

aber auch nicht, was ich sagen soll. Eigentlich wollte ich nicht so viel preisgeben und bereue es bereits. »Tja, dann wird das wohl nichts mit der Laudatio.« Er lacht unsicher.

Er sagt dann noch »hey, Kopf hoch« und »gute Besserung«, und es klingt so, als hätte ich einen Schnupfen.

MEIN BARBIE-BÜRO-UND-WOHNSET

Mein Klobegleiter-Zivi kommt mit seinem Kollegen herein und teilt das Mittagessen aus. Aufgeregt beäugen sie mich. Ich habe keine Ahnung, was los ist. Dann platzt der Kack-Zivi heraus: »Frau Wald, wir haben Sie gegoogelt!«

»Ach ja?«, meine Eitelkeit freut sich, aber die Freude verfliegt schnell, als er fortfährt: »Sie waren ja mal richtig hübsch!«

Ich versuche, mir nichts anmerken zu lassen, auf jeden Fall bloß nicht zu heulen. Mir reicht die eine intime Situation, in der mich der junge Mann gesehen hat.

Als das Mittagessen verteilt ist und die Tür wieder zu, tropft mein Selbstmitleid unaufhörlich in den sowieso schon wässrigen Kartoffelbrei.

Die dicke Frau Rose versucht, mich zu trösten: »Ich finde Sie aber hübsch.«

»Ich Sie auch«, gebe ich schniefend zurück. Das war nett von ihr. Gleichzeitig komme ich mir ein bisschen blöd vor. Was wäre denn so schlimm daran, nicht mehr hübsch zu sein? Könnte ich mich nicht einfach selber noch mögen? Reicht es nicht aus, wenn Frau Rose und ich hier in Zimmer 204 beschließen, gemeinsam eine Runde hübsch zu sein?

Trotzdem schleiche ich nach dem Mittagessen zum Spiegel, um nachzugucken. Das Schleichen ist eher ein Schleppen. Ich bin immer noch so unfassbar müde und schlapp, ich schwöre, ich will nie mehr ungeduldig sein, wenn eine alte Oma vor mir über den Zebrastreifen schlurft.

In dem kleinen Spiegel und ohne Brille kann ich mich nur verschwommen erkennen. Ich sehe super aus, beschließe ich und nehme mir einen Waschlappen. Mit einer Hand kralle ich mich am Waschbeckenrand fest, mit der anderen ziehe ich die Schlafanzughose runter. Die Schläuche klemme ich unter den Arm. Wenn ich mich zu sehr aufrichte, ziept es. Mir wird ein bisschen schwindelig, aber wenn ich ruhig mache und mich langsam bewege, geht es.

Ab jetzt, habe ich beschlossen, ist die Zeit des Gewaschenwerdens vorbei! Auf der normalen Station sind die Schwestern weniger freundlich und gehetzter, kein Vergleich zu Manuela und Markus. Ich will keiner von diesen müffelnden Patienten sein. Es wäre so leicht, sich jetzt gehen zu lassen. Aber die Angst, nie wieder hochzukommen, sitzt mir im Nacken.

Ich seife umständlich meinen Oberkörper ein. Alles riecht nach der Bübchen-Lotion, die hier überall rumsteht. Wir Kranken sollen alle nach Baby riechen.

Es ist ein süßlicher Duft, mit einem Hauch von Kotze dabei.

Als ich wieder erschöpft im Bett liege, kommt Frau Roses bereits erwachsene Tochter mit einem Kuchen und vielen Klatschzeitschriften vorbei. Wir diskutieren gemeinsam aus, ob das mit Meghan und Harry halten wird, wir glauben schon, und ob sie dem Druck des englischen Königshofes standhalten kann, können wir uns auch gut vorstellen. Ich bin auf jeden Fall froh, dass Frau Rose nicht allein ist und jemanden hat, der sie liebt. Sie wird von ihrer Tochter sogar zu den morgendlichen Untersuchungen begleitet.

Gerade als ich noch über die emotional anstrengende Situation von Königspaaren in der heutigen Zeit nachsinne und mir daraufhin meine eigene Beziehung einfällt, kommt Olli herein.

Mein erster Satz ist: »Bin ich eigentlich medikamentenabhängig?«

Und der zweite: »Was war los mit uns, bevor das hier passiert ist?«

Abschließend kommt mein dritter Satz: »Kann ich bitte eine Creme haben, die nicht nach Baby riecht?«

Ollis Antwort lautet: »Hallo erst mal. Ja, ich liebe dich auch.« Er küsst mich zur Begrüßung.

So kommen wir nicht weiter. Solange ich krank bin, wird er mir nichts Unangenehmes sagen. So gut kenne ich ihn.

Ich beschließe zu bluffen. »Ich weiß, wieso du Weihnachten nach Bali gefahren bist, ich kann mich an alles erinnern.«

Wow, Volltreffer. Ollis Gesicht verdunkelt sich. Er lässt sich mit einem schweren Ausatmer auf den Besucherstuhl fallen. Noch im Fallen führt er den Zeigefinger zum Mund und beginnt am Nagel herumzubeißen.

Jetzt bin ich ganz froh, dass Frau Rose vorhin zu zahlreichen Untersuchungen abgeholt worden ist. Ich bluffe weiter: »Habe ich deswegen so viele Schmerzmittel genommen? Weil du weggefahren bist?«

»Welche Schmerzmittel? Nein, Quatsch. Davon weiß ich nichts.«

»Könntest du zu Hause mal nachgucken, was für Medikamente da im Arzneischränkchen liegen?«

»Ja, über zu Hause wollte ich auch mit dir reden. Ich muss bald zurück nach Berlin. Zumindest kurz, ein paar Termine machen. Ich kann ja auch nicht ewig bei deinen Eltern wohnen.«

»Ach so«, sage ich.

Darüber hatte ich gar nicht nachgedacht. Olli wohnt die ganze Zeit schon bei meinen Eltern, fünfhundert Kilometer von Berlin entfernt. Meine Intensivstation war dann wohl sein Jahresurlaub. Ich spüre, wie die Traurigkeit in mir hochsteigt.

»An den Wochenenden komme ich natürlich«, sagt er schnell.

Für alle muss das Leben weitergehen, nur für mich nicht. Ich pinkele derweil in meine Beutel.

»Bitte, Olli, wenn du schon wegfährst, musst du mir alles erzählen! Wieso bin ich mit meiner Laptoptasche in der Notfallambulanz gewesen?«

Er weiß es auch nicht. Olli hat tatsächlich keine Ahnung. Lügen kann er nämlich überhaupt nicht, deswegen ist er als Anwalt auch nicht so gut, glaube ich. Eigentlich hat er nur seinem Vater zuliebe Jura studiert. Zumindest denkt er das und leidet im Nachhinein darunter.

Immer noch besser als das, was ich gemacht habe,

die gar nichts zu Ende studiert hat und sich deshalb aus unterwürfiger Dankbarkeit unzählige Male hat verarschen lassen von diversen Arbeitgebern. Wahrscheinlich hat das Tradition: Die Prinzessinnen in *Grimm's Märchen* setzen auch mehr auf Lieb-Sein und zeigen ziemlich wenig Interesse am weiblichen Führungsstil. Nur meine Barbie früher, in ihrem »Barbie-Büro-und-Wohnset«, war eine knallharte Karrierefrau und hat Ken mehrere Mal gefeuert. Das hatte ich von der bösen Chefin bei »Falcon Crest« im Vorabendfernsehen gelernt.

Meine berufliche Realität lag bis jetzt irgendwo dazwischen. Und mein Privatleben sieht anscheinend nicht viel besser aus.

Olli beginnt, so zögerlich zu erzählen, dass ich ihm alles aus der Nase ziehen muss.

»Wir haben uns gestritten«, gibt er irgendwann zu. »Letzten Monat nach der Geburtstagsfeier.«

Ich zeige ihm das Lederjackenbild auf meinem Handy: »Der Abend?« Damit ist der Lederjackenabend gemeint.

»Ja.«

»Worüber haben wir gestritten?«

Er druckst wieder herum. »Ist das nicht ziemlich egal, angesichts dessen, dass du hier im Krankenhaus liegst?«

Jetzt bin ich wirklich genervt. »Das bringt so nichts, Olli. Du willst mich schonen, und ich mache mir tausend Gedanken. Wenn ich nicht weiß, woran ich bin, hält mich das erst recht vom Gesundwerden ab.«

Olli sieht erschrocken aus. »Okay«, er fährt sich mit der Hand über die Augen, »wenn du es genau wissen willst: Wir haben uns gestritten über irgendwelchen Alltagsschwachsinn, und dann haben wir uns getrennt, und ich bin ausgezogen. Deshalb bin ich über Weihnachten mit Alex und Jan nach Bali gefahren. Um mir Gedanken zu machen.«

Holy shit, darauf war ich nicht gefasst. Es kommt nicht oft vor, aber jetzt weiß ich tatsächlich nicht, was ich sagen soll.

»Aber das ist alles egal gerade. Ich will mich nicht trennen, Rahel.« Olli will nach meiner Hand greifen, aber ausgerechnet in dem Moment wird Frau Rose wieder mit ihrem Bett hereingeschoben.

Ich bitte Olli, mir in meine Schlafanzughose zu helfen und mit mir auf den Gang zu gehen. Schweigend friemeln wir an der von meiner Mutter geliehenen Blümchenhose herum. Dann ziehe ich mich an Olli hoch, komme zum Stehen und schlurfe in Zeitlupe neben ihm auf den Gang.

Als er vorschlägt, dass wir zum Kiosk rübergehen, fange ich an zu heulen. »So weit kann ich noch nicht! Ich kann nur bis da vorne zu den Bänken.«

»Wollen wir uns lieber in den Garten setzen?«, fragt er vorsichtig, und das macht mich so richtig wütend.

»Ich darf nicht raus!«, schreie ich hilflos. »Es ist scheißkalt, und ich hatte gerade 'ne schwere Lungenentzündung. Falls du dich erinnerst!«

Wie furchtbar, jetzt streiten wir auf dem Weg zum Gespräch über unseren eigentlichen Streit. Es ist überhaupt so absurd, dass dieses glückliche Pärchenfoto die letzte Verbindung zu unserem gemeinsamen Unglück ist. Beziehungskrisen bleiben immer gänzlich unfotografiert. Vielleicht wäre das auch mal ein schönes Coffee Table Book? Wir, während unserer fiesesten Streits, untertitelt mit: Highlights aus unseren dunkelsten Stunden. Für vierundzwanzig neunundneunzig.

Mit voller Wucht erwischt mich der Frust der letzten Monate, als hätte ich auf der Intensivstation lebensnotwendigerweise nur das Gute sehen können, und jetzt, wo ich wieder einen Löffel halten kann, kommen die nicht so schönen Erinnerungen aus der Ecke gesprungen.

Das Gespräch draußen auf dem Flur bringt wenig Klarheit. Er sagt immer wieder: »Du musst jetzt nach vorne schauen, wenn du gesund werden willst.« Ich antworte zwei- bis dreimal patzig: »Ich entscheide selbst, was ich brauche, um gesund zu werden.« Sein Standpunkt ist: »Warum willst du denn jeden Mini-Streit von uns aufrollen? Ist das jetzt nicht egal?« Mein Standpunkt ist: »Behandele mich nicht wie einen Idioten!« Es ist, als hätten wir aus keinem bestimmten Grund plötzlich die Fähigkeit verloren, wie zwei unidiotische Erwachsene miteinander zu kommunizieren.

Später, als ich wieder allein in meinem Bett liege, kommen die Bilder langsam zurück. Ich sehe uns beide streiten. Ich, auf dem Sofa in unserem Wohnzimmer, immer noch in der zu teuren Lederjacke (400 Euro), und er, wütend auf und ab gehend (für umsonst).

Worum ging es da eigentlich? Mich beschleicht das unangenehme Gefühl, dass es an mir lag. Ich weiß noch, dass ich im Büro des Regisseurs fieberhaft an der drehfertigen Buchfassung des jetzigen Films gearbeitet hatte. Abends waren Olli und ich zu einem runden Geburtstag eingeladen, und ich kam natürlich zu spät. Eigentlich kam ich permanent überallhin zu spät. Meistens waren die Drehtermine so eng gesteckt, dass ich täglich viele Buchseiten zu überarbeiten hatte und deshalb ständig im Verzug war. Die Schauspieler warteten auf ihre Texte, der Kameramann, der Produktionsleiter – im Prinzip konnte das gesamte Team von circa hundertfünfzig Leuten erst beginnen, wenn ich mit meiner Arbeit fertig war.

Wenn ich eine komplett neue Szene einarbeitete, die meiner Meinung nach für die Geschichte wichtig war, gerieten alle in Panik, weil dann sämtliche Kosten neu berechnet werden mussten.

Für mich war das absoluter Hochleistungssport. Abends lag ich vollkommen erschöpft auf der Couch und war damit auch als Freundin und Lebensgefährtin im Verzug. Manchmal startete ich noch einen halbherzigen Sexversuch, hauptsächlich um mir selbst zu beweisen, dass ich, als supercoole Karrierefrau, alle meine Leidenschaften unter einen Hut bringen konnte.

Ich hatte ja auch Lust, aber eher zum Stressabbau und zur angenehmen Ablenkung. Es endete meistens damit, dass Olli meine niederen Absichten durchschaute und mir vorwarf, nicht richtig bei der Sache zu sein.

Das konnte ich schlecht abstreiten. Aber musste Sex denn immer so sein wie in den »Dornenvögeln«?

Per pawlowschem Reflex darauf konditioniert, postkoitalen Ärger zu bekommen, verlor ich im Laufe der Zeit die Lust, hatte ein schlechtes Gewissen und fühlte mich gleichzeitig ungerecht behandelt. Da Frauenzeitschriften sich ausschließlich damit beschäftigten, wie ich dünner und attraktiver werden würde, damit ich mir einen Mann einfangen könnte, oder mir Gründe zu liefern, warum Orangenhaut hassenswert war, fühlte ich mich mit meinem Problem sehr allein.

Ich hatte mir ja einen Mann eingefangen – oder er mich –, und jetzt saßen wir nutzlos und beleidigt herum.

Plötzlich beneidete ich Geschäftsmänner, die genauso viel arbeiteten wie ich, aber eine bewundernde Gattin zu Hause hatten, die zwischen ihren Pilates- und Botox-Zeiten schöne Kuchen backte und ihnen den Rücken freihielt. War ich im tiefsten Innern ein Chauvinist aus den Fünfzigern, oder hatte einfach nur eine unfassbar große Sehnsucht nach Ruhe ein paar merkwürdige Ventile gefunden?

Ich versuche, mich zu erinnern, wie das alles kam. Wann ist die Liebe eigentlich so schwierig geworden? Wann haben die Phasen des freudlosen Schweigens angefangen?

Wir hatten uns kennengelernt, als Olli noch im Studium war und ich verloren zwischen diversen unbezahlten Praktika und praktikumsartigen Ausbeuterfilmjobs herumhing. Auch als ich schon bei der Soap arbeitete, haben wir trotz meiner und seiner Vierzehnstunden-Arbeitstage noch viel gelacht und uns unsere »Schriftsätze« vorgelesen. Erst später konnte ich mich des Gefühls nicht erwehren, dass Olli manchmal neidisch war auf mein kleines bisschen Erfolg – etwas zu oft betonte er, wie großartig er meinen Beruf fand und wie stolz er auf meine Leistungen war.

Er selber wirkte nicht besonders glücklich mit seiner Arbeit in der Kanzlei, er sprach ungern darüber und gab vor, lieber mich glänzen zu lassen. Von unseren Freunden heimste er die Lorbeeren für seine emanzipierte Haltung und Bescheidenheit ein, aber wenn wir zu Hause waren, verhielt er sich ziemlich unbegeistert.

Die Schwere seiner Unzufriedenheit schlug mir entgegen, sobald ich den Schlüssel zu unserer Wohnung ins Schloss steckte. Olli behandelte mich freundlich und höflich, aber es kam mir vor, als würde er keine Gelegenheit auslassen, um meinen Enthusiasmus im Keim zu ersticken. Mir wäre ganz normales Streiten lieber gewesen.

Nach einer Weile fing er an, einen Großteil der Dinge, die mich ausmachten und zu meinem Leben gehörten, zu boykottieren. Auf Filmpartys wollte er nicht mehr mit, weil er da angeblich immer nur neben mir stand. Und auch mit Schauspielern konnten wir uns nicht treffen, weil er deren angeblich permanente Selbstdarstellung schrecklich fand.

Wenn ich ihn darum bat, etwas von mir zu lesen, tat er es, schnaufte aber angestrengt, sodass ich irgendwann aufhörte, ihn darum zu bitten.

In unserer Anfangszeit haben wir unglaublich viel zusammen gelacht und uns in vielen Dingen blind verstanden. Das fehlt mir sehr.

Vielleicht ist meine Krankheit eine Chance, dieses Gefühl wiederzufinden? Irgendwo müssen wir beide doch noch sein! Bloß kann ich mich an nichts erinnern, was direkt vor meinem Koma passierte, nicht an den Lederjackenabendstreit und auch nicht daran, warum ich heulend durch den Schnee gestapft bin. Um weiterzumachen, muss ich doch wissen, wie es uns ging, bevor das alles passierte, oder nicht? Ich weiß nur, dass meine Liebe noch da ist. Wenn er bei mir ist, vermisse ich ihn bereits. Wenn er aus dem Zimmer geht, krampft sich mein Magen zusammen. Ich sehne mich danach, wieder neben ihm einzuschlafen, und ich hoffe so sehr, dass es Olli genauso geht.

Aber was, wenn es anders ist?

ABSCHIED

Die Tür geht auf, und eine Schwester spricht das Unglaubliche aus: »Frau Wald, wenn Sie wollen, dann können Sie jetzt schnell duschen.« Waaaas? Ich darf duschen? »Ja klar will ich das!« Ich strahle wie ein Honigkuchenpferd. Es ist so mühselig, sich mit einem Waschlappen zu waschen, und wird meiner Pingeligkeit auch in keiner Weise gerecht. Eine Dusche? Mir ist ganz schlecht vor lauter Aufregung.

Die Schwester fährt mich im Rollstuhl in ein anderes Stockwerk direkt zu einer riesigen Sammeldusche. Sie hilft mir beim Aufstehen und Ausziehen und setzt mich auf einen mit Folie überzogenen Plastiksitz.

Ich bin so erschöpft von der Aufregung und der minutenlangen Rollstuhlfahrt, dass ich mich mit aller Kraft an der Behindertenhalterung festklammere. Ich bestehe darauf, nach dem Shampoo auch noch meine Haarspülung benutzen zu dürfen.

Ich höre das obligatorische: »Ist nicht böse gemeint, aber wenn jetzt jeder Patient so lange brauchen würde, blablabla …«

Ist mir egal. Ich genieße jede Sekunde dieser wertvollen

Erfrischung. Während das Wasser auf meinen Kopf rieselt, schließe ich lächelnd die Augen, so wunderschön finde ich meine erste Dusche.

Völlig erschöpft, blitzsauber und wohlriechend werde ich zurück in mein Zimmer gefahren.

Dort sitzt auch schon meine Mutter, die meine Gedanken erraten haben muss. Sie hat nicht nur ein Stück Weihnachtsstollen dabei, sondern auch mein Parfum, meine Creme und noch ein paar andere blödsinnige, aber schöne Erfindungen der Beauty-Industrie, die mir schon beim Anschauen Freude machen.

»Eitelkeit ist eine ziemlich unterschätzte Eigenschaft. Sie ist sehr wichtig beim Gesundwerden, mein Kind.«

Es fühlt sich unglaublich gut an, diese vermeintlich nichtigen Dinge wieder benutzen zu können. Allein die Tatsache, dass ich nicht mehr genauso rieche wie alles hier im Krankenhaus, gibt mir wieder ein wenig Würde zurück.

Ich weiß, dass hier alle nur ihre Arbeit machen, trotzdem gefällt es mir ganz und gar nicht, dass ich nicht richtig gesagt bekomme, welche Tabletten ich da jeden Tag schlucke. Dafür müssen die Schwestern einen Arzt holen. Die Ärzte sind aber so überarbeitet hier, dass sie bei der Ankunft schon genervt darüber sind, wegen einer solchen Nichtigkeit herbeigeholt worden zu sein. Ich will aber wissen, was die blaue, die grüne, die kleine, die runde, die Kapsel und die große Tablette mit dem Ritz sind.

Frau Rose hat schon innerlich kapituliert und nimmt protestlos alles ein, was ihr ins Becherchen gelegt wird.

Ich nerve so lange herum, bis ein junger Arzt mir widerwillig alles vorträgt.

Die Nebenwirkungen werden mir leider nicht verraten, weil alle glauben, dass Patienten dann nervös werden und sich Tausende von Zipperlein einbilden. Mich beruhigt es aber, wenn ich weiß, dass ich nicht ganz so irre bin und mir manche Dinge nicht einbilde.

Die können froh sein, wenn ich hier mit aufpasse. Zweimal schon baumelte eine Infusion über mir mit einem gebräuchlichen Antibiotikum, gegen das ich stark allergisch bin. Seit ich mir als Kind einmal bei einer Behandlung den ganzen Körper blutig gekratzt habe und wie ein Michelin-Männchen angeschwollen war, weiß ich das und gebe es immer an. In letzter Sekunde habe ich James-Bond-mäßig den Zufluss in meine vernarbte Vene gestoppt, nachdem ich das Etikett gelesen hatte.

Eigentlich sind meine Allergien in der Patientenakte vermerkt. Die ist allerdings ein solch dicker Wälzer, dass da anscheinend niemand reinschaut. Einen Behandlungsplan für mich gibt es wohl auch nicht. Die Physiotherapeutin kommt nicht mehr, und überhaupt wissen die hier nicht, was sie mit mir machen sollen, jetzt wo ich noch lebe.

Dr. Held kommt zwar wie versprochen jeden zweiten Tag, aber hat mir ehrlicherweise gestanden, dass ich von einem wirklich guten Herzspezialisten behandelt werden müsste, den das Krankenhaus hier nicht zu bieten hat. Das Herz funktioniert noch nicht richtig und bedarf einer Spezialtherapie, bei der verschiedene Medikamente von erfahrener Hand durchorchestriert werden müssten. Eigentlich ist

Dr. Held nicht mehr für mich zuständig, ich bin allerdings auch nicht in der Lage herauszufinden, wer sonst.

Ein Krankenhaus ist wie ein Kafka-Roman. Überall schwirren geschäftige Menschen herum, trotzdem kann niemand Auskunft erteilen. Die Pfleger und Schwestern dürfen überhaupt nichts verraten. Für alles muss ein Arzt geholt werden, aber genau das scheint im Krankenhaus nahezu unmöglich zu sein. Um eine umfassende Information über meinen Zustand und die Medikation zu bekommen, müsste ich mehrere Assistenten beschäftigen, die dem gestressten Personal in den Gängen auflauern und es zur Rede stellen würden. Besonders die jüngeren Ärzte gehen mit mir sowieso, aber auch mit dem Pflegepersonal manchmal so um, als wären sie geistig völlig beschränkt.

Mit den Pflegern verbringe ich aber zehnmal so viel Zeit, und damit sind sie die Hauptinformationsträger. Immerhin verspricht mir Dr. Held, sich umzuhören und Kontakt mit anderen Kliniken aufzunehmen.

Ich bin sehr froh darüber, wieder einigermaßen klar im Kopf zu sein. Wäre ich alt oder einfach sehr viel dümmer, hätte ich hier keine Chance, etwas über mich zu erfahren. Auf der Intensivstation hingegen waren wir eine fast dörfliche Gemeinde, die ich jetzt unendlich vermisse.

Leider ist zwar jetzt meine Langeweile dank der Untätigkeit gestiegen, jedoch wegen des gesunkenen Drogenspiegels mein Eichhörnchen verschwunden. Nur wenn ich mich konzentriere und die Augen schließe, kann ich es noch sehen. Zumindest trägt es dann zu meiner Erheiterung bei, wenn mich das Warten zu sehr zermürbt. Die Gesichter von

Schwester Manuela und Markus habe ich inzwischen komplett vergessen, oder eventuell nie richtig wahrgenommen in meinem Junkiegehirn. Nach nur einer Woche!

Sosehr ich mich auch anstrenge, ich kann sie mir nicht mehr zusammenbasteln. Ich könnte neben ihnen an der Ampel stehen und hätte keine Ahnung, dass ich gerade mit meinen engsten Vertrauten über den Zebrastreifen gehe.

Nur Dr. Held erkenne ich noch, da er Gott sei Dank alle zwei Tage nach mir schaut.

Er hat mir ja auch versprochen, sich Gedanken darüber zu machen, wo ich jetzt hinkönnte. In die beste Herz-Rehaklinik kann ich nicht, weil ich Kassenpatientin bin. Anscheinend müssen wir ein paar Abstriche machen und etwas Billigeres finden, quasi das H&M-T-Shirt der Ärzte. Das hört sich beunruhigend an.

Ich frage ihn ketzerisch: »Heißt das, wenn ich Privatpatientin wäre, könnte ich besser und schneller gesund werden?«

Er guckt erschrocken, ertappt oder unwohl, ich kann es nicht einordnen, und macht einen Beruhigungsversuch: »Wir finden schon das Richtige für Sie. Das verspreche ich Ihnen.«

Grundsätzlich kann ich sowieso nicht mit Geld umgehen, Knappheit bin ich gewohnt, aber müssen wir jetzt ausgerechnet an meiner Organgesundung sparen?

Ich weiß, dass mein Bruder und mein Vater zwischendurch immer wieder mit der Krankenkasse telefonieren. Bei jedem neuen Schritt müssen wir alle hoffen, dass es bezahlt wird. Das, was ich habe, ist wohl selten, und deswegen muss gut begründet werden, wieso ich nicht auf der hiesigen Herzstation oder ambulant behandelt werden kann. Im Prinzip geht es der Kasse darum, dass ich nicht einfach aus Vergnügungssucht in eine entferntere Herzklinik gefahren werden will.

Ich stelle mir empörte Krankenversicherungsmitarbeiter vor, die sich über mein exzentrisches Multiorganversagen ärgern. Wenn sie Nein sagen, werde ich vor Ort von einem Arzt behandelt, der sich nicht gut genug auskennt und mich vielleicht nicht heilen kann. Ich habe seit gestern keine Sekunde geschlafen.

Ich halte es nicht aus und rufe Olli noch mal an, der gerade im Auto sitzt und zurück nach Berlin fährt, nach Hause. Als Erstes entschuldige ich mich für den Streit.

Ich erzähle ihm davon, dass ich noch nicht weiß, wie es weitergeht. »Ich hab' solche Angst, dass die Krankenkasse irgendwas bei mir findet und dann nicht mehr zahlt. Was ist, wenn die sehen, dass wir im Sommer gekifft haben? Und wenn ich wirklich medikamentensüchtig war?«

»Die wollen dir doch auch nur helfen! Du verteufelst immer alle möglichen Institutionen. Es ist doch viel wahrscheinlicher, dass da auch kluge Leute sitzen. Glaub mir, alles wird gut.«

Ich beneide ihn um sein Vertrauen in so ziemlich alle Systeme. Vielleicht hätten meine Eltern mich auch weniger zum pädagogisch wertvollen Hinterfragen erziehen sollen. Ich wünsche mir so sehr, dass ich die Chance bekomme, vom Besten der Besten behandelt zu werden. Ich spüre, dass ich nicht gesund werden kann, wenn ich hier nur herumliege.

Mir war nicht klar, dass die Krankenkasse die Institution ist, von der man am abhängigsten ist. Das Schlimmste daran ist, dass ich überhaupt nichts tun kann. Was sie auch für richtig befinden, ich werde mich fügen müssen.

Die Situation kommt schneller als gedacht. Die Tür fliegt auf, und Professor Held erscheint in Begleitung meiner gesamten Familie. Ich verabschiede mich schnell von Olli.

»Du fährst im Rettungswagen! Und ich fahre mit! Ist das nicht aufregend?!«, ruft meine Mutter overexcited. Sie nickt Dr. Held zu. Jetzt darf er reden:

»Das ist richtig, Frau Wald, ich habe gute Nachrichten! In ein paar Tagen geht es nach Berlin zu einem europaweit anerkannten Herzklappenspezialisten.« Was? Ich werde hektisch. »Moment mal, mein Freund fährt heute, wenn er jetzt schnell umdreht, kann ich dann mit ihm fahren?«

Professor Held unterbricht meine aufgekratzte Mutter, als sie gleich wieder etwas sagen will. Er hat eine einigermaßen beruhigende Stimme, was schon mal gut ist, da ich jetzt einen Herzschlag habe wie ein Kolibri: »Sie hat recht, in Ihrem Zustand dürfen Sie noch nicht als Beifahrer in einem Auto sitzen. Sie bekommen hinten im Rettungsauto eine Liege, und Sie werden sehen, dass das eigentlich ganz gemütlich ist. Vorher müssen noch die Nierensteinschiene und der Katheter nach innen verlegt werden, und dann geht's los.«

»Ist das eine Operation, tut das weh?«

Jetzt habe ich wirklich Schnappatmung. Schmerzen oder deren Abwesenheit sind das Einzige, was mich im Moment interessiert. Mit den immer noch nächtlichen Albträumen habe ich mich zähneknirschend arrangiert, vor erneuten Schmerzen jedoch habe ich panische Angst. Ich hasse es einfach, dass gefühlt jeder Idiot, der in der Klinik arbeitet, in mein Zimmer marschieren darf, um in meinen Körper hineinzupiken, ihn anzuzapfen oder Allerlei in meine Zugänge zu pumpen.

Irgendwann vor langer Zeit war das alles mal mein Körper, jetzt dürfen alle Blutrünstigen ran.

Der Arzt heute Morgen war ein kompletter Sozialhonk. Linkisch pikste er mit der Spritze an der Innenseite meines Handgelenks herum, nachdem er mir erfolglos schon sonst wohin gepikt hatte. Die Zugänge in meinen Armen scheinen langsam vernarbt zu sein. Mit der Spritze kratzte der Honk an meinem Knochen herum, natürlich ohne mich dabei anzuschauen, und popelte so lange, bis mir die Tränen in die Augen stiegen. Ich spürte, wie er wütend auf mich und meine dünnen Venen wurde. Irgendwann war er grußlos aus dem Zimmer gestürmt.

Professor Held scheint im Gegensatz zu Honkarzt meine aufkommende Panik zu bemerken und wird sanft: »Es ist wirklich nur ein ganz kleiner Eingriff, und Sie bekommen ein Schlafmittel. Der Urologe hier im Haus legt Ihre Schläuche und die Schiene, auf der der Stein momentan liegt, einfach nach innen in den Körper.«

Ah, es geht um meine Beutel? »Sie meinen Gucci und Prada?«

»Ganz genau, von Gucci und Prada müssen wir uns verabschieden.« Professor Held muss grinsen. »Wenn Sie einverstanden sind, dann werden Sie morgen früh dazwischengeschoben.«

Tief in mir weiß ich, dass ich noch viel mehr aushalten kann. Das ändert leider nichts an meiner sich mittlerweile ausprägenden Wehleidigkeit. Es ist einfach zu viel. Wieder und wieder soll ich mich zusammenreißen, damit ich gesund werden kann. Immer wenn eine kleine Ruhepause in Sicht ist, bahnt sich der nächste Stolperstein an. Noch nie hat die Prophezeihung der Ärzte zugetroffen, dass etwas »eine kleine Sache« sei oder ich den Stich kaum spüren werde. Ich merke alles, und ich habe meinen Zustand so satt, hier und heute.

Wie ein Mantra versuche ich mir selbst zu sagen, dass ich alles aushalten kann und noch viel mehr.

»Ich bin einverstanden«, sage ich und habe große Angst.

Heute ist ein blöder Tag.

Meine Familie ist nicht vorbereitet auf meinen geballten Frust.

Zum ersten Mal seit alles passiert ist, heule ich laut auf und kann mich nicht beruhigen. Mein tapferes Kartenhaus bricht mit einem Mal zusammen. Ich habe ja versucht, die sonnige, unkaputtbare Patientin zu sein, aber im Moment habe ich einfach nur die Schnauze voll. Ich jammere meinen Eltern von dem Monster vor, das immer noch jede Nacht auf meiner Brust sitzt.

Ich weine literweise Selbstmitleidstränen, um mich und mein schlimmes Schicksal, das ich in diesem Moment für das schlimmste auf der Welt halte. Als ich nach gefühltem stundenlangen Dauerschluchzen aber die dicke, ehrlich geschockte Frau Rose in ihrem Bett sehe, gebe ich schlagartig Ruhe.

Heute Morgen habe ich mitbekommen, dass sie gerade darum kämpft, in die nächste Pflegestufe zu kommen, damit überhaupt jemand da ist, wenn sie nach Hause kommt. Im Gegensatz zu mir hat sie nur Aussicht auf eine Zustandsverschlechterung. Die Tatsache, dass mein Schicksal noch unbesiegelt ist, ich für mich noch Hoffnung habe, unterteilt uns in zwei verschiedene Arten von Patienten.

Ich fühle mich wie ein Arsch und reiße mich verdammt noch mal zusammen.

Immer noch etwas waidwund, verkünde ich, dass ich mich auch ein kleines bisschen darauf freue, wieder nach Herzenslust überall hinpinkeln zu können. »Du könntest dein neues Krankenzimmer in Berlin markieren«, schlägt mein Vater vor. Die Vorstellung, wie ich vor dem Herzklappengott lässig das Beinchen heben könnte, heitert mich auf.

»Ich bin morgen da, wenn sie dich in den OP fahren, du kannst dich darauf verlassen«, sagt Juri mit einem aufmunternden Lächeln. »Den Scheiß schaffst du jetzt auch noch.«

Er hat recht.

Mein Vater knetet, wie er das seit dem Koma tut, meine eiskalten Füße: »Wir müssen noch entscheiden, wie wir das mit Berlin machen.«

Mein Bruder sieht verlegen auf seine Schuhspitzen. Ich spüre, dass es meinem Vater sehr schwerfällt, das Thema anzusprechen, aber gleichzeitig weiß ich auch, dass es Zeit ist, sich auf kleine Abschiede vorzubereiten. Seit zweieinhalb Monaten spielen sie nun hier mein Publikum, ganz nach Aristoteles, mit Jammern und Schaudern und immer und immer wieder mit selbstlosem Trost für mich. So viel Liebe habe ich bekommen. Man soll sein Publikum nicht überstrapazieren.

Ein Wunder, dass seine amerikanische Uni, wo er deutsche Literatur unterrichtet, ihn überhaupt so lange weggelassen hat. Er ist noch einer von den Fußvolk-Dozenten und muss sonst fast alle Wochenenden durcharbeiten.

»Wann musst du eigentlich wieder arbeiten, Juri?« Ich beiße jedoch auf Granit. »Keine Angst, Schwesterchen, die schmeißen mich schon nicht raus. Dafür bin ich zu schlau und sehe zu gut aus.«

»Und wie lange musst du jetzt in der Uni durcharbeiten, ohne die ganzen Urlaubstage?«

»Ungefähr drei- bis vierhundert Jahre, aber so lange dauert es ja auch, bis die Studenten den *Doktor Faustus* durchhaben.«

Ich muss lachen. Das hätte ich an diesem düsteren Tag nicht für möglich gehalten. Jetzt reicht's aber. Ich nehme Juris Hand und sehe ihn todesernst an. »Ich wünsche mir sehnlichst, dass du nach Hause fährst. Ich bin mir ganz sicher, dass New York ohne dich untergehen wird. Morgen noch, aber dann komme ich klar.«

Mein Bruder schüttelt entschlossen den Kopf. Mein Vater sieht erleichtert aus. Schließlich hat er ja zwei Kinder und das eine kann ja schlecht sein ganzes Leben für das andere aufgeben. »Rahel hat recht. Fahr du mal nach New York zurück, wir machen das hier schon.«

»Papa, du siehst auch müde aus. Mit deinem hohen Blutdruck kannst du dem Herzklappengott sowieso nicht unter die Augen treten. Das schadet meinem Image.«

Mein Vater will davon zwar nichts wissen, aber der getauschte Blick mit meiner Mutter sagt mir, dass sie ihn überzeugen wird.

Abends vor dem Einschlafen keuche ich vor Angst vor der OP. Ich mache auf jeden Fall komische Geräusche, die ich versuche wegzuatmen.

Frau Rose fragt mich, ob ich mit ihr beten will. Ich habe nicht unbedingt etwas Besseres zu tun. Einen feministischen Vortrag über die katholische Kirche zu halten, habe ich auch ausnahmsweise keine Lust.

Gemeinsam liegen wir schließlich eingekuschelt in unseren Betten und sprechen das Vaterunser. Wenn wir einmal durch sind, fangen wir wieder von vorne an, bis ich schließlich einschlafe.

Am nächsten Morgen werde ich, wie versprochen, von meinem Bruder geweckt. Ich sehe innerhalb kürzester Zeit aus wie eine verquollene Made, so viel Angst habe ich.

Am meisten Sorgen macht mir die Dosis des Betäubungsmittels. Einerseits wollen die Ärzte mein noch schwaches Herz nicht gefährden, andererseits will ich am liebsten gar nichts mitbekommen, egal, wie klein der Eingriff ist. Falls ich das richtig verstanden habe, bekomme ich Dormicum. Ich habe schon mehrfach versucht mitzuteilen, dass man mir bitte eine hohe Dosis geben möge, da ich mittlerweile ja bestimmt einiges gewohnt bin. Ob mir der korrekte Adressat in die Finger geraten ist, weiß ich leider nicht genau.

Die Psychologie der Kranken scheint für die meisten Beschäftigten eine große Überraschung zu sein. Wenn ich sage, dass ich mich fürchte, ernte ich ratlose Blicke, als wäre dies eine sehr unlogische Reaktion auf eine bevorstehende Operation.

Kurz vor dem Eingriff ist mir der Kontrollverlust fast unerträglich. Ich zittere trotz der Beruhigungstablette am ganzen Körper, als die Pfleger kommen, um mich abzuholen. Ich umarme Juri ganz fest und sage ihm noch schnell, dass ich ihn liebe. Er versucht zu diskutieren, ob er noch mit bis zum OP darf, aber er darf natürlich nicht.

Im Bett liegend, summe ich noch mal ganz leise die Melodie von »Girlfriend in a Coma« vor mich hin. Mein Lied. Im Liegen betrachte ich die Linien aus Neonleuchten an der Decke, während mein Bett in die Aufschneideanstalt hineinrollt.

Der Urologe, den ich gestern schon kurz gesehen habe, erkundigt sich nach meinem Befinden. Ich versuche, meine Angst zu überspielen und sage: »Also mir wär's ehrlich gesagt lieber, wenn wir tauschen würden.« Seine Antwort ist erst ein schallendes Lachen und dann: »Darauf hätte ich an Ihrer Stelle jetzt auch keine Lust!«

Die Leute halten einen leider für tougher, als man ist, wenn man den Pausenclown spielt.

Der Urologe übergibt mich immer noch lachend dem Anästhesisten. Endlich an der richtigen Adresse, frage ich noch mal nach einer besonders hohen Dosis. Der Mann gibt mir zu verstehen, dass er alles spielend im Griff hat. Etwas beruhigt lasse ich mich an dem Gynäkologenstuhl festschnallen und sofort dämmere ich weg.

Als ich leicht benebelt aufwache, fühlt sich mein Unterleib an, als würde jemand mit einem langen Draht darin herumstochern. Als ich meine Augen zu einem Schlitz öffne, stelle ich fest, dass es wahrscheinlich auch so ist. »Aufhören«, lalle ich, »bitte aufhören.«

»Gleich fertig«, sagt der Urologe und hantiert weiter. Mir laufen die Tränen herunter. Warum bin ich wach? Es tut wirklich weh. Ich weiß, dass eine an den Enden gebogene Schiene in meinen Harnleiter gelegt wird, damit der Stein nichts verstopfen kann. »Gleich« ist ein ziemlich dehnbarer Begriff. Für mein Gefühl dauert es ewig, bis die Sache endlich erledigt ist. Ich bin fix und fertig und werde zurück in mein Zimmer gerollt.

Ich versuche tapfer zu sein, als ich meine Familie in meinem Zimmer antreffe. Zusammenreißen ist wohl nicht meine Stärke, denn als meine Mutter mich umarmt, jaule ich wie ein getretener kleiner Hund.

Noch tränenreicher wird am nächsten Morgen der Abschied von Juri. Ich will unbedingt, dass er wieder nach Hause fährt, genauso sehr will ich aber, dass er bleibt.

Als er beschließt, seinen Flug zu verschieben, protestiere ich lautstark. Ich weiß von meiner Mutter, dass er Probleme mit seiner nicht gerade pflegeleichten Freundin hat. Ich kann sie zwar nicht sonderlich gut leiden, weil sie permanent um sich selbst zu kreisen scheint, aber eine Trennung wünsche ich ihm auch nicht.

Er verspricht, ganz bald wiederzukommen.

Juris Flug dauert absurderweise genauso lange wie meine Fahrt nach Berlin.

Als er weg ist, schleppe ich mich die drei Schritte zu Frau Roses Bett, setze mich zum ersten Mal auf den Besucherstuhl und angele mein Handy vom Nachttisch, um ihre Nummer einzutippen. Viel geredet haben wir ja nicht, aber trotzdem sind wir uns, glaube ich, ans Herz gewachsen. Ich lasse ihr noch alle meine ausgelesenen Bücher da und mein Parfum. Umso überraschter bin ich, als sie mir wie einem aufdringlichen Discobekannten nicht ihre Nummer geben will.

»Lassen Se mal, Mädchen. Sie fahren weiter, ich bleibe hier, so is das.« Die Logik dieser Aussage erschließt sich mir nicht ganz. »Aber Frau Rose, woher soll ich denn wissen, ob es Ihnen gut geht?« Sie überlegt kurz, aber hat auch darauf eine Antwort: »Na, Ihre Eltern lesen doch bestimmt die Stadtzeitung, dann kriegen die ja mit, wenn ich tot bin.«

Eins muss man Frau Rose lassen, mit Tabus plagt sie sich nicht lange herum. Ich habe einen Kloß im Hals, aber unterdrücke ihr zuliebe jegliche Rührseligkeiten. Als ich mit dem Fuß meinen Nachttisch heranrolle und ihr meine Bücher und das halbvolle Parfum überreiche, strahlt sie übers ganze Gesicht. Sie setzt sich auf und besieht sich alles ganz genau. Mit ihrer Lesebrille auf der Nase liest sie jeden Titel laut vor und nickt zufrieden. In das Buch von Sibylle Berg liest sie direkt rein: »Wäre ich allein, würde ich jetzt einen Western schauen und mich besaufen. Dabei würde ich wieder einen Panikanfall bekommen. Weil ich nicht mehr unendlich bin. Weil es noch zwanzig gute Jahre geben kann, wenn ich sie mir nicht mit schlechter Laune verderbe. Weil zwanzig Jahre nichts sind. Ich würde alle Jungen haltlos hassen, weil sie ihre Sterblichkeit nicht begreifen, die Idioten, so wie sie mir auch vollkommen egal war.«

Konträr zum unerfreulichen Thema lacht Frau Rose schallend und stellt fest: »Genau so isses!« Sie legt das Buch direkt auf den Nachttisch. Das Parfum dagegen will sie nicht annehmen. »Das ist ja von Chanel, ja bist du denn verrückt!«

»Es ist doch schon halb aufgebraucht.«

»Nee, auf keinen Fall. Meine Kinder denken doch, ich hätte heimlich im Lotto gewonnen!« Keuchend lacht sie sich über ihren Witz kaputt, bleibt das Geschenk betreffend aber störrisch. Ich sehe ein, dass nichts zu machen ist.

Ich fühle mich wie in einem Roadmovie. Ich reise wieder weiter, und überall bleiben Cowboys zurück, mit denen ich in den Saloons getrunken und um Leben und Tod gekämpft habe. Ich bin aber kein harter Cowboy. In einer einzigen Bewegung werfe ich mich nach vorne und umarme die ganze dicke Frau Rose, halb liege ich auf ihr, meine Beine heben ab. »Machen Sie's gut und bleiben Sie bitte am Leben.«

Heimlich verstecke ich meine Telefonnummer im Sibylle-Berg-Buch. Es kann ja nicht alles nach ihrem Kopf gehen.

Soweit ich es mitbekommen habe, wird mein junger Kack-Zivi den Rettungswagen fahren und sich mit einem anderen Zivi abwechseln.

Meine Mutter hat schon alles gepackt und sogar noch Geschenke dabei. Sie benimmt sich, als würden wir zu einem wochenlangen Campingtrip außerhalb jeglicher Zivilisation aufbrechen: »Hier, das sind neun Puddings, falls du Hunger hast. Ich habe dir noch drei Morgenmäntel und Nachtwäsche besorgt. Die sind alle von Höhles.«

»Wer sind denn Höhles?« – »Na, Regina Höhle aus meinem Tennisclub. Ihre Schwiegermutter hat ihr zum Geburtstag und zu Weihnachten Nachtwäsche geschenkt, die darfst du mitnehmen.« – »Also ich trage dann die Schwiegergeschenke von Familie Höhle auf?«

»Es sind schöne Sachen.« Sie hält ein Seidennachthemd mit zartlila Spitze und passendem sexy Morgenrock in die Höhe. »Das sieht aus wie aus ›Denver-Clan‹.«

Ich werde ordentlich Eindruck schinden im Berliner Krankenhaus. Wie Joan Collins, das Denver-Biest, sehe ich mich vor meinem inneren Auge mit flatternden Seidenärmeln über die Gänge stolzieren. Meine Mutter legt ein bodenlanges Negligé aus champagnerfarbener Seide inklusive Schulterpolstern aufs Bett. »Das ist doch schön für die Reise. Größe 32. Deine Sachen passen dir sowieso nicht mehr.« Sie hat recht, ich bin storchenartig mager. Trotzdem ziehe ich einen großen Pulli und Anorak über mein Verführungsensemble.

Mein stolzer Vater, der inzwischen zu Tode erschöpft aussieht, hilft den Zivis beim Verladen meiner Tasche in den kleinen Rettungswagen. Ich werde innen auf der Liege festgegurtet. Neben mir steht eine ganze Batterie Wasserflaschen, die ich trinken und damit meine Nieren durchspülen soll. Mindestens vier Liter soll ich während der Fahrt abpumpen. Ich sage, dass ich das mit einem Schlückchen Champagner drin leichter hinunterbekommen würde. Die

Zivis gucken erschrocken, nur mein Vater lacht. Endlich wieder.

Ich bin total aufgekratzt und reiße noch mehr Sparwitzchen, die zuverlässig nur mein Vater lustig findet.

Für Juri machen wir eine ziemlich coole Rettungswagen-Familienfoto-Serie. Das könnte unser erstes Albumcover oder die nächste Weihnachtskarte werden.

Ich kann nicht glauben, dass es jetzt endlich zurück nach Berlin geht. Ich bin auch extrem gespannt auf die High-Tech-Herzstation, auf der ich liegen werde. Ich packe noch den Arztbrief von Professor Held ein. »Urosepsis mit Multiorganversagen« steht da ganz oben.

Und plötzlich steht er bei mir im Zimmer, mein Held. In seinen Straßenklamotten sieht er ganz normal aus, niemand würde ahnen, dass er dem Tod täglich ins Gesicht sieht. Dieser völlig normal aussehende Mann in Jeans und Fusselpulli hat mir das Leben gerettet, ich finde das unvorstellbar. Bei einem anderen Arzt wäre ich vielleicht gestorben. Wie fein die Linie zwischen Licht und Dunkelheit ist.

»Frau Wald, jetzt gehen Sie weiter, und ich freue mich darüber, das wollte ich noch mal sagen.«

Ich habe keine Ahnung, wie ich diesem Mann etwas Angemessenes sagen könnte, so viel Respekt habe ich vor ihm.

»Danke dafür, dass Sie mich gerettet haben.«

»Sie haben aber auch ganz schön gekämpft. Alleine war ich das nicht.«

»Soweit ich das mitbekommen habe, war mein Immunsystem in puncto Abwehr nicht viel besser ausgestattet als unsere Bundeswehr mit ihren rumpeligen Siebzigerjahrepanzern. Es sieht ganz so aus, als hätte ich einen ziemlich guten Arzt gehabt. Also danke von Herzen – auch wenn es noch nicht schlägt, wie es sollte.«

Wir grinsen uns an. »Das kriegen Sie auch noch hin, Frau Wald, ganz bestimmt. Ich habe gesehen, dass Sie kämpfen können.«

Ich bin so überrascht über diesen Mann, der mich so sieht, wie mich noch niemand gesehen hat, am allerwenigsten ich selbst. Mit einem Kloß im Hals vor Rührung sage ich noch: »Danke ist ein viel zu kleines blödes Wort für das, was Sie getan haben.«

»Sie leben. Das reicht mir eigentlich.«

Wir sehen uns in die Augen und nicken uns peinlich berührt zu. Dann geht Dr. Held nach vorne, und wir geben uns zum Abschied die Hand, wie zwei Politiker nach einem Gipfeltreffen.

Wieso ist es immer so schwierig, die kitschigen Momente des Lebens auszuhalten oder sich ja eventuell sogar darüber zu freuen?

Von meiner Mutter weiß ich, dass Dr. Held, auch wenn er frei hatte, nicht nach Hause ging zu seinem Kind, sondern an meinem Bett stand, nachdenklich, hoffend, mit mir kämpfend. Nicht eine Sekunde würde ich diese Verantwortung tragen können. Ich versuche nicht mal zu erahnen, wie das Leben dieses in jeder Faser warmherzigen Mannes wohl aussieht. Mein Beruf und die ganze Aufregung um meine dusselige Branche kommen mir im Vergleich noch alberner vor als ohnehin schon. Mir fehlen die Worte, um mich gebührend von Professor Held, meinem Helden, zu verabschieden. Er hat mir vor unserer Verabschiedung noch dringend geraten, eine Psychotherapie zu machen, sobald ich dazu in der Lage bin.

»Sie haben das alles hier überlebt. Beschützen Sie sich und Ihre Lebensfreude. Das Trauma, das Sie erlebt haben, müssen Sie ernst nehmen. Diese Erfahrungen enden unbehandelt meistens mit einem posttraumatischen Belastungssyndrom. Bitte versprechen Sie mir, dass Sie sich ordentlich um sich selbst kümmern.«

Ich verspreche es. Mein Leben gehört inzwischen auch ihm. Er hat nicht zugelassen, dass ich gehe, also werde ich alles tun, was notwendig ist, um zu heilen.

Wir fahren los, und ich singe in Klassenfahrtstimmung »Berlin, Berlin, wir fahren nach Berlin«, als wir auf die Autobahn auffahren. Meine Mutter sitzt auf einem kleinen Sitz neben meiner Liege, auf der ich mit dicker Wintermütze und Anorak festgeschnallt liege. Seit ich so dünn bin, ist mir immer kalt. Brav führe ich mir die erste leider eiskalte Wasserflasche an die Lippen und trinke so viel ich kann. Dummerweise ist wohl mein Inneres von Prada und Gucci noch etwas ausgedehnt. Trinken fühlt sich an, als würde man einen löchrigen Eimer befüllen.

Bereits zwanzig Minuten und einen halben Liter Wasser später muss ich dringend austreten. Ich rufe die Information nach vorne, und dann kommt die große Überraschung. Wir fahren nicht wie gedacht auf die nächste Raststätte, sondern es passiert Folgendes:

Als Erstes wird das Blaulicht angemacht, dann lässt sich der Rettungswagen elegant auf den Seitenstreifen gleiten. Die hintere Tür wird aufgeschoben, und schon steht da mein Kack-Zivi, diesmal mit Gummihandschuh und Bettpfanne. Ich starre ihn ungläubig an. Really? Er nickt. Ich darf mich aus versicherungstechnischen Gründen nicht von der Liege losschnallen.

Die vorbeifahrenden Autos denken beim Anblick eines alarmierten Rettungswagens sicher an Unfälle, Tod und Verderben. In Wirklichkeit ziehe ich gerade die Hose herunter und pinkele geräuschvoll in eine Bettpfanne.

Ich schicke Olli ein Bild, das meine Mutter vom Blaulicht machen muss, und ein Bild von mir mit Victory-Zeichen und breitem Grinsen hinten auf der Liege.

Olli liest seine privaten Nachrichten nicht in der Kanzlei, aber heute Abend wird er lachen.

Mit zwei bis drei kleineren Staus und ungefähr zwanzig Pinkelpausen sind wir zehn Stunden später in Berlin. Als wir in die abendliche Stadt hineinfahren, habe ich Glücksgefühle. Hier wohne ich. Jetzt wird alles gut.

Als wir endlich ankommen und meine Liege herausgeschoben wird, bitte ich um zwei Minuten in der kalten Abendluft. Voller Genuss atme ich die stinkige Berliner Luft ein. Zu Hause. Fast zu Hause und woanders.

Keiner spricht es aus, aber wir haben so viel Hoffnung.

STATION HERZKLAPPENGOTT

Der Professor legt sein Knie auf mein Bett, als wäre ich ein erlegtes Jagdtier. Auch optisch würde er einen guten Großwildjäger abgeben. Er ist groß und breit wie ein Schrank und hat abstehende graue Haare, die hauptsächlich nach oben zu Gott zeigen.

Er drückt sich ausschließlich in lateinischen Begriffen aus, damit ich dummer Patient nichts kapiere. Aber nicht mit mir! Zum ersten Mal lohnt sich die lateinische Spießerschule, auf der ich Abitur gemacht habe. Ich verstehe »Herz«, »entzündet« und »rein«. Wie jetzt? In mein Herz rein? Der will in mein Herz rein? Holy shit! Ich frage nach.

Tatsächlich. Der will in mein Herz, durch den Oberschenkel, sich dann bis zur Herzklappe schieben, ein Stückchen abknipsen und dann wieder raus. Ungefähr fünfzehn Ärzte starren mich an. Nur eine Ärztin mit Locken lächelt ein bisschen. Mein Schlafanzugoberteil ist aufgeknöpft. Auf meinem Oberkörper kleben Elektroden zur Überwachung meiner Herzfunktion. Dazu habe ich noch ein Kästchen, eine Art Mini-EKG um den Hals hängen.

Die Angst kriecht mir den Nacken hoch. Wieso müssen

die da rein? Der Herzklappengott überhört meine Frage und möchte wissen, welche Art von Filmen ich schreibe. »Äh, Komödien«, sage ich. Er schaut unzufrieden. Komödien mag er nicht. Er schaut nur französische Filme und Arte. Ja, das kenne ich schon. Die übliche Bildungsbürgertumsantwort. Wenigstens habe ich meiner minimalen Prominenz zu verdanken, dass ich jetzt in einem Einzelzimmer mit Blick auf den pittoresken Hubschrauberlandeplatz liege. Alleine schlafen, welch unverhoffter Luxus. Gestern Nachmittag kam schon der erste Notfall an, und meine Mutter und ich betrachteten das spannende Schauspiel. Professor Herzklappengott schwirrt wieder heraus mit seinem jungen Ärztepulk. Er wirkt wie jemand, dem seit dreißig Jahren niemand mehr widersprochen hat.

Die hübsche Ärztin mit den Locken huscht noch mal herein und sagt, ich soll mir keine Sorgen machen. Der angedrohte Eingriff passiert nur, wenn mein Herz nicht abschwillt. Ach, das ist geschwollen? Ja. Sie muss weiter.

Die Tür geht zu, und ich bleibe verwirrt zurück. Meine Mutter ist noch nicht da, sie übernachtet bei Olli und mir in der Wohnung, und es ist noch früh am Morgen.

Tja, da liege ich jetzt mit meinem geschwollenen Herzen. Meine Stimmung ist nach der Visite auf jeden Fall im Eimer. Davor war sie aber sowieso nur maximal balancierend auf dem Rand des Eimers.

Das Krankenhaus ist optisch ein ziemlicher Abstieg, was ich nicht für möglich gehalten hätte. Sämtliche Fenster sind mit einer Art Eisenornament vergittert, sodass der düstere Winter hier drinnen noch eine ganze Spur düsterer ist. Welcher erbarmungslose Architekt kommt eigentlich auf die Idee, uns Kranken das Leben noch trostloser zu gestalten, als es ohnehin schon ist?

Der einzige Lichtblick hier ist die schmissige Schwester Meral, die schöne Lachfalten um die Augen hat und eine Kette mit dem türkischen Auge um den Hals trägt. Gestern, als ich ankam, hatte sie eigentlich schon Dienstschluss, aber holte mir noch ganz lieb eine zweite Decke, weil mir so entsetzlich kalt war. Beim Plaudern habe ich erfahren, dass sie mit ihrem Schwesterngehalt ihren momentan kranken Mann und drei Kinder versorgt.

Mir ist ein Rätsel, wie jemand das schaffen kann, und das mit so sonniger Laune. Ich muss mich mit meinem Geld nur um mich kümmern und da bin ich schon regelmäßig in altersunangemessene Situationen geraten. Ich denke an die Zeit, als ich mir in Schreibphasen zur Motivation eine Handtasche kaufte plus einunddreißig Dosen Nasi Goreng, für jeden Tag des Monats eine. Dann Buch abgeben und endlich die Rechnung stellen. Schwester Meral würde das nicht passieren. Als hätte sie erraten, dass ich sie gerade herbeisehne, kommt sie herein und erhellt meine Laune schon mit ihrem breiten Lächeln.

»Na, Frau Wald, wie sieht's aus mit den Albträumen?« Mir stockt der Atem, mein geschwollenes Herz macht einen Satz.

»Woher wissen Sie das? Das habe ich doch gar nicht erzählt!«

»Hat Ihnen das keiner gesagt? Das haben alle Komapatienten.« Nein, hat mir keiner erzählt. »Wie lange dauert das, oder bleibt es für immer? Ich wache jede Nacht tausend Mal auf aus den grässlichsten Träumen.«

Schwester Meral gibt mir während unserer Unterhaltung mit ihrer Spezialtechnik die tägliche Thrombosespritze. Mit der einen Hand trommelt sie leicht auf meine Bauchdecke, mit der anderen kneift sie die Haut zusammen und spritzt. Mein Körper scheint sich leicht ablenken zu lassen, auf jeden Fall merke ich immer nur die trommelnden Finger und bin beeindruckt. Die Tatsache, dass sie mir die fast schmerzfreie Minispritze erleichtern will, spricht Bände über Schwester Merals Charakter.

»Sie müssen ja bedenken, dass Ihr Unterbewusstsein das Koma erst mal verarbeiten muss. So ein Dreivierteljahr werden Sie sich mit den Träumen noch arrangieren müssen.«

Ich bin erleichtert. Im Prinzip hatte ich mich schon damit abgefunden, jetzt verrückter als vorher zu sein. Wie leicht ich mich fühle bei der Aussicht darauf, dass das Monster auf meiner Brust tatsächlich verschwinden könnte. Ich bekomme für den Notfall noch Schlafmittel angeboten, lehne aber ab. Das müssen meine Metaebene und ich schon selber mit uns ausmachen.

Schon komisch, dass ich als Ex-Medikamentenjunkie mich über jede mir ersparte Tablette freue. Es fällt mir so unendlich schwer, mich mit der Vorstellung anzufreunden, dass ich süchtig war. Es tut sogar richtig weh, mich als diese tablettenschluckende Arbeitsmaschine sehen zu müssen. Ich zwinge mich jeden Morgen dazu, der Tatsache ins Auge zu sehen, dass ich ein Medikamentenjunkie bin. Aber alles in mir wehrt sich dagegen und sagt mir, dass da irgendetwas nicht zusammenpasst.

Den Rest des Morgens verbringe ich damit, jeden, der reinkommt, darüber auszufragen, ob man das merkt, wenn einem ein Katheter vom Oberschenkel direkt ins Herz geschoben wird. Bis vorhin war meine größte Sorge noch die bevorstehende Entfernung der eingesetzten Nierensteinschiene, die mit einem kräftigen Ruck und ohne Betäubung durch meine Harnröhre gezerrt werden soll. Das erscheint mir jetzt wie ein Spaziergang. Apropos, ich war wieder zu langsam, hab' es nicht zum Klo geschafft, und meine ganze Schlafanzughose ist vollgepinkelt.

Die Tür schwingt auf, und meine Mutter und Olli kommen herein. Da steh' ich jetzt, vollgepinkelt und elend. »Ich würde euch ja gerne umarmen, aber vielleicht lieber ohne Urin?« Meine Mutter umarmt mich trotzdem. Mama. So viel Liebe hast du für mich. Ich umarm' dich auch, wenn du irgendwann mal vollgepinkelt bist ...

Ich ziehe die Umarmung künstlich in die Länge, weil ich nicht so recht weiß, wie ich Olli begegnen soll, jetzt wo ich weiß, dass wir getrennt waren. Auch er sieht unsicher aus, wie er da mit einem steifen Lächeln zur Tür hereingekommen ist.

»Wen hast du bestochen, um ein Einzelzimmer zu bekommen? Du siehst toll aus!«

Danke, denke ich und versuche, ihn bewusst anzusehen und gleichzeitig einen Anhaltspunkt für meine Gefühle in mir zu finden.

Zuerst muss ich aber die Pyjamahose wechseln. Als ich ins Bad gehe, sehe ich, wie Olli mit leicht zusammengekniffenen Augen aus dem Fenster sieht. Glaubt er, dass es mir unangenehm ist, dass er mich so sieht, oder ist es andersherum? Normalerweise hat man gemeinsame Erlebnisse dieser Art ja erst als Rentner.

Im Bad hilft mir meine Mutter, mich ein wenig abzuduschen. So ganz kann ich mich noch nicht alleine halten, abgesehen davon, dass ich noch nicht ohne Aufsicht duschen darf.

Es hat sich etwas verändert zwischen Olli und mir, denn statt unserer Vertrautheit überwiegt in mir die Nervosität, so als hätten wir uns gerade erst kennengelernt – oder tun wir das auch erst jetzt richtig, wo so viel hinter uns liegt? Vielleicht ist meine Krankheit unser entscheidender Hinweis auf das Wesentliche. Der Verlauf von Beziehungen scheint immer der gleiche zu sein, irgendwann wird man dem anderen gegenüber nachlässig. Möglicherweise ist dieser Anfang eine Chance, viel glücklicher miteinander zu werden, als wir es jemals waren.

Mit diesem Gedanken gehe ich frisch geduscht zurück ins Zimmer und versuche zu verdrängen, dass eben noch ein großer nasser Fleck auf meiner Hose war.

»Schön, dich zu sehen«, sage ich als Friedensangebot und meine es auch so. Olli sagt: »Ich sah gerade dieses irre toll abgeblätterte schmutzgraue Klinikgebäude, und dann dachte ich, geh' doch mal rein«, dann sage ich blöde: »Ja, Berlin besitzt eine einzigartig hässliche Wintertristesse, auf die wir hier sehr stolz sind.« Tatsächlich fällt die anschließende Umarmung inniger aus, als ich gedacht hätte.

»Sie müssen sich unbedingt mal die hiesigen Karaokekünstler im Mauerpark ansehen. Das ist immer ein Erlebnis«, sagt er mir leise ins Ohr, und ich sage: »Ja, aber zuerst möchte ich auf diesen Fernsehturm.« Wir müssen lachen. Eine gewisse Verkrampfung ist zwar noch da, aber es könnte tatsächlich alles gut werden mit uns.

Olli hat Blumen dabei, ganze Einkaufstüten voller Blumen von befreundeten Produktionsfirmen, Freunden und Feinden. Sie wussten bis jetzt nicht, wo ich liege, und haben sie zu uns nach Hause geschickt. Meine Mutter hat noch einen ganzen Beutel Karten und Briefe dabei. Ich bin ziemlich überwältigt. An den Geburtstag eines Drehbuchautors denkt in der Regel kein Mensch, wohingegen auf Vergessen des Regisseurgeburtstages die Todesstrafe steht. Mein nahendes Ende scheint sich aber herumgesprochen zu haben, was ich beschließe, in vollen Zügen auszukosten.

Meine Besucher haben noch ein ganz besonderes Geschenk für mich, etwas, das ich mir sehnlichst gewünscht habe: meinen Computer und alle Bücher von meinem Nachttisch, mein Tor zur anderen Seite. Ich will sofort alles anschauen und meine Nachrichten lesen. Wie naiv ich doch bin zu denken, dass es im Krankenzimmer WLAN gibt.

Unten im Café kann man sich einloggen. Dazwischen liegen allerdings zwei Aufzüge, drei Stockwerke und ein Weg von hundertfünfzig Metern. Das schaffe ich nie im Leben. Ich darf sowieso noch nicht aus der Station heraus.

Das Kästchen um meinen Hals bemerkt alles. Wie wird das erst sein, wenn uns die Krankenkassen Chips einsetzen?

Meiner Mutter ist es lieber, wenn ich die Mails erst mal sein lasse und mich ausruhe. Die Option ist für mich ausgeschlossen, ich muss endlich meinen Freundinnen schreiben können, erzählen, was passiert ist. Ich muss einen Fuß in meinem alten Leben haben, sonst gehe ich unter im Krankenhauswahnsinn. Ich will mich mit jemandem unterhalten, der weder Schläuche aus sich herauskommen hat noch beabsichtigt, die meinigen zu überprüfen.

Olli holt sich die Erlaubnis meiner Mutter und läuft nach unten, um meine Nachrichten herunterzuladen. Na endlich! Und Laufen will ich auch trainieren, ich will so einiges.

Ich schlafe ein und wache erst viel später auf. Meine Mutter sitzt in eine Zeitschrift vertieft auf dem Besucherstuhl. Olli ist wahrscheinlich zurück ins Büro gefahren. Auf dem Cover des Magazins steht »Bauch weg in acht Wochen« und »Der neue lässige Pyjamatrend«. Hab' ich beides, denke ich und muss grinsen. Ich erzähle es meiner Mutter, und wir lachen Tränen.

Plötzlich wird die Tür aufgerissen, und ein Pfleger schießt herein. Wir sehen ihn verwundert an. »Was haben Sie gemacht?« – »Nur gelacht«, sage ich blöde. Er tippt an meinem Kästchen und den Elektroden herum und sagt dann nur: »Weiterlachen.« Und geht wieder raus. Das tun wir dann auch.

Am Abend nehme ich mir den Beutel voller Genesungskarten vor und stöbere ein bisschen darin herum. Ich bin gerührt über so viele schöne Zeilen, die mir Kraft geben. Es sind auch viele lustige Sachen dabei. Eine befreundete Kollegin hat einfach nur »Du kannst sie alle haben! Mitleidsbonus! Iss auf und ruf mich an« auf eine große Packung Snickers geschrieben, weil ich die in der Filmschule immer von ihr geschnorrt habe.

Meine alte Schulfreundin Holly hat mir ein personalisiertes Mensch-ärgere-Dich-nicht gebastelt, bei dem die Spielfiguren die Gesichter aus unseren schlimmsten Teenagerfotos tragen.

Kevin, der gerade seinen lukrativen, aber verhassten Schreibworkshop auf Usedom geben muss, hat meiner Mutter tatsächlich ein iPad mitgegeben, auf das er all seine Lieblingsserien gepackt hat. In dem begleitenden Brief erklärt er mir, was ich gut gucken kann, wenn ich müde bin und nur ein halbes Gehirn habe, und bei welchen Formaten ich denken muss. Er will das iPad nicht oder wenn überhaupt, dann irgendwann zurückhaben. Er hat auch noch seine Drehbuchsoftware draufgespielt, falls ich mal was schreiben will. Ich bin überwältigt von so viel Feinsinnigkeit und Wärme.

Gerade will ich anfangen, mir die erste Kochsendung für »halbe Gehirne« reinzuziehen, da fällt mein Blick auf einen Brief, dessen Absender mich wundert. Es ist der Geschäftsführer der Firma, bei der ich den Vertrag für mein nächstes Buch unterschrieben habe. Es ist der Produzent, mit dem ich bereits gearbeitet habe, der mich bei jeder Verhandlung gnadenlos im Preis gedrückt hat und mir permanent drohte, dafür zu sorgen, dass ich nie wieder einen Job bekäme, wenn ich mich nicht fügte.

Einerseits ärgert es mich, dass ich dort schon wieder unterschrieben habe, andererseits habe ich mit anderen Firmen genau die gleichen schlechten Erfahrungen gemacht. Alle meine Kollegen scheinen von allen möglichen Firmen durch die gleiche Mangel gedreht worden zu sein, meine Hoffnung auf bessere Behandlung hält sich also ohnehin in Grenzen. Bei diesem Produzenten stehen die Chancen wenigstens gut, dass er den Film finanziert bekommt und er auch gedreht wird. Das ist für mich immer ein enormes Risiko, da ich meine größte Geldrate am ersten Drehtag bekomme. Findet ein Dreh aus irgendwelchen Gründen, mit denen ich eventuell gar nichts zu tun habe, nicht statt, muss ich auf fünfzig Prozent meiner Gage verzichten.

Aus diesem Grund ist der jetzige Produzent menschlich zwar schwierig bis unerträglich, aber immer noch eines der kleineren Übel in meinem in der Branche nicht sonderlich wertgeschätzten Beruf. Meine Rechnung für die erste Rate des neuen Buches hatte ich noch kurz vor Weihnachten gestellt. Danach sind normalerweise mindestens vier Monate Zeit zum Schreiben. Was will er also jetzt schon?

Mit nervösen Fingern mache ich den Umschlag auf. Ich beginne zu lesen: »Liebe Rahel, ich fühle so sehr mit Dir. Als ich hörte, was Dir geschehen ist, habe ich geschluchzt wie ein Kind. Ich bete für Dich, auf Knien, jeden Tag ...«

Ich lasse den Brief sinken und bin verwirrt. Warum schreibt er mir das? Ist das echt? Ich dachte, dass dieser mächtige Mann sich eigentlich nur hinkniet, damit ihn eine Domina ordentlich auspeitschen kann. Das sind natürlich nur meine eigenen Fantasien, die ich in Bezug auf extrem aggressive Machtmenschen habe. Die brauchen ja auch jemanden, der sie mal zurückdemütigt.

Was allerdings nicht meiner Vorstellung entspringt, ist, dass er mich nicht ausstehen kann. Darf er trotzdem für mich beten? Darf jetzt einfach jeder für mich beten?

Ich versuche, mich zu beruhigen und beziehe die Möglichkeit mit ein, dass er vielleicht wirklich verzweifelt ist und sein Verhalten mir gegenüber jetzt bereut. Ich finde die Nähe, die der Brief zwischen uns behauptet, trotzdem unangenehm. Ich lese den Brief noch mal und versuche mir vorzustellen, dass ich die Vergangenheit ja auch hinter mir lassen kann. Wenn er jetzt schon beschlossen hat, Gebete für mich zu sprechen, dann kann ich ja wohl wenigstens versuchen, mich auf unser nächstes Projekt zu freuen. Außerdem sorgt er dafür, dass ich es mir überhaupt leisten kann, hier herumzuliegen. Ich verdränge den Gedanken, dass ich das Buch ja noch irgendwann schreiben muss. Die letzte Rechnung ist geradezu überlebenswichtig, da kann ich ruhig auch mal ein bisschen Projektionsfläche für die Melodrama-Sehnsucht des Produzenten sein. Vielleicht meint er es aber auch wirklich so, wie er es schreibt? Habe ich das Recht, jemand anderem seine Betroffenheit abzusprechen? Eigentlich nicht. Bei der Halb-Gehirn-Kochsendung schlafe ich dann doch in versöhnlicher Stimmung ein.

Der nächste Morgen geht so los, wie ich mir einen Tag in einem Stanley-Kubrick-Zukunftsfilm vorstelle. Jeder Winkel meines Körpers wird untersucht und betrachtet. Ich werde in meinem Bett zum Herz-Echogramm gefahren. Ein bisschen peinlich ist mir das schon, im Krankenhausgang im Bett zu liegen und auf die Untersuchung zu warten. Auch wenn es jeder versucht, nicht zu tun, starrt einen doch jeder andere, gesündere Wartende aus den Augenwinkeln an.

Das Herzecho selbst läuft wie beim Ultraschall. Mit einem Sensor fährt mir die Ärztin über die Rippen und drückt dabei so fest auf mein Rippenfell, dass ich die Zähne zusammenbeißen muss. Danach kommt ein Lungentest und wieder Warten auf dem Gang. Dort erfahre ich, dass sich meine Lunge immer noch nicht erholt hat. Ich muss jetzt dreimal am Tag inhalieren. Ein neues Spielzeug habe ich auch bekommen, eine Art durchsichtige große Haschpfeife, in die ich pusten und ein Bällchen im Innern in Schwebe halten muss. Falls meine Lunge nicht besser wird, muss der Pulmologe »da mal rein«. Das war ja klar, und natürlich habe ich wieder Angst.

Es kommen noch Blutabnahmen, dann neue Klebe-Elektroden für mein permanentes EKG auf meine Brust und immer wieder Warten im Bett auf dem Gang und mitleidig Angeguckt-Werden. Die Schwester, die mich zur nächsten Station schiebt, fragt mich, ob ich schon eine Pflegestufe habe. Ich verstehe nicht ganz.

»Na, Sie sind ja jetzt, sagen wir mal, sehr eingeschränkt. Das gilt als Behinderung. Wenn Se nach Hause kommen, brauchen Se doch sicher 'ne Pflegestufe.«

Aha. Ich bin also behindert. Damit habe ich nicht gerechnet. Ich bin mir sicher, dass das nicht böse gemeint war, aber es wirkt trotzdem. Ich bringe all meine Gedankenkraft auf und sage mir: Die wissen gar nichts von mir. Die kennen mich nicht. Ich werde gesund. Das sage ich mir innerlich, während wir schweigend über die Gänge rollen.

Im nächsten Zimmer werde ich gemessen und gewogen. Viel ist nicht mehr von mir übrig.

Ah, da ist es ja, mein Traumgewicht von fünfzig Kilo! Dass ich das noch erleben darf. Zum ersten Mal sehe ich mich komplett im Spiegel. Ich bin dünn und bucklig, meine Muskeln sind verschwunden, meine Haut ist gelb von der angeschlagenen Leber. Irgendjemandem sehe ich ähnlich. Wem denn nur? Dann fällt es mir ein: Ich sehe aus wie Mr. Burns von den Simpsons! Immerhin noch Körbchengröße C. Ihr seid die echten Survivor!

Eine junge Ärztin reißt mir die vorhin aufgeklebten Elektroden von der Haut, macht noch mal neue drauf. Warum auch immer. Anschließend werden die kleinen Aufkleber mit meinem um den Hals hängenden EKG-Kästchen verbunden und ich zurück in mein Zimmer gerollt. Dort wartet schon meine Mutter auf mich. Außer ihr wartet noch ein weiterer, lang ersehnter Gast: eine große, duftende Pizza. Frisch gebackene Pizza, ich kann es gar nicht fassen! Der Duft von Käse und Zwiebeln zieht mir in die Nase, der erste Bissen ist pures Glück. Welche Freude! Weißmehl und Fett.

Ich reiße riesige Stücke herunter, schiebe sie mir gierig in den Mund und schlucke alles herunter, ohne zu kauen. Ich merke, wie meine Mutter mich erst erschrocken ansieht und dann beginnt, schallend zu lachen. »Bist du jetzt zum Allesfresser geworden?«

Sie amüsiert sich köstlich über meine Veränderung.

In meinem gesunden Leben, also vor dreihundert Jahren etwa, ging ich in drei verschiedene Geschäfte, um genau das richtige Brot, die perfekt geschlagene Biobutter und die fröhlichsten Eier zu finden. Als Kind benahm ich mich wie ein mäkeliger Restauranttester und durchsuchte mit meinem Schneewittchenbesteck jede Mahlzeit nach möglichen Nahrungsmittel-Fehlentscheidungen wie Rosinen oder Schinkenstückchen. Seit ich erwachsen bin, stelle ich morgens nach dem Aufwachen vor meinem geistigen Auge vorfreudig mein Mittagessen zusammen.

Wenn man also jemanden wie mich an einem Ort absetzt, an dem es nur helle oder dunkle Tütensoße gibt und wo eine vegetarische Mahlzeit einfach ein Klotz Tofu ohne was ist, dann muss man sich nicht wundern, wenn dieser Mensch beim Anblick von Fett und Weißmehl ein bisschen irre wird. Ich schließe die Augen, um jeden Bissen auch richtig zu genießen.

Meine Mutter will etwas sagen, doch mit einer kurzen Handbewegung bitte ich sie um absolute Ruhe.

»Ist ja gut, ist ja gut«, lacht sie vergnügt und sieht mir bei meinem Fettexzess zu. Als ich fertig bin, fällt mir ein, dass ich eigentlich Olli in seiner Mittagspause anrufen wollte. Jetzt ist es zu spät. Als ich meiner Mutter wieder Redezeit bewillige, frage ich sie, wie es eigentlich läuft zu Hause in ihrer Zwangs-WG mit meinem Freund.

»Ach, gut«, sagt sie knapp. Es liegt nicht in meiner Familie, sich kurz zu fassen, also rieche ich Lunte. Als ich nachbohre, schlägt sie erst mal vor, ein bisschen laufen zu üben. Ich willige ein und schäle mich aus dem Bett.

Auf die Schulter meiner Mutter gestützt und endlich ohne Prada und Gucci, schlurfen wir im Schneckentempo auf den Gang der relativ kleinen Station. Draußen auf einem Minibalkon sehe ich zwei, drei ältere Männer, ebenfalls mit EKG-Kästchen um den Hals, eine Zigarette rauchend. Jetzt würde ich wahnsinnig gerne eine rauchen, obwohl ich mir das vor drei Jahren mühselig abgewöhnt habe. Eigentlich dachte ich schon, dass die fette Bratwurst, die es gestern Mittag gab, für uns Herzkranke hier ein Gesundheitsrisiko darstellt, jetzt bin ich neidisch auf das zur Schau gestellte Genussparadies auf dem Balkon. Eine Zigarette erscheint mir sowohl erreichbar zu sein als auch extrem erstrebenswert. Es wäre fast wie Ausgehen in eine Bar direkt neben meinem Zimmer.

Im Fenster zum Schwesternzimmer sehe ich Schwester Meral und frage sie sofort, wieso man hier rauchen dürfe auf der Herzstation. Ich wünsche mir, dass sie mir erklärt, dass Rauchen gar nicht so schädlich sei, wie man immer denke. Ich will Merals Segen. Stattdessen entgegnet sie mir, dass das hier ja kein Knast sei, sondern einfach nur eine Krankenstation. Meine Mutter will auch gerade zu einem großen Gesundheitsvortrag ansetzen, da schlurft einer der Balkonraucher, ein älterer Herr, an uns vorbei und schleicht in sein Zimmer.

Als seine Tür geschlossen ist, sagt Schwester Meral: »Wissen Sie, es gibt hier Patienten, für die gibt es keine Hoffnung mehr. Die wollen dem Tod vielleicht mit einer schönen Zigarette ins Auge sehen. Kann ich ihnen nicht verdenken.«

Meine Mutter und ich drehen uns beide noch mal um und starren betroffen die Tür an, hinter der der Mann verschwunden ist, als würde das an seinem Schicksal irgendetwas ändern. Ich fühle mich wie ein Idiot.

»Sie sind hier auf der Station sicher die mit dem schwersten Krankheitsverlauf, aber der Unterschied ist, dass Sie wirklich eine Chance haben.«

Ich schlucke. »Glauben Sie wirklich? Bei der Visite hat sich's nicht so blumig angehört.« Schwester Meral nickt ernst. »Sie sind doch kein Schaf, oder? Dann glauben Sie mal, dass alles möglich ist. Ich habe hier schon alles gesehen.«

Das ist genau das, was ich hören will und sogar muss. Vielleicht habe ich wirklich eine Chance, wer weiß?

Meine Mutter, die von allem immer ein bisschen zu viel ist, umarmt Schwester Meral und sagt: »Sie sind eine ganz tolle Frau und Sie machen das hier wunderbar!«

Oh Gott, ich sterbe vor Peinlichkeit und grinse nur blöd. Ich selbst bin sowohl ein extrem widerwilliger Umarmer als auch Umarmter und weiß nicht, wie es da bei der Schwester aussieht. Unauffällig versuche ich, meine Mutter vom Schwesternzimmer wegzulotsen. Wir bekommen noch die Erlaubnis, ein Stück aus der Station heraus zu gehen. Die Funkverbindung zu meinem Herzmonitor reicht anscheinend bis zum nächsten Aufzug. Also treten wir im Schneckentempo unsere große Reise an.

Jeder alte Mann, der an uns vorbeiläuft, tut mir automatisch leid und deswegen grüße ich jeden unnatürlich freundlich. Mit einer Art unreflektiert größenwahnsinniger Anmaßung schenke ich jedem eventuell dem Tode

Geweihten mein strahlendstes Lächeln, um ihm ein paar Momente Sonne auf seiner Reise zu schenken. Wenn ich so weitermache, kriege ich hier Ärger wegen Belästigung. Selbst meine Mutter fragt: »Wieso lachst du denn immer so komisch?«

Ich stelle meine Bemühungen ein. Es bringt nichts und ist abgesehen davon absolut übergriffig, sich da in andere Schicksale hineinlächeln zu wollen.

Das Herz ist das zentrale Organ. Jede kleine Schädigung schränkt dich massiv ein. Jeder hier auf der Station keucht und schnauft beim Gehen, keiner von uns wird wohl je wieder so sein wie früher. Wir müssen alle akzeptieren, dass wir jetzt auf der anderen Seite leben, wo wir auf uns aufpassen müssen, wo der Herzschlag gemessen wird und wo wir mit der Angst leben, dass wir es nicht schaffen. Auf dieser Seite stehen wir, die Versehrten, und schauen sehnsüchtig auf die andere Seite, die der Sorglosen. Nur wenige kommen von dort rüber, um uns zu besuchen, neidisch gucken wir auf alle, die nach Hause gehen dürfen.

Was würde ich darum geben, wieder in meinem Bett liegen zu dürfen, zu Hause, zu Hause, mein Zuhause. Nur dreißig Minuten entfernt liegen meine gemütlichste Sofadecke, meine Kaffeetasse mit dem kaputten Henkel, meine Lieblingsfilme, die mich trösten. Auch falls ich eine Pflegestufe brauche, wäre ich doch wenigstens in meiner schönen Höhle, in die ich mich verkriechen kann. So viele Behindertenparkplätze, wie es in meiner Straße gibt, wäre ich nicht die Einzige, die Hilfe braucht. Immerhin darf ich mittlerweile alleine aufs Klo.

Mein Heimweh ist so verdammt schlimm, wo unsere Wohnung doch zum Greifen nah ist, aber wenn ich zurück will, muss ich hart arbeiten, um das zu schaffen. Ich weiß, ich muss laufen üben und die Lunge trainieren. Es reicht nicht, nur im Bett zu liegen und mit dem komischen Gerät das Bällchen hochzupusten.

Ich versuche, die Frage zu verdrängen, was mit mir ist, wenn das Herz nicht heilt. Das sagt mir hier sowieso keiner so richtig, ich muss das verdrängen, und ich muss gesund werden.

Wie sagt man noch mal? Die Hoffnung stirbt zuletzt.

Wir stoßen die Tür meiner Station auf und treten heraus auf den geschäftigen Flur, der eine Art Verkehrsknotenpunkt zu sein scheint. Überall an den Wänden sind Wegweiser angebracht, die mir eine Ahnung davon vermitteln, wie riesig das Klinikum offenbar ist. Es gibt am Ende des Flurs mindestens zehn Aufzüge, die teilweise nur in bestimmte Bereiche des Krankenhauses fahren. Aufzug 14B fährt nur auf die Ebene 3A-F, wohingegen Aufzug 14A auf den Ebenen 6L-Q hält. Ich fühle mich wie ein Tourist aus Bottrop, der zum ersten Mal eine Kreuzung in New York betritt. Wie klein meine Welt da hinten auf Station 16 doch ist! Ich starre jeden vorbeihastenden Menschen an und freue mich über das viele Leben, das hier zu sehen ist.

Auch meine Mutter ist ganz aufgekratzt. So weit habe ich es noch nie geschafft. Sie spinnt schon Pläne, dass ich es bestimmt bald bis zur Cafeteria schaffen kann. Und dann passiert es … Gerade als ich aus dem Konzept gerate, weil mich ein ziemlich gut aussehender Besucher anlächelt, wird es warm an meinen Beinen. Ich sehe panisch nach unten und laufe sofort rot an, als ich die Situatiuon begreife. Gleichzeitig merke ich, wie müde und erschöpft ich bin. Wie soll ich es denn von hier aus zurückschaffen? Mitten auf meiner Hose ist ein nasser dunkler Fleck. Jeder kann sehen, was passiert ist. Heiß steigen mir die Tränen in die Augen.

Vor lauter Angst, es jetzt auch nicht mehr ins Zimmer zu schaffen, herrsche ich meine Mutter aggressiv an, als sie fragt, ob sie mir einen Rollstuhl holen soll. Als der schöne Besucher noch mal vorbeiläuft, gucke ich nach unten auf meine Hausschuhe mit den dicken Socken über der schlabberigen Jogginghose. Plötzlich weiß ich, was das eben für ein Lächeln gewesen ist. Es ist dasselbe Lächeln, das ich vor zwanzig Minuten mitleidig an die möglichen Sterbekandidaten verschenkt habe. Wow. Das fühlt sich nicht gut an. Ich wusste nicht, dass Karma so blitzschnell reagiert.

Mit viel Konzentration und unzähligen Päuschen schaffe ich es dann doch zurück ins Zimmer. Meine Mutter packt die vollgepisste Hose ein, nicht ohne mir zu versprechen, sie nicht Olli zu zeigen. Ich schlafe tief und fest ein.

Als ich aufwache, steht ein dicker Pfleger, Hannes, mit dem Abendessen vor mir. Dass ich keinen Hunger habe, interessiert ihn nicht.

»Guck dich mal an, Häslein, so dürr. Du brauchst was auf die Knochen, sonst mach' ich mir Sorgen.« Na gut, bei »Häslein« hatte er mich. Ich setze mich brav auf und fange an, mir ein Brot zu schmieren. Ich mache mir zum Essen eine Sendung über Hundeerziehung auf dem iPad an und vergesse tatsächlich fünfundzwanzig Minuten lang alles um mich herum. Kevin hat meinen Geschmack gut erraten, ich klicke die nächste Folge der Serie an und die nächste. Ich habe zwar keinen Hund, aber man weiß ja nie. Friedlich schlafe ich ein und wache erst wieder auf, als mein nächtliches Monster auf der Brust sitzt.

TEURE CHRONOMETER

Nach sage und schreibe zwei geschlagenen Wochen hier hat meine Mutter dann auch endlich gelernt, wie man die Mails unten im WLan der Cafeteria abruft. Wir üben jeden Tag laufen, aber bis ich es hinunter schaffe, wird es noch dauern. Jeden Tag gehe ich wie ein Tier im Käfig unseren Stationsgang auf und ab, bis meine Mutter kommt. Olli kann ja nur abends, und alleine darf ich die Station nicht verlassen. Wenn sie ankommt, üben wir, und dann drücke ich ihr den Laptop in die Hand, und sie ruft in der Cafeteria die Nachrichten ab. Beim Herumlesen und Stöbern werde ich so müde, dass ich danach manchmal sogar ohne Monster schlafen kann.

Heute war ich schlau und habe ich mir alle Nachrichten von gestern aufgespart. So bin ich beschäftigt, bis Nachschub kommt. Ganz oben im Posteingang finde ich eine lustige Mail von Kevin, der mir schreibt, dass sein Leben langweilig sei ohne mich, hauptsächlich weil er niemanden mehr habe, mit dem er seine Sexgeschichten besprechen könne. Ihm fehlen auch unsere depressiven Gespräche darüber, dass wir beide schreckliche Autoren sind. Er schreibt nämlich auch und ist genau wie ich diesbezüglich mit einem eher minderwertigen Selbstbewusstsein ausgestattet.

Sein kümmerliches Ego am Schreibgerät steht im krassen Gegensatz zu seiner überproportional entwickelten Libido. Er ist ein großer Verführer, und die moderne Zeit und besonders Tinder sind für ihn Fluch und Segen zugleich. Zum einen kommt er dadurch immer mühelos an reichlich Sex, zum anderen hindert es ihn aufgrund der großen Auswahl daran, sich mal länger als zehn Minuten festzulegen.

Verwöhnt durch das rege Interesse der Gegenseite, hat er sich zu einem durchaus mäkeligen Galan entwickelt. Von ihm stammen Sätze wie: »Wenn man als Frau Sachen von Hello Kitty in der Wohnung aufstellt, kann man ja wohl höchstens eine halbherzig unwillige Erektion erwarten«, oder: »Sie hatte Ballerinas! In allen Farben!«

Vor über fünfzehn Jahren, als ich zum Studium nach Berlin zog, waren Kevin und ich einmal irrtümlich für zwei Monate liiert. Wir befanden uns in einer null ernst gemeinten Beziehung, in der wir beide so viel lachten wie nie zuvor, aber auch so wenig Sex hatten wie nie zuvor. Wir waren schlau genug zu erkennen, dass wir viel bessere Freunde als Liebhaber waren.

Unsere Werktage gestalten sich so, dass wir meistens zusammen frühstücken und alles besprechen, was uns beschäftigt, von Politik über Schreibblockaden bis hin zum Aussprechen unserer schlimmsten Ängste. Wie klein sie scheinen, wenn man sie erst mal laut gesagt hat. Ich sehne mich jetzt sehr danach, mit Kevin in meiner Küche zu sitzen und über die Schrecklichkeit einer geschriebenen Szene zu jammern. Ich vermisse unsere morgendliche schlechte

Laune und seinen bösen Humor. Am Telefon habe ich ihm erzählt, wie ich jetzt aussehe, habe ihm meine gelbe Simpsons-Haut beschrieben.

Kevin hat in seiner Mail ein Bild angehängt, auf dem er meinen Kopf auf den ausgemergelten Körper von Mr. Burns montiert hat. Darunter hat er geschrieben: »Auch in Gelb bist du die Schönste!« Daneben hat er ein Herz gemalt.

Ich muss lachen, speichere das Bild und gehe weiter meine Mails durch.

Meine Bank hat mir geschrieben. Ich öffne die Mail. Es ist eine sehr freundliche Nachricht darüber, dass mein Dispokredit vollends ausgeschöpft ist und wir die weiteren Überweisungen an meine Krankenversicherung und die Mobilfunkgesellschaft einmal besprechen sollten.

Panisch klicke ich auf meinen Kontozugang. Da müsste eigentlich alles in Ordnung sein. Ich habe doch die Rechnung gestellt. Ich klicke auf meinen Kontostand und schließe kurz die Augen. Da muss jetzt etwas Gutes stehen, eine schöne Zahl, die mich durch den Winter bringt, brauche ich. Ich öffne die Augen und zwinge mich nachzusehen.

Es ist ein Desaster. Die Miete für die Wohnung, die auf mich läuft, konnte nicht überwiesen werden, meine Versicherungen auch nicht, nur meine Steuervorauszahlung hat gerade noch so geklappt. Ich bin mit fünftausend Euro im Minus und weitere dreitausend für alle möglichen Sachen müssen dringend überwiesen werden. Hektisch blättere ich Seite für Seite um und finde keine Überweisung an mich, nur minus, minus, minus.

Ist das denn möglich? Sofort fällt mir der Produzent

mit dem rührseligen Brief ein. Er hat mich nicht bezahlt. Das muss doch ein Versehen sein! Ich sehe nach: Die Rechnung ging vor fünf Wochen raus. Die kommt bestimmt jeden Moment. In einer Mail des Produzenten an mich steht, dass das Geld direkt vor Weihnachten angewiesen werden würde. Es ist drei Uhr nachts. Bei meiner Bank sitzt jetzt sowieso keiner mehr. Das muss alles ein Versehen sein. Wer ist denn jetzt noch wach?

Ich wähle Juris Nummer, der nach dem ersten Klingeln rangeht und wissen will, warum ich wach bin. Ich sage nur knapp »Albtraum, wie immer«. Er ermahnt mich aber trotzdem, bald wieder schlafen zu gehen, um Kraft zu sammeln.

Ich höre an seiner Stimme, dass etwas los ist.

»Was ist passiert?«, will ich wissen.

»Erzähl erst mal von dir«, sagt er.

»Ach nichts, ich bin nur pleite. Nicht pleite in dem Sinne, dass ich mir keine schönen Schuhe mehr kaufen kann, sondern pleite im Sinne von ich kann mir bald kein Brot mehr kaufen.«

»Du wolltest doch sowieso kein Brot mehr essen.«

»Ja, aber jetzt wo ich mein Traumgewicht wiederhabe, hatte ich es doch vor.«

»Na gut, ich überweise dir Geld für Brot. Wie viel brauchst du?«

Tja, die Wahrheit muss raus: »Ungefähr fünftausend Euro?«

»Dafür kriegt man doch heutzutage kein Brot mehr!«

Ich muss lachen. Es tut so gut, die Stimme meines Bruders zu hören.

»Ich überweise dir gleich was. Gib's mir irgendwann zurück oder nie. Es liegt sowieso auf meinem Sparkonto herum, und ich werde einfach ein bisschen warten mit der goldenen Jacht und dem Polopferdeimperium in der Uckermark.«

Ich bin so erleichtert und beschließe, das Geld sofort zurückzugeben, sobald der Produzent gezahlt hat. So sehr ich meine Erleichterung spüre, so deutlich bemerke ich jetzt, dass Juri etwas bedrückt.

»Mir geht es gut, wahnsinnig gut, um genau zu sein. Mach dir keine Sorgen.« Als er das auf meine Nachfrage sagt, klingt er, als würde er es von einem Blatt ablesen und mehr zu sich selbst als zu mir sagen. Erst will er nichts erzählen, aber ich bohre so lange und manipulativ an ihm herum, dass er damit rausrückt: Er hat sich schließlich nach anderthalb Jahren Beziehung von seiner amerikanischen Freundin getrennt. Ich kann nicht wirklich sagen, dass ich es schlimm finde, die High-Maintenance-Kandidatin nicht mehr zu sehen, aber Juri ist erstens Spezialist für schwierige Frauen und zweitens klingt er wahnsinnig bedrückt und traurig.

Darauf war ich nicht gefasst. Auch wenn Juris Beziehung nicht die einfachste war, so liebte er doch – genau wie unsere Mutter – gerade das. Sie sind beide große Fans von Dramen, auf Bühnen, in Büchern und im Leben.

In diesem Trennungsstück habe ich allerdings eine tragende Rolle, wie so oft in letzter Zeit.

Als ich den dritten Tag im Koma lag, nach der Nachricht, dass man sich auf meine Beerdigung vorbereiten solle, fuhren meine gebrochenen Eltern nach Hause, ohne zu wissen, dass sich auch dort ein Drama ereignet hatte: Lissy, die Freundin meines Bruders, hatte düstere Laune, aufgrund einer Aneinanderreihung von misslichen Vorfällen, die, wie sie stets betonte, in den Vereinigten Staaten niemals möglich gewesen wären. Ihr Leidensweg hatte mit einer unfreiwilligen kalten Dusche begonnen, die dem altersschwachen Boiler meiner Eltern geschuldet war. Der Kauf eines Frühstücksbrötchens war ihr verwehrt worden, weil es in der kleinen Bäckerei auch nach minutenlanger Keiferei nicht möglich war, mit einer amerikanischen Kreditkarte zu bezahlen. Die danach ärgerlich gerauchte Zigarette hatte ihr perfektes langes Haar an den Spitzen versengt, und am Ende ihrer unglücklichen Odyssee war tatsächlich noch der Absatz ihres Stiefels, der den Hauptteil ihres Looks ausmachte, einfach in der holprigen deutschen Pflastersteineinfahrt des böswilligen Bäckers abgebrochen. Da Lissy ein nicht geringes sogenanntes »Angermanagement«-Problem besaß, wurden all diese Probleme weder leise noch unaggressiv immer wieder in Endlosschleife geschildert. Hinter jede Beschreibung dieser entsetzlichen Strapazen wurde der Satz gepackt, dass derartige Vorfälle in »America« niemals möglich gewesen wären.

Nach der zweiten Wiederholung verdunkelte sich die Miene meiner Mutter sekündlich, und alle Enttäuschungen und Ängste der letzten Tage entluden sich in einem Wutanfall, der in »America« auf jeden Fall immerhin verfilmt werden könnte.

Mein Bruder kann sich nur daran erinnern, dass unsere

zugegebenermaßen zu operettenhafter Dramatik neigende Mutter mit Feuer in den Augen auf der Straße stand und immer wieder schrie: »Shame on you! Shame on you! You have brains, but you don't have a heart! Your brain is useless. Now leave my sight, you witch, you don't have a heart!«

Dabei trug sie ihre ballonartige Lapplandmütze, deren an der Seite herunterhängenden, überdimensionalen Bommeln bei jedem Satz bekräftigend herumwirbelten wie zwei wild gewordene Marionetten. Ihr Gesicht ähnelte dem von Alice Cooper im Bühnenlook, da ihre gesamte Wimperntusche in der Form von Fledermausflügeln um die Augen herum verlaufen war, was ihr eine dämonische Ausstrahlung verlieh. Als sie fertig war, fiel sie einfach in sich zusammen und schluchzte den Rest Gefühle, der noch in ihr war, in die Arme meines Vaters.

»Alles, was da gerade passierte, war einfach nur falsch«, sagt Juri jetzt zu mir am Telefon. Sein gesamtes Liebesleben lang hatte er sich immer für die emotional unberechenbarsten, im Umgang anstrengendsten und charakterlich fragwürdigsten Frauen begeistert und diese Neigung stets verteidigt. »Die Tatsache, dass jemand in der Lage war, derartigen Blödsinn von sich zu geben, während wir dich fast verloren hätten, hat mir die Augen ... ich habe auf einen Schlag begriffen, dass alles, was ich immer so aufregend und interessant fand, einfach nur hässlich war, richtig abgrundtief hässlich und verstörend. Man sagt ja bei Hochzeiten immer ›in guten wie in schlechten Zeiten‹. Der Großteil meines Lebens fand aber bisher im Mittelfeld statt, deswegen hatte ich eigentlich keine Ahnung davon, wie sich meine Freundin in einer Extremsituation tatsächlich verhalten würde. Du glaubst, du kennst einen Menschen, aber du hast eigentlich keine Ahnung.«

Juri fuhr Lissy, die ursprünglich zur mentalen Unterstützung mitgekommen war, anschließend sofort zum Flughafen, machte noch im Auto Schluss und fuhr dann mit gebrochenem Herzen zurück zu meinen Eltern.

»Letzte Woche bin ich zum ersten Mal rangegangen, als sie anrief. Sie fühlt sich natürlich hundeelend. Sie weiß, wie schäbig sie sich benommen hat, aber sie begreift immer noch nicht, dass es Dinge gibt, die unverzeihlich sind. Sie versteht nicht, dass man manches zwar verzeihen, aber nicht wiedergutmachen kann.«

Es tut mir so leid für Juri. Ich bin wohl ein ziemlicher Rundumschlag mit anschließendem Kollateralschaden für alle. Insgeheim wünsche ich mir, dass es sein strapaziöses Beuteschema vielleicht für immer verändert hat.

Wenn man im Kopf weiß, dass eine Entscheidung richtig ist, heißt das ja noch lange nicht, dass es sich auch so anfühlt. Sie hat ihm leider keine andere Wahl gelassen.

Vielleicht ist es auch ein großes Glück, dass man mal einen Vorgeschmack auf die charakterlichen Möglichkeiten eines Menschen bekommt, bevor man sich ihm mit Haut und Haaren verschreibt.

Das findet Juri auch. Wir machen uns gute Laune und stellen uns vor, dass wir bald wieder durch den Central Park laufen und den echten Eichhörnchen zugucken.

Wir legen einigermaßen gut gelaunt auf. Krass. Kranksein hatte ich mir auf jeden Fall anders vorgestellt, irgendwie ruhiger und heiliger.

Ein paar Tage später schaue ich auf mein Konto und sehe, dass mein Bruder mir zehntausend Euro überwiesen hat. Ich bin gerührt und unfassbar erleichtert.

So ist Juri. Ich hoffe sehr, dass er mal an eine Frau gerät, die sein gutes Herz auch sehen kann. Mir fällt auf, dass ich beim Geldleihthema gar nicht an Olli gedacht habe. Obwohl wir zusammenwohnen, weiß ich bis heute nicht, wie viel er eigentlich verdient.

In seiner Familie spricht man nicht über Geld, man hat welches. Olli benimmt sich aber immer so, als wäre er permanent am Limit. Ich kann schlecht einschätzen, ob es sich bei seinem Verhalten um die typische Attitüde der Wohlhabenden handelt oder ob er schlicht und einfach aus dem Familienvermögen herausgehalten wird. Die Verklemmtheit, die die meisten Menschen beim Sex besitzen, haben die Reichen beim Besitz.

In Ollis Schrank liegen allerhöchstens drei löchrige dunkelblaue Pullis, aber seine Uhr kostet anscheinend zwanzigtausend Euro. Diese Information habe ich auch nur, weil ich einmal auf dem Klo von Bekannten in einem irre langweiligen Chronometermagazin blätterte und dort exakt die gleiche Uhr abgebildet war. Betrunken schlenderte ich damals zurück an den Tisch und raunte ihm ins Ohr: »Wenn du eines Tages aufwachst, deine Uhr ist weg, ich bin weg, und das Buch über Beverly Hills ist auch verschwunden, dann such bitte nicht nach mir! Ich weiß jetzt, dass das keine Swatch ist.« Unangenehm berührt blickte Olli sich damals um, und ich stellte fest, dass ich den ersten Witz gemacht hatte, den mein Freund nicht begeistert mit einer noch viel witzigeren Replik belohnte.

Ab dem Punkt begriff ich auch, dass Ollis gelebter Stadtstreicherlook eine durchgeplante Sache war. Seine löchrigen Hemden, die abgeschrabbelten, aber perfekt sitzenden Sakkos, sogar der Vintage-Smoking waren alle entweder alt, aber dann von Yves Saint Laurent, oder aktuell maßgeschneidert und schlecht behandelt worden.

Olli liebt es, wenn andere die Löcher in seinen Kaschmirpullis entdecken oder sich über seine abgewetzten Hosen lustig machen. Nur ich weiß jetzt, dass dieser »abgebrannter-Dandy-Look« nicht aus Armut entstanden ist, sondern aus dem Kalkül, unangepasst und uneitel wirken zu wollen. Als ich mich nach meiner Entdeckung darüber lustig machte, wurde er sauer und unterstellte mir niedere Motive, womit er recht hatte. Ich war tatsächlich neidisch auf seine finanzielle Lage und sein daraus resultierendes berufliches Selbstbewusstsein. Obwohl er in der Kanzlei kein sonderlich verdienter Anwalt war, ließ er sich so gut wie nichts von seinen jeweiligen Chefs bieten, ganz im Gegensatz zu mir. Mich hätte allerdings jeder Verdienstausfall, egal, in welcher Höhe, sofort unumgänglich in die Knie gezwungen. Das war der Unterschied zwischen uns, und wir redeten nicht gerne darüber.

Vom Zeitpunkt der Uhrenentlarvung an sparte ich, auch wenn mir das ja sonst nicht lag, das Thema Finanzen komplett aus. Es war mir vielleicht auch lieber so, da wir deswegen auch nicht über meinen stümperhaften Umgang mit Geld und das zugrunde liegende mangelnde Interesse daran sprachen oder ich dafür kritisiert wurde.

So viele Jahre musste ich mit dem Taschenrechner durch den Supermarkt laufen, dass ich mir in den kleinen Dingen mittlerweile eine gewisse Ignoranz bewilligt hatte. Dass ich den Preis meiner Butter nicht auswendig aufsagen konnte, so wie früher, gab und gibt mir ein großbürgerliches Gefühl.

Das muss ich mir wohl wieder abgewöhnen, so wie es aussieht. Die Geldsorgen scheinen in meinem Leben wiederzukehren wie die Jahreszeiten. Immer wenn ich mich traue, mit geschlossenen Augen die Sonne zu genießen, fliegt mir zuverlässig der Herbstmatsch ins Gesicht.

NORMALE MENSCHEN, DIE KUCHEN ESSEN

Es dauert noch eine gute Woche, bis ich mich traue, die Nummer des Produzenten zu wählen.

Er geht sofort ran: »Hey, Süße, das gibt's ja nicht! Ich habe gerade an dich gedacht.«

Dieser Tonfall ist mir neu, ich bin verblüfft und sage: »Äh, hallo, Stefan.« Und dann noch: »Danke für deinen Brief.«

Er ist sofort voll in Fahrt: »Der Vater von meiner Freundin hatte eine so schwere Zeit nach seiner Enddarmentzündung. Ich weiß ganz genau, wie es dir geht.«

Nein, weiß er nicht. Wie komme ich von der Enddarmentzündung auf das Geld zu sprechen? Vielleicht könnte ich so etwas sagen wie: »Darmentzündung ist scheiße, in etwa so scheiße wie mein Kontostand«?

Er redet sich in Fahrt, ich habe meinen Einsatz verpasst.

»Ich denke auch dauernd daran, wie endlich alles ist, das Leben ist fucking endlich! Man muss sich einfach mehr Zeit nehmen für das Wesentliche, das was wirklich zählt …«

Ja, Geld. Doch er lässt sich nicht unterbrechen.

»Der Erfolg, große Autos, Luxusurlaube, aber das ist es ja nicht. Das letzte Hemd hat keine Taschen, ich sag's dir.«

Ich werde bald noch nicht mal ein Hemd haben, wenn ich nicht bald etwas sage. Das Floskelinferno geht weiter.

»Ich sehe mich auf Dauer in einer Blockhütte in Kanada oder am Meer, eindeutig. Nur die Fische und ich. Achtsamkeit ist ein so verdammt wichtiges Thema für mich.«

»Ja, Achtsamkeit und, äh ... Geld«, falle ich ihm plump ins Wort.

»Bitte was?«, fragt er irritiert.

»Ich wollte fragen, was mit meiner Rechnung ist, die fällig war bei Vertragsunterschrift. Ich sollte doch ein neues Drehbuch schreiben.«

Ich höre, wie er etwas in die Tastatur eingibt und auf die Computermaus klickt. Wahrscheinlich hat er noch mal meinen Vertrag geöffnet. Er räuspert sich. Ich schicke innerlich ein Stoßgebet zum Himmel. Ich brauche dieses Geld, zuallererst brauche ich aber eine Antwort.

Wieder höre ich ein Räuspern und dann: »Rahel, erzähl doch mal, wie geht es dir eigentlich?« Okay, ich hatte vergessen, dass ich Stefan nach dem netten Brief auch eine kleine Zustandsbeschreibung schulde. Ich plaudere ein wenig über die Herzstation und versuche dabei, nicht bedürftig zu wirken. Mitleid kann ich nur gut annehmen, wenn ich mir die Menschen dazu auch aussuchen darf. Stefan unterbricht mein Best of der Klinikstorys: »Was glaubst du, wann du rauskommst?«

Das weiß ich leider nicht. Während wir weiterplaudern, schaffe ich keine erneute Überleitung zu meiner Gage. Ich bin überrascht darüber, wie intensiv und besorgt Stefan sich nach meiner Herzgesundheit erkundigt. So viele Fragen stellt er zu ihr. Ich bin berührt von seinem regen Interesse, bis ich verstehe, worum es hier eigentlich geht.

»Sag mal, also die Rechnung ist ja quasi die Startrechnung fürs nächste Buch, das ja dann auch geschrieben werden müsste. Ich muss da natürlich ein bisschen nachfragen ... und deine medizinische Situation ist gut, ja?«

Die Erkenntnis versetzt mir einen Stich. Er will mir nichts bezahlen, bevor er weiß, ob ich jemals wieder in der Lage sein werde, ein Buch zu schreiben. Wenn ich tot bin, gibt ihm kein Mensch seine Drehbuchanzahlung zurück. Ich versuche, die Panik zu unterdrücken, und überlege fieberhaft, wie ich jetzt reagieren soll.

Ich brauche diesen Job so unbedingt, ich kann mich ja nicht mit Herzmonitor um den Hals potenziellen neuen Arbeitgebern vorstellen. Jetzt bloß keinen Fehler machen. Ich weiß genau, was in der Filmbranche mit einem leistungsschwachen Autor geschieht: Er wird selbstverständlich sofort ersetzt.

Ich setze mich auf und versuche ein Lächeln. Der alte Vertretertrick, weil man das doch angeblich am Telefon spüren kann. Ich unterbreche den redseligen Produzenten. Und sage: »Die haben mir garantiert, dass ich auf jeden Fall ganz bald wieder gesund werde. Ich muss mich einfach noch ein bisschen ausruhen und dann bin ich wieder die Alte.« Eine glatte Lüge. »Ich kann ja, während ich hier herumliege, schon mal Ideen sammeln.« Eine noch glattere Lüge. Mir wird heiß und kalt. Ich höre erst nichts und dann ein hörbar erleichtertes: »Großartig. Ich muss jetzt auch los.« Ich setze nach: »Soll ich die Buchhaltung noch mal anrufen?« Ich höre ein Schnaufen und dann: »Kein Problem, das mache ich.« Wir verabschieden uns und legen auf.

Viel Zeit, um das Gespräch zu verarbeiten, bleibt mir nicht. Erst kommt meine Mutter an, die sofort ins Bad verschwindet mit den Worten »Kaffee treibt so«, und dann rauscht die gesammelte Visite herein. Ich habe peinlicherweise keinen BH an, komme aber nicht darum herum, meine Herzelektroden vorzeigen zu müssen. Dann ziehe ich eben vor versammelter Mannschaft mein T-Shirt aus. Zehn Assistenzärzte starren unter rein medizinischen Gesichtspunkten auf meinen Oberkörper. Gefühlte tausend Jahre lang wird wieder auf Latein gefachsimpelt.

Was zum Teufel macht meine Mutter immer noch auf dem Klo?

Ein nervös wirkender Assistenzarzt soll meine Elektroden noch mal umkleben, was er dann auch mit schwitzigen Fingern tut. Der Professor möchte wissen, wie ich mit den Betablockern zurechtkomme. Ich glaube, das sind die Tabletten, die ich morgens immer bekomme. Ich sage: »Bis jetzt spüre ich nichts. Wofür sind die denn eigentlich?«

Der Professor sieht mich endlich mal an, als er mit mir spricht, und ich spüre zum ersten Mal wirkliche Sorge um mich und meine Gesundheit: »Die Betablocker, Frau Wald, sorgen dafür, dass sich Ihr Herz nicht zu sehr anstrengt, die Frequenz wird künstlich gedrosselt. Ich hoffe, dass die Wände so eventuell abschwellen können. Ich gebe Ihnen eine so hohe Dosis, wie Sie aushalten können. Alle paar

Tage steigern wir. Sie brauchen sehr viel Ruhe und ein bisschen Durchhaltevermögen.«

Die Klospülung rauscht, die Tür fliegt auf. Alle Köpfe fahren herum. Auftritt meine Mutter: »Welche Nebenwirkungen hat das?«

Ein unfassbarer Lachkrampf drückt von innen gegen meine Lippen. Ich presse meinen Mund fest zusammen und versuche ausdruckslos zu gucken. Charlotte Bernadine Wald lässt sich niemals aus dem Konzept bringen.

Sie richtet ihr Seidentuch und sieht den Professor eindringlich an. Der gehorcht auch sofort: »Also, da der Stoffwechsel extrem heruntergefahren wird, würde ich mit einer gewissen Müdigkeit rechnen. Eine indirekte Nebenwirkung könnte deswegen auch eine Gewichtszunahme und in seltenen Fällen eine leichte bis schwerere Depression sein.«

Meine Mutter nickt: »Nun, ein bisschen mehr Gewicht würde Rahel ja guttun. Kommen wir damit klar?«

Ich nicke. »Ich glaube, dick und etwas traurig könnte ich aushalten.«

»Dann geben wir Ihnen die Erlaubnis, Professor Bock, danke. Kann meine Tochter ihr T-Shirt jetzt wieder anziehen, die Untersuchung dürfte ja jetzt vorbei sein, oder?«, sagt meine Mutter von ihrem imaginären Thron herab.

Der Professor, der eigentlich Block heißt und der wahrscheinlich als Kind das letzte Mal zurechtgewiesen wurde, gehorcht sofort. »Ja, natürlich. Bitte sagen Sie uns, wenn Sie noch etwas brauchen.«

Er reicht mir mein T-Shirt und geht verwirrt mitsamt seinem Tross aus dem Zimmer. Als die Tür zufällt, kann ich nicht mehr. Ich lache und lache, bis mir die Tränen kommen, meine Mutter kichert auch.

»Irgendwann musste ich ja da rauskommen«, verteidigt sie sich. »Ich saß ja schon ewig da auf dem Klo und habe alles mitgehört. Ich dachte, was reden die denn so lange? Dann bin ich in Panik geraten und hatte Angst, dass sich einer der Ärzte mal die Hände wäscht, und dann sitze ich da. Außerdem hättest du bestimmt vergessen, nach den Nebenwirkungen zu fragen! Und ich habe etwas für dich.«

Ja, hätte ich. »Das hätte ich natürlich nicht! Pizza hast du nicht dabei. Was ist es denn?« Meine Mutter sucht zuerst ihre Brille in ihrem übergroßen Mantel, um sich dann über ihre riesige Tasche zu beugen, beinahe mit dem gesamten Kopf darin abzutauchen. Es dauert, aber irgendwann hält sie eine Zeitung in die Höhe und überreicht sie mir.

»Was ist das?«

Sie zuckt mit den Schultern. »Ach, nur eine Zeitung.«

Ich blättere Seite für Seite um und finde nichts, nichts, nichts, wieder nichts. Als ich ein letztes Mal umblättere, strahlt meine Mutter wie ein Honigkuchenpferd, und mir wird ganz heiß. »Siehst du«, sagt sie triumphierend. »Ganz schön geil, oder?«

Ich bin irritiert. »Seit wann sagst du denn geil? Hör auf damit!«

»Nö. Es ist ja geil.«

Sie hat recht, es ist mehr als das. In gleich zwei Tageszeitungen gibt es einen Riesenbericht über die Dreharbeiten zu meinem Film. Es gibt diverse Fotos von allen Schauspielern an den Drehorten in Berlin. Alle sehen aus, als hätten sie extrem viel Spaß. Ohne dass ich das verhindern kann, versetzt es mir trotz all der Freude einen kleinen Stich. Wie gerne wäre ich dabei.

Meine Mutter sieht mich mit zusammengekniffenen Augen an, nimmt dann die Zeitungen wieder an sich und sagt: »Egal, was ist. Wir fahren da mal hin ans Set, okay? Das schaffst du. Wollen wir laufen üben?«

Ja, das will ich. Heute ist ein guter Tag, glaube ich. Ich hatte nur einen Albtraum und bin nur viermal nachts aufgewacht, das werte ich als Zeichen der Besserung. Ich suche den von den Nachbarn geschenkten verwegenen Seidenbademantel heraus, mache mir etwas, was zumindest in die Nähe einer Frisur kommt, und trage Wimperntusche auf. Davon bin ich aber dann doch schon so müde, dass ich eigentlich gar nicht mehr loswill. Träge hieve ich mich aus dem Bett, und dann tapern wir los. Ich durchquere die ganze Station, ohne einmal anzuhalten. Das Käfigtigertraining auf dem Gang scheint sich gelohnt zu haben.

Mit Erlaubnis der Oberschwester dürfen wir dann auch raus. Als wären wir normale Menschen, steigen wir in den Aufzug und fahren herunter. Alle Besucher starren heimlich und weniger heimlich auf den Herzmonitor um meinen Hals und gehen wahrscheinlich im Kopf alle Arten von Krankheiten durch. Immer verraten die Blicke Mitleid und gleichzeitige persönliche Erleichterung darüber, selbst verschont geblieben zu sein. Das kann ich gut verstehen. Ich schiebe das Kästchen trotzdem unter meinen Bademantel.

Unten angekommen, steigen wir aus. Ich entdecke

ganz weit hinten auf der anderen Seite den riesigen, verglasten Haupteingang der Klinik, den ich ja zuvor noch nie gesehen habe. Hier kommt meine Mutter also jeden Tag herein. Kurz vor dem Glaskasten hängt ein Schild mit der Aufschrift »Cafeteria«.

Ohne ein Wort zu wechseln, setzen meine Mutter und ich uns in Gang. Schritt für Schritt, bestimmt, aber ohne Eile. Ich behalte das Schild im Auge und versuche nicht daran zu denken, wie müde ich bin. Auf halber Strecke muss ich anhalten. Vor Enttäuschung schießen mir Tränen in die Augen. Das kann doch nicht sein, dass ich nicht mehr kann.

»Ich muss mich irgendwo setzen«, keuche ich. Für diese Art von Situation ist meine Mutter nicht zu gebrauchen. Sie guckt verwirrt herum und kramt dann unpassenderweise in ihrer großen Handtasche.

»Hast du da einen Stuhl drin, oder was?«, herrsche ich sie an. Ich versuche, ruhig zu atmen, aber ich bin wütend auf mich und auf meinen Körper, darauf, dass ich in meinen Augen so versage.

An uns laufen unzählige andere Patienten mit bandagierten Wunden, Gipsen und Infusionen vorbei. So was hatte ich früher von Playmobil, ein ganzes Krankenhaus, bestückt mit Ärzte- und Pflegepersonalmännchen. Dann war da noch ein ganzer Beutel mit Verletzten. Manche hatten einen einbandagierten Kopf, nur ein Bein oder saßen in einem Mini-Rollstuhl. Um die Dramatik zu erhöhen, hatte ich vielen Figuren mit dem Nagellack meiner Mutter noch blutige Wunden aufgepinselt.

So viel anders ist es hier auch nicht. Wenn ein Kind das

ganze Set kaufen würde, wäre ich in diesem Beutel zu finden, eine Figur mit einem Mini-Herzmonitor um den Hals und mit gelber Gesichtsfarbe. Wenn ich hier rauswill, darf ich jetzt nicht heulen, ich muss weiter. Ich setze mich so ruckartig in Bewegung, dass meine Mutter stolpert. »Huch!«

Wir gehen weiter, eingehakt und Zentimeter für Zentimeter. Als wir die komplett apricotfarbene Cafeteria erreichen, bin ich so stolz wie schon lange nicht mehr.

»Jetzt essen wir aber ein Stück Kuchen!«, verkünde ich glücklich. Meine Mutter steht vor der Vitrine und heult. Und wieder kramt sie in der riesigen Tasche, diesmal nach einem Taschentuch. Ich umarme sie, merke aber währenddessen, dass ich wirklich gleich umkippe. Wir bestellen beide, passend zur Wandfarbe, ein Stück Aprikosenkuchen, der immerhin ein bisschen besser schmeckt als das Essen auf der Station.

An den Tischen um uns herum sitzen diverse andere Patienten mit den unterschiedlichsten Schläuchen und Verbänden an ihren Körpern. Am absurdesten wirken zwei Männer mit komplett einbandagiertem Kopf, die beide ein Hackbrötchen essen.

Als meine Mutter und ich da so sitzen, spaziert plötzlich Olli herein, der wie angewurzelt stehen bleibt und uns mit aufgerissenen Augen anstarrt.

»Ihr sitzt da jetzt und esst Kuchen«, stellt er geistreich fest.

Ich zucke mit den Schultern und lächle ihn an. »Ja, auch wir Stars machen manchmal ganz normale Dinge, denkt man nur immer nicht.«

»Das ist ja unfassbar!«

Olli schießt heran und umarmt mich überschwänglich. Er nimmt mein Gesicht in beide Hände und bedeckt es mit tausend Küssen. Er zieht mich an sich heran und klopft mir spaßeshalber auf den dürren Hintern. Dann küssen wir uns lange.

Meine Mutter hält sich theatralisch die Augen zu.

Ich spüre mit jeder Faser meines Körpers, dass unsere Leichtigkeit zurückgekehrt ist, die wir verloren hatten.

Ich hatte also recht, und das ist alles eine neue Chance für uns. Schließlich ist er der einzige Mann, den ich je wirklich geliebt habe. Sicher hatte ich auch davor einige Beziehungen, aber wenn ich ehrlich bin, war bei allen anderen deren Basis eher die Sehnsucht nach großen Gefühlen, als dass ich tatsächlich welche gehabt hätte. Als ich Olli traf, war das ganz anders.

Das erste Anzeichen dafür war, dass ich ihn in unserer ersten Nacht schon vermisste, als er noch neben mir lag. Auf einen Schlag war ich rasend eifersüchtig auf alle, die ihn jemals geküsst hatten. Der Gedanke, dass er irgendwann aus meinem Bett aufstehen würde, um Dinge zu erledigen, die nichts mit uns zu tun hatten, war für mich unerträglich.

Dass wir ein Paar wurden, war nicht meine Entscheidung, sondern vielmehr eine grundlegende Notwendigkeit für mich. Nur seine Meinung zählte, nur seine Gedanken waren für mich von Wert. Nackt und glücklich verbrachten wir jede freie Minute in seiner Wohnung, die später unsere gemeinsame wurde. Plötzlich lief ich mit dem dümmlichen

Grinsen der Verliebten durch die Welt, überwältigt von dem Gefühl, dass meine Liebe tatsächlich erwidert wurde.

Wenn bei uns jetzt die Leichtigkeit zurückkehrt, dann kann große Liebe nicht weit sein, und ich weiß, dass wir es schaffen werden.

Beim letzten Bissen des Kuchenstückchens schlafe ich zwar beinahe, aber ich fühle mich wie die Gewinnerin einer großen Schlacht, als wir zu dritt und im Schneckentempo zurück zur Station gehen. Heute ist meine Welt größer geworden.

MY HEART WILL GO ON

Heute Morgen stürmt Schwester Meral aufgeregt in mein Zimmer. Ich soll nicht zu den üblichen Kontrolluntersuchungen, sondern mit dem Taxi zu einem MRT-Zentrum gebracht werden. Dort will man mein Herz und meine Lunge genau untersuchen. Mit zittrigen Fingern wasche ich mich und ziehe ein richtiges Outfit mit Schuhen an. Die Angst, dass ich etwas unabänderlich Schlimmes erfahren könnte, sitzt mir im Nacken. Ich versuche, die Abfahrt zu verzögern, indem ich noch Wimperntusche auftrage.

Ich werde mit einer Überweisung in der Hand im Rollstuhl zur großen Auffahrt gebracht. Ich ernte wieder jede Menge mitleidige Blicke, an die ich mich mittlerweile gewöhnt habe. Dann werde ich unten in einem Wartebereich geparkt. Dort soll mich ein Taxifahrer abholen, allerdings ohne den Rollstuhl, da dieser nur für den Krankenhausbereich zugelassen ist. Dann können der Taximann und ich schon mal nicht damit nach Paris durchbrennen. Den Witz reiße ich sofort, als der Fahrer mich entdeckt. Dummerweise scheint er das für eine besonders pfiffige Anmache zu halten und rückt das Familienfoto noch mal so am Armaturenbrett zurecht, dass ich es von hinten sehen kann. Den

Rest der Fahrt bleiben wir also stumm, was in Anbetracht meiner Nervosität nicht förderlich ist.

Im MRT-Zentrum werde ich direkt gefragt, nicht ob, sondern wie lange ich es in der engen Röhre aushalten kann. Nach eingehender Begutachtung schätze ich mein Durchhaltevermögen so auf fünfzehn Minuten. Frau Dr. Glück, deren Augen durch ihre dicke Brille wahrscheinlich hundertfach vergrößert werden, wirkt eher unglücklich über meine Antwort.

»Sie müssen da schon so fünfundvierzig Minuten komplett still liegen. Sobald Sie sich einmal bewegen, müssen wir von vorne beginne. Am besten, ich gebe Ihnen etwas zur Beruhigung.« Das will ich aber nicht, weil man davon schläfrig wird und Olli und meine Mutter noch mal vorbeischauen wollten. »Sind Sie sich sicher? Wir haben heute volles Programm, wir haben nur einen Versuch.« Frau Dr. Glück scharrt ungeduldig mit ihren abgeblätterten Birkenstocks. Darin trägt sie Socken mit süßen, Tennis spielenden Hello Kittys drauf, die im krassen Gegensatz zu ihrem herben, kantigen Gesicht stehen. Was treibt eine erwachsene Frau, mit Kindersachen durch die Gegend zu laufen? Will sie süß sein?

Ich will ihre Beruhigungstabletten nicht.

Ich weiß, dass ich still herumliegen kann. Im Koma habe ich schließlich nichts anderes gemacht. Auf der Liege wird mein Gesicht mit einer Art Plastiknetz abgedeckt. Ein Mitarbeiter gibt mir Kopfhörer mit Beatles-Songs, um mich vor der großen Lautstärke der Maschine abzuschirmen. Als das Netz über meinen Augen zugeklappt wird und die Liege in die Röhre fährt, versuche ich daran zu denken, dass das ja eigentlich wie in einem Solarium ist.

Von hinten ruft jemand »Abbruch«, und ich werde wieder herausgefahren. Ich sehe Frau Dr. Glück fragend an. »Ihre Beine zittern, Frau Wald. Wir geben Ihnen jetzt eine Beruhigungsspritze.« Ich will aber nicht. Ich will nicht schlafen, wenn Olli vorbeikommt, und ich will überhaupt nicht andauernd so müde sein. Ich weigere mich und bestehe darauf, noch einen Versuch zu bekommen.

Diesmal schließe ich die Augen. Ich höre den Beatles zu und versuche, ganz langsam ein- und auszuatmen. Die Beatles singen »Here Comes The Sun«, und ich denke daran, wie mich mein Vater früher auf seine Schultern gehoben hat, damit ich alles sehen kann. So sind wir im Urlaub unter den Entzückungsschreien meiner Mutter durch die unendlichen, winzigen Gässchen Spaniens, Italiens und Frankreichs gelaufen. Ich sehe meine kleine, speckige Kinderhand vor mir, die ich nach der Sonne ausstrecke. Ich lege meine Wange auf den Kopf meines Vaters, hier oben kann mir nichts passieren. Die Beatles singen weiter.

Frau Dr. Glück ruft »Stopp«. Die Untersuchung ist vorbei. Ich habe es hinter mir.

Eine Krankenschwester führt mich in ein Behandlungszimmer, dessen eine Wand beinahe komplett mit einem riesigen Leuchtkasten bedeckt ist. Die Schwester befestigt meine Aufnahmen direkt vor der Lichtquelle.

Ich bekomme ein Glas Wasser und warte. An der Wand hängt eine übergroße Uhr, die laut tickt. Ich beobachte den

Zeiger und sage bei jeder Bewegung des Zeigers »Tick« und dann »Tack«. Ich darf nicht durcheinanderkommen, sonst bekomme ich ein schlechtes Ergebnis. Ich darf nicht durcheinanderkommen, sonst wird mein Herz nicht mehr gesund. »Tick, Tack.« Je länger ich vor dem Lichtkasten sitze, desto deutlicher zeichnet sich ein grauer Schatten auf der Aufnahme ab. »Tick.« Ich hole mein Handy heraus, googele »Herz-Lunge-MRT« und versuche, das Bild zu vergleichen. »Tack.« Auf keinem der Bilder im Internet ist ein Schatten zu sehen. Ich scrolle auf der Seite herunter, immer noch kein Schatten. Ich gebe ein »MRT gesundes Herz«. »Tick.« Kein Bild sieht so aus wie meines.

Ich sehe zur Uhr. Seit einer Dreiviertelstunde sitze ich hier. Wahrscheinlich besprechen die Ärzte nebenan mein Ableben. »Tick, tack.« Solange ich das Ticken mitmurmele, kann mir nichts passieren, das ist mein Orakel. Alle Fotos, die ich finde, sind schattenlos. Kein Arzt berät sich so lange ohne Grund. »Tick.« Ich frage mich, wie ich die Nachricht von meinem bevorstehenden Tod aufnehmen soll, gefasst oder Stühle durch die Gegend werfend? Für die Ärzte macht es keinen Unterschied. Irgendwann kommt die Mittagspause. »Tack.«

Ich stelle mir vor, wie unglaublich beschissen meine Lage erst wird, falls ich erfahre, dass meine Todesursache nicht die Sepsis wird, sondern vielleicht meine Raucherlunge? Dann bin ich auch noch selbst schuld. Auf meinem Grabstein wird dann stehen »menschlicher Schornstein und absolute Idiotin, völlig zu Recht gestorben irgendwann«. »Tick.« Ich bereue jede einzelne Zigarette meines Lebens, die den Schatten auf meine Lunge gezeichnet hat.

Jetzt sitze ich schon eine Stunde hier. Nachfragen will ich nicht, lasst mir noch ein bisschen Zeit ohne Todesurteil. Meinen Eltern würde ich es dann gerne selbst sagen. »Tack.« Plötzlich wird die Tür aufgerissen. Frau Dr. Glück und ich sehen uns erschrocken an.

»Was machen Sie denn hier?«

Was ist das denn für eine Frage? »Ich warte hier?«

»Worauf denn?«

Ich verstehe nicht. »Ich brauche doch mein Ergebnis.« Die Ärztin murmelt Unverständliches, geht seufzend zum Leuchtkasten und nimmt die Aufnahme ab. Ohne mich anzusehen, sagt sie: »Ja, da ist alles in Ordnung. Die Herzwände sind, wie schon im Bericht erwähnt, stark geschwollen.« – »Also nicht alles in Ordnung? Oder schwellen die Herzwände noch ab? Oder ist doch alles in Ordnung, weil Sie sehen können, dass die Schwellung zurückgehen wird?«

Dr. Glück schüttelt den Kopf über mich. »Hellsehen kann ich leider nicht, Frau ... äh.« Ich bin auf einmal so wütend. »Frau Wald heiße ich. Das steht direkt auf der Aufnahme. Danke für Ihre einfühlsame Art, dann geh ich jetzt«, sage ich mit heißem Gesicht.

Ich gehe im üblichen Schneckentempo hinaus, direkt zum Ausgang, und knalle die Tür zu. Als ich draußen im Treppenhaus stehe, fällt mir ein, dass ich nicht weiß, wie es zurück zur Klinik geht. Also öffne ich die Tür wieder und frage kleinlaut nach einem Taxi. Auf der Straße warten darf ich nicht, wegen der Bakterien. Also nehme ich gut sichtbar neben der Rezeption Platz, wo Frau Dr. Glück ihrer Angestellten in angeberischem Ton Anweisungen erteilt und meine vorwurfsvolle Anwesenheit bis zur Abfahrt ignoriert.

Während das Taxi durch die Stadt fährt, klebe ich wie eine Fliege an der Scheibe und sauge alle Eindrücke gierig ein. Ich sehe ein Einkaufszentrum, eine Gruppe herumalbernde Schülerinnen und Väter, die ihre Kinder hinter sich herziehen. Alles sieht für meine Augen exotisch aus, als käme ich aus einem Dorf auf dem Mars und hätte noch nie eine deutsche Geschäftsstraße gesehen.

Eine Frau kommt lachend mit ihrer Freundin aus einem Starbucks heraus, beide mit einem großen Becher Flat White oder vielleicht sogar Vanilla Latte oder einer anderen fiesen Kaffeeköstlichkeit. Ich starre beide an und verdrehe mich so auf meinem Sitz, dass ich keine wertvolle Sekunde verpasse, bis die Frauen aus meinem Sichtfeld verschwinden. Der Anblick ist aufregend und gleichzeitig so schmerzhaft für mich, dass sich ein kleiner harter Klumpen in meinem Magen bildet. Ich bin so verdammt neidisch auf diese beiden Frauen, dass es wehtut. Ich will auch schönen Kaffee trinken dürfen und lachend durch die Straßen laufen.

Es lässt sich immer so leicht sagen, dass man sein Schicksal akzeptieren sollte. Es kommt tatsächlich auf das Schicksal an, und mir fällt es gerade unglaublich schwer. Ich lasse mich zurück in mein Gefängnis fahren und das Einzige, was ich will, ist eine Large-Premium-Vanilla-Mega-Super-Extra-Latte mitten auf der Straße trinken und mich dabei über Hundebabys und meine Umsatzsteuervorauszahlung unterhalten.

Mir fällt ein, dass ich meine Umsatzsteuervorauszahlung ja trotzdem noch habe. Die Lichter der winterlichen Straße ziehen an mir vorbei, und ich versuche zu verdrängen, wie das war, als ich noch selbst über mich entscheiden konnte.

In meinem Zimmer wartet bereits meine Mutter mit dramatischer Fellkappe auf dem Kopf auf mich. Sie guckt wie Anna Karenina, kurz nachdem man ihr das Kind weggenommen hat. Bevor ich etwas sagen kann, zischt sie in meine Richtung: »Das ist Kunstpelz, nicht dass du dich gleich wieder aufregst.«

»Ich rege mich nicht im Geringsten auf«, sage ich, stöpsele den Herzmonitor wieder ein und lege mich ins Bett. Es ist sehr warm hier. »Ist das ein unverzichtbares modisches Statement, oder willst du das Ding vielleicht absetzen?«

»Meine Haare sind nicht gemacht.«

Haare sind ein großes Thema bei meiner Mutter. Seit ich denken kann, wird jeden Morgen Strähne für Strähne über drei verschiedene Rundbürstenarten in Form geföhnt, um dann mit zwei ganz bestimmten Produkten zum endgültigen Glanz zu gelangen. Eine lockere Frisur, die man einfach durchstrubbelt, wäre bei ihr eine völlig undenkbare Sache.

Also sitzt sie jetzt mit der Fellkappe auf dem Kopf im Zimmer und seufzt in ihren Tee. Sie wird das Schweigen nicht lange durchhalten, ich kenne sie. In aller Seelenruhe gieße ich mir einen Pfefferminztee ein. Sie seufzt noch mal laut. Ich nehme genüsslich den ersten Schluck, dann geht es los.

»Vielleicht ist es doch besser, darüber zu reden.«

»Worüber?«, frage ich in ihren schon längst ertönenden nächsten Satz hinein.

»Ich konnte meine Haare nicht machen, weil Olli und ich uns gestritten haben, und er dann bis zu meiner Abfahrtszeit mit voller Absicht das Bad blockiert hat.«

Bei mir zu Hause scheint der Kindergarten ausgebrochen zu sein.

»Weswegen habt ihr euch denn gestritten?« Auch diese Frage von mir geht direkt in der folgenden Rede meiner Mutter unter.

»Ich will ja nicht sagen, dass ich die perfekte Hausfrau bin, aber bestimmt auch nicht die schlechteste!« Dies ist eine starke Untertreibung in Anbetracht der Tatsache, dass wir früher in der Mikrowelle aufgewärmte Spiegeleier zu essen bekamen. Wenn mal wieder keine Wäsche gewaschen war, wurden Juri und ich vor der Schule einfach einmal mit der Fusselrolle abgerollert. »Ich gebe mir wirklich Mühe und hatte ein wunderschönes Abendbrot zubereitet ...« Das bedeutet bei uns in der Familie, dass in erster Linie die Deko stimmt. Schönes Geschirr wird herausgeholt, der Tisch wird feierlich gedeckt, Kerzen angezündet und, in diesem Fall, eine von Ollis Free-Jazz-CDs angemacht. Das Essen ist bei diesem Ritual nebensächlich und kommt in der Regel als aufgetaute Tiefkühlpizza oder vor drei Stunden getoastete Marmeladenbrotscheiben daher. In Ollis Familie gab es eine treusorgende Mutter, die schon Tage vorher

Feinkost in selbst geklöppelte Sößchen eingelegt hatte und genau die richtige Temperatur eines Brathähnchens telepathisch erspüren konnte.

Gestern Abend hatte meine Mutter wohl eines ihrer feierlichen Abendessen zubereitet, wahrscheinlich ein Brot mit Senf und Fondor, umringt von meinem gesamten Duftkerzenvorrat. Dann sei Olli nach Hause gekommen, habe sie zum wiederholten Male kaum eines Blickes gewürdigt, das Essen nicht angerührt und sei dann telefonierend im Schlafzimmer verschwunden.

Meine Mutter sieht verletzt aus. Ich weiß, dass sie Olli seit vielen Jahren in ihr Herz geschlossen hat. Früher hatte ich sogar oft das Gefühl, dass sich die beiden gegen mich verbündeten. Während ich mir sonntags gerne Realityfernsehen reinzog und überlegte, wer denn jetzt den Bachelor bekommen würde, blätterten Olli und meine Mutter einträchtig die FAZ durch und lösten gemeinsam die Probleme der Weltpolitik.

Gerade als ich weitere Fragen zum häuslichen Unfrieden stellen will, geht die Tür auf und Olli kommt herein. Er sieht gehetzt aus, begrüßt mich und dann etwas verkrampft meine Mutter.

»Charlotte, kannst du uns mal kurz alleine lassen?«

»Ich gehe in die Cafeteria und lese. Ihr ruft mich an, wenn ich hochkommen soll, ja?«

Sobald sie draußen ist, lässt sich Olli tonnenschwer auf den Besucherstuhl fallen und stöhnt.

»Ich kann nicht mehr, sie macht mich einfach irre.«

»Sie *ist* irre, das weißt du doch.«

Direkt im Anschluss folgt eine Schilderung der letzten Wochen aus Ollis Sicht.

»Ich versuche wirklich, dich nicht zu belasten, aber ich halte es nicht mehr aus. Ich komme zur Tür herein, sie redet, ich stehe morgens auf, sie steht da und redet, ich schlafe auf dem Sofa ein, und sie redet mit sich selbst. Kein Tag vergeht, ohne dass ich die gesamte Komageschichte mit ihr durchkauen muss. Ich verstehe ja, dass sie das alles verarbeiten muss, aber ich werde wahnsinnig.«

Ein wenig kränkt mich der Ausdruck »Komageschichte«. Ich weiß mit meinem Verstand, dass Olli und ich es lieben, uns flapsig auszudrücken, aber mein Bauch kann das Wort nicht leiden. Auch die Tatsache, dass mein Schicksal ohne mich, die Hauptdarstellerin, verarbeitet wird, fühlt sich unangenehm an. Natürlich haben alle ein Anrecht auf meine Geschichte, ich fühle mich nur so ausgeschlossen aus der Welt da draußen.

Olli unterbricht meine Gedanken mit einem weiteren Ausbruch: »Und diese scheiß Vanille! Überall zündet sie diese Duftkerzen an! Schon von der Straße aus stinkt es wie eine belgische Waffelbäckerei! Sie muss woanders wohnen, sie ist so beschissen unsensibel, sie merkt nichts! Sie läuft in ihren fucking Hippiekaftanen herum und ...«

Schon steht meine Mutter in der Tür. Wie lange schon? Ich habe keine Ahnung. Ich sehe, dass sie furchtbar getroffen ist.

»Ich hatte meine Zeitschrift vergessen«, sagt sie in einer Piepsigkeit, die ich nicht von ihr kenne. Olli sieht schuldbewusst aus.

»Scheiße, tut mir leid.« Er will sie umarmen, und sie lässt es steif über sich ergehen. Sie schnappt sich ihre Zeitschrift und sagt ernsthaft: »Keine Sorge, ich ziehe aus. Ich gehe jetzt ein Stück Kuchen essen, eben nicht mit Vanille!«

»Das sind ja eigentlich auch meine Duftkerzen, die habe ich gekauft, und ich finde, sie riechen fantastisch«, bricht es aus mir heraus.

Beide sehen mich an. Meine Mutter scheint fast unmerklich den Kopf zu schütteln und mir mit ihren Augen zu sagen: Schlag dich nicht auf meine Seite, musst du nicht! Halte lieber zu deinem Freund.

Ich kann meine Wut aber leider nicht steuern. Tief in meinem Herzen weiß ich, dass Olli von uns beiden der weniger Strapazierfähige ist, und es schmerzt mich, dass er ausgerechnet jetzt schlappmacht. Er weiß ganz genau, dass sich meine Eltern keine zusätzliche Miete in Berlin leisten können. Ich auch nicht. Wo soll sie denn hin, meine Mutter mit ihren Bürsten und Kimonos?

Ich liebe Olli über alle Maßen, aber ich brauche jetzt einen Freund, der die Zähne zusammenbeißt! Warum kann er das nicht für mich? Hängt das damit zusammen, dass für ihn zu Hause immer alles so geregelt war, dass er keine fünf Minuten Chaos aushalten kann? Bei uns zu Hause haben permanent diverse Austauschschüler oder aus der Frauengruppe meiner Mutter aufgegabelte Sozialexperimente gewohnt. Ich weiß doch, wie anstrengend sie sein kann! Aber was soll ich denn tun? Ich bin ja schon erschöpft, wenn ich meinen Schlafanzug anziehen muss.

Ich wünschte, alles wäre in Ordnung, ich wünschte,

wir wären unermesslich reich. Dann könnten sich alle in verschiedenen Flügeln unseres Landsitzes aufhalten. Am meisten wünsche ich mir aber, dass mein Freund sich zusammenreißt, auch wenn er dafür wie ein belgisches Waffelhörnchen riecht!

»Du verhältst dich wie ein Arschloch und du kannst mir dankbar dafür sein, dass ich dir das so offen sage, weil du so vielleicht noch etwas ändern kannst«, entfährt es mir scharf. Beide starren mich an. Es ist still für einen Moment.

»Du sollst dich nicht aufregen, dein Herz!«, sagt meine Mutter ängstlich. Olli zuckt zusammen, als er registriert, dass sie wahrscheinlich alles oder zumindest das Ende gehört hat.

»Ist doch nicht der Rede wert. Wir beruhigen uns am besten alle wieder. Ich muss sowieso ins Büro.« Steif umarmt er meine Mutter. Die sagt: »Heute Abend sieht die Welt wieder anders aus. Keine Vanille, versprochen.« Sie gibt alles und ringt sich ein Lächeln ab, obwohl ich weiß, dass sie gekränkt sein muss. Olli sagt leise »tut mir leid«, was ich ihm halbwegs abnehme. Das ist zwar keine Dauerlösung, aber ich bin froh, dass sie sich fürs Erste zusammenraufen.

Ich will einfach nur schlafen, doch alles kommt anders. Der Professor stürmt mitsamt seiner Entourage in mein Zimmer. Ich sehe, dass er die Aufnahmen von meinem Herz in der Hand hat.

»Das Herz ist nicht abgeschwollen, Frau Wald. Wie fühlen Sie sich mit der aktuellen Dosis Betablocker?«

»Ich bin sehr schlapp, sonst nichts«, sage ich.

»Gut, dann erhöhen wir. Sie müssen heute noch zur Sozialstation. Da können Sie alles für Ihre Reha regeln. Danach muss ich eventuell noch mal ins Herz.«

Der Pulk rauscht heraus, als Schwester Meral gerade hereinkommt.

»Ich komme in eine Reha?«, will ich wissen.

»Was ist denn eine Sozialstation?«, fragt meine Mutter verdattert.

»Sie müssen in den dritten Stock, Gang siebzehn oder achtzehn, Aufzug 4b oder wahlweise Gang elf, da müssten Sie aber die Unterführung zu Aufzug 6b nehmen, und da wird eventuell gerade gebaut. Dann geht noch Aufzug 6c daneben. Der fährt aber nur bis zum 4. Stock, und da ist dann der Übergang schwierig. Okay?«

Wir nicken blöde und überfordert. Meral setzt sich zu mir aufs Bett: »Ihr Aufenthalt hier ist nur noch für maximal zwei Tage geplant.« Ich sehe sie entsetzt an. Das geht alles so schnell.

»Sehen Sie es mal so, Frau Wald. Der Professor hält Sie für fit genug, um den nächsten Schritt zu gehen. Das ist doch etwas Gutes.«

Woher weiß diese Frau nur immer, was man sagen muss, im Gegensatz zu meiner Mutter, die fragt: »Kennen Sie eigentlich einen guten Friseur hier in der Gegend?«

Auf der Sozialstation bekomme ich Prospekte von Rehakliniken, die alle gleich aussehen. Vorne steht immer das Wort »hochmodern« und darunter sitzen lachende Rentner auf Hometrainern. Weit weg darf man sowieso nicht, weil das die Krankenkasse verweigert. Schade, ich hatte mich schon an einem winterlichen Bergsee in Bayern Käsespätzle essen gesehen.

Dann hat meine Mutter die zündende Idee und schlägt die Ostsee vor. Es tue gut, wenn man aufs Meer schaue. Tatsächlich scheint ein Platz frei zu sein, direkt am Meer. Mir wird ganz schwindelig vor Freude. Ich werde das Meer sehen! Und ich darf raus.

Zwischen meinem Abschied hier, der, wie ich wenig später von Meral erfahre, dann doch schon morgen früh sein soll, und dem Beginn der Reha liegen zwei Tage Leerlauf. Panisch frage ich, wo ich dann hinsoll.

Schwester Meral lächelt mich an: »Nach Hause. Sie fahren nach Hause und packen Ihren Koffer.«

Wer hätte gedacht, dass der Tag heute noch so gut wird. Fast anderthalb Monate war ich jetzt hier, und schon wieder kommt ein Abschied, der mir allerdings leichter fällt als von der Intensivstation, als ich noch die kleine Micky Maus war, als wir begeistert waren über meinen ersten Joghurt und die ersten Schritte.

Meine größte Errungenschaft auf der Herzstation ist, dass ich alleine zur Toilette darf und sogar duschen. Nur das blöde Herz heilt irgendwie nicht. Vielleicht ist es nur traurig und hat Heimweh?

Fast genau drei Monate bin ich jetzt weg von zu Hause, weg von allem, was mich ausgemacht hat, ein Gedanke, den ich immer wieder zu verdrängen versuche. Sonst schafft man das nicht, sonst würde ich ausrasten bei jeder neuen Elektrode, die mir auf die Brust geklebt wird, bei jeder Untersuchung, die die Angst neu aufflammen lässt.

Mein Telefon klingelt. Ich gehe ran.

»Hallo, Papa.«

»Herzlichen Glückwunsch!«, ruft er überschwänglich.

»Für was?«, frage ich verwirrt.

»Zum Endspurt. Du darfst in eine Reha, das heißt, dass du alle schlimmen Hürden hinter dir hast.«

Ich schlucke.

»Nein, das glaub' ich nicht. Ich will dir ja nicht die Hoffnung nehmen, aber mein Herz erholt sich nicht«, sage ich traurig.

»Na und? Dann erholt es sich eben später«, sagt mein Vater trotzig.

»Und was, wenn nicht?« Ich bin mittlerweile so nah am Wasser gebaut wie meine Mutter. So leise wie möglich ziehe ich die Nase hoch und versuche, die Tränen wegzukämpfen.

»Weißt du noch, als wir alle im Urlaub in Frankreich waren, und Juri und du hattet dieses schöne neue Schlauchboot?«

»Ja«, sage ich leise.

»Ich hatte euch gesagt, dass ihr es nur mit aufs Meer nehmen dürft, wenn Mama und ich dabei sind. Und was habt ihr gemacht? Ihr habt euch heimlich damit rausgeschlichen.«

»War nicht meine Idee.«

»Ich weiß, dein Bruder wollte schon immer alleine über den großen Teich. Mit euren dünnen Armen wärt ihr aber niemals bis nach New York gekommen.«

Ich muss lächeln. Er hat recht. Sowohl Juri als auch ich sahen als Kinder aus wie zwei Strichmännchen. Klapperdürr, viel zu groß für unser Alter, dichte, dunkle Locken und so lange Arme, dass sie an uns herunterhingen wie lange Schnüre.

»Mama und ich sind in der Ferienwohnung aufgewacht, und nirgendwo wart ihr zu finden. Wir dachten zuerst, ihr hättet euch wieder an der Promenade aufgestellt und andere Touristen um Eis angebettelt.«

Jetzt muss ich wirklich kichern. »Juri und ich haben uns zum Betteln extra eine eigene Sprache ausgedacht, damit alle denken, wir sind hungernde Kinder aus einem fernen Land.«

»Ihr wart wirklich ausgefuchst. An diesem Tag konnten wir euch aber nirgendwo finden, bis deine Mutter irgendwann stehen blieb und anfing zu schreien. Ganz weit weg im Meer war ein blauer Punkt zu sehen. Das Boot. Und in dem Boot sahen wir zwei kleine schwarze Pünktchen. Das wart ihr. Ich bin losgelaufen, hab' im Rennen alles ausgezogen und bin ins Meer gehechtet. Aber ihr wart weit, weit weg. Du weißt, dass ich ein sehr schlechter Schwimmer bin, zwischendurch dachte ich, ich gehe unter. Ich dachte, ich ertrinke da vor euren Augen, statt euch zu retten. Von Weitem konnte ich sehen, dass eine riesige Welle auf euch zurollte. Ich musste es schaffen. Ich rotierte mit meinen Armen, Beinen, meinem Hintern, eben mit allem, was ich zur Verfügung hatte. Die Welle erfasste euch und schleuderte Juri und dich in hohem Bogen ins Wasser. Juri hatte gerade schwimmen gelernt, du gingst direkt unter. Vom Meer aus konnte ich eure Mutter schreien hören. Ich musste es schaffen. Ich schleuderte meinen Körper gegen den brettharten, stürmischen Atlantik. Ich weiß bis heute nicht, wie das ging, aber plötzlich klammerten sich zwei dürre lange Affenarme an mich.«

»Der Juri«, sage ich.

»Ja genau. Ich hatte ihn erreicht. Aber du? Von dir war nichts zu sehen. Du warst einfach weg. Diesen Schmerz werde ich nie vergessen. Aber ich habe ihn weggeschickt und gedacht: Nein, es ist noch nicht vorbei. Ich habe Juri gesagt, er soll die Luft anhalten und sich an meinem Rücken festklammern. Dann sind wir getaucht. Unten war nichts zu sehen, das Meer war so aufgewühlt, dass alles braun war. Wir sind noch mal abgetaucht und noch mal. Juri hat keinen Mucks gemacht und tapfer jedes Mal die Luft angehalten, wie ich es ihm gesagt habe. Und dann endlich kriege ich diese kleine Hand zu fassen, deine winzigen Fingerchen. Dieses Glück war nicht zu fassen. Ich habe dich nach oben gezerrt. Du hast gehustet, aber dir war nichts passiert. Dann bin ich mit euch beiden Äffchen an Land geschwommen zu eurer völlig aufgelösten Mutter. Nachdem der erste Schreck vorbei war, weißt du noch, was du gesagt hast?«

»Nein, was?«, lüge ich. Ich will, dass er weitererzählt.

»Du hast gesagt: Aber Papa, ich bin doch ein Glückskind, mir kann doch gar nichts passieren.«

»Das habe ich also gesagt.«

»Ja, und es stimmt. Dir kann nichts passieren. Gut, ich gebe zu, als wir an Land waren, habe ich Meisterschwimmer gesehen, dass die See eigentlich ziemlich ruhig war und wir auch nur zwanzig Meter vom Strand entfernt, aber es geht ja ums Prinzip: Du bist das strahlende Strandäffchen, das sich nicht von den Wellen verschlucken lässt. Du gibst nicht auf, und du weißt doch: Am Ende hast du immer Glück! Es wird alles gut, das verspreche ich dir.«

»Danke, Papa«, sage ich getröstet. Ich wünschte, ich könnte ihm jedes Wort glauben, so wie früher. Der Zweifel bleibt, ob mein Herz auch ein Glückskind ist.

Wieso fällt es mir eigentlich immer so schwer, dem Guten eine Chance einzuräumen? Kritik und schlechte Nachrichten glaube ich immer sofort. Ich habe gelesen, dass man positives Denken trainieren kann, indem man sich Bilder vorstellt.

Nachts liege ich wach und male mir aus, wie ich das Meer riechen werde. Die Endlosigkeit des dunkelblauen Wassers bis zum Horizont hat in mir schon immer einen wunderschönen Schauer ausgelöst. Wenn ich einmal alt bin, möchte ich auf einem großen Sessel sitzen und auf leuchtendes Blau schauen.

Der nächste Morgen wird so geschäftig, dass ich keine Zeit für Rührseligkeiten habe. Sogar der Abschied von Schwester Meral fällt herzlich, aber kurz aus.

»Danke für alles!«, sage ich.

Sie grinst mich an. »Was denn, is' doch mein Job. Glauben Sie, ich bin freiwillig so nett zu Ihnen?«, sagt sie und fängt schallend an zu lachen. Dann umarmt sie mich und sagt: »Kann schon sein, dass ich Sie ein bisschen lieber habe als die anderen hier.« Wir umarmen uns, und dann muss ich los. Wie ein ungeduldiges Pferd, das den Winter über im Stall stand, muss ich mich bewegen, kann ich meine ersten Sprünge kaum erwarten.

Ich weiß genau, was ich an meinem ersten Tag in Freiheit machen werde, und niemand kann mich davon abhalten. Den ganzen Morgen habe ich telefoniert und weiß jetzt, dass es klappt.

Nach der letzten Visite beim Professor brechen wir auf. Vielleicht hat er doch mehr Interesse an meiner Heilung, als ich denke. Er ist bei sämtlichen Abschlussuntersuchungen dabei und klopft mir immer wieder steif und ermutigend auf die Schulter, wenn ich keuchend und verkabelt auf dem Ergometer sitze. Er gibt mir die Nummer seiner Assistentin und nimmt mir das Versprechen ab, mich sofort nach der Reha bei ihr zu melden. Dann will er mich weiterbehandeln. Zum Abschied bekomme ich am Schwesternzimmer diverse Rezepte für meine Medikamente, einen Taxischein und noch eine Umarmung von Schwester Meral.

Als das Taxi in meine Straße einbiegt, habe ich Tränen in den Augen. Meine Mutter steht hüpfend und frisch geföhnt vor dem Haus.

Zuhause!

Olli konnte sich kurz aus der Kanzlei frei machen und trägt meine Tasche hoch. Schritt für Schritt, Stufe für Stufe arbeite ich mich vier Stockwerke nach oben. Auf der Hälfte muss ich mich kurz setzen, dann treibt mich die Aufregung weiter. Als ich durch die Tür gehe, kann ich nicht leugnen, dass es tatsächlich extrem stark nach Vanille riecht.

Mein Blick fällt auf einen großen Koffer im Flur. »Habt

ihr meine Sachen schon gepackt?«, frage ich erfreut. Nein, haben sie nicht.

»Das ist mein Koffer, ich komme ja mit.«

Wie bitte? In die Klinik? Offenbar ja. Meine Mutter hat bereits ein Ferienappartement in der Gegend angemietet. Sie hat sich auch schon alles genau ausgemalt, wie das dann wird mit uns zusammen am Meer.

»Da machen wir's uns richtig schön! Wir müssen da auf jeden Fall am Strand Bernstein suchen. Und die sollen mit mir in der Klinik ruhig auch ein paar Anwendungen machen.«

»Aber du hast doch gar nichts.«

»Doch, ich habe Frauenleiden.«

»Was soll das denn bitte sein?«

»Nach achtundvierzig Jahren Menstruation, schlechterem Gehalt und dem Diätenwahn in den Achtzigern werde ich ja wohl einmal das Recht haben, eine Pause zu machen als Frau!«

Aha. Ansonsten bestehen ihre Pläne noch aus bummeln gehen, Kuchen essen und zu irgendeinem Outlet fahren, wo Tafelgeschirr mit Produktionsfehlern zu billigen Preisen verkauft wird. Alles in allem klingt das genau wie die Reise, zu der sie mich in gesundem Zustand niemals bewegen könnte. Im Prinzip ist die Welt für Mütter ungerecht. Sie nehmen alles auf sich, um einen zur Welt zu bringen und einen einigermaßen vertretbaren Menschen aus einem zu machen. Kaum haben sie das geschafft, zieht man in der Regel mindestens fünfhundert Kilometer weit weg und portioniert alle privaten Informationen auf ein belangloses

Mindestmaß wie die Pressemeldungen von Hollywoodstars.

Sie steht da und strahlt mich mit unbändiger Vorfreude an. »Das wird richtig geil!«

Ich habe keine Ahnung, wieso sie glaubt, dass man mit fast siebzig cool ist, wenn man »geil« sagt, aber ich kann mir schon irgendwie vorstellen, dass es eventuell doch ziemlich schön wäre, mit ihr ein Kaffeeservice mit Produktionsfehlern zusammenzustellen.

Auf dem Esstisch stehen Kerzen, in der Mitte ein Türmchen aus Mini-Frikadellen, die von einem Ring aus Butterkeksen umrahmt werden.

Ich stecke mir sofort eine davon in den Mund, gefolgt von einem buttrig süßen Keks, den ich wie ein hungriger Wolf herunterschlinge.

Zuhause!

Ich bin zu Hause!

Ich lasse mich aufs Sofa fallen. Ich grabe mich in die weichen Kissen, wische mir die Tränen ab. Dann setze ich mich auf und nehme jeden einzelnen Gegenstand von meinem Couchtisch sorgsam in die Hand und betrachte ihn eingehend. Ich war schon immer groß im Sammeln von Quatsch.

Ich nehme den filigranen Aschenbecher hoch, der aus einer Muschel auf Goldfüßchen besteht, und sehe nach, ob er noch heil ist. Mein kleiner Jadeelefant steht auch noch auf dem ihm von mir zugedachten Platz auf dem kleinen Silbertablett. Ich streiche mit den Fingern über den glatten Elefantenrücken, bis er ganz warm wird. Die Chinesen glauben, dass Jade gut für Herz und Kreislauf ist. Endlich lohnt sich mein esoterisches Halbwissen. Wer hätte gedacht, dass ich meinen Elefanten mal so dringend brauchen würde? Ich stecke ihn in meine Hosentasche.

Vom Sofa aus lasse ich meinen Blick über das schiefe Flohmarktregal gleiten, dann über den antiken Esstisch auf dem Perserteppich von Ollis Eltern und meinen gemütlichen, abgeschrabbelten Lesesessel aus dunkelgrünem Cord, so als müsste ich nach dem ganzen Krankenhausweiß meine Farbpatronen auffüllen. Unsere Wohnung sieht aus, als würde hier ein zerstreuter englischer Rentner wohnen. Überall schwere Teppiche, Staub, lose Zeitungsseiten und Bücher.

Mein Blick bleibt irritiert hängen.

Im Regal steht ein schwarz-weißes, gerahmtes Bandfoto von The Smiths, der Band, die »Girlfriend in a Coma« gesungen hat. Neben dem Sänger ist eine Sprechblase ins Bild kopiert, in der steht: »Roses are dead, Violets are screwed, Tulips are a meat substitute.«

Erschrocken betrachte ich das Foto, ein Mitbringsel von Olli aus London, das ich längst vergessen hatte. Mich gruselt, dass dieses Bild all die Jahre dort gestanden hat wie eine Ankündigung für das Unheil, das mir widerfahren würde, mal abgesehen davon, dass ich ja grundsätzlich dagegen bin, sich Bilder von alten weißen Männern mit politisch fragwürdigen Haltungen wie Morrissey aufzuhängen. Auf jeden Fall wussten er und die restlichen Smiths auf dem Bild, unsere Smiths, vor mir und Olli, dass ein Girlfriend im Koma landen würde.

Ich suche die Wohnung nach weiteren Vorzeichen ab.

Ich nehme das winzige japanische Holzskelett in die Hand, das so dasitzt wie Rodins Denker. Weiß er mehr als ich? Ist das überhaupt ein männliches Skelett oder könnten das auch meine Knochen sein? Weiß irgendein japanischer Kunstschreiner mehr über meinen Tod als ich? Mein Herz rast, kein Wunder, ich habe vergessen, meine Tabletten zu nehmen.

Ich setze mich auf, nehme die Betablocker und die Blutdrucksenker für mein Herz aus meiner Handtasche und schlucke sie zusammen mit der Tablette gegen die Magenschmerzen, die ich von den Medikamenten bekomme. Im Prinzip machen beide Herzmedikamente das Gleiche, nämlich mich wahnsinnig müde und antriebslos. Ich muss aus den düsteren Gedanken heraus.

In meinem Handy suche ich nach der Nummer des Produktionsbüros, das bei jedem Film immer extra angemietet und nur für den Zeitraum des Drehs eröffnet wird. Als der Produktionsassistent rangeht, verhaspele ich mich vor Aufregung bei der Aussprache meines eigenen Namens. Der Assistent möchte, obwohl wir bereits gesprochen haben, noch mal genau wissen, wer ich bin, wiederholt meinen Namen zweimal falsch, aber nennt mir dann schließlich eine Uhrzeit und die Adresse, wo der Dreh heute stattfindet. Nachdem ich aufgelegt habe, schreie ich aufgeregt in den Flur: »Leute, wir machen einen Ausflug!«

Eine halbe Stunde später stehe ich mit hochrotem Kopf vor dem großen Flurschrank und werfe jedes einzelne Kleidungsstück wütend auf den Boden. Meine Mutter sammelt alles wieder auf und legt es geduldig zusammen.

»Wo ist die verdammte Hose?«, kreische ich tränenüberströmt.

Ich hasse meine Mutter dafür, dass sie nicht weiß, wo die enge blaue Hose ist. Ich hasse sie aus tiefstem Herzen dafür, dass sie nicht versteht, warum ich nur in dieser einen Hose ans Set gehen kann. Ich hasse meinen Schrank dafür, dass er alles ausspuckt und hergibt, nur diese eine Sache nicht. Und ich hasse Olli dafür, dass er wieder in die Kanzlei muss.

Meine Mutter macht mich wahnsinnig, wie sie versucht, das auf dem Boden verstreute Chaos zu ordnen, als wäre das jetzt eine wichtige Aufgabe.

Ich setze mich erschöpft auf den Boden und heule laut und kläglich darüber, dass die blaue Hose wahrscheinlich noch fünfhundert Kilometer entfernt in meiner Weihnachtsreisetasche im Haus meiner Eltern liegt.

»Warum hast du meine Tasche vergessen? Da waren alle schönen Sachen drin! Da war verdammt noch mal alles drin, was mir wichtig ist!«, kreische ich.

Ich kann mir nicht vorstellen, ohne den Schutz meiner besten Hose dem Team und den Schauspielern unter die Augen zu treten.

Ich gehe raus und schlage meine Schlafzimmertür zu. Ich werfe mich erschöpft aufs Bett und trockne mir die Tränen mit Ollis Schlaf-T-Shirt ab. Ich schluchze und werde durchgeschüttelt von meiner Wut und Verzweiflung. Ich bin enttäuscht, dass alle meine Lieblingssachen im Gästezimmer meiner Eltern liegen, so enttäuscht, dass ich anders aussehen werde als sonst, wenn ich meiner Welt einen

Besuch abstatte. Ich weiß, dass es egal ist, ob ich eine blaue, grüne, rote oder neongrüne Hose trage, dass es am Set keinen interessieren wird, weil sie noch nicht mal meinen Namen wissen. Ich habe nicht die geringste Ahnung, wieso ich so ausgerastet bin.

Am liebsten würde ich für immer hierbleiben, hier in meinem Bett, wo es nach Zuhause riecht, hier, wo auf dem Nachttisch meine Bücher auf mich warten. Ich will nicht in die nächste Klinik. Ich kann kein Weiß mehr sehen. Wieso kann ich nicht in meinem englischen Rentnerzuhause bleiben?

Zögerlich klopft es an der Tür. Ich bin zu erschöpft zum Antworten.

Meine Mutter kommt trotzdem herein mit einem großen Stapel Hosen über dem Arm.

»Mir ist da noch etwas eingefallen. Du bist doch jetzt viel dünner. Guck mal, die hier könnten alle passen.« Meine Mutter beginnt, jedes einzelne Kleidungsstück vor mir hochzuhalten und wie eine sehr schlechte Verkäuferin anzupreisen. »Guck mal, hier sind doch ganz süße Knöpfe dran, und schau mal hier, der schöne Reißverschluss …«

Dass sie dabei so geduldig und so lieb ist, macht mich wieder wütend. Weil sie nicht versteht, worum es geht. Ich weiß es eigentlich selbst nicht. Die Sachen, die sie ausgesucht hat, sind alle mindestens zehn Jahre alt. Ich hatte sie aussortiert und ganz unten in ein Fach gelegt.

Ich reiße mich zusammen und probiere eine winzige Teenagerhose an, hauptsächlich um meiner Mutter zu beweisen, dass sie mir mit dem Vergessen der Reisetasche mein Leben versaut hat. Das Ergebnis fällt verblüffend aus: Die Hose passt wie angegossen, sie schlackert zwar noch ein bisschen am Hintern, aber ansonsten sieht sie aus wie auf den Leib geschneidert. Ich fühle mich wie ein Arsch, ein Arsch ohne Hintern.

Als wir im Taxi Richtung Set sitzen, ist mir schlecht vor Aufregung. Wir müssen natürlich zweimal an einem Café anhalten, wo mich meine Mutter dann zur Toilette führt. Das hat einerseits mit meiner immer noch überforderten Blase und andererseits mit meiner Nervosität zu tun. Das Hauptproblem bei Setbesuchern ist, dass sie alle anderen beim Arbeiten stören und permanent im Weg herumstehen. Ich hoffe, dass der Assistent uns wie versprochen bei der Aufnahmeleitung angemeldet hat, sonst kommen wir gar nicht erst hinein. In der zittrigen Hand halte ich die vier Drehbuchseiten, die jetzt gleich gedreht werden. Ich versuche, mich zu konzentrieren und meinen eigenen Text noch einmal durchzulesen, da ist das Taxi auch schon am Ziel.

Die gesamte Straße ist gesäumt von diversen Lastwagen des Kamerateams, der Maske, des Kostüms, des Caterings. Alles ist abgesperrt. Als ich nach vorne zum Aufnahmeleiter gehen will, stolpere ich über den Bürgersteig. Nervös nenne ich ihm unsere Namen. Der Aufnahmeleiter dreht sich weg und spricht unsere Namen leise in sein Walkie-Talkie. Wir stehen da und warten. Dann endlich kommt das Signal, dass wir durchgehen dürfen. Ein zweiter Aufnahmeleiter erscheint, stellt sich als Flo vor und nimmt uns mit nach drinnen.

Die Szene, die heute gedreht wird, findet in der nach einem James-Bond-Film aus den Siebzigern aussehenden »Bar Tausend« statt, die im hinteren Bereich ein goldenes Bullauge an der Wand hat. Überall auf dem Boden liegen dicke Kabel. Ich sehe auf den Boden und konzentriere mich darauf, nicht noch mal zu stolpern. Am besten drückt man sich am Set immer schnell in einer hinteren Ecke an die Wand. Da stört man niemanden auf den Laufwegen. Trittunsicherheit stand als Nebenwirkung auf einem Beipackzettel meiner Medikamente.

Ich starre stumm nach unten und versuche, so schnell wie möglich diesem Flo zu folgen, deswegen merke ich nicht, was um mich herum gerade geschieht. Meine Mutter fasst mich an der Schulter und hält mich abrupt zurück. Ich bleibe erschrocken stehen, hebe meinen Kopf, und dann sehe ich es auch.

Die Menge teilt sich vor uns. Das Team besteht aus so vielen Menschen, die ich noch nie gesehen habe. Eine Gasse wird für uns frei gemacht. Ich drehe mich kurz reflexartig herum, um zu sehen, wer da Wichtiges kommt. Als ich mich wieder umdrehe, lachen alle und beginnen, lautstark zu applaudieren.

Dann höre ich meine Mutter flüstern: »Los geh, das ist für dich.« Ich platziere vorsichtig meinen Fuß im nächsten Zwischenraum inmitten der Kabel und setze mich in Bewegung. Ungläubig blicke ich in unzählige Gesichter und biege mit unsicheren Schritten um die Ecke. Da stehen die beiden Hauptdarsteller und applaudieren auch. Die Schauspielerin, die ich noch vom Casting kenne, stürmt auf mich zu und umarmt mich, drückt mich ganz kurz fest. Ich versuche mit aller Gewalt, meine aufsteigenden Tränen zu unterdrücken. Der Applaus hält immer noch an.

Obwohl mir die geballte Aufmerksamkeit sicherlich gerade einen unfassbar verkrampften Ausdruck in mein Gesicht zaubert, will ich, dass dieser Augenblick ewig anhält. Ich will, dass er zumindest erst dann aufhört, wenn ich den Respekt, der mir entgegengebracht wird, auch fassen kann. Egal, was noch mit mir passiert, ich weiß, dass ich mich für immer an diesen Moment erinnern werde.

Heimlich wische ich mir mit dem Jackenärmel eine Träne aus dem Augenwinkel, die sich nicht an mein Protokoll gehalten hat. Die Peinlichkeit vergrößert sich noch, als mir zum Dank nichts Besseres einfällt, als mich zu verbeugen.

Alfred, der Regisseur, der keinen Kitsch ertragen kann, kommt auf mich zugeschossen und nimmt mich bei der Hand: »Na, jetzt kannst du mir hier wieder schön auf die Nerven gehen …« Er führt mich zu meinem eigenen Stuhl vor dem Regiemonitor und sagt mit ernster Stimme: »Schön, dass du hier bist.« Er drückt meine Hand so fest, dass ich weiß, wie sehr er das auch wirklich meint.

Meine Mutter lässt sich mit der ihr angeborenen Selbstverständlichkeit neben mir auf den Regiestuhl fallen. Normalerweise ist es dem gesamten Team untersagt, auf diesem bestimmten Stuhl Platz zu nehmen, was in der Filmbranche alle wahnsinnig ernst nehmen. Nicht einmal zum Spaß würde sich jemand von den circa hundert anwesenden Personen hier trauen, dem heiligen Klappstuhl unnötig nahe zu kommen.

Im selben Moment quetschen sich zwei Praktikanten der Innenrequisite mit einem Strauß Garnelenspießchen an uns vorbei. Meine Mutter streckt eine Hand aus, nimmt sich zwei Spießchen und bedankt sich huldvoll. Die Praktikanten gucken ratlos und schüchtern auf die noch verbleibenden Garnelen in ihren Händen, dann zu meiner Mutter, die ihnen ein Lächeln schenkt. Die Praktikanten werden zackig nach vorne gerufen, wo sie ihre noch verbleibenden Garnelenhäppchen im Bildausschnitt verteilen.

Meine Mutter dreht sich kauend zu mir um und sagt, wie sie glaubt, in leiser Zimmerlautstärke: »Herrgott, ist dieser Stuhl unbequem! Darauf kann ja kein Mensch sitzen! Könnte ich eventuell einen Kaffee bekommen?«

Ich denke an die alte Setweisheit, die mir auch direkt am Anfang eingebläut wurde: »Wer Requisiten frisst, der bumst auch Komparsen.«

Ich hoffe, meine Mutter hat das nicht auch noch vor.

Gerade als ich ihr unwirsch den zweiten Spieß wegnehmen will, klopft mir Alfred auf die Schulter: »Wenn ihr da seid, dann seid ihr eben voll da, ne? Liegt wohl in den Genen. Können wir hier mal Kaffee bekommen?« Erleichtert grinse ich ihn an und bin so froh, dass ich hier bin.

Die Schauspieler begeben sich auf ihre Markierungen und beginnen mit der ersten Probe. Ich setze die für mich bereitgelegten Kopfhörer auf und verfolge gebannt das Geschehen. Heute ist zufällig genau die schwierige Szene aus dem Casting dran. Die Schauspielerin zwinkert mir kurz noch mal zu, bevor das »Und bitte« von Alfred erschallt.

Ich kenne jeden Satz, der da gesagt wird, jede Pause, jede Betonung, alles. Es fühlt sich an wie ein Teil von mir, der so viel stärker ist als das Koma oder mein buckliger Körper. Hier entsteht etwas, völlig unabhängig von mir, das trotzdem so spürbar zu mir gehört.

Deswegen weiß ich auch genau, dass ein Wort, nämlich »Spanien« in »Italien« verändert worden ist. Das sage ich auch sofort, nachdem die Probe beendet ist. In meiner Version verwechselt die Hauptfigur die beiden Länder, was ich lustig fand, und in der neuen nicht mehr.

Ich muss, ich kann nicht anders. Manche Dinge ändern sich wohl nie.

Ich liebe den Dialog der Schauspielerin und weiß noch, dass ich ihn vor vielen Jahren, lange vor Olli, nachts nach einem komplett missratenen Date mit einem besserwisserischen Menschenrechtsanwalt geschrieben hatte.

Der Menschenfreund hatte schon während der Vorspeise die Theorie aufgestellt, dass es für eine Beziehung immer besser wäre, wenn die Frau ein paar Prozentpunkte dümmer und erfolgloser sei als der Mann. Daraufhin sagte ich aus Reflex: »Dann können wir ja schon mal nicht zusammenkommen!« Und schon gerieten wir in einen alkoholgeschwängerten Streit, der so unfreiwillig komisch und verbissen war, dass ich ihn beinahe gar nicht verändern musste, als ich ihn noch nachts in mein Drehbuch schrieb.

Für Bella, die Schauspielerin, ist die Szene sehr schwierig, weil sie glaubwürdig betrunken spielen muss, ohne dass es nach Schülertheater aussieht, und dabei gleichzeitig noch vier Seiten lang zwischen allen möglichen Emotionen hin und her jonglieren muss.

Und weil ich die hochneurotische Szene so sehr liebe, nervt mich auch das umgeänderte Wort. Ich spreche ja nicht umsonst beim Schreiben alles laut vor mich hin. Sofort fangen Alfred und ich an, intensiv die Szene durchzudiskutieren und gegenseitig unsere Meinungen blöd zu finden. Ich weiß, dass am Ende er die Entscheidungshoheit hat, aber die Klappe halten kann ich auch nicht. Dann halten wir plötzlich inne und grinsen uns an. Jetzt weiß ich, dass ich zwar aussehe wie ein gelbes Frettchen im Anorak, aber: Ich bin wieder da. Mein Schreib-Gehirn funktioniert und ich verstehe, dass die Krankheit das nicht zerstören kann.

Alfred dreht dann doch noch einen Take mit meinem ursprünglichen Wort, von dem ich hoffe, dass er später im Schnitt in den Film kommt.

Als wir gehen, bin ich zwar zu Tode erschöpft, aber überglücklich.

Zurück fahren wir mit der Tram, und ich bin, anders als sonst, nicht mehr neidisch auf die anderen Fahrgäste, die nicht in die Reha müssen. Das schaffe ich jetzt auch noch.

Meine Mutter, die noch nie an einem richtigen Filmset war, ist begeistert und erzählt jedes Detail des Vormittags für uns beide noch einmal nach. »Die Schauspieler waren ganz nah«, »alle waren so beschäftigt und hochprofessionell«, »der Regisseur muss an so viele Dinge denken«, »die Hauptdarstellerin hat sich ganz normal selbst etwas zu essen geholt« und »es sind so viele Menschen, und es sieht alles so aufwendig aus«. Das ist ihre Art, Begeisterung auszudrücken. Als sie fertig ist, sage ich noch: »Ja, aber überleg mal, wie cool alles gewesen wäre, wenn ich die blaue Hose angehabt hätte.«

ANS MEER

Am nächsten Morgen um acht steht das von der Krankenkasse bezahlte Taxi vor der Tür. Ich bin todmüde, weil ich mich die gesamte Nacht wie ein Äffchen so an Olli geklammert habe, dass wir ständig aufgewacht sind.

Ich habe Olli gebeten, mich nicht zu wecken, wenn er ins Büro aufbricht. Zu schwer wäre mir der Abschied gefallen.

Der Taxifahrer sagt uns, dass wir noch eine andere Patientin abholen müssen, und dann geht es an die Ostsee. Ich weiß, dass ich dort sogar schon mal mit Olli gewesen bin. Da ich beim Autofahren aber die meiste Zeit verträumt aus dem Fenster geschaut und Musik aufgelegt habe, dachte ich bis eben gerade, dass wir damals an der Nordsee waren.

Hektisch tippe ich bei Google die Adresse des damaligen Hotels ein und versuche zu erkennen, wie weit es von der Klinik entfernt ist. Dann könnte ich mir wenigstens ein Bild von der Gegend machen. Der Name des kleinen Örtchens sagt mir überhaupt nichts, was wieder typisch ist. Nie weiß ich, welche Stadt in Deutschland wo liegt, welcher Fluss wo fließt, noch nicht mal die Bundesländer weiß ich.

Es ist erschreckend, wie ungebildet ich bin. Während mein Vater aus dem Stand aufzählen kann, welche Flüsse weltweit durch welches Dorf fließen und dazu die Sehenswürdigkeiten inklusive deren Baustil, weiß ich noch nicht einmal, wo die Ostsee ist. Bei den Eichhörnchen hat die Orientierungslosigkeit wenigstens einen Sinn. Sie sind so komplett verwirrt, dass sie immerzu vergessen, wo sie ihre Nüsse vergraben haben. Sie buddeln sie als Notration ein und finden sie nie wieder. Mit diesem System wird ein Großteil aller Wälder von vergesslichen Eichhörnchen angepflanzt. Die gesamte Natur profitiert von ihrem Handicap.

Ich dagegen verursache im Moment nur Kosten. Es ist einfach nur, dass ich das Glück habe, in einem Teil der Welt geboren zu sein, in dem meine Versicherung bereit ist, wahrscheinlich an die hunderttausend Euro für mein Leben auszugeben, und in dem es überhaupt eine Versicherung gibt. In fünfzig Prozent aller anderen Länder wäre ich schon lange tot.

Das Taxi hält an, und eine genau wie ich leichenblasse Frau in übergroßem Wollpulli und mit einem Gesicht wie aus einem französischen Nouvelle-Vague-Film steigt ein. Ich schätze sie auf mein Alter. Sie heißt Sandra und hat auch keine Lust auf die Reha.

»Was haben Sie denn? Wir hatten Sepsis mit Multiorganversagen«, ruft meine Mutter fröhlich. Sandra erzählt, dass sie einen kleinen Herzinfarkt hatte und noch ziemlich schwach ist, weil sie sich zu früh danach überanstrengt hat. Kein Wunder, denn sie hat vier kleine Kinder und einen Ex-Mann, der den ganzen Tag arbeitet.

Meine Mutter sagt als Trost noch mal, dass unsere Reha

dafür aber »richtig geil« wird. Mir ist ein Rätsel, von wem sie sich dieses Wort angewöhnt hat und wieso sie so euphorisiert ist, als würden wir mit einer Kiste Eierlikör eine lustige Kaffeefahrt machen.

Dass ihre Freude eine ansteckende Wirkung hat, gebe ich ungern zu, aber so ist es.

Je weiter wir fahren, desto schöner werden die winterlichen Landschaften.

Unglaublich, dass diese Märchenwälder so nah an Berlin sind, und wie ignorant von Olli und mir, dass wir hier eigentlich nie hingefahren sind. Als wir die ersten Hinweisschilder auf die Klinik sehen, schauen wir aufgeregt aus dem Fenster und lesen jedes neue Straßenschild vor. Irgendwann erscheinen wunderschöne schneeweiße Gründerzeitvillen, die leider nicht die Klinik sind, und direkt dahinter das tiefblaue Meer. Wir reden alle aufgeregt durcheinander und beschließen, dass wir es schlechter getroffen haben könnten.

Die Auffahrt zur Klinik wirkt mondän. Die Lobby ist allerdings eine auberginefarbene Zeitreise in die Achtziger.

Die Rezeptionistin teilt uns unsere Zimmer zu und händigt Sandra und mir eine Liste mit Arztterminen aus. Danach wird unser Behandlungsplan erstellt. Wir werden darauf hingewiesen, dass wir alles auf der Liste zu absolvieren haben, da sonst die Krankenkasse die Zahlung verweigert. Dann bekommen wir mitgeteilt, dass wir uns umgehend im Schwesternzimmer zu melden haben und dass Sex unter den Rehabewohnern nicht erlaubt sei, weil ja so gut wie alle etwas am Herzen haben. (Meine Mutter ist sich nicht zu blöd einzuwerfen: »Ich darf aber, mir können Sie nichts verbieten!«)

In meinem Zimmer befindet sich ein schmales Kiefernbett mit Blick auf einen Kunstdruck von einem Clown in einem Heißluftballon. Hm. Ich hole den kleinen Jadeelefanten aus meiner Hosentasche und stelle ihn auf den Nachttisch. Keine wirkliche Verbesserung, aber ein Anfang. Zeitgleich trudeln in unserer seit gestern von Juri eingerichteten Familien-Whats-App-Gruppe Fotos vom gemütlichen Ferienappartement meiner Mutter ein, in dem sie inzwischen angekommen ist. Ich schicke ein Bild vom Clown hinterher, da klopft es an der Zimmertür.

Sandra kommt herein und muss sofort lachen. Sie zeigt auf mein Gemälde und sagt: »Ich habe eine Mäusefamilie, die Schlittschuh läuft. Deins ist aber schlimmer!«

Spätestens nach diesem Kommentar weiß ich, dass wir Freundinnen werden, hier auf der anderen Seite.

Auf dem Weg zu unseren ersten Terminen schauen wir uns unser Achtzigerjahre-Schloss genauer an. In Glasvitrinen kann man die Bastelarbeiten der Bewohner bewundern. Es gibt eine therapeutische Malgruppe, eine andere Malgruppe, die offenbar ausschließlich mit Kaffeesatz zeichnet, und einen Kurs, in dem man Bärchen aus Jute nähen kann. Die Bärchen haben ganz kleine Nickelbrillen aus Büroklammern auf.

Die Flure wechseln farbig zwischen grauem, lila und orangenem Linoleum. Am Ende eines jeden Flures steht ein einsamer, runder Tisch ohne Stühle an einem kleinen Fenster. Nur zur Meerseite hin befinden sich keine Fenster, auch in den Zimmern nicht. Im Rücken hinter der Mauer das Meer, blicke ich vom Bett aus auf den groß angelegten Parkplatz und ein paar Müllcontainer. Der zuständige Architekt wollte auf jeden Fall sichergehen, dass wir hier nicht abgelenkt werden von der Schönheit der Natur. Das ist aber sowieso egal, da sich die Behandlungsräume, in denen Sandra und ich uns tagsüber aufhalten müssen, im Keller befinden. Die Krankenschwestern haben alle den gleichen Kurzhaarschnitt und benutzen, um das Trostlose in ihrem Gesicht zu betonen, lieber keine Schminke.

Die Atmosphäre ist in etwa so, wie ich mir ein Heim 1970 in der UdSSR vorstelle.

Alles in allem ist die Klinik die Krönung der deutschen Lustfeindlichkeit.

Sandra und ich haben beide einen Wochenplan bekommen mit tausenderlei Anwendungen. Ich freue mich darüber, dass ich jeden Morgen dreißig Minuten Ergometer fahren darf, weil ich unbedingt wieder fit werden will. Ich muss mich nämlich immer noch alle zwanzig Minuten hinsetzen, weil ich überhaupt keine Kondition und immer noch kaum fühlbare Muskeln habe.

Auf unseren Plänen sind auch ein paar wunderliche Dinge dabei wie ein vierzigminütiges ›wärmeaufsteigendes Armbad‹. Wir haben keine Ahnung, was das sein soll.

Ein besonderer Dorn im Auge ist mir Nordic Walking am Strand, Montagfrüh um sieben. Spinnen die? Es ist Januar, und ich bin so klapperdürr, dass mir der Wind durch alle Glieder pfeift. Garantiert kriege ich eine Blasenentzündung. Außerdem werde ich gar nicht bis zum Strand kommen. Aus dem Taxi habe ich ganz genau geschaut, wie weit der Weg zum Strand ist. Ganz vorne am Wasser steht ein wunderschönes schneeweißes Luxushotel, direkt neben den Villen, die wir bei der Ankunft gesehen haben. Erst fünfhundert Meter dahinter versteckt sich die würfelförmige, wie aus Anfängerlego gebaute Klinik. Ich schaffe im Moment aber nur ungefähr zweihundert Meter ohne Pause, und in einer Gruppe muss ich doch mithalten können.

Außerdem habe ich immer noch dieses nervige Blasenproblem, bei dem ich sofort in Panik gerate, wenn keine Toilette in der Nähe ist. Durch den Katheter scheint alles so ausgedehnt worden zu sein, dass ich jetzt funktioniere wie ein Kaffeefilter. Oben soll ich wegen des Nierensteins, der ja immer noch auf seiner Schiene befestigt in mir drin ist, mindestens drei Liter am Tag in mich hineinkippen, und über meinen unteren Teil habe ich keine Kontrolle. Ich sterbe jetzt schon vor Scham bei dem Gedanken, dass ich die Nordic Walkerin mit der nassen Hose sein werde. Ich will aber auch nicht von Anfang an schwierig sein und mich beschweren. Vielleicht könnte ich mich ja mal unkompliziert verhalten und einfach ein paar Bärchen mit Nickelbrillen basteln?

Zum Abendbrot darf meine Mutter dazukommen. Wenn man die Augen zukneift, könnte man in den Speisesaal ein wenig Miami Art Deco hineininterpretieren. Der Boden besteht aus Linoleumplatten mit Schachbrettmuster, unsere

Sitzecken sind abwechselnd in Hellrosa oder Hellblau gehalten.

Wir bekommen einen pinken Platz mit einer Nummer zugewiesen. Umsetzen darf man sich nicht, weil manche Patienten Spezialessen bekommen und das den Ablauf stört. Das ist also jetzt mein Platz für die nächsten sechs Wochen. Ich habe das große Glück, dass Sandra auch mit mir am Tisch sitzt. Ansonsten ist da noch Heidrun, die eine Bypass-OP hinter sich hat, Gülcan, eine starke Asthmatikerin, und Irmgard, die sich auch von einem Herzinfarkt erholt.

Heidrun und Irmgard scheinen im Alter meiner Mutter zu sein und wirken ein bisschen wie die Opas aus der »Muppet Show«, weil sie sich ständig gegenseitig ins Wort fallen und Sprüche drücken. Wenn Heidrun sagt: »Allein von der Farbe deines Jogginganzuges könnte ich noch einen Herzinfarkt bekommen«, antwortet Irmgard: »Ich hatte eben schon einen wegen deines Lippenstifts.« Gülcan schätze ich auf Anfang vierzig. Sie hat ein schönes Gesicht und ist rund wie ein Rubensengel. Wenn sie lacht, geht in ihren Haselnussaugen die Sonne auf.

Ich trage ein Sweatshirt mit der Aufschrift »Yes to all«, was ich ab heute versuche, während der Reha zu meinem Motto zu machen.

Kaum haben Sandra und ich uns gesetzt, knistern zwei Typen in Ballonseide heran und stellen sich als Andreas und Andreas vor. Unverhohlen checken sie Sandra und mich von oben bis unten ab und reißen Witzchen. Ich hatte in dieser Umgebung nicht erwartet, angebaggert zu werden, Sandra auch nicht.

Gülcan, die schon seit drei Wochen hier ist, erklärt uns, dass Andreas eins und zwei zu den »Burn-outs« gehören und alle weiblichen Neulinge mit ihrem Charme beglücken. Jeden Donnerstag findet in der Cafeteria eine Disco mit den besten Hits aus den Fünfzigern, Sechzigern, Siebzigern und Achtzigern statt, bei der die beiden Andis erst auflegen und dann aufreißen. Ich finde es sehr schade, dass die Neunziger nicht dabei sind, die meiner Meinung nach auch ein paar ziemlich gute Songs für die Zwecke der Andis zu bieten hätten.

Wir diskutieren darüber, welches Musikjahrzehnt die sinnlichste Musik hervorgebracht hat, und finden heraus, dass wir alle trotz unserer Herzprobleme »Shape of my Heart« von Sting wunderschön finden. Meine Favoriten zum Thema sind »Heart And Soul« von Joy Division, »Hungry Heart« von Bruce Springsteen und »Nothing Breaks Like A Heart« von Mark Ronson und Miley Cyrus, die nur ein musikalischer Allesfresser wie ich gemeinsam auf eine Playlist packen würde. Das Musikthema ist erholsamerweise das Einzige, mit dem wir unsere Krankheiten leicht streifen.

Ich stelle fest, dass wir einer der wenigen Frauentische sind. Der Großteil der Herz-Lungen- oder Burn-out-Patienten ist männlich und zwischen sechzig und Mitte achtzig. Manche haben neben sich einen großen Sauerstofftank auf Rollen stehen, den sie überall mit hinnehmen.

Das Essen ist passend zur Cafeteria-Disco genauso wie damals in den Achtzigern. Es gibt den typischen Salat mit geraspelten Möhren, Dosenmais und Wassertomaten. Als Hauptgericht bekomme ich ein mit Schinken gefülltes

Schweinenackensteak mit brauner Soße und Speckknödeln. Ich weiß ja noch nicht viel über Herzinfarkte, aber ich glaube, dass das eigentlich für jeden, der gesund werden will, eventuell das falsche Essen sein könnte.

Sosehr ich mir auch vorgenommen hatte, eine gute Patientin zu sein, kommen doch plötzlich alle meine Neurosen in mir hoch. Ich war einfach schon immer die Sorte Mensch, die man als blass, kränklich und nicht besonders widerstandsfähig bezeichnen würde. Trotz Sanostol hatte ich permanent alle möglichen Zipperlein und eine für mich extrem lästige Hypersensibilität. Auch die vielen, zur Abhärtung gedachten Zeltlageraufenthalte haben an meinem zögerlichen, mäkeligen Wesen nie etwas geändert.

Es war für mich eine meiner leichtesten Übungen, während der gesamten Kinderferien von täglich einer eingeschweißten Brotscheibe zu leben, nachdem ich einmal gesehen hatte, dass die älteren Kinder aus Spaß Spucke und Popel in das Essen der Kleinen mixten. Meine damalige beste Freundin Holly wusste zwar auch davon, aber fand, dass, wenn sie ihre eigenen Popel essen könne, schon aufgrund der identischen Inhaltsstoffe auch kein großer Unterschied zu den fremden sein könne. Das war im Übrigen dasselbe Zeltlager, in dem Holly und ich uns aus Versehen drei Wochen lang in dasselbe Mädchen verliebten.

Erst bei einem zufälligen Aufeinandertreffen in der Gemeinschaftsdusche stellte sich heraus, dass der androgyne Jüngling, der aussah wie Morten Harket, der Sänger von a-ha, leider nur ein ziemlich großes Mädchen mit einem irreführenden Haarschnitt war. Da wir mit neun Jahren ohnehin wenig mit Penissen anfangen konnten, entschied Holly weise, dass dies ein unwichtiges Detail sei und knutschte trotzdem am letzten Abend mit unserem Schwarm herum. Ich wünschte, ich wäre dieser Mensch, der eben nicht besessen ist von Details, leider ist es nicht so.

Meine neurotische Sperre setzt beim Anblick des faserigen Schweinefleischs unweigerlich ein, ohne dass ich auch nur das Geringste dagegen tun kann. Vor meinem inneren Auge spult sich eine blutige Montage von allen Schlachterei- und Tiertransport-Dokumentationen ab, die ich jemals gesehen habe. Im Anschluss daran fallen mir auf Anhieb alle Filme mit süßen Schweinchen ein, die jemals gedreht wurden. Ich denke daran, dass sich Schweine sogar mehrsilbige Namen merken können. Ein Schwein wüsste ganz genau, dass es nicht Rolf hieße, sondern Raffaelo.

Zu dem Essensgeruch mischt sich eine extrem aufdringliche, schwer zu bestimmende säuerliche Duftnote. Wahrscheinlich ein Mix aus scharfen Reinigungsmitteln und unterschiedlichsten menschlichen Ausdünstungen auf engem Raum. Es hilft mir nicht, dass zwei Tische weiter ein jüngerer Mann mit Sauerstofftank sitzt, der etwa alle fünf Minuten sehr lautstark irgendwelche feuchten Stückchen aushustet. Er kann ja nichts dafür, und ich fühle mich so mies, weil ich meinen Ekel nicht abstellen kann. Ich schneide ein Stückchen von Schweinchen Raffaelo ab und schiebe es mir in den Mund. Sofort bekomme ich einen Würgreiz, dass es mir die Tränen in die Augen treibt. Meine Mutter weiß ganz genau, was los ist, und schiebt mir ihren Salat rüber.

Wenigstens meine Tischnachbarinnen sind alle nett. Das muntert mich etwas auf, als ich hungrig in meinem Clownsbett liege.

Pünktlich seit morgens um sechs warte ich vor dem Schwesternzimmer auf meinen Blutabnahmetermin. Jetzt ist es sieben. An der Tür hängt ein großer Zettel, auf dem mit drei Ausrufezeichen geschrieben steht: »Anklopfen verboten!! Warten Sie, bis jemand kommt!« Von drinnen höre ich das Klappern von Frühstücksgeschirr, traue mich aber feigerweise nicht, meiner Empörung Luft zu machen. Dafür müsste ich ja auch klopfen.

Schon zweimal riss jemand die Tür auf und rauschte wie ein überspannter Filmstar an mir vorbei.

Endlich werde ich hereingerufen. Ich werde gepikt, vermessen und gewogen. Dabei probiere ich, mit einer Mischung aus Unterwürfigkeit und Charme das Nordic Walking von meinem Plan herunterzubekommen. Die Schwester lässt mich ziemlich lange schnurrend um ihr Bein herumstreichen, bis sie mir zu verstehen gibt, dass sie mit dem Therapieplan nichts zu tun hat.

Zehn Minuten später sitze ich zum ersten Mal auf meinem Ergometer in der Radfahrgruppe. Die Trainingsräder sind alle nebeneinander aufgestellt mit Blick zum schmalen Kellerfenster oder zur Wand. Ein Pfleger hakt auf einer Liste unsere Namen ab, klebt uns Herzelektroden an und stellt uns dann die Wattzahl ein, mit der wir trainieren dürfen. Bei mir ist aufgrund meiner komplizierten Herzsituation nicht klar, ob ich mit vierzig oder sechzig Watt anfangen soll. Ich will lieber nicht auf einem aufgebockten Fahrrad sterben und nehme die vierzig. Dann wird im Radio ein Schlagersender eingestellt, und los geht's.

Während ich in die Pedale trete, frage ich mich, wer der alte Holzmichel ist, und ob Helene Fischer ihre Texte selbst schreibt oder vielleicht doch ein circa sechzigjähriger, sexuell ausgehungerter Mann. Ich gebe alles beim Endspurt und bin nassgeschwitzt, als unsere Zeit abgelaufen ist.

Danach treffe ich Sandra auf dem Gang, die gerade von der Wassergymnastik kommt. Sie ist sich ganz sicher, dass die zwei Opis in der Reihe vor ihr ins Becken gepinkelt haben. Ich bin heilfroh, dass ich gestern bei der Vorstellung gelogen und behauptet habe, dass ich Nichtschwimmerin sei. Manchmal bin ich doch ganz froh über meinen ausgeprägten Ekel vor allem Möglichen, besonders Thermalbädern. Ich weiß natürlich nur deshalb so genau Bescheid, weil ich früher selbst der Übeltäter war und bei jeder einzelnen Schwimmstunde fürs Seepferdchen ins Becken gemacht habe.

Meine nächste Stunde heißt »Gymnastik Stufe 2«, und ich bin voller Tatendrang. Ohne Fleiß kein Preis, und ich will unbedingt wieder fit werden. In der Turnhalle drängen sich bereits mehrere Männer um die achtzig. Und schon betritt die Physiotherapeutin den Raum und stellt wieder Schlager auf ihrem Kassettenrekorder an.

Wir sollen erst mal fünf Minuten einfach dastehen und zum Aufwärmen unsere Fingerspitzen ein wenig bewegen, aber nicht zu doll, es soll sich niemand überanstrengen. Meine früheren Sportaktivitäten begannen mit dreißig

Minuten Joggen und einem anschließenden kleinen Sprint.

Während wir so dastehen und noch nicht einmal unsere Finger, sondern nur deren Spitzen bewegen, ertönt wieder der Holzmichel, für den ich normalerweise mindestens drei Liter Alkohol und ein Oktoberfestzelt um mich herum bräuchte.

Als wir mit den Fingern fertig sind, kommt eine Dehnübung, bei der wir uns so weit wie möglich zum Boden herunterbeugen sollen. Ein Mann neben mir schafft es aus dem Stand nur fünf Zentimeter tief, es sieht so aus, als würde er immer noch stehen, und sagt laut zur Leiterin: »Wollen Sie uns alle umbringen?« Ich federe mich überehrgeizig mit den Handflächen zu meinen Fußspitzen.

Als nächste Übung sollen wir uns mit einem Partner Bälle zurollen. Ich gerate in Panik und denke an früher, als muskelbepackte Siebtklässlerjungs »Mädchen, fang doch!« durch die Schulsporthalle brüllten, während ich hasenartig flüchtete. Ich bin erleichtert, als ich feststelle, dass unser Ballspiel tatsächlich im Sitzen stattfindet. Mein Sportpartner ist derjenige, der sich nur fünf Zentimeter bücken kann. Er trägt einen schlohweißen Seitenscheitel, und sein Haar fällt ihm bei jeder Bewegung ins Gesicht, was beinahe ein bisschen lässig aussieht. Konzentriert führt er jede noch so stumpfe Übung aus. Er will wohl auch endlich fit werden, genau wie ich.

Doch mein Gehirn spuckt destruktive Sätze aus wie: »Sie wird nie mehr dieselbe sein, aber der kleine Ball macht ihr Freude«, oder »so eine nette, halb tote junge Frau«, oder einfach, »du sitzt nur rum, das ist kein Sport«. Ich will das alles nicht denken.

Wäre es denn wirklich so schlimm, wenn ich am Ende behindert wäre? Bis jetzt fühlt sich mein Inneres genau gleich an wie früher. Reicht das nicht, dass ich noch lebe, egal, in welcher Form? Es erschreckt mich, dass mein Kopf mich anscheinend nur akzeptieren will, wenn ich genauso bin wie vorher. Die meisten Frauenzeitschriften oder Designer wollen ja noch nicht einmal einsehen, dass man einen Körper besitzt, der anders geformt ist als eine lange Latte. Denke ich auch so? Kann ich meinen Körper nicht dafür lieben, dass er das alles überstanden und mich am Leben gehalten hat? Ich schreibe doch Komödien, kann ich das nicht mit ein bisschen mehr Humor sehen, wenn mich der Rentnersport sogar anstrengt?

Ich versuche, mir ein Leben vorzustellen mit einem schwachen Herzen, ein Leben, das aus Langsamkeit besteht. Dann versuche ich, mir alle Dinge vorzustellen, die ich gerne tue: lesen, in die Sonne schauen, ins Kino gehen, kochen, meine Freundinnen treffen, mich verlieben und Sex. Alles außer dem letzten Punkt könnte ich doch auch mit einem miesen Herz machen. Müssen Herzkranke denn komplett auf Sex verzichten?

Anscheinend habe ich den letzten Ball sehr verwegen gerollt. Mein Sportbuddy lächelt mich vergnügt an und fängt ihn lässig mit links auf. »Ich bin übrigens der Hans«, sagt er. Vielleicht war Hans vor seinem Herzkasper auch mal ein genialer Fußballer oder so was in der Richtung. Nun sitzen wir beide hier und rollen das Bällchen. Zwischen Hans und mir herrscht quasi Gleichstand. Wahrscheinlich haben wir beide die gleichen Chancen, die gleichen Ängste vor den Herzuntersuchungen und die gleichen Gedanken, die in der Nacht kommen, vor allem der eine: Was ist, wenn ich doch noch sterbe?

Nach den Behandlungen bin ich fix und fertig. Besonders das ominöse wärmeaufsteigende Armbad hat mir zugesetzt. Man steht dreißig Minuten in einem gekachelten Raum und hält die Arme in eine Art erhöht angebrachtes Pissoir. Dann fährt ein Therapeut mit einem Kaltwasserschlauch meine Arme entlang bis zur Schulter. Stück für Stück wird dabei das Wasser etwas wärmer. Am Ende hat man warme Arme und vom vielen Herumstehen Kreuzschmerzen. Ich tippe, dass die ganze Sache dem Kreislauf helfen soll. Mein Problem ist jetzt allerdings mein unmuskulöser Rücken, der zu schwach scheint, um meinen ganzen Körper zu halten.

Als ich mich gerade hinlegen will, klopft Sandra an meine Zimmertür.

»Hast du vielleicht Lust, mal ans Meer zu gehen?«

»Ich weiß nicht, ob ich das schaffe, das sah so weit aus.«

»Ach komm, die Lahme stützt die Blinde, oder wie hieß das?«

Sandra und ich gehen den kleinen Waldweg zum Meer entlang. Wie man das von der Ostsee erwartet, weht eine steife Brise, auf dem Boden liegt Schnee, den ich erst erfreut für Sand halte. Mir ist eiskalt, und ich hasse Schnee, aber jetzt will ich unbedingt das Meer sehen.

Während wir uns an eisbehangenen Zweigen und Gestrüpp vorbeikämpfen, erfahre ich ein bisschen mehr über Sandra. Ursprünglich war sie halbtags Sachbearbeiterin bei der Stadt in Schöneberg. Dann verliebte sie sich in ihren Zahnarzt, hörte auf zu arbeiten und bekam vier Kinder mit ihm. Leider erfolgte irgendwann die Trennung, weil der Zahnarzt sich, wie es sich ja eigentlich gehört, in seine Helferin verliebt und bereits einige Liebesbehandlungen an ihr durchgeführt hatte. Dann kam die Scheidung. Dummerweise war Sandras Mann kein reicher Range-Rover-Zahnarzt gewesen, sondern ein ganz normaler in einer Klinik.

Das Geld, das ihr seit der Scheidung zur Verfügung steht, ist anscheinend knapp. Deshalb geht Sandra, wenn die Kinder im Bett sind, bei einer großen Firma putzen, während ihre Mutter zu Hause aufpasst. Im Moment teilen sich eine von der Kasse bezahlte Haushaltshilfe, ihr Ex-Mann und ihre Mutter bei der Pflege auf.

»Ich kann dir gar nicht sagen, was für ein schlechtes Gewissen ich habe! Die sind doch alle noch so klein und brauchen mich. Ich muss ganz schnell wieder nach Hause«, sagt Sandra leise.

»Du musst aber erst gesund werden, und das geht vielleicht nicht schnell«, sage ich vorsichtig. Ich merke aber, dass ich ihr damit nicht helfe, sondern ihre Last nur noch größer mache. Lahm schiebe ich hinterher: »Du bist ja schon viel, viel fitter als ich. Das dauert bestimmt nicht mehr lange.«

Sie lächelt mich dankbar an. Manchmal ist die Wahrheit so unwichtig und Bedenken sind so hinderlich, wenn jemand Hoffnung schöpfen und gesund werden soll.

Wieso denken wir denn immer, dass Ehrlichkeit die beste aller Varianten ist? Ehrlichkeit ist scheiße, wenn man eine miese Prognose hat.

Ich schaffe es heute leider nicht bis zum Meer. Ich setze mich auf eine eiskalte Wurzel und versuche erfolglos, mir nicht schon wieder in die Hose zu machen.

»Richte dem Meer liebe Grüße von mir aus, es könnte ruhig mal näher kommen«, rufe ich Sandra hinterher.

Das Fünf-Sterne-Hotel, das mir schon bei der Hinfahrt aufgefallen ist, besitzt eine Abkürzung mit einem kurzen Weg direkt ans Wasser. Wir Patienten dürfen das Hotelgelände aber nicht betreten, nur die ganz harten Fälle bekommen eine Ausnahmegenehmigung zum Überqueren des Hotelrasens.

Letztes Jahr war ich an meinem Geburtstag mit Olli in einem Luxushotel derselben Kette in München. Eine einzelne Hotelübernachtung war so teuer, dass ich schon dachte, er betrügt mich und hat ein schlechtes Gewissen, so wie in den Fünfzigerjahre-Filmen. Dafür war es wirklich das schönste Hotelzimmer, das ich je gesehen hatte.

Ich versuchte mir vorzustellen, dass ich so reich wäre, dass das Zimmer nur ein ganz normaler Raum mit einem Schrank und einem Bett wäre. Ich käme gestresst zwischen zwei Charityterminen vorbei, um ein wenig auszuspannen. Ich versuchte, die in beiges Seidenpapier eingeschlagene Seife einfach nur als Seife zu betrachten, und dem Reisenähset und dem mit Hotellogo bestickten Wäschebeutel keine große Beachtung zu schenken, aber es ging nicht. Nur für Olli war all dies normal, er kannte es aus allen Urlauben seiner Kindheit.

Er warf sich in Klamotten auf das perfekt gemachte Bett, um dort Erdnüsse und einen Drink aus der Hotelbar zu genießen. Niemand aus meiner Familie wäre jemals verrückt genug gewesen, auch nur einen Zahnstocher aus einer wahnwitzig überteuerten Minibar zu nehmen. Bei mir hatte das zum Ergebnis, dass ich meine Einkäufe begründen musste. »Ich habe einfach schrecklichen Durst«, sagte ich laut und schuldbewusst jedes Mal in den Raum hinein, wenn ich ein Getränk öffnete.

Damit trieb ich Olli bei jedem Hotelaufenthalt in den Wahnsinn. Ich konnte es aber nicht abstellen, weil ich mich in einem feinen Hotel ohnehin nie zugehörig fühlte. So lächerlich es auch ist, es versetzte mir dennoch einen Stich, als ich erfuhr, dass das Hotel hier mich noch nicht einmal dessen Rasen überqueren lassen wollte.

Dann muss ich eben warten, bis ich den ganzen Weg schaffe, und dann werde ich das Meer sehen. Ich werde mir von meiner Zweitklassigkeit jetzt nicht die Reha versauen lassen.

Mit vollgepinkelter Hose, aber hoch erhobenen Hauptes gehe ich zurück und hole mir noch eine Cola im Krankenhausshop. Ich beschließe, dass ich nichts habe, wofür ich mich schämen muss.

Ich kann ja schließlich nichts dafür, dass mein Leben jetzt so läuft. Ich hatte mich ursprünglich auch eher auf der anderen Seite des Zauns im schönen Hotel gesehen.

Als ich am Schwarzen Brett vorbeikomme, erschrecke ich. Direkt neben dem Zettel, auf dem steht, dass ein Kaffeebecher mit der Aufschrift »Morgenlatte« vermisst wird, hängt eine Riesenankündigung fürs Krankenhauskino, und es läuft ausgerechnet mein Film. Statt stolz zu sein, werde ich ganz traurig. Dieses andere Leben, das ich hatte, kommt mir tausend Jahre entfernt vor. Ich kann mich noch nicht mal erinnern, wann ich das letzte Mal eine richtige Hose mit Reißverschluss anhatte.

Ich muss Sandra unbedingt sagen, dass sie den anderen Frauen nicht verraten soll, was ich beruflich tue. Erstens mag ich nicht daran denken, wie alles mal war, und zweitens laufe ich dann Gefahr, hier auch noch die mit dem komischen Beruf zu sein. Außerhalb der Filmbranche werde ich meistens sowieso nur gefragt, ob ich von meinem Beruf leben kann oder ob sich die Schauspieler im Film wirklich küssen müssen und ob das dann fast wie Prostitution sei.

Abends rücke ich den sinnlosen runden Tisch am Ende des Flurs zur Seite und stelle meinen Stuhl aus dem Zimmer direkt in die kleine Fensterecke. Hier ist der einzige Platz, von dem aus ich das Meer sehen kann. Ich wähle Ollis Nummer und lande auf der Mailbox. Juri in New York ist jetzt in seiner ersten Vorlesung des Tages und kann nicht sprechen.

Plötzlich piept mein Handy, und ich bekomme eine WhatsApp von Kevin. Es ist ein Selfie in einem unserer Lieblingsrestaurants mit ihm, Olli und einer Frau, die ich nicht einordnen kann. Wie Feuer steigt die Eifersucht in mir auf, darauf, dass sie zusammen feiern können, vor allem auf die unbekannte Frau, die mich so dreist angrinst, als hätte sie bei irgendwas gewonnen.

Sie trägt Perlenohrringe, ein nüchternes Businesskostüm, keine Schminke, aber eine sicher sehr teure Uhr. Ihr Gesicht wirkt auf eine gut aussehende Art herb und selbstbewusst. Ich hasse sie, warum auch immer. Am Cursor sehe ich, dass Kevin gerade eine Nachricht an mich tippt, doch ich komme ihm zuvor und rufe an. Er geht lachend ran.

»Bitte schimpf mich nicht, ich kann nichts dafür ... es war der böse Barkeeper!«

»Wer ist die Frau?«, fahre ich ihn unbeabsichtigt aggressiv an.

»Die? Ach, das ist die neue, spießige Kollegin von Olli. Die waren da bei einem Geschäftsessen. Ich glaube, sie heißt Benedikta oder Bernhardine? Es war so ein schnöseliger Aristoname, sie hat tatsächlich einen Kurs im Jagdhornblasen belegt. Kannst du dir das vorstellen? Irre bescheuert!«

Das finde ich auch. Ich hasse ihre Perlenohrringe, ich hasse ihre Frisur und ich hasse ihr Lächeln. Allerdings verstehe ich nicht, warum mich das alles so aufregt. Wieso nervt mich die Jagdhornbläserin so sehr? Vielleicht ist es auch einfach nur ungewohnt. In Ollis namhafter Großkanzlei herrschte bisher eine Männerdichte von hundert Prozent. Entscheider dürfen ja bekanntlich keine Brüste haben. Das wurde weltweit irgendwann während der Steinzeit beschlossen. Umso mehr sollte ich mich doch für diese einzelne Eroberin im Testosteronland freuen, tu ich aber nicht.

»Seit wann gehst du ohne mich mit Olli etwas trinken? Ich dachte, du magst ihn nicht besonders. Ich finde das unfassbar illoyal von dir!« Es ist mir egal, dass ich klinge wie ein Kleinkind in der Trotzphase. Am anderen Ende erkenne ich an der Länge der Ausatmung, dass Kevin mit den Augen rollt.

»Dir ist schon klar, dass ich nicht mit ihm geschlafen habe, sondern lediglich ein paar Schnäpse ausgegeben habe und überhaupt nur zufällig da war?«

»Ich sitze hier an dieser merkwürdigen Ostsee herum, und ihr alle feiert mit Brusseliese?«

Kevin kichert über den Namen, und ich merke in dem Moment, dass ich tatsächlich Angst habe. Kevin, der sich selbst als Dr. Kevster bezeichnet, kennt mich gut, denn er sagt sofort: »Darum geht es, stimmt's?«

Dann wird er sanfter und erklärt: »Also pass auf, ich war nur ganz kurz mit Sabine eine Kleinigkeit im ›Filou‹ essen ...«

Das ist das französische Restaurant bei Olli und mir um die Ecke. Sabine ist die Ex-Freundin und Literaturagentin von Dr. Kevster, der als Romanautor arbeitet. Eigentlich ist er als Mensch viel zu faul, um jemals ein Buch fertig zu bekommen. Seine ausgeprägte Prokrastinationssucht bezieht sich allerdings ausschließlich auf alles andere im Leben außer Schreiben. So wurde er auch Sabine als Lebensgefährtin los, die mit ihren neununddreißig Jahren einfach nicht mehr neben Pizzakartons in einem Bett aus Europaletten aufwachen wollte.

Seit Kevins erster Roman von allen Literaturkritikern wie

verrückt gefeiert wurde, sieht er sich als großer Bohemian und findet sich mit Mitte vierzig zu jung für Verantwortung. Da er noch einigermaßen gut aussieht und ein lieber Kerl ist, verzeihen ihm das auch fast alle. Sogar Sabine, die ja schließlich immer noch seine Agentin ist. Dr. Kevster feiert sich mit Drogen und allem, was dazugehört, jeweils einen Teil des Jahres durch Berlin, bis ihm das Geld ausgeht. Den anderen Teil sitzt er dann brav zu Hause und schreibt Artikel für verschiedene Tageszeitungen oder ein neues Buch.

Seine nächsten Bücher waren alle mäßig erfolgreich im Vergleich zu seinem ersten. Insgeheim denke ich, dass das der Grund dafür ist, dass er sein gutes Herz behalten konnte. Erfolg macht aus den meisten Menschen ziemliche Arschlöcher, finde ich. Die, die ich kannte und die erfolgreich wurden, sind mittlerweile zumindest mit mir zu keinem Gespräch mehr fähig. Ruhelos suchen ihre Augen den Raum ab nach Menschen, die sie erkennen könnten, die sich ihnen nähern könnten. Dazu kommt, dass man mit zu viel entgegengebrachter Aufmerksamkeit wohl die Fähigkeit des Zuhörens verliert. Wer ohne diese durchs Leben geht, verliert in erster Instanz meistens jede Menge Freunde. In zweiter werden sie dann durch zahlreiche Assistenten ersetzt, die selbst kein eigenes Leben haben und sich gerne jeden Abend den Weltschmerz des einsamen Stars anhören.

Wahrscheinlich liegt es auch an mir, dass ich mit dieser Ruhelosigkeit so wahnsinnig schlecht umgehen kann und dann selbst gestresst und wortkarg werde, was dem Freundschaftsprozess gegenüber auch nicht besonders förderlich ist. Vielleicht bin ich auch einfach nicht in der Lage, mit einem Leben, das so anders ist als meins, zu korrespondieren. Es liegt sicher daran, dass ich auch nichts tun kann gegen diese kleinbürgerliche Verachtung, die ich für Menschen habe, die kompletten Abstand von Alltäglichkeiten genommen haben.

Tatsächlich bin ich überzeugt davon, dass jemand, der nicht mehr weiß, wie sein Kühlschrank gefüllt, sein Personaltrainer umgebucht oder sein neuer Hund ausgeführt wurde, charakterlich verrottet. Zumindest sieht das mein Weltbild so, auch aus dem Grund, dass mir keiner den Trainer umbucht, zumal ich noch nicht mal einen habe. Vielleicht ist es einfach Neid, weil ich das alles nebendran nicht aushalten kann. Tatsächlich vermisse ich ein paar Freunde von früher, aber ich komme einfach nicht mehr an sie ran. Das Einzige, was wir, aber nur betrunken auf Filmpartys, hinbekommen, ist ein hektisch albernes Aneinanderreihen unserer gesamten alten Insiderwitze. Trotzdem komm' ich da nicht mit. Ich kann mir meine spießigen Kommentare auch nicht verkneifen, wie: »Du musst halt auch mal deine Kindheit mit 'nem Profi aufarbeiten, wenn dich das so quält«, oder »dann zieh doch ins Ausland, wo dich keiner kennt, wenn dich das alles so nervt«, oder »schlaf doch auch mal mit jemandem, der ein Gehirn hat«.

Ich habe folglich nichts Besseres zu bieten als meine Ignoranz. Ich kann aber auch nichts dagegen tun, dass mir die geschilderten Probleme letztlich so erschreckend egal sind. Mir ist unbegreiflich, wieso die meisten Menschen ab fünfundzwanzig nicht mehr bereit sind, an sich zu arbeiten. Vielleicht bin ich auch zu blöd, den tieferen Sinn der Welt zu begreifen, und lebe in einer ZDF-Familienserie aus den Neunzigern, in der es für jedes Problem eine Lösung gibt.

Die einzige Möglichkeit, als Berühmtheit mit mir als Mensch kompatibel zu bleiben, scheint die Kombination mit wiederkehrender Armut zu sein – so wie bei Kevin, der immer nur halbjährlich reich ist. Deswegen ist er auch in seinen großkotzigen Phasen noch nett. Mehr kann er sich nicht leisten.

Ich habe keine Ahnung, wieso ich solches Herzflattern bei der Schilderung des Brusseliese-Abends bekomme, denn sie enthält nichts Erschreckendes.

»Diese adelige Dame war eher so eine Art älteres Pferdemädchen mit einer sackartigen Barbour-Jacke, die wahrscheinlich seit siebzehn Generationen in ihrer Familie vererbt wird.« Zumindest muss ich jetzt lachen. »Sie war ja auch nicht alleine da, sondern eben ein paar Kollegen von Olli und irgendein sehr anstrengender Klient aus New York, der immer nur wissen wollte, ob eventuell noch Nutten kommen.«

»Ah, den kenne ich. Mit dem waren wir auch schon essen, Walter.«

»Ja genau, Walter, und diese Schlosstante haben dann wieder diese bescheuerte Lecker-Diskussion angefangen mit einem Typen.«

Ich rolle mit den Augen. »Dass man lecker nicht sagen darf, weil es angeblich eklig ist?«

»Ja genau, und weil es so bourgeois ist. Guten Appetit darf man auch nicht sagen.«

»Echt? Wieso?«

»Keine Ahnung, weil nur Proletarier Hunger haben? Vielleicht ist es nicht katholisch genug? Eventuell gefiel auch Graf Godehard von Hopfendopfen einmal im fünfzehnten Jahrhundert einfach der Klang nicht? Woher soll ich mich mit dem Adel auskennen, ich heiße Kevin von Plattenbauhausen!«

Wir lachen.

»Wie lange arbeitet diese Guntbertine denn schon in der Kanzlei?«

»Fräulein Odelinde von Furschelschnurschel scheint schon ein Weilchen dabei zu sein. Davor war sie in Paris.«

Ich merke, wie ich richtig sauer bin. »Das übliche halbe Jahr Kunstgeschichte an der Sorbonne, um sich den letzten gesellschaftlichen Schliff zu verleihen! Man will sich ja auch mal über Kunst unterhalten«, sage ich mit Todesverachtung, wohl wissend, dass ich selbst von Kunst auch nicht die geringste Ahnung habe.

»Oh, sind wir ein bisschen bitchy heute?«, ertappt mich Kevin.

»Du hast doch angefangen, du bist hier der Bitchige!« Ich atme tief durch. »Na gut, ich habe Angst, nein, richtige Panik, dass wir uns vielleicht trennen. Ich kann mich nicht so erinnern, aber ich denke, es lief relativ mies, bevor das alles hier passierte. Ich muss einfach bald nach Hause.«

»Und wieder funktionieren, die Betten aufschütteln, multiple Orgasmen vorspielen und einen Sonntagsbraten machen, und dann ist alles wieder gut?«

»Ich denke schon«, sage ich traurig und meine es erschreckenderweise auch.

»Wenn dein Freund ernsthaft etwas mit Hermengilde von Langweilohausen anfängt, sterbe ich vor Lachen, und dann könnte man ihn bemitleiden, nicht dich. Denkst du denn wirklich, man kann dich so einfach ersetzen? Ich schätze, ich muss wohl am Wochenende vorbeikommen und nachgucken, ob mit deinem Gehirn alles in Ordnung ist.«

»Auf keinen Fall! Ich habe einen Clown in meinem Zimmer hängen«, sage ich erschrocken.

»Das muss ich sehen, Freitagabend bin ich da!«

Er legt einfach auf. Einerseits wünsche ich mir Kevin sehnlichst herbei, weil ich ihn wirklich vermisse, andererseits habe ich auch Angst davor, dass ich dann nur noch mehr Heimweh bekomme.

Diese geballte Eifersucht auf eine mir völlig unbekannte Frau macht mir darüber hinaus Gedanken. Glaube ich denn wirklich, nur weil ich mal fünf Minuten weg bin, kann man diese Lücke ohne Probleme füllen? Bin ich mir so wenig wert? Tatsächlich scheint das so zu sein. Mein Selbstbewusstsein ist offenbar an einem Tiefpunkt angekommen.

Es war noch nie sonderlich ausgeprägt, aber jetzt, wo ich nicht mehr hübsch bin und mir in die Hose mache, hat es mich wohl vollends verlassen. Erfülle ich das Klischee, über das sich Feministinnen seit Jahrzehnten Gedanken machen? Ist Selbstwert etwas, womit man geboren wird, oder kann ich mir das irgendwo anlernen?

FUCKING MAKAKE!

Am nächsten Morgen wache ich mit komplett verdrehtem Rücken auf. Schon das Aufsitzen bereitet mir unfassbare Schwierigkeiten. Ich habe schlecht geschlafen und mich permanent herumgewälzt, was nicht einfach ist in meinem neunzig Zentimeter breiten Bett.

Wenigstens hat Olli mich heute Morgen angerufen, und wir haben nett geplaudert, fast so wie früher, als wir nur normale Sorgen hatten.

Er arbeitet an einer ganz spannenden Sache für den Amerikaner und war gar nicht zu bremsen bei seinen Erzählungen über eine komplizierte Patentrechtsklage in der Autobranche. Anscheinend wurde ein Autoinnenfiltersystem eins zu eins von der Konkurrenz kopiert, und jetzt sitzen auf beiden Seiten Teams von mindestens zwanzig Anwälten. Ich habe zwar nicht alles verstanden, aber was ich verstehe, ist, dass Olli Spaß am Leben hat und Freude daran, mit mir zu sprechen.

Das beruhigt mich ungemein und gibt mir sogar die Kraft, mich in Embryonalstellung vorsichtig aus dem Bett zu rollen. Als ich endlich stehe, geht es mir schon besser. Nur Klamotten anziehen gestaltet sich schwierig. Ich wasche mich notdürftig, nehme meine diversen Medikamente und beschließe dann, einfach in meinem Schlaf-Jogginganzug nach unten zu gehen.

An der Rezeption frage ich nach einer Physiotherapiestunde für meinen Rücken und bekomme tatsächlich einen Termin in zwei Stunden.

Am Frühstückstisch entschuldige ich mich dafür, dass ich noch quasi im Schlafanzug bin und beteuere aber, dass Körperhygiene stattgefunden hat.

Irmgard, der eine Teil der Muppets, winkt sofort ab. »Ich bitte dich, das machen die Männer hier doch alle. Die haben, solange sie hier sind, alle das Gleiche an, beim Essen, beim Sport und wahrscheinlich auch beim Schlafen.«

»Mit Sicherheit beim Schlafen. Du kannst sogar sehen, auf welcher Seite sie lagen, je nachdem, wo ihnen am Kopf das Sträußchen absteht«, unterbricht Heidrun, der zweite Muppet.

Ich sehe mich um, und es stimmt tatsächlich. Fast jeder Mann hier hat entweder an der Seite oder hinten am Kopf ein Haarbüschel abstehen.

»Mein Mann verwahrlost auch, wenn er unbeaufsichtigt ist. Er hat beim Skypen schon seit einer Woche diesen hässlichen grünen Pullover an, und die Wohnung, oje, überall sind Chips«, meint Gülcan und grinst.

Ich denke an meinen Freund zu Hause, der nur die stilvolle Verwahrlosung liebt, zum Beispiel bei seinen maßgeschneiderten Sakkos, deren seidiges Innenfutter schöner ist als jedes Kleid, das ich besitze.

Nebenan röchelt der junge Lungenkranke wieder lautstark seinen Würfelhusten nach oben. Meine Paranoia setzt wieder ein. Ich bilde mir sofort ein, dass die Stückchen in der groben Leberwurst auf meinem Brot den Schleimbrocken ähneln, die nebenan hochgehustet werden.

Wieso geht es nur mir so? Vor mir haben sich doch sicher auch Leute geekelt, wenn sie meine Bettpfannen ausleeren mussten oder mir den Hintern abgewischt haben.

Sandras und mein Blick treffen sich. Sie schüttelt fast unmerklich den Kopf. Auch ihr Brot liegt da. Sie lehnt sich zu mir rüber und sagt: »Komm mit, ich hab' was für uns.«

Zehn Minuten später sitzen wir beide auf Sandras Bett und stopfen eine Tüte Erdnussflips und dazu Gummibärchen in uns hinein. Abwechselnd trinken wir einen Schluck Fanta aus ihrem Zahnputzbecher. Es ist das beste Frühstück seit Langem, mir ist natürlich schon nach drei Minuten schlecht, aber ich kann nicht aufhören. Mein Appetit ist ganz leicht einzuschätzen, ich giere einfach nach allem, was es unten nicht gibt.

Sandra erzählt, dass sie sich mit ihrem Ex-Mann gestritten hat.

»Ich wollte einfach nur die Wochenendzeiten mit den Kindern ausmachen, da fängt er plötzlich mit der Wohnung an, dass er schließlich auch Miteigentümer sei, und ich ja kein Geld habe, ihn auszuzahlen.«

»Will er mit der Zahnarzthelferin da einziehen?«

»Anscheinend. Darüber sind wir dann in Streit geraten, weil ich auch erst mal Zeit brauche, um wieder einen Job zu finden, der mit vier Kindern möglich ist.«

Ich seufze: »Wieso kann man den Alltag nicht wenigstens mal kurz abstellen?«

»Ja, und dann fing er noch im selben Gespräch an zu mutmaßen, ob ich in meiner gesundheitlichen Situation überhaupt in der Lage sei, mein Sorgerecht auszuüben. Ich bin so wütend, aber wenn ich meine Gefühle jetzt rauslasse, dann gibt es Krieg, und den verliere ich. Ich habe jetzt einfach mal gelogen und gesagt, dass es mir schon viel besser geht und ich vielleicht nächste Woche wieder zu Hause bin.«

Das sind im Vergleich zu meinen echte Erwachsenenprobleme und ein Höllendruck. Wenigstens kann ich Olli simsen und einen Kontakt zum Familienrechtsanwalt in seiner Kanzlei herstellen, der manchmal Pro-bono-Arbeit macht und verspricht, sich das Ganze mal anzusehen. »Ein guter Anwalt ist das Wichtigste! Das ist das Einzige, das ich von meinen miesen Drehbuchverträgen gelernt habe.«

Ich berichte ihr noch kurz von meiner lodernden Eifersucht. Dazu hat sie eine ziemlich direkte Frage: »Bist du sicher, dass du noch in ihn verliebt bist?«

»Doch, ich glaube schon. Ja, natürlich. Wieso würde ich mich sonst so darüber ärgern, dass irgendeine unbedeutende Kollegin bei einem Geschäftsessen dabei ist? Das sage ich ihm natürlich nicht, dass ich eifersüchtig auf eine Phantomfrau bin.«

»Wieso nicht? Manchmal ist es doch gut, genau diese Dinge auch auszusprechen.«

»Nein, ich fühle mich ohnehin schon wie der letzte Trottel. Ich will viel lieber mal wieder etwas Schönes mit ihm zusammen machen und vielleicht auch mal wieder eine Frau sein dürfen.«

»Und das hältst du durch, nicht auszusprechen, was dich quält? Hier haben wir doch alle eine dünne Haut.«

»Klar halte ich das durch«, sage ich abschließend mit fester Stimme, der ich gerne glauben möchte.

Verwirrt und vollgefressen gehe ich passenderweise zur Ernährungsberatung. Die Erdnussflips schwappen in der Fanta herum, während ich die gezeichnete Ernährungspyramide von Frau Böhnke betrachte. Ganz unten ist eine große Basis an Gemüse abgebildet, dann darüber alle möglichen Getreidesorten, zuletzt Weißmehl, dann Obst, Fisch, Milch, darüber Hühnchen und ganz oben rotes Fleisch, Frittiertes und Süßigkeiten.

Frau Böhnke, die Ernährungsberaterin, und ich sitzen an einem kleinen Tisch in der jetzt leeren Kantine. Ich zeige auf das Mittagsschild und lese vor: »Schweinekotelett mit Spätzle und brauner Soße.«

»Ich weiß«, sagt Frau Böhnke. »Die Krankenkasse möchte aber, dass ich Sie hier für Ihr weiteres Leben berate.«

So leicht kriegt mich die in der Tat sehr sympathische Frau nicht. Ich bohre weiter. »Wieso gibt es denn hier immer nur graues Fleisch mit Soße? Wir müssen doch alle jetzt schon gesund werden.«

»Sie können auch vegetarisch essen, Frau Wald.«

»Ja, aber das ist ja dasselbe mit einem Klotz Tofu in der Mitte. Ich würde mich so freuen über eine Avocado oder einen richtigen Salat.«

Frau Böhnke lächelt mich freundlich an. »Wissen Sie, was eine Avocado kostet?«

»Ja, Sie haben ja recht, Frau Böhnke.«

Sie hat ja auch recht. Sie holt einen Apfel aus dem Schrank und legt ihn mir in die Hand.

»Wissen Sie, Frau Wald, ich esse zu Hause auch anders. Natürlich ist ein Schweineschnitzel nicht das Richtige nach einem Herzinfarkt. Dies hier ist aber eine Klinikkette, und die Wege sind kompliziert. In einem Haus den Speiseplan ändern hieße, es in allen Häusern zu tun. Da sitzen unzählige verschiedene Entscheider, die unterschiedliche Meinungen haben. Die meisten sind älter und können sich keine sinnvolle Mahlzeit ohne ein Stück Fleisch vorstellen. Und dann müssen die Essenspauschalen auch noch in die Bilanz passen.«

Aus ihrer Stimme höre ich heraus, dass sie irgendwann mal gekämpft und nun verständlicherweise die Lust daran verloren hat. Ich nehme meinen Apfel mit und gehe zum wärmeaufsteigenden Armbad, danach kommt endlich die Physiotherapie.

Irgendwann finde ich das Zimmer auf dem kilometerlangen Flur und klopfe. Der Physiotherapeut stellt sich als Ingo vor und duzt mich direkt. Wie die meisten kleinen Männer hat er sich die Haare nach oben gegelt, um noch ein bis zwei Zentimeter herauszuholen. Er sieht aus wie ein Makakenäffchen. Dass er im Zimmer bleibt, während ich mich bis auf die Unterwäsche ausziehe, stört mich nicht. Auf den letzten Metern Krankenhaus muss ich jetzt auch nicht mehr prüde werden.

Ich lasse mich mit schmerzverzerrtem Gesicht wie

ein loser Sack Knochen auf die Liege fallen. Ingo legt los und beginnt an der unteren Wirbelsäule, was man im Allgemeinen als Hintern bezeichnen würde. Jeder Handgriff tut weh. Kein Wunder, dass ich so verspannt bin, meine gesamte Rückenmuskulatur ist unfassbar schwach vom monatelangen Herumliegen. Ich wäre so gerne wieder fit. Das Ganze ist aber ein Teufelskreis, da mein Herzschlag durch die Betablocker gedrosselt ist, weil er nicht über eine gewisse Frequenz kommen darf. Alles muss geschont werden, während ich gleichzeitig versuche, wieder ich zu werden.

Während dieser Ingo an meinem Po herumdrückt, ist es sehr still im Zimmer. Es fühlt sich, abgesehen von den Verspannungsschmerzen, etwas merkwürdig an, dass ein fremder Mann so viel Zeit mit dem Kneten meines Pos verbringt und dabei immer wieder gefährlich nahe an intimere Stellen kommt. Jedes Mal zucke ich ein wenig zusammen und hoffe inständig, dass es unbeabsichtigt ist, dass Ingos öliger Zeigefinger immer wieder meine Schamlippe streift. Als ich dann versuche, von seinen Fingern wegzurutschen, scheint er zu begreifen und arbeitet sich die Wirbelsäule nach oben. Ich ordne die Sache als Versehen ein.

Ich begreife jetzt vollends, warum in Wellnesshotels permanent diese Beruhigungsmusik läuft. Hier ist es so still, dass ich meinen eigenen Atem und das angestrengte Schnaufen des Physiotherapeuten höre. Ich wünschte, es wäre schon alles vorbei, und versuche, einen Blick auf die Wanduhr zu erhaschen. Es sind erst elf Minuten vergangen von insgesamt einer Stunde, die mir Ingo vorgeschlagen hat. »Wenn du wirklich verspannt bist, ist da unter sechzig

Minuten nichts zu machen. Die Muskeln brauchen Zeit, bis sie sich entspannen.«

Ich hoffe, dass es wenigstens hilft. Unangenehmerweise muss ich zwischendurch, wie immer, dringend pinkeln gehen. Dafür muss ich mich dann noch mal halb nackt von der Liege hieven, um kurz zu verschwinden. Ingo dreht sich nur so halb um, als ich ungelenk in meine Jogginghose steige.

Auf dem Gang überlege ich, ob ich überhaupt zurückgehen soll. Es wäre aber natürlich lächerlich, das Ganze abzubrechen, nur weil mir die Musik fehlt und die Stimmung merkwürdig ist. Außerdem wurde uns eingetrichtert, dass die Krankenkasse über jede versäumte Behandlung informiert wird und man dann Gefahr läuft, dass die gesamte Reha nicht erstattet wird.

Ich beschließe, die letzten dreißig Minuten auch noch durchzuhalten. Das bereue ich umgehend, als ich mich zur Nackenmassage auf den Rücken drehen soll und das winzige Handtuch maximal drei Leberflecken auf meinem Bauch abdeckt. Jedes Mal, wenn Ingo meine Schulter bewegt und lockert, tanzen meine Brüste dazu im Takt.

Tatsächlich hilft die Behandlung aber, und ich steige etwas weniger verspannt von der Liege. Ingo bleibt, während ich mich anziehe, im Raum und plaudert mit mir über seinen Hund und die schöne Fußgängerzone hier im Ort. Dabei findet er es notwendig, anzumerken, dass dort ja jetzt auch seit Neuestem ein Stand mit Döner »von so Türken« wäre. Ich sage: »Na, Gott sei Dank, ich liebe türkisches Essen! Da hole ich mir gleich Lahmacun!«, und haue schleunigst ab.

Mir fällt die Partnermassage ein, die ich einmal mit Olli

gemeinsam in einem Dayspa am Kollwitzplatz gebucht hatte. Der Masseur stellte sich uns vor mit »Hallöle, ich bin der Merlin«. Da hätten wir schon misstrauisch werden müssen. Wir lagen rücklings nebeneinander auf einer riesigen Matratze, während Merlin lautstark atmend unsere Knie einklappte und versuchte, sie möglichst eng in Richtung unserer Bäuche zu drücken. Dabei legte er sich mit vollem Gewicht auf unsere Unterschenkel und starrte einem dabei in die Augen. Das Lustigste an dieser anderthalbstündigen Qual war, dass Ollis Boxershorts ab einem gewissen Punkt seitlich verrutscht waren und den Blick auf seine gesamten Besitztümer freigaben. Er selbst merkte davon nichts, aber ich werde nie den Anblick von Merlin vergessen, der sich mit Inbrunst und großem Geschnaufe auf die angehockten Beine meines nun freigelegten Freundes drückte.

Dieses Erlebnis wurde nur getoppt von der meinerseits zu Recherchezwecken für einen Film gebuchten Tantramassage. Passenderweise war das von Internetuserinnen am besten bewertete Studio in der Kantstraße.

Auch in diesem Etablissement war der Empfang enttäuschend. Zwischen sorgsam ausgewählten Farrow-and-Ball-Wandfarben und davor aufgestellten goldenen Buddhas und anderen Gottheiten kam eine handfeste Frau hervor und sagte: »Ick bin die Ulrike. Is richtisch kalt draußen, wa? Gleich wird uns wärmer!«

Obrigkeitshörig ging ich in den Raum, den sie mir zeigte, zog mich aus und wickelte mir ein Tuch um, obwohl ich schon überhaupt keine Lust mehr hatte, falls die jemals wirklich vorhanden war.

Als Ulrike den halbdunklen Raum betrat, hatte sie einen tragbaren CD-Spieler dabei und ein identisches Tuch um den ansonsten unbekleideten Körper gewickelt. Absurderweise kannte ich viele Songs auch von meinem Schreibmix. Während also Al Green, Marvin Gaye und Michael Kiwanuka im Hintergrund dudelten, hatte ich den Zeitpunkt, mich noch aus der Sache herauswinden zu können, verpasst.

Ulrike kniete sich zuerst vor mir auf den Boden und küsste meine Füße, wahrscheinlich um ihnen zu huldigen. Danach raunte sie: »Du kannst dir jetze uff die Matte legen«, was ich tat. Dass dabei immer noch meine Schreibmusik lief, entspannte mich etwas. Ich schloss die Augen und ließ mir eine geschätzte Ewigkeit lang meine Arme und Hände massieren, bis ich butterweich wurde. Als Ulrike irgendwann bei meinen Füßen angelangt war, hatte ich sie längst vergessen und schwebte lüstern und schwerelos in der Luft. Als Ulrike dann ihre Hände auf meinen Brüsten hatte, erinnerte ich mich kurz daran, dass ich sie dafür bezahlt hatte. Das verdrängte ich aber schnell, um wieder meinen entrückten Zustand zu erreichen.

Zum Schluss wurde die Sache dann noch ziemlich handfest. Als Ulrike sich vor mich kniete und meine Beine rechts und links neben sich ablegte und ihre Finger in mich hineingleiten ließ, hatte ich mich bereits damit abgefunden, dass ich ihr willenlos ausgeliefert war, auch wenn ich ihre auberginefarbenen Haare schwierig fand. Egal. Mühelos hatte ich einen heftigen Orgasmus und sank erschöpft in mich zusammen.

»Ick lasse dir jetze ma in Ruhe. Wenn de uffjewacht bist,

kommste zu mir nach vorne, wa?« Mit einem Schlag war ich wieder hellwach. Hektisch zog ich mich sofort an und huschte zur Rezeption. Da stand sie wieder, Uli, die Frau, die eben noch in mir war. Mit denselben Händen zählte sie mein Geld ab, und, schwupp, war ich wieder draußen auf der Kantstraße.

Hysterisch lachend erzählte ich Olli von diesem Erlebnis, der anfänglich etwas befremdet war und sich von mir und Ulrike betrogen fühlte, dabei hatte ich ihm ja gesagt, wo ich hingehe. Er hatte aber Tantra mit Ayurveda verwechselt und angenommen, dass ich entschlackende Stirngüsse bekomme und nicht, dass ich einen Orgasmus mit Ulrike haben würde.

Ich fühlte mich wie ein räudiger Straßenköter, weil ich jemanden für Sex bezahlt hatte. Auch wenn das Zimmer schöner war als normalerweise und ein goldener Buddha herumstand, war es ja trotzdem eine Massage mit Happy End gewesen. Ich hoffte inständig, dass Ulrikes Geschichte stimmte, dass sie ursprünglich Reiseverkehrskauffrau gewesen war (»Det lohnt sich null komma null, die Leute buchen ja nur über Internet!«), das hatte sie mir auf alle Fälle beim Bezahlvorgang erklärt und dann: »Ick finde det einfach schön zu massieren, und et is doch Quatsch, da janze Teile vom Körper wegzulassen!«

Vielleicht hatte sie aber auch ein böser Zuhälter dazu gezwungen, diese überzeugende Story aufzutischen, damit niemand Menschenhandel vermutete. Ich konnte mir Ulrike allerdings ziemlich gut in einem Reisebüro vorstellen. »Soll ick Ihnen nur det Frühstück auffe Aida mitbuchen oder wollen Se det jantze Spaßpaket?« Ich hätte auf jeden Fall eine Reise bei ihr gebucht, hatte ich ja auch irgendwie.

Olli musste dann doch irgendwann über meine Zerknirschtheit lachen und wurde zusätzlich von seiner ausgeprägten Neugier übermannt. Er wollte die ganze Geschichte mit allen schmutzigen Details hören. Der Abend wurde dann noch sehr lustig, und wir landeten im Bett. Nachts träumte ich von allen beiden. Das behielt ich aber lieber für mich.

Als ich die Treppen vom Physiotherapieraum Richtung Lobby hochlaufe, sehe ich auf dem Handy, dass meine Mutter schon viermal angerufen hat. Es muss etwas Schlimmes passiert sein. Ich stolpere keuchend die Kellertreppen nach oben, wo ich besseres Netz habe. Hektisch drücke ich die Nummer.

Meine Mutter geht sofort ran und schreit ins Telefon: »Na also! Wo warst du denn?«

»Ich hatte doch Behandlungen«, stammele ich atemlos. »Was ist passiert, sag's mir bitte gleich, ich schwöre dir, ich kann es verkraften, auch wenn es schlimm ist!«

»Was? Ich höre dich so schlecht! Du musst sofort kommen! Hallo? Diese blöden Handys!«, keucht meine Mutter aufgeregt ins Telefon, aber auf der falschen Seite.

»Du musst unten rein sprechen.«

»Ah ja, besser.«

Diesen Dialog führen wir seit hundert Jahren. »Was ist denn jetzt?«, frage ich verzweifelt.

»Schätzchen, du musst unbedingt hierherkommen!«

Ihre Stimme ist ganz hoch vor Aufregung. Ich schließe die Augen, um besser hören zu können, was auch immer da kommt. »Schätzchen, ich bin hier in der Fußgängerzone, und bei Marc O'Polo ist alles fünfzig Prozent reduziert!« Wie bitte? Ich öffne meine Augen wieder, völlig erschöpft lasse ich mich auf das Sofa in der Lobby sinken. »Ich habe dir zwei Sweatshirts und ein ganz süßes Kleid zurücklegen lassen. Du hast nachher auch noch eine Gesichtsbehandlung, die kann ich nicht absagen, sonst muss man die bezahlen!«

Ich schüttele den Kopf über meine Mutter, die kein Spiegelei hinbekommt und deswegen ihre mütterliche Fürsorge auf andere Lebensbereiche umgeschichtet hat, die mehr in ihrem Interesse liegen.

»Kommst du? Du musst ja auch noch alles anprobieren. Frag die nette Frau doch auch noch.«

Im Prinzip bin ich todmüde, aber natürlich komme ich, und selbstverständlich nehme ich Sandra mit. Große Lust habe ich nicht, aber ich will auch niemandem den Spaß verderben.

Wenigstens fährt der Bus direkt vor der Klinik los und hält auch genau dort, wo wir hinmüssen. Natürlich macht meine Blase wieder schlapp und ich muss die Verkäuferin im Rossmann anbetteln, dass sie mich auf die Personaltoilette lässt. Danach werden wir von meiner Mutter in ihrem Lieblingsgeschäft herumgescheucht und probieren alles an, was reduziert ist. Meine Mutter sieht es nicht ein, Dinge für den üblichen Preis zu kaufen, es schmälert ihren Jagderfolg.

Unsere nächste Station ist der riesige KiK. Ich bekomme eine erlesene Variation aus verschiedenfarbigen Jogginganzügen geschenkt und ein Sweatshirt, auf dem »I Love Fun« steht. Sandra wird ebenfalls zu einer neuen Ausstattung überredet. Nachdem ich mit meiner Gesichtsbehandlung fertig bin, treffe ich Sandra und meine Mutter im einzigen italienischen Restaurant des Örtchens wieder. Die Kosmetikerin hat mir die gesamte Dynastie ihrer schrecklichen Ex-Partner erläutert. Es tat so gut, dass das Gespräch kein einziges Mal das Wort »krank« enthielt.

Auch beim Italiener hat niemand einen Schlafanzug an, und ich darf sogar selbst entscheiden, wo ich mich hinsetze. Freiheit!

Ich esse Pasta, dann Pizza, dann noch mal die Pasta, und zwar die, die ich zuerst nehmen wollte, dann Tiramisu, und zum Abschluss trinke ich einen richtigen, echten Espresso. Sandra meint, sie hätte mal gehört, dass der übermäßige Appetit an den Betablockern liegen könnte. Das haben wohl viele in der Klinik. Wir amüsieren uns darüber, dass man mit mir das Sequel zum Raupe-Nimmersatt-Buch machen könnte.

Ich muss ehrlich zugeben, wir haben den Spaß unseres Lebens! Wir lachen über die Erzählungen der Kosmetikerin, deren letzte drei Lebenspartner alle Hansjörg hießen, meine weiche, zu Tode gecremte Haut wird bewundert, wie auch unsere neuen KiK-Anzüge. Wir lachen so viel, und ich erinnere mich daran, dass es einmal eine Unbeschwertheit gab in meinem Leben. Ich habe plötzlich so viel Luft zum Atmen, es tut so gut, ein ganz normaler Restaurantgast zu sein.

Zum Abschluss besichtigen wir noch das gemütliche Ferienappartement meiner Mutter, das ein riesiges Fenster zum Meer hat.

Sandra trinkt mit meiner Mutter ein Glas Rotwein, ich traue mich nicht.

Auf dem Rückweg ruft mich Olli an und entschuldigt sich dafür, dass er am Wochenende wegen des amerikanischen Falles nicht kommen könne. Das gesamte Team müsse Samstag und Sonntag im Büro verbringen. Ich bin selbst überrascht über meine eifersuchtslose Großmut, als ich ihm mitteile, dass dies alles kein Problem sei.

Es ist tatsächlich kein Problem für mich, jetzt, wo ich auch ein bisschen Normalität haben darf. Am Wochenende schlafen Sandra und ich nämlich bei meiner Mutter, und außerdem kommt ja Dr. Kevster noch vorbei.

Als wir in die Klinik zurückkommen, schallt uns »We Are The Champions« aus der Cafeteria entgegen. Wir haben den Discoabend vergessen, in meinem Fall vielleicht auch verdrängt.

In einer Ecke auf dem Gang sehen wir Andreas zwei mit einer sehnigen Junggroßmutter aus meiner Ergometergruppe herumknutschen. Für einen Burn-out-Patienten scheint er ziemlich gut drauf zu sein.

Als ich später in meinem neunzig Zentimeter breiten Nonnenbett liege, höre ich aus dem Zimmer über mir lautes Stöhnen, das absolut nicht nach Schmerz klingt. Ich vermute, dass es Andreas zwei gelungen ist, die Sehnige in sein Zimmer zu locken. Plötzlich klopft es zaghaft an meiner

Tür. Wer ist das mitten in der Nacht? Die Nacht bricht für mich mittlerweile allerdings um circa zweiundzwanzig Uhr an. Wahrscheinlich will Sandra noch einen Wein trinken.

Ich werfe mir den neuen hellgelben KiK-Bademantel über, in dem ich aussehe wie ein flauschiges Küken, und schleiche zur Tür. Was ich da sehe, verwirrt mich. Dort steht Ingo, der Massage-Makake, jetzt in Straßenklamotten und mit noch poppiger aufgestellter Frisur.

»Ja, bitte?«, sage ich.

»Wie geht's dem Rücken?«

»Äh, besser. Danke.«

Es entsteht eine unangenehme Pause. Als wäre es nicht offensichtlich, sag' ich lahm: »Ich schlafe eigentlich schon.«

»Ja«, sagt Ingo nur. Und dann: »Also jetzt noch mal wegen dem Rücken ...«

»Wegen des Rückens«, sage ich biestig. Ich weiß nicht, woher jetzt der Oberlehrer in mir kommt. Irgendwas scheint Ingo in mir zu triggern.

Er fährt fort: »Ich könnte bei dir jederzeit wieder eine Behandlung machen, wann immer du willst, komm einfach in meinen Raum, da ist sonst niemand. Oder wir gehen zusammen ans Meer und dann Kaffeetrinken?« Ingo scheint dies für eine ganz normale Anfrage zu halten, während er schon mit einem halben Fuß in meinem Schlafzimmer steht.

»Bezahlt das dann die Krankenkasse oder wie läuft das genau?«, sage ich patzig. Ingo kichert begeistert. Er scheint das für einen Flirtversuch meinerseits zu halten. »Ich komme gar nicht bis ans Meer.« Andi zwei stöhnt von oben auf uns herunter. Ich stehe da mit dem liebeskranken Physiotherapeuten.

»Das Wellenbad in Bad Doberan ist auch schön. Da könnte ich uns hinfahren. Ich muss echt mal sagen, dass du mit deinem Body toll in Form bist«, sagt er noch blöde. Ich bin so unendlich müde.

»Verpiss dich«, zische ich, weil mir nichts Besseres einfällt. Ich versuche, die Tür zuzuknallen, aber sein Fuß ist dazwischen. Ich sehe ihn entsetzt an und lege mein bösestes Gesicht auf: »Das hier ist eine Herzreha, und niemand darf sich auch nur ein kleines bisschen aufregen, weil es bei den meisten hier sein könnte, dass sie einen Herzinfarkt kriegen. Verstehst du das? Willst du, dass jemand wegen deiner unpassenden Geilheit einen Herzinfarkt kriegt?«, sage ich ganz ruhig.

Ingo starrt mich erschrocken an. »Tut mir leid«, stammelt er hervor. In dem Moment kommt Andi oben zu seinem minutenlangen Höhepunkt.

»Mach das nie wieder, hörst du?«, sage ich noch und versuche noch mal, die Tür zuzuknallen, die an Ingos Fuß abprallt und mir ins Gesicht schlägt, wie in einem Marx-Brothers-Film. Ich nehme all meine Kraft zusammen und schubse Ingo nach hinten, der erschrocken zurücktaumelt und sich dann endlich trollt. Ich schlage die Tür zu, und der Knall schallt durch den Gang. Ich reiße die Tür noch mal auf und rufe: »Du siehst aus wie ein fucking Makake!«

Als ich danach im Bett liege, kann ich noch nicht einmal lachen über die absurde Situation. Wütend sein kann ich auch nicht so richtig, das fällt mir sowieso schwer. Ich habe keine Ahnung, ob mir das als Kind mal aberzogen worden ist. Ich kann Wut nur spielen, so wie eben, wenn ich weiß, dass sie angebracht sein könnte. Wenn Wut nicht aus dem Bauch kommt, sondern aus dem Kopf, verpasst man sehr oft den Moment.

Nach einer Unterhaltung, die mich eigentlich wütend machen müsste, habe ich oft eine Zeitverzögerung von mehreren Stunden, die ich brauche, um zu begreifen, dass etwas nicht in Ordnung ist. Das bedeutet dann meistens, dass ich nachts im Bett liege und sich ein nutzloser Wutball in meinem Magen bildet, der mich nicht schlafen lässt. Im Prinzip bin ich wie mein erster Computer. Wenn man eine Taste drückt, dauert es eine gefühlte Ewigkeit, bis zaghaft ein Buchstabe erscheint.

So wie jetzt, wo ich hier liege und spüre, dass sich etwas ankündigt. Ich will aber nichts fühlen, ich habe jetzt keine Zeit dafür. Ich brauche alle meine Stunden und Minuten, um gesund zu werden. Um der Schlaflosigkeit ein Schnippchen zu schlagen, lege ich mir ein Handtuch auf den Boden und mache Liegestütze. Davon schaffe ich zwei halbe. Dann wechsele ich eben zu Bauch- und Rückenübungen, dann wieder zurück zu den Liegestütze. Wenn ich stärker werde, hört das auch auf mit meinem Rücken, und kein schmieriger Therapeut kriegt mich in die Finger.

Nach fünf Minuten Übungen klappe ich erschöpft zusammen. Ich liege schnaufend auf dem Handtuch und höre, wie mein Herz rast, trotz der Betablocker. Sofort bekomme ich Angst. Vielleicht bilde ich mir aber nur ein, dass mein Herz rast, weil ich schon völlig besessen davon bin.

Auf dem Boden liegend, schnappe ich mir mein Handy vom Nachttisch und drücke auf den Namen, der mir immer hilft.

»Ist das meine topfitte kleine Schwester vom Meer, die für die Durchquerung des Ärmelkanals trainiert?«

»Beim Delfinschwimmen entspricht die Fußhaltung leider manchmal noch nicht den internationalen Olympiastandards, aber sonst läuft es ganz okay«, sage ich todernst.

Am anderen Ende höre ich Juri lachen. Es tut so gut, seine Stimme zu hören. Obwohl er wahrscheinlich das meiste bereits von meiner Mutter weiß, beschreibe ich die Klinik und meinen Tagesablauf in allen Einzelheiten. Er findet am lustigsten, dass trotz des Meergrundstücks sämtliche Behandlungen im Keller stattfinden.

»Es könnte ja am Ende dazu führen, dass ihr um Gottes willen auch noch Lebensfreude empfindet!«

»Ein paar Leute haben hier schon jede Menge Spaß«, sage ich und erzähle ihm vom Sexgestöhne nach der Disconacht und von meiner merkwürdigen Begegnung mit dem Therapeuten. Eigentlich will ich nur mit Juri zusammen darüber lachen, doch der wird unfassbar wütend.

»Sag mir sofort, wie er heißt, und ich melde ihn!«

»Wo denn?«

»Was weiß ich, das werde ich schon herausfinden! Das ist sexuelle Belästigung!«

»Na ja, er hat ja nicht viel gemacht. Außerdem habe ich mich ja gewehrt.«

»Entschuldige mal, aber davon hast du keine Ahnung!«

»Ich habe keine Ahnung von meiner eigenen Belästigung?«

»So sieht's aus, Schwesterchen. Dieser Typ ist ein kranker Psycho, der dann loslegt, wenn er haushoch überlegen ist. Du bist schwerkrank, hast du das alles mit knapper Not überlebt, damit dich dieser Schmierlappen anbaggert, weil du vom Koma einen verknacksten Rücken hast? Wer bitte macht so was? Ich bring' den um. Das ist wahrscheinlich die beste Lösung, und wir haben unsere Ruhe.«

Dass mich jemand so verteidigt, rührt mich. Seit alle Zugriff auf meinen Körper haben, habe ich wohl vergessen, dass er mir gehört, allein mir. Wahrscheinlich muss ich die Sache doch irgendwo melden, was mich direkt aufregt, weil ich viel zu müde dafür bin, jetzt auch noch meine Aufgaben als Belästigungsopfer übernehmen zu müssen.

Am liebsten würde Juri das regeln, ganz so wie früher. Ich möchte das aber nicht, weil ich nicht kontrollieren kann, was Juri mit seiner scharfen Zunge sagt oder wie viel Ärger er macht. Schließlich muss ich laut Plan insgesamt sechs Wochen hierbleiben, und ich befinde mich erst in Woche drei. Es ist aber trotzdem schön zu wissen, dass mein Bruder vorhat, mir zuliebe einen Mord zu begehen. So lange ich denken kann, waren Juri und ich füreinander da.

Als wir kleiner waren, war Juri für mich ein Star. Im Gegensatz zu mir war er sportlich, furchtlos und mit seiner enormen Körpergröße sofort der Anführer der Klasse. Bei mir sah das Ganze anders aus. Ich war mit meinen unkoordinierten, langen Armen und Beinen völlig unbrauchbar für Ballsportarten und deswegen eher in der Schublade der merkwürdigen Mädchen gelandet. Mit meinem Haupthobby Lesen konnte ich ebenfalls bei meinen Mitschülern keinen Blumentopf gewinnen.

In meiner Erinnerung war die Beliebtheit in meiner Schule hauptsächlich von der guten oder eben schlechten Handhabung von Bällen abhängig. Am schlimmsten war der Tischtennisunterricht. Dort wurden wir je nach Leistungsstand in Gruppe eins bis fünf aufgeteilt. Die Besten waren natürlich in Gruppe eins und ich natürlich in Gruppe fünf. Außer mir teilten dieses Schicksal noch Tim Glauber, ein komplett unbeweglicher Zweihundertkilojunge, und Rüdiger Gulp, dessen Brillengläser aussahen wie die Leselupe von meiner Oma. Wir aus der Fünfergruppe mussten gegen alle anderen spielen, bekamen aber fünfzehn Punkte Vorsprung bei insgesamt einundzwanzig zu erreichenden Gesamtpunkten. Natürlich verloren wir alle trotzdem jedes Mal haushoch.

Einmal hatte ich Rüdiger Gulp danach beim Heulen erwischt, was er mir sehr übel nahm, obwohl ich ihn trösten wollte. Ich verstand eben leider nicht, dass er das als Achtklässler als harten Schlag gegen seine Männlichkeit empfand. Ich hatte einfach gedacht, dass wir Loser zusammenhalten müssten, sodass wir irgendwann, wie ich das schon öfter in amerikanischen Filmen gesehen hatte, gemeinsam über uns hinauswachsen und die Welt retten oder einen Schatz finden könnten. Dort waren es auf jeden Fall immer Nerds, die am Ende alles für sich entschieden. Rüdiger Gulp hatte aber keinen Bock darauf, mit mir irgendwann amerikanisch die Welt zu retten. Er wollte im Hier und Jetzt seine männliche Würde behalten.

Als ich das ein Jahr später begriff, gab ich ihm als Mitleidsaktion seinen und meinen ersten Kuss. Auch das ging schief, weil Rüdiger kein Mann war für nur eine Nacht. Ab da lauerte er mir überall auf mit Schokobrötchen vom Bäcker, die er mit mir teilen wollte. Als er versuchte, mich mitten auf dem Schulhof noch mal zu küssen, schaffte ich klare Verhältnisse, indem ich gut sichtbar »Blödiger Gulpkotz« auf mein Mäppchen schrieb.

Damals war mir noch nicht klar, dass meine Problemlösungsstrategie als passiv-aggressiv zu bezeichnen war und sich wie ein roter Faden durch meine Familie zog. Bei uns galt es als unhöflich, auf Konfrontation zu gehen, also probierte man es zuerst mit harmlosen Witzen. Wenn der Betreffende dann immer noch nicht bereit war, sein Fehlverhalten einzustellen, führten wir das Ganze mit überraschenden, verletzenden Kommentaren fort. Offene Konfrontation mit direkter Ansprache des Problems war in meiner Familie verpönt und galt als Kampfmittel der Dummen.

In Rüdiger Gulps Familie schienen ähnliche Regeln zu gelten, denn er zahlte mir die Demütigung tausendfach heim, indem er mir den Spitznamen »Rammeln im Wald« verpasste, was den anderen Achtklässlern signalisieren sollte, dass ich leicht zu haben war.

Was bei Rüdiger lediglich eine kleine Kränkung verursachte, katapultierte mich direkt in die Kaste der Unantastbaren. Die ordentlichen Mädchen mieden mich aus Angst, mit meiner Verdorbenheit angesteckt zu werden. Wann immer ich jungfräulich und ungeküsst die Schulgänge entlangschlich, hörte ich rechts und links bösartige Tuscheleien über meine mangelnde Tugendhaftigkeit.

Die Rüdiger-Gulp-Sache, oder besser »Gulpgate«, schlug derartig hohe Wellen, dass sogar die Zehntklässler, und damit auch Juri, Wind davon bekamen. Der Vorteil war, dass mir jetzt sogar die Oberstufenjungs eine luxuriöse Heimfahrt in ihren Fiat Twingos anboten, der Nachteil meine plötzliche soziale Ächtung. Die große Pause verbrachte ich von nun an alleine in der Sitzecke vor unserem Klassenzimmer. Zum Trost las ich *Wir Kinder vom Bahnhof Zoo* über eine andere von der Gesellschaft ausgestoßene Achtklässlerin.

Eines Tages wurde ich unsanft aus meiner Selbstmitleidecke hochgerissen. Juri zerrte mich durch den gesamten Flur hinunter auf den Schulhof in die Ecke, wo sich eigentlich nur die Großen aufhielten. Alle starrten mich an, ich wollte weg, wurde aber von Juri mit verstecktem Klemmgriff festgehalten. Mir wurde heiß und kalt, und ich starrte einen Käferkadaver auf dem Boden an. »Reiß dich zusammen und heb dein idiotisches Gesicht hoch, sonst knall ich dir eine!«

Verschüchtert hob ich meinen Kopf und sah in das breit grinsende Gesicht meines großen Bruders. »Na, sieh einer an, sie sieht ja sogar ganz nett aus ...«, witzelte er und zog mich mit zu seinen Freunden. Er stellte mich jedem einzelnen vor und befahl mir, ab jetzt für die nächsten vier Wochen mit ihnen herumzustehen. Ich gehorchte, weil ich sowieso keine andere Wahl hatte.

Anfangs war ich eingeschüchtert und sagte keinen Ton,

bis ich nach dem Klingeln erleichtert aus der Haft meines Bruders entlassen wurde. Nach kurzer Zeit allerdings hatte ich mich an das Zusammensein mit erwachsenen Zehntklässlern gewöhnt und sagte ab und an sogar etwas. Als die vier Wochen vorbei waren, hatten wir sogar eigene kleine Running Gags und Begrüßungen untereinander entwickelt, und ich hatte Juris Clique richtig lieb gewonnen, und, was noch viel wichtiger war, sie mich.

In Windeseile sprach sich herum, dass ich auf Du und Du mit den Coolen war. Wie beim Mau-Mau zählte diese Karte weit mehr als mein Schlampenruf. Plötzlich rissen sich meine Klassenkameraden um einen kleinen huldvollen Plausch mit mir, sogar Rüdiger Gulp war wieder in meinen Fanclub eingetreten.

Mein neuer Ruhm fühlte sich wunderbar an, ich war überglücklich, nicht mehr einsam sein zu müssen. Die Zehntklässler besuchte ich aber weiterhin jeden Tag in ihrer Ecke, was mein Bruder sehr begrüßte. Erstens hatten wir tatsächlich viel Spaß miteinander und zweitens war es gut, um die Spannung zu halten, so wie Juri es ausdrückte. Der einzige Nachteil meiner neuen Stellung bestand darin, dass ich zwar froh war über Gesellschaft, aber im tiefsten Innern Verachtung empfand für meine ehemaligen Feinde, die mir neuerdings nachliefen.

Zum ersten Mal begriff ich den Sinn und die Mechanik von PR-Strategien und war nicht begeistert von der Durchschaubarkeit. Von nun an wusste ich aber, dass mir nichts passieren konnte, solange ich Juri in meinem Leben hatte.

Nur dieses Mal komme ich auch selbst klar.

Am nächsten Morgen nehme ich mir vor, mit dem Oberarzt zu sprechen, mit dem ich zur Auswertung diverser Untersuchungen sowieso einen Termin habe. Bevor es zur Anklage kommt, muss ich aber zum Lungentest. Dafür muss ich mich auf ein Höckerchen in einem großen Glaskasten setzen. Aus dem Nebenraum wird mir angesagt, wann ich mit aller Kraft zu pusten oder die Luft anzuhalten habe. Als ich frage, wo ich denn mit meiner Luft hinsolle, hält mir die Schwester eine Art Riesendildo vor die Nase. Ich lache, weil ich das für einen Scherz halte, doch ich täusche mich. Die nächsten zwanzig Minuten verbringe ich also mit dem anstrengendsten Blowjob meines Lebens, während Sandra, die gerade zu ihrer eigenen Untersuchung hereingekommen ist, anzügliche Gesten hinter der Glasscheibe macht und sich kaputtlacht.

Danach geht es direkt weiter mit dem ersten Herzecho, das bedeutet Herzultraschall, seit meiner Ankunft hier. Ich habe solche Angst vor einer schlechten Diagnose, dass ich fast hinfalle, als ich Frau Dr. Flickinger, einer feindselig guckenden Zweihundert-Kilo-Frau, die Hand gebe und ins Untersuchungszimmer eintrete.

Ich ziehe mein Oberteil und den BH aus und lege mich fröstelnd auf die Liege. »Sie sind ja sehr dürr, Frau Wald«, stellt Dr. Flickinger fest und starrt mich dabei durch ihre Brille an, die ein achteckiges und ein rundes Glas in einem roten Drahtgestell besitzt. Ich bin mir unsicher, was ihr Kommentar bedeuten soll, und nicke also nur zaghaft.

Frau Dr. Flickinger klatscht eine Portion Gel auf meine Brust und drückt den Ultraschallsensor so fest auf mein

Rippenfell, dass ich leicht aufstöhne. »Ja, das ist unangenehm, wenn man so dünn ist.« Ich weiß wieder nicht genau, was das soll. Ich sehe ja nicht freiwillig so aus.

Bevor ich mir allerdings eine gute Entgegnung überlegen kann, legt sie nach: »Sie wissen, dass Sie einen Herzklappenfehler haben?« – »Nein, was bedeutet das? Sie meinen, dass die Herzwände geschwollen sind?« – »Nein, ich meine einen angeborenen Fehler. Da, sehen Sie, die eine Herzklappe schließt nicht richtig.«

Ich bin so schockiert, dass ich keinen klaren Gedanken fassen kann. Durch mein Gehirn huschen Hunderte von Fragen, von denen ich nur eine ausformuliert bekomme: »Was heißt denn das für meinen Alltag?«

Dr. Flickinger kneift unfreundlich die Augen zusammen. »Normal leben können werden Sie nicht mehr.«

Ich bin starr vor Schreck. »Darf ich denn wieder die Antibabypille nehmen, so wie früher?« Ich habe keine Ahnung, warum ich ausgerechnet das zuerst frage, wahrscheinlich weil Sex für mich sehr viel mit Leben zu tun hat.

Dr. Flickinger rückt ihre irritierende Brille zurecht und schüttelt energisch den Kopf. Sie zeigt mit dem Schallkopf auf meinen Bauch und sagt: »Wenn es Ihnen um Verhütung geht, kann man ja auch eine Totaloperation machen, oder wollten Sie noch Kinder? Wie alt sind Sie?« – »Fünfunddreißig. Eigentlich ja«, antworte ich mechanisch. »In Berlin wurde gar kein Herzfehler festgestellt«, schiebe ich noch leise hinterher. Und wieder fehlt mir die Wut zur Situation. Stumm und eilig ziehe ich mich an und mache mich auf den Weg zum nächsten Termin.

Den Namen des Oberarztes vergesse ich sofort wieder, weil er mit seinem Schnäuzer und der dicken Brille genauso aussieht wie Professor Bienlein, und er deswegen in meinem Kopf jetzt so heißt.

»Also, ich habe hier eine Geschichte für Sie, die ist an sich schon ein Drehbuch. Ich habe ein Füchslein.«

»Was?«, frage ich verwirrt.

»Jeden Morgen, wenn ich joggen gehe, folgt mir ein munteres, kleines Füchslein. Sie sind doch Drehbuchautorin?«

»Ja.«

»Moment, ich hab's gleich.« Er klickt mehrere Ordner auf seinem Computer an, bis er fündig wird. »Ah, hier haben wir das kleine Kerlchen.«

Auf dem großgeklickten Bild ist Professor Bienlein im hautengen Läuferoutfit und mit einer Baulampe auf dem Kopf zu sehen. Der Rest des Bildes ist schwarz.

»Wo ist denn das Füchslein?«, frage ich lahm. Je länger wir über etwas anderes sprechen, desto schneller verschwindet der Herzfehler aus meinem Kopf, hoffe ich zumindest. Professor Bienlein und ich starren auf das Foto.

»Da ist der kleine Frechdachs!«, ruft er plötzlich und zeigt auf zwei kleine weiße Flecken. »Da sind seine Augen.«

»Oh, wie toll«, sage ich tonlos.

»Wenn ich morgens aus dem Hause gehe, steht der schon da, der kleine Kerl. Unglaublich. So einen Film würde ich gerne mal sehen!«

»Haben Sie eventuell noch ein Foto, wo der Fuchs ganz drauf ist?« Das frage ich aus rein egoistischen Gründen. Ich bin so verdammt traurig, dass ich einfach gerne ein Tier sehen würde.

»Nein, das ist das Einzige«, verkündet er. Und dann noch: »Haben Sie den Film *Gorillas im Nebel* gesehen, über die Affenforscherin? Sie war sehr eng mit den Affen. Das war auch ein toller Film.«

Ich kann nicht genau einschätzen, ob er von mir erwartet, dass ich jetzt »Füchslein im Nebel« schreibe, oder ob er einfach ein netter Mann ist, dem unfassbar langweilig ist. Mir ist das recht, weil ich im Moment nicht über mein Herz sprechen kann. Allerdings kämpft sich gerade wenigstens ein klein bisschen Wut hoch.

»Mir wurde vorhin von einer Ärztin die Entfernung meiner Eierstöcke und Gebärmutter zu Verhütungszwecken empfohlen«, sage ich immerhin leicht angesäuert. Das freundliche Lächeln verschwindet schlagartig aus Professor Bienleins Gesicht. »Wie bitte?«, fragt er leise. Nach meiner Schilderung scheint er ehrlich betroffen zu sein.

»Die Kollegin Flickinger ist zurzeit psychisch etwas belastet, schätze ich. Sie hatte vor vier Monaten selbst einen Herzinfarkt, müssen Sie wissen. Ich habe ihr damals gesagt, dass sie sich erholen muss, aber sie hat direkt nach einer Woche Bettruhe wieder angefangen zu arbeiten. Sie ist vielleicht etwas überspannt.«

Ich verstehe den Zusammenhang gerade nicht. »Wollen Sie vielleicht mal mit ihr sprechen?«

»Ich denke, man sollte da abwarten und beobachten.«

»Ich hätte da noch eine andere Sache, die gestern Abend passiert ist.«

Er sieht etwas angestrengt auf die Uhr. Jetzt, da es nicht mehr um den verdammten Fuchs geht, hat er es eilig. Ich zwinge ihn dennoch dazu, sich mein Erlebnis mit dem Physiotherapeuten anzuhören.

Er nickt nachdenklich und sagt dann: »Eine Stunde waren Sie da? Haben Sie sich denn privat mit dem Herrn unterhalten?«

»Ja, aber im Prinzip nur darüber, dass wir beide Hunde mögen, sonst eigentlich nichts.«

»Hm. Sie wissen, dass die Länge einer üblichen, von der Krankenkasse bewilligten Physiotherapiebehandlung nur fünfundzwanzig Minuten beträgt?«

»Nein, woher soll ich das denn wissen? Was hat denn das damit zu tun?«

»Ich wundere mich einfach darüber, dass Sie so lange in der Behandlung geblieben sind. Das ist nicht üblich.«

»Tut mir leid, aber ich habe wirklich keine Ahnung, was das damit zu tun hat.«

»Wir bekommen Schwierigkeiten, auch wenn Sie da eine private Ebene haben.«

Es sieht so aus, als wäre ich wie zuvor im Krankenhaus auch hier in einer Art Kafka-Universum gefangen. Einerseits bin ich wirklich baff, andererseits kenne ich das auch schon, dass sexuell motivierte Handlungen so unangenehm für jeden zu sein scheinen, dass reflexartig nach anderen Erklärungen geforscht wird.

Ich bin so müde, dass ich kaum noch die Augen aufhalten kann. Mein einziger Erfolg bei diesem Termin ist wenigstens die Streichung des nervigen Armbades aus meinem Kalender. Stattdessen mache ich jetzt Muskeltraining, damit mein Rücken wieder stark wird.

Beim Mittagessen erfahre ich von Sandra, dass ihr Ex-Mann die Kinder vorbeibringt und sie deshalb nicht das Wochenende bei mir und meiner Mutter verbringen kann. Ich kann mich nach der Hiobsbotschaft heute Morgen sowieso auf nichts konzentrieren und schlurfe in mein Zimmer zurück.

Ich googele die Nummer von Professor Herzklappengott in der Klinik in Berlin. Es klingelt, dann werde ich durchgestellt, dann klingelt es wieder, und ich werde woanders durchgestellt, dann klingelt es, dann geht jemand ran und leitet wieder weiter, dann ist besetzt. Vor meinem geistigen Auge sehe ich die riesige Klinik vor mir, die hauptsächlich aus Gängen und Aufzügen zu bestehen scheint.

Ich probiere es noch mal, leider ohne Erfolg. Dann probiere ich es noch mal, unaufhörlich, wieder und wieder und bin froh, dass die Zeiten des Wählscheibentelefons vorbei sind. Da hätte ich mir sicher eine ernst zu nehmende Zeigefingerverformung geholt. Nach ungefähr einer Stunde höre ich auf damit, allerdings nur weil Olli aus dem Auto anruft.

»Hey, ich habe heute überraschend freibekommen. Ich bin auf dem Weg zu dir!«

»Das ist ja fantastisch!«, rufe ich mit einem Mal aufgekratzt ins Telefon. »In einer Stunde bin ich da«, höre ich noch mit halbem Ohr, weil ich hektisch versuche, meine dringend notwendige Beinrasur, den Mittagsschlaf und den Anruf bei Dr. Kevster in eine Reihenfolge zu bringen.

»Ah, du musst jetzt wieder die heile Welt herstellen«,

sagt dieser nur trocken, während ich mit dem Rasierer über meine Beine fahre, das Handy zwischen Ohr und Schulter geklemmt.

»Ich will einfach nur meinen Freund wiedersehen, mit dem ich seit einer gefühlten Ewigkeit keine einzige Sekunde allein war. Ich weiß, dass du das verstehst, du bist nur bockig.«

»Du zwingst mich dazu, heute Abend einem Tinderdate nachzugehen.«

»Vielleicht tut dir das ganz gut?«

»Sie hat ein Foto von sich hochgeladen, wie sie *Der kleine Prinz* liest«, wirft Kevin ein.

»Okay, triff sie nicht.«

»Ich muss, ich wollte ja ursprünglich eine Freundin besuchen, aber die hat mich versetzt, weil sie sich mit dieser lächerlichen Krankheit wichtigmacht.«

Irgendwie bringt er mich dann doch immer zum Lachen, aber ich fühle mich trotzdem mies, wie immer, wenn ich das Gefühl habe, jemanden zu enttäuschen. »Nein« ist das am wenigsten benutzte Wort in meinem Sprachgebrauch. Ich frage mich, ob ich Angst davor habe, dass die Leute nicht wiederkommen, wenn ich sie einmal abgewiesen habe. Nur unter Druck und mit einem Freund auf der Autobahn bin ich zu einer Absage in der Lage.

Ich weiß nicht genau, ob ich Schmetterlinge im Bauch habe vor Freude oder wegen der Angst davor, ob ich ein Erwachsenenwochenende schaffen kann. Ich lerne diesen komischen Körper, der nach allem übrig geblieben ist, ja selbst erst kennen.

KRAFT

Ich sehe mich im Spiegel an. Rote, geäderte Augen habe ich und ein verquollenes Gesicht von den Medikamenten und weil ich nach der Ärztin heute Morgen kurz ein bisschen geweint habe. Ich sehe aus wie eine Made im Jogginganzug. Einerseits will ich so gerne aussehen wie früher, als Olli und ich uns verliebt haben, andererseits ist mir das jetzt völlig egal angesichts des vorhin diagnostizierten Herzklappenfehlers. Die kurze Körperpflegeeinheit eben hat mich sowieso all meine Restkraft gekostet und nicht sonderlich viel gebracht.

Mittlerweile habe ich mich vom gelben Mr. Burns zu einer älteren Version von Christiane F. entwickelt. Meine Arme sind komplett zerstochen, überall die blauen Flecken und Narben von den Infusionen, am knochigen Oberschenkel blitzt mir der Schnitt vom Herzkatheter entgegen und am Hals die Einstichnarben von meinem zentralen Zugang. Passenderweise muss ich tatsächlich noch einen Stock höher, um mir zur Kontrolle Blut abnehmen zu lassen.

Davor ziehe ich meine ehemals sexy Jeans an, die mir jetzt am Hintern schlackert, dazu kombiniere ich eins meiner neuen KiK-Sweatshirts. Mit der gepackten Tasche gehe ich in Richtung Schwesternzimmer, vor dem ich natürlich wieder lange sitzen und warten muss. Tausendmal checke ich mein Gesicht im Schminkspiegel und bemale meine blassen Wangen und Lippen so lange, bis ich aussehe wie eine überschminkte Vierzehnjährige auf Instagram.

Die Blutentnahme zieht sich endlos hin. Dummerweise gerate ich an eine Schwester, die sich gerade in den Feierabend verabschieden wollte. Nach dem zweiten misslungenen Einstich in meinen Arm wird sie sehr schlecht gelaunt. »Das ist ja alles vernarbt! Da kommt ja kein Mensch mehr durch.« Wieder und wieder schiebt sie die Nadel in meinen Arm und stößt dann von innen gegen die vernarbten Venenwände, um sich mit Gewalt zu meinem Blut zu bohren. Ich beiße die Zähne zusammen, weil ich hoffe, dass es dann schneller geht. Olli hat schon vor einer Viertelstunde angerufen und steht sicher unten.

Ich versuche, die schlechte Laune der Schwester nicht an mich herankommen zu lassen und biete ihr bereitwillig alles an, was sie bearbeiten will. Nach den beiden Armbeugen kommen meine Handgelenke dran. Bei einem der unzähligen Stiche stöhne ich kurz auf vor Schmerz. Das macht sie wütend.

»Ich tue Ihnen ja nicht mit Absicht weh, ich mach' hier auch nur meinen Job.«

An der Wand hängen die obligatorischen Postkarten mit kleinen Comichäschen und Sprüchen drauf, wie »Hinfallen, Krönchen richten, aufstehen, weitergehen«, und in lila Glitzer »Frauen brauchen keinen Mittelfinger, wir können das mit den Augen«. Das kann ich bestätigen, so wie die

Schwester mich ansieht, als auch meine Handgelenke nichts hergeben. Zuletzt ist der Fuß dran, wie bei einem Junkie.

Sie sticht neben meinen Knöchel, stößt wieder an, schiebt die Nadel mit Gewalt tiefer, bis mir die Tränen in feuchten Linien die Wangen herunterrollen. Nach einer halben Stunde kommt endlich Blut, und ich darf mich anziehen. Auf meinen Armen und Handgelenken bilden sich dicke blaue Flecken. Ich schnappe mein Buch und hetze aufgeregt zum Aufzug.

Als ich in der Lobby ankomme, kann ich Olli nirgends entdecken. Ich gehe mit Herzklopfen zur Auffahrt und suche mit den Augen alle Autos auf dem Parkplatz ab. Olli ist nirgendwo zu finden. Dann schließlich rufe ich an und ruiniere mir den ersten Augenblick, in dem ich ihn lieber gesehen als nur gehört hätte. Niemand nimmt ab, auch er hat keine Nachricht hinterlassen.

Nach einer Weile des sinnlosen Herumstehens, natürlich ständig die Straße beobachtend, als könnte ich ihn so herbeizwingen, gehe ich wieder hoch in mein Clownszimmer und lege mich aufs Bett. Ich mache mir auf Kevins iPad eine amerikanische Kochsendung an, in der jemand das perfekte Beef Wellington zubereitet. Ich versuche, mir alle verschiedenen Stufen der Blätterteigherstellung einzuprägen, bis ich schließlich einschlafe.

Irgendwann schrecke ich vom Klingeln meines Telefons hoch.

»Hey, wo warst du denn? Ich bin schon im Hotel«, sagt Olli. Draußen ist es dunkel. Ich richte mich verschlafen auf.

»Ich war noch beim Blutabnehmen, ich konnte nicht ans Telefon gehen. Wo warst du?«

»Ich bin dann was Kleines essen gegangen.«

»Wir wollten doch zusammen essen.«

»Ich geh' auch gerne noch mal mit dir essen.«

»Okay, dann machen wir das.«

»Treffen wir uns in der Fußgängerzone vor dem Italiener?«

»Kannst du mich bitte abholen? Ich hatte keinen schönen Tag.«

Es ist still am anderen Ende. Ich ärgere mich, dass ich ihn das überhaupt fragen muss. Dann sagt er: »Natürlich, kein Problem. Ich hole das Auto und komme gleich vorbei. Weinst du?«

»Nein.«

»Hey, wir haben uns eben verpasst, das passiert. Ich bin gleich da.«

Heute scheint mein weinerlicher Tag zu sein, denn sofort habe ich wieder einen Kloß im Hals, der sich umgehend in Tränen verwandelt. Ich bin maßlos enttäuscht und kann nicht einmal genau sagen, warum. Woher soll Olli denn wissen, was heute Morgen war? Woher soll er wissen, wie schlapp ich immer noch bin? Woher soll er wissen, dass ich mir einen unendlich aufgeregten Freund unten in die Lobby gewünscht hatte?

Ich versuche mein Instagramfiltergesicht wiederherzustellen und fahre mit dem Lift nach unten. Obwohl die Fahrt nur zehn Minuten dauert, ist Olli erst in einer halben Stunde da. Meine Kleinlichkeit, mit der ich auf die Uhr starre, nervt mich genauso wie meine Angst, auf die Toilette zu gehen, wenn doch gleich das Auto vorfahren könnte. So sitze ich hier mit voller Blase und leerem Magen wie ein armer Idiot.

Irgendwann fährt Olli vor, und genau da merke ich, dass ich jetzt wirklich mal verschwinden muss, weil die ganze Sache sonst noch elender wird, als sie ohnehin schon ist. Als Olli durch die Glastüren des Eingangs tritt, laufe ich also vor ihm weg zur nächsten Toilette. Er ruft mir irgendwas hinterher, aber ich muss jetzt schnell ein Drama verhindern.

Als ich zurückkomme, ruft er schon von Weitem: »Wieso läufst du denn weg vor mir?«

Eben wollte ich ihn noch umarmen, bremse jetzt aber ab und sage schnippisch: »Na, war es schön im Hotel so alleine?«

»Ich hab dich nicht erreicht! Jetzt bin ich doch hier. Warum bist du denn so sauer?«

»Keine Ahnung. Das kann ich dir jetzt auch nicht sagen«, antworte ich, weil ich es erstens nicht genau weiß und mir nichts Besseres einfällt, und zweitens, weil ich tatsächlich gerade nicht in der Lage bin, meine kleine Gekränktheit zu vergessen.

Er umarmt mich, ich bleibe dabei steif wie ein Brett. »Schön, wie du dich an mich schmiegst«, witzelt er, um die Stimmung aufzuhellen. Obwohl sich alles in mir wehrt, versuche ich, es uns leichter zu machen. Ich habe mich so gefreut auf diesen Moment und die ganze Zeit meine Sehnsucht weggedrückt, und jetzt kann ich auf einmal nicht. Ich bin doch diejenige, die eingeschlafen ist.

Auf der Autofahrt sehe ich waidwund aus dem Fenster und benehme mich wie ein maulfauler Teenager. Eigentlich ist Olli sonst immer der Nachtragende von uns beiden, und ich weiß deswegen auch ganz genau, wie lächerlich man wirkt, wenn man beleidigt vor sich hin starrt.

Als wir endlich das italienische Restaurant im Örtchen betreten, hellt sich meine Stimmung etwas auf. Essen ist mein neues Hobby. Olli macht amüsierte Witze über unsere aufgrund meines Betablocker-Appetits steigenden Lebenshaltungskosten.

»Als müsste ich zwei Frauen zum Essen einladen.« – »Wieso hast du mir eigentlich nichts von deiner neuen Kollegin erzählt?«, schießt es aus mir raus. Ich suche das Foto auf meinem Handy und lege es als Beweismittel vor. »Die Spießige, die aussieht wie eine Reitlehrerin aus ›Das Erbe der Guldenburgs‹«, sage ich anklagend und insgeheim ein wenig stolz auf meine treffend genaue Beleidigung. Ich entscheide hier, wer cool gefunden wird und wer nicht. Frauen, die mit meinem Freund trinken gehen, schon mal nicht.

Olli betrachtet kurz das Foto und legt das Handy ruckartig wieder weg. »Bernie? Die kennst du doch längst! Hast du das von Kevin?«

»Nein, der Ex-CIA-Agent und Privatdetektiv, den ich auf dich angesetzt habe, hat es mir geschickt. Ich kann mich nicht daran erinnern, diese Frau zu kennen. Ich dachte, sie ist neu bei euch. Woher soll ich sie also kennen? Hilf mir weiter.« Ich lächele passiv-aggressiv und schabe in meiner längst leeren Espressotasse herum.

Olli stößt angestrengt Luft aus. »Okay, wenn du das so spannend findest, können wir doch beide eine Liste erarbeiten mit allen Menschen, die wir jemals in unserem Leben kennengelernt haben. Dann markieren wir diejenigen, die wir beide kennen, ich werde das dann auswendig lernen und so also nie wieder fälschlicherweise behaupten, dass du jemanden kennst.« Olli sieht mich gereizt an.

Ich lächle zurück. »Das finde ich einen wunderbaren Vorschlag. Es ist besser als nichts. Vielleicht fangen wir erst mal mit den Leuten an, mit denen du dich in unserem Lieblingsrestaurant betrinkst.« Ich bin wie ein Bluthund: Einmal zugeschnappt, lasse ich nicht mehr los.

»Das war ein Geschäftsessen mit Walter! Glaubst du ernsthaft, ich hatte Bock auf den alten Perversling?«

»Um den geht's doch gar nicht!«

Ich will mich gerade noch mehr zum Idioten machen, da kommt meine Mutter herein und ruft mit ihrer Chihuahuastimme: »Ach Schätzchen, hier seid ihr!« Alle drehen sich um, meine Mutter fliegt mit ihrem riesigen Capemantel herein, umarmt mich und Olli und sagt: »Keine Angst, ich stör euch nicht«, und setzt sich direkt an den Nebentisch. »Ich wusste ja nicht, dass ihr hier seid! Ich esse schnell etwas, beachtet mich gar nicht.«

»Setz dich doch dazu, Charlotte«, sagt Olli plötzlich.

»Wir wollten aber gerade gehen«, sage ich in dem Moment, in dem mein gottverdammtes Tiramisu kommt.

»Das sieht aber gut aus!«, sagt meine Mutter am Nebentisch. Dann setzt sie ihre Lesebrille auf und studiert die Karte. Sie sitzt so dicht neben mir, dass ich sie atmen höre.

»Jetzt komm schon rüber, das ist doch lächerlich«, sage ich schließlich. Noch bevor ich den Satz ausgesprochen habe, hat sie ihren Stuhl herumgerückt und beim Kellner zwei weitere Löffel geordert.

»Und? Wie ist das Hotel?«, fragt sie fröhlich. »Ich war noch nicht da, frag Olli«, sage ich knapp.

»Es ist eigentlich ganz hübsch. Wir haben nur gerade Streit.«

»Oh nein! Was macht ihr denn für Sachen?«

Sie sieht uns besorgt an, und das gibt mir den Rest. Ich fange an zu schluchzen: »Ach, mir geht's heute nicht gut.« Das mit dem Herzfehler bringe ich nicht über meine Lippen. Dann bin ich lieber die weinerliche Irre. Meine Mutter und Olli streicheln mir synchron über den Rücken, während ich mich immer mehr in meinen Kummer hineinsteigere.

Ich weine in das Tiramisu, ich weine auf die Straße unseres Heimwegs und ich weine in unser schönes beiges Hotelzimmer. Ich fühle mich einfach so hundeelend, und der Gedanke, dass ich jetzt das Wochenende ruiniere, macht mich noch trauriger. Olli und ich liegen nebeneinander auf dem Bett, in dem ich wilden Sex geplant hatte, während ich mich langsam beruhige und schließlich einschlafe. Ist das ganze Drama vielleicht auch eine Art Vermeidungstaktik, weil ich Angst habe? Zum einen beschäftigen mich ganz und gar praktische Fragen, wie zum Beispiel, ob mein Herz bei einem Orgasmus explodieren könnte, zum anderen fühle ich mich so fremd in meinem Körper, als hätte ich beim Rausgehen eine falsche Jacke mitgenommen.

Nachts wache ich wie immer auf. Diesmal habe ich geträumt, dass ich mich am Frühstückstisch ganz langsam mit einem kleinen Küchenmesser in kleine Stückchen schneide. Alle sitzen da und unterhalten sich, während ich mir unter dem Tisch Fleisch aus dem Oberschenkel säbele. Das Monster, das sich seit dem Koma in meinem Unterbewusstsein eingenistet hat, sitzt unter dem Tisch und hilft mit. Es schneidet mir erst die Zehen und dann die Füße ab. Ich weiß, dass ich aufhören und das Monster verjagen sollte, aber das Viech und ich verständigen uns wortlos darauf, dass es jetzt besser ist, unsere Arbeit zu Ende zu bringen.

Danach kann ich stundenlang nicht wieder einschlafen. Wie ein Psychopath betrachte ich Olli beim Schlafen. Er liegt auf der Seite und hat den Mund leicht geöffnet. Seine blonden Haare liegen wie ein Hahnenkamm um seinen Kopf herum auf dem Kissen. Sein ohnehin kantiges Gesicht hat einen harten Zug um den Mund herum bekommen. Er hat aus Berlin einen Gesichtsausdruck mitgebracht, den ich noch nicht kenne, oder bilde ich mir das nur ein? Ich komme mir fremd vor zusammen mit ihm in diesem Zimmer, er kommt mir fremd vor. Als Grund dafür gibt es drei Möglichkeiten: ich, er oder das Zimmer.

Allerdings ist es wohl kein Wunder, dass es sich so merkwürdig anfühlt gerade, da wir jetzt so lange voneinander getrennt waren. Vielleicht handelt es sich um das übliche Fernbeziehungsproblem, mit dem sich Millionen von Paaren herumschlagen. Man sieht sich ewig lange nicht, und dann soll man plötzlich wieder eine Symbiose bilden und Körperteile ineinanderstecken? Als nette Zugabe bekommt man noch den Druck dazu, bloß keinen Streit anzufangen bei der wenigen Zeit, die man zusammen hat. Meine Heulerei in Kombination mit dem vorhergehenden Schweigen hat der Situation auch nicht weitergeholfen.

Ich schäme mich dafür, dass ich uns den Abend versaut habe, nur weil ich mir alles anders vorgestellt hatte. Das nennt man wohl extreme Erwartungsgebundenheit. In meinen Drehbüchern kann ich jedes Detail bis hin zur Haarspange bestimmen, aber muss mich ja auch damit abfinden, wenn die Regie das anders umsetzt. Gefallen hat mir das allerdings nie so richtig.

»Morgen bin ich anders«, rede ich mir gut zu. »Morgen bin ich eine nette Freundin. Morgen wird gelacht.«

Da das Hotelzimmer eher eine Pension ist und keinen Fernseher hat, googele ich aus Langeweile herum: Fremdheitsgefühle bei Fernbeziehungen, Nazibauten an der Ostsee, Medikamentensucht und Sepsis.

Nazibauten an der Ostsee ist das einzige Thema, bei dem ich als Leserin alles schön einfach in Gut und Böse einordnen kann. Bei meinem Beziehungsthema finde ich das leider nicht so einfach. Vielleicht benehme ich mich ja so aggressiv, weil ich immer noch einen psychischen Entzug habe? Wie lange dauert es eigentlich, bis sich mein Körper von den harten Komadrogen erholt hat? Vielleicht habe ich mir davon einen Herzklappenfehler geholt?

Ein Vierteljahr lang habe ich es erfolgreich vermieden, meine eigene Krankheit zu erforschen. Dabei bin ich eigentlich gut in der Recherche. Für meine Drehbücher finde ich alle Informationen über jedes noch so abwegige Thema in Minuten heraus. Auch meine Freundinnen wissen meine extremen Stalkingfähigkeiten sehr zu schätzen. Habe ich doch in den letzten Jahren immer in Windeseile den neuen Beziehungsstatus und sämtliche neuen Bekanntschaften all ihrer Ex-Freunde stets zuverlässig in Erfahrung gebracht. Was meine Blutvergiftung oder Medikamentensucht betrifft, überkommt mich aber jedes Mal eine bleierne Schwere, wenn ich über den Ursprung und Verlauf nachdenken will.

Heute zwinge ich mich dazu. Es ist an der Zeit, und diese tausend Fragezeichen in meinem Kopf sind auf Dauer unerträglich. Ich kann ja zumindest mal mit dem Krankheitsbild und einigen typischen Merkmalen beginnen. Wenn es dann zu viel werden sollte, höre ich einfach auf.

Ich klicke die erste mir vertrauenswürdig erscheinende Quelle an und lande bei einer fett gedruckten Auflistung. Auch auf den nächsten Seiten finde ich immer wieder dieselben Schlagwörter: »Die Symptome für eine Sepsis sind hauptsächlich Fieber und Schüttelfrost, schnelle Atmung, Herzrasen und Verwirrtheit. Eine der Hauptursachen kann ein Harnwegsinfekt sein, der als Infektionsherd dient.« Bei mir wurde ja sogar noch ein Nierenstein entdeckt, der einen Nierenstau verursacht hat.

Ich lese weiter: »Wird die Blutvergiftung nicht diagnostiziert, kann sie zu Organversagen führen. Es wird empfohlen, die Hirnfunktion, den Sauerstoffgehalt im Blut, die Herzfrequenz, die Anzahl der Blutplättchen sowie die Leber- und Nierenwerte zu testen. Die Heilungschancen des Patienten oder der Patientin hängen davon ab, wie viel Zeit bis zum Behandlungsbeginn verstreicht. Folgen einer Sepsis sind Kreislaufschock, Nierenversagen, Lungenversagen, Leberversagen. Jeder vierte Sepsis-Patient stirbt.« Diese Information muss ich erst mal verkraften. Eins, zwei, drei, tot.

»Ungefähr vierzig Prozent der Überlebenden tragen bleibende Schäden davon, wie eine nervliche und geistige Beeinträchtigung, eine Depression oder eine posttraumatische Belastungsstörung. Auch Schädigungen an den befallenen Organen sind häufig und möglich.« Der Satz hallt in meinem Kopf. Alle meine Organe waren befallen. Was ist, wenn doch alles geschädigt ist?

»Wird eine Sepsis rechtzeitig erkannt, kann sie für gewöhnlich durch die Gabe eines Breitbandantibiotikums schnell und effektiv geheilt werden. Anschließend sind ein paar Tage Bettruhe zu empfehlen.« Die paar Tage Bettruhe habe ich wohl ein bisschen überschritten.

Zum ersten Mal schwirren Bilder durch meinen Kopf, die Erinnerungen sein könnten. Ich liege auf einer Metallliege in einem Untersuchungsraum, und mein Vater legt eine Aludecke über mich. Mir ist so kalt, dass ich mit den Zähnen klappere.

Ein anderer Erinnerungsschnipsel zeigt einen hektischen Arzt neben mir, der immer wieder sagt, die OPs seien alle voll und er würde mir im Zimmer die Niere aufschneiden und entstauen. Ich habe große Angst und kotze das ganze Bett voll. »Nein, nein, nein! Nicht schneiden!«, rufe ich. Ich erinnere mich, dass ich wohl doch in einen OP gefahren wurde, sehe das Gesicht meiner Mutter über mir.

Dann ist da noch ein dunkler Raum, in dem ich wach

werde. Panisch schnappe ich nach Luft, aber da ist nichts. Ich schnappe wie ein Fisch und kriege nichts in meine Lungen. Außen höre ich laute Stimmen: »Frau Wald, was ist denn? Wollen Sie einen Kaffee? Wir machen Ihnen jetzt Kaffee!« Ich erinnere mich an die Angst, diese Angst und die Dunkelheit.

Weinend wache ich auf und gehe schnell ins Bad, um mir die Tränen wegzuwischen. Ich will ein schönes Wochenende. Erinnern kann ich mich doch später, oder? Ich sitze auf der Klobrille und starre vor mich hin, versuche, ein bisschen Glück zu empfinden, aber da ist nicht viel zu machen. Plötzlich hämmert Olli von außen gegen die Tür: »Mach die Tür auf, mach die verdammte Tür auf, Rahel!« Ich schließe auf, und Olli fällt mir fast herein.

»Ist alles in Ordnung? Warum hast du nicht geantwortet?«

»Alles okay. Entschuldigung, ich habe dich nicht gehört. Mir geht viel durch den Kopf.«

Er nimmt mich in den Arm. »Komm, wir gehen schön frühstücken, und dann erzählst du mir alles, hm?«

»Ich muss das erst mal für mich ordnen, aber frühstücken klingt gut«, versuche ich einigermaßen munter rüberzubringen.

Olli sieht mich misstrauisch an, und ich weiß, wieso. Ich bin nicht dieser Mensch, der schweigt wie ein Grab oder der seine neuen Erlebnisse auch nur fünf Sekunden für sich behalten kann. Alles, was in mir stattfindet, wird meiner Umwelt umgehend mitgeteilt, häufig inklusive einer

Analyse der Situation, die subjektiv ist, ich aber für objektiv halte. Das habe ich von meiner Mutter gelernt. Jetzt bin ich anscheinend das schweigende Grab geworden.

Ich hole mein »I Love Fun«-Sweatshirt aus meiner Tasche und lege es aufs Bett, um mir und meiner Umwelt eine gewisse Kooperationsbereitschaft zu diesem hoffentlich gleich legendären Wochenende zu signalisieren. Ich ziehe mir gedankenlos mein momentan völlig unpassendes sexy Nachthemd über den Kopf und will gerade in Richtung Dusche gehen, da fällt mir Ollis erschrockener Blick auf. Als sich unsere Augen treffen, sagt er schnell: »Ich glaube, heute kommt noch mal die Sonne raus.«

Gerade noch versöhnlich gestimmt, finde ich jetzt, dass das der schlimmste Satz ist, den man einer nackten Person entgegenschleudern kann. Was wollen wir denn jetzt ausgerechnet mit der Sonne, wo ich hier stehe mit meinem merkwürdigen Frettchenkörper. Ich kann nichts tun gegen meine Wut, die plötzlich da ist.

»Sehe ich jetzt so schlimm aus, dass wir übers Wetter reden müssen?« Olli zuckt zusammen. Er kommt zu mir, umarmt mich und sagt »Tut mir leid« und »Du siehst doch immer schön aus«. Leise flüstert er: »Es ist einfach unfassbar, was passiert ist.« Als wir uns voneinander lösen, hat er Tränen in den Augen.

»Es ist mir passiert und nicht dir«, sage ich, als wüssten wir beide das nicht. »Ich gehe mal ins Bad, bevor hier die große Betroffenheit ausbricht.«

Unter der Dusche reibe ich mit Seife an meinen Narben und blauen Flecken herum, als könnte ich sie damit löschen. Die Wahrscheinlichkeit, dass wir in diesem Zimmer Sex haben werden, würde ich so bei minus hunderttausend einstufen. Dabei sehne ich mich danach, dass mich mal jemand ganz unmedizinisch anfasst.

Wahrscheinlich wird das später sowieso immer seltener. Die Altersheime sind voll von Menschen, deren Hand niemand hält und deren Kopf sich nirgendwo anlehnen darf. Auch in meinem Leben scheint es nicht die Zeit der Berührungen zu sein. Nur der Physiotherapeut wollte, den will ich aber nicht.

Wenig später sitzen Olli und ich in einem kleinen Café in der Fußgängerzone und plaudern über möglichst Belangloses. Die erste Regel der Fernbeziehungen besagt ja, dass man sich schön langsam annähern soll. Ein paar unverfängliche Fragen hier und da, eine gewisse Anzahl von Witzchen, und die Sache läuft. Wir geben uns wirklich Mühe, das Ruder herumzureißen. Ausgeklammert haben wir die Themen Krankheit und das Aussehen meines Körpers.

Das Traurige daran ist, dass ich eine der wenigen Frauen war, die immer sehr glücklich mit ihrem Körper war, und zwar nicht, weil er den Regularien entsprach, sondern weil er meiner war. Seit Jahren schon lese ich keine Artikel mehr über Falten, Schönheits-OPs oder Diäten und ziehe mit meinem Winter- und Sommergewicht jederzeit einen Bikini an. Ein Körper war für mich bisher nichts, womit man sich unnötig lange beschäftigen oder quälen sollte. Das würde ja auch heißen, dass man sich trotz eines funktionierenden Gehirns einem Bewertungssystem ausliefert, in dem nur am Computer korrigierte Formvorlagen gewinnen können.

Mit Erschrecken habe ich mit zehn Jahren von meiner Mutter erfahren, dass meine Barbie, wenn sie ein lebendiger Mensch wäre, permanent nach vorne umkippen würde und ihren übergroßen Kopf nicht lange auf dem Körper balancieren könnte. Sie tat mir plötzlich sehr leid, und ich beschloss, sie mit ihrer Beeinträchtigung aber genauso zu lieben wie vorher.

Ich bin also der lebende Beweis dafür, dass eine Barbie an sich keine Körperwahrnehmungsstörungen hervorrufen kann. Ich wollte mir nie riesige, steinharte Bälle auf den Oberkörper aufschrauben oder meinen Kopf vergrößern lassen, genauso wenig wie ich mein Stoffkrokodil oder meine Monchichis um ihr Erscheinungsbild beneidete. Als ich älter wurde und meinen langen Affenkörper bekam, war ich eher positiv überrascht, dass ich im Prinzip immer noch ein Strichmännchen war, nur eben mit Brüsten.

Jetzt bin ich zwar auch dünn, aber krank dünn, was ein großer Unterschied ist, mit einem kleinen Bauch, der wie draufgeklebt aussieht. Wenn ich an einem Spiegel vorbeilaufe, erkenne ich mich nicht. Ganz im Gegenteil, ich brauche ein paar Minuten, um zu checken, dass ich die kleine gebückte Oma hinter der Glasscheibe bin. Es ist aber gerade auch nicht wichtig, dass ich mich wunderschön finde. Ich werde wahrscheinlich sehr lange so aussehen oder eventuell für immer, also gewöhne ich mich besser schnell daran.

Mit meinem Herz werde ich auch nicht viel Sport machen können. Wenn ich die hohe Dosis Betablocker weiternehmen muss, ist es ohnehin schwer, gegen die bleierne Müdigkeit anzukommen. Müde ist mein neuer Aggregatzustand. Vielleicht kaufe ich mir einen Gehstock? Das wäre zumindest konsequent.

Solange ich nicht anfange, in Funktionskleidung herumzulaufen wie die anderen Rentner hier, ist doch alles gut. In der Hauptstraße gibt es gleich zwei Outdoor-Outlets, die gut zu laufen scheinen. Ich frage mich, wo die alle hinwollen mit ihren tropischen Regenhüten, den Hosen mit den abzippbaren Beinen und den Westen mit ihren tausend Taschen. Vielleicht findet direkt hier um die Ecke eine Urwaldexpedition statt? Vielleicht bereiten sich all die Alten, die neben uns ihre Sahnewaffeln essen, auf den nächsten Iron Man vor?

Als Dessert nach dem Frühstück entscheide ich mich für drei verschiedene Stücke Buttercremetorte. Ich berichte Olli von meiner nächtlichen Recherche und davon, dass mir einige kleine Erinnerungsschnipsel in den Kopf gekommen sind.

»Das Schlimmste in meiner Erinnerung ist das Gefühl, dass niemand wusste, was ich habe. Als ich nicht mehr atmen konnte, alle Geräte wie verrückt gepiept haben und die mir einen Kaffee angeboten haben, war ich unglaublich verzweifelt. Ich dachte, niemand kann mir helfen ...«, sage ich mit vollem Mund und leite das Ende des Small Talks ein.

»Bist du dir denn sicher, dass du das richtig erinnerst? Die haben dir ja auch sehr geholfen im Krankenhaus.«

»Ich meine das ja auch nicht als Vorwurf, ich versuche zu verstehen, was passiert ist.«

»Aber das regt dich doch nur auf. Meinst du nicht, es ist besser, das Ganze auch mal ruhen zu lassen?«

»Aber ich fang doch gerade erst an, mich richtig zu erinnern. Ich habe das auch zum ersten Mal nachgelesen gestern Nacht.«

»Es stimmt nicht alles, was im Internet steht.«

»Ich verstehe nicht, was du hast. Ich muss das doch irgendwie verarbeiten. Wenn ich nicht herausfinde, warum das passiert ist, kann ich doch meinem Körper nie wieder trauen. Dann denke ich doch bei jedem Schritt, dass ich bestimmt gleich umkippe.«

»Ja, du machst dich völlig irre und steigerst dich da rein. Du musst dich aber erholen und auch mal abschalten und an etwas Schönes denken.«

»Wenn man fast gestorben ist, kann man sich ja auch mal fünf Minuten Gedanken darüber machen, oder nicht?« Langsam werde ich sauer. Olli allerdings auch.

»Fünf Minuten? Wir sprechen seit vier Monaten über deine Diagnosen, deine Ärzte, deine Gefühle und deine Schmerzen, und wenn ich mal kurz über etwas anderes reden will, bist du sauer. Ich fühle mich wie ein Arschloch, wenn ich das sage, aber kannst du mich auch mal fragen, wie es mir geht? Oder wie es in der Kanzlei läuft? Ist da irgendwo noch Platz für mich?«

Jedes neue Wort von Olli schmerzt noch mehr als das letzte. Wahrscheinlich hat er für sich recht, aber mir dreht sich der Magen um. »Ich kann dich auch erst wieder anrufen, wenn ich spannendere Sachen als diese langweiligen, spießigen Herzprobleme zu berichten habe!« Die Wut pulsiert in mir und macht meinen müden Körper plötzlich hellwach.

»Ja klar, jetzt bin ich das Arschloch, sag ich doch. Aber hast du eigentlich eine Ahnung, was los ist bei mir in der Kanzlei? Hast du einmal was dazu gesagt, dass ich erst mal die Miete alleine übernehme? Von dir kommt auch nichts!«

Ich schiebe ruckartig meinen Stuhl nach hinten und stehe auf. Dann beuge ich mich ganz nah zu ihm herunter und mit einer Kälte, die ich von mir gar nicht kenne, sehe ich ihn an und sage: »Weißt du, was das Traurige ist? Ich würde mir jede Krankheitsgeschichte von dir tausend Mal anhören, weil es da wirklich um was geht, wenn es um dein Herz und dein nacktes Leben ginge. Weil ich dich liebe und ich will, dass es dir gut geht. Aber leider ist es andersherum, und wenn es dir zu viel ist, kann ich dir eine gute Neuigkeit verraten: Du kannst in dein Auto steigen und deinen bescheuerten Jazzsender hören und alles hier vergessen, aber ich komme hier nicht raus. Ich kriege keine Pause. Jeden Morgen, wenn ich aufwache, bin ich immer noch krank! Überraschung.«

Seelenruhig, aber mit Tränen in den Augen ziehe ich meine Jacke an. Olli guckt schuldbewusst, wenn auch nicht wirklich betroffen. Wahrscheinlich sind ihm die diversen Rentner peinlich, die sich jetzt nach uns umgedreht haben.

»Ich hab es nicht so gemeint, tut mir leid, komm, setz dich wieder, okay?«, sagt Olli, aber ich bin wie ferngesteuert.

»Du kannst mich mal! Du kannst mich mit deinen uninteressanten Büroproblemen und mit deinem noch viel uninteressanteren Geld! Lass mich einfach in Ruhe, ich komm' klar!«

Ich marschiere nach draußen, laufe zu unserer Pension nebenan, schnappe mir meine Tasche und bin weg. Als ich um die Ecke gebogen bin, muss ich mich sofort auf die nächste Bank setzen und verschnaufen. Es ist zwar eiskalt draußen, aber mein Stolz verbietet es mir, ins Café zurückzugehen. Außerdem ist mir schwindelig. Irgendwann beruhigt sich meine Atmung, und ich stehe wieder auf.

Als meine Mutter die Tür ihres modernen Meerblick-Appartements öffnet, ist sie nicht überrascht. Olli hat sie wohl schon angerufen. Als sie ihm Bescheid gibt, dass alles in Ordnung ist, fühle ich mich wie damals mit fünf oder sechs, als ich mit einem Apfel im Gepäck von Zuhause abhauen wollte, es aber nur bis zu den Nachbarn geschafft hatte.

Ich nehme meiner Mutter den Hörer aus der Hand und sage mit ganz ruhiger Stimme: »Bitte fahr nach Hause, so werde ich nicht gesund. Das ist nicht persönlich gemeint.« Dann lege ich auf und strecke mich auf dem Sofa meiner Mutter aus, die mir einen heißen Tee bringt und sich zu mir setzt.

»Ich erinnere mich«, sage ich. »Nicht an alles, aber an ein paar Situationen, hilfst du mir?«

Meine Mutter verschluckt sich an ihrem Tee und hustet erst mal zehn Minuten fürchterlich. Ich unterstelle ihr insgeheim, dass sie damit Zeit schinden will. Will sie auch. Ich erlebe etwas, was bei den Frauen in unserer Familie nicht oft vorkommt. Meine Mutter ist stumm.

»Sag mal, kannst du dich an einen braunhaarigen Arzt erinnern, der mich angeschnauzt hat? Ich habe auch noch irgendwohin gekotzt, kann das sein?«

Sie kann es ebenfalls nicht, sie kann nicht darüber reden, genau wie Olli.

Nach dem Husten geht sie zum Im-Tee-Rühren über. Ich warte. Nichts passiert. Ich kann aber nicht mehr warten. »Ich glaube, so nach ein, zwei Stunden Teerühren könntest du eine Sehnenscheidenentzündung bekommen. Sag mir nicht, ich hätte dich nicht gewarnt.«

Meine Mutter seufzt und legt den Löffel ab. Sie seufzt noch mal, sehr lange, wahrscheinlich wieder, um Zeit zu gewinnen. Ich lasse sie aber nicht aus und sehe ihr seelenruhig in die Augen. Sie tut so, als bemerke sie meinen Blick nicht und zieht sich ihren Lippenstift nach. Danach flufft sie sich mit den mir seit Kindheit bekannten Handgriffen die Haare auf, bis sie aussieht wie eine Pusteblume.

Als ich schon innerlich aufgebe, beginnt sie endlich zu erzählen: »Du hattest diese schlimmen Krämpfe, es war ausgerechnet an Weihnachten. Als es immer schlimmer wurde, sind wir den Berg zur Klinik hochgefahren. Es war sehr glatt und auch noch Schneeregen. Deswegen haben wir ein Taxi genommen. Es war nicht klar, ob wir es bei der Glätte bis nach oben schaffen. Man konnte wirklich gar nichts sehen. Du hast dir die Seite gehalten und gestöhnt. Du hattest solche Schmerzen. Ich weiß noch, dass du immer wieder gesagt hast, es sei die Niere, die Niere täte dir weh. Du hattest als Kind ja mal eine Nierenentzündung und konntest dich an den unverwechselbaren Schmerz erinnern.

Als wir endlich in der Notaufnahme ankamen, war alles voller Menschen und nur ein Arzt da. Es waren chaotische Zustände und so viele Menschen, die auf dem Eis gestürzt waren und gebrochene Arme und Beine hatten. Der Arzt, den du meinst, schien alleine dort zu sein und wirkte völlig überfordert. Du wurdest in einem Zimmer abgelegt und hast geschluchzt vor Schmerzen. Papa und ich wollten immer wieder zu dir ins Behandlungszimmer, aber der Arzt hat das nicht zugelassen, weil alles, wirklich alles voller Patienten war.«

Meine Mutter hat Tränen in den Augen, aber ich bleibe an ihr dran, ich will es jetzt wissen. Ich sehe sie auffordernd an.

»Wir saßen im Warteraum. Wir dachten ja, dass du da versorgt wirst. Als wir nach dir geschaut haben, wirktest du extrem verwirrt, weil der Arzt dir zusätzlich zum Schmerzmittel ein Beruhigungsmittel gegeben hatte. Als wir ihn im Flur antrafen, sagte er, du hättest in erster Linie einige persönliche Probleme.«

»Was denn für Probleme?«

»Das wollte er uns nicht sagen, wegen der Schweigepflicht. Natürlich habe ich ihm vehement widersprochen und gesagt, dass das Blödsinn sei. Und er sagte immer wieder: ›Ihre Tochter muss in psychiatrische Behandlung, sie bildet sich die Schmerzen ein.‹«

Wie ein Blitzschlag erwischt mich die Erinnerung an den Raum, in dem ich lag mit bestialischen Schmerzen, als würde ein scharfes Messer immer tiefer in mich hineinschneiden. Ich sehe die graue Wand des Raumes vor mir und die Schiebetür, hinter der die Ärzte und Patienten entlanghasteten. Ich erinnere mich, dass ich dort alleine lag und fürchterlich geweint habe.

Meine Mutter ist ganz in sich zusammengesunken, als sie weiterspricht, kann ich sie kaum verstehen. »Ich weiß es nicht, wir dachten ja, du bist da gut versorgt, wir dachten, die wissen, was sie tun.«

»Was ist dann passiert?«

Meine Mutter sieht mich verweint an. »Sie haben dich nach Hause gehen lassen. Es war ja Weihnachten.«

»Ja, ein guter Tag zum Sterben«, sage ich knapp. Das lässt alle Dämme brechen. Meine Mutter schluchzt getroffen auf und vergräbt ihr Gesicht in den Händen. Ich fühle mich hundeelend. Gleichzeitig spüre ich diese unbändige Wut in mir, die Dörfer niederbrennen will. Meine Mutter weint. Ich versuche mich zu beruhigen, setze mich neben sie und streiche ihr steif über den Kopf. Erinnerungen blitzen so schnell auf, dass ich sie nicht richtig zu fassen kriege.

Ich weiß noch, wie ich fast besinnungslos wurde vor Schmerzen, und ich weiß jetzt, was mich beinahe mein Leben gekostet hat: »Mama, ich weiß, warum der Arzt uns so behandelt hat.« Ich höre, wie sie versucht, sich zusammenzureißen, aber die Tränen rollen weiter und weiter.

»Ich weiß, wir hätten dem Arzt eine Ohrfeige geben oder ihn anschreien müssen. Wir hätten so viel tun müssen«, schluchzt meine Mutter.

»Jetzt hör mir doch mal zu!«, fahre ich scharf dazwischen.

Meine Mutter sieht mich erschrocken an. Ich will um mich schlagen, ich will rennen, ich will meine Wut herausschleudern, aber ich bleibe ganz ruhig und sage: »Der Arzt hat auf dem Ultraschall nichts gesehen, was kein Wunder ist, weil er, um den Nierenstein sehen zu können, der später die Niere gestaut hat, ein CT hätte machen müssen. Er hatte überhaupt keine Erklärung für meinen Zustand, keine gynäkologische, keine orthopädische, nichts, einfach gar nichts.«

Ich erinnere mich jetzt an einen Dialogfetzen mit dem Arzt. Ich sagte, von den heftigen Schmerzen schon leicht benommen: »Es tut so weh, da in der Nierengegend. Bitte nicht noch mal in die Seite drücken. Ich habe solche Schmerzen.«

»Sie sind ja völlig aufgelöst. Ich muss ins Schmerzzentrum drücken, sonst bekommen Sie keine Diagnose.« Er drückt in meinen brennenden Körper. Ich schreie auf.

»Jetzt reißen Sie sich doch zusammen! Sie müssen als Patientin schon mitarbeiten, sonst kann ich Ihnen nicht helfen. Verstehen Sie das?«

»Natürlich verstehe ich das. Es sind wirklich heftige Schmerzen. Es kam ganz plötzlich, es fühlt sich an wie die Niere. Ich hatte mal eine Nierenentzündung, das hat sich ähnlich angefühlt.«

»Überlassen Sie die Diagnose mal uns Ärzten. War denn etwas Besonderes, Ungewöhnliches in den letzten Tagen?«

Ich krümme mich vor Schmerzen, sie kommen in krampfartigen Schüben. Ich nutze die Zeit dazwischen, um die Fragen zu beantworten: »Ich hatte viel Stress, beruflich, eigentlich auch privat. Mein Freund und ich haben uns nach sechs Jahren getrennt.«

Meine Mutter wirft erschrocken ein: »Ihr wart getrennt? Wann? Warum hast du nichts gesagt?«

»Ich weiß es nicht, vielleicht hatte ich noch Hoffnung? Es war auf jeden Fall kurz bevor ich krank wurde.«

Ich erinnere mich, wie der Arzt bezogen auf meine Trennung, zufrieden mit sich, eine Diagnose gefunden zu haben, anmerkte:

»Und deswegen geht es Ihnen natürlich schlecht.«

»Ja, sehr schlecht.«

»Aha, dann ist es wahrscheinlich psychosomatisch. Ich gebe Ihnen jetzt ein Beruhigungsmittel.«

Was er sagte, kam mir absolut falsch vor. »Es ist wirklich nicht die Psyche. Ich spüre das doch alles!«

Doch es war zu spät. In dem Moment, als ich von der Trennung von Olli berichtete, war er sich sicher, eine aufmerksamkeitsheischende Simulantin vor sich zu haben.

Ich erinnere mich daran, wie der Arzt mich abschätzig musterte, ein langer Blick blieb an meinen pinklackierten Fingernägeln hängen, wanderte zu meinem tiefen Ausschnitt und meinen hochhackigen Stiefeletten. »Können Sie mit denen überhaupt laufen, wenn ich Sie nach Hause gehen lasse?«, ist der letzte Satz, an den ich mich erinnern kann.

Ich sehe mich vor meinem inneren Auge, schön herausgeputzt für Weihnachten.

Mir war ja nicht klar, dass ich an diesem Tag von der Obrigkeit durchbewertet werden würde. Ganz sicher hätte ich mich für meinen bevorstehenden Todeskampf anders angezogen. Mir gefällt nicht, dass es auf der Welt so läuft, dass Frauen permanent ein mit emotionalem Irrsinn, Einbildungen und Geltungsdrang ausgestattetes Gemüt unterstellt wird.

Noch bis ins neunzehnte Jahrhundert wurde ja sogar

extra ein Krankheitsbild namens Hysterie erfunden, das emotional besonders aufgewühlte Frauen blitzschnell ins Irrenhaus verfrachtete. Dort wurden die für den Wahnsinn verantwortlichen Eierstöcke mit einer Ovarienpresse oder Elektroschocks behandelt, um diese an einer Wanderung ins Hirn zu hindern. Auch Vergewaltigungen durch die behandelnden Ärzte sollten den Gemütszustand der Patientinnen beruhigen.

Was bis heute davon übrig zu sein scheint, ist das generelle Misstrauen gegen Frauen mit unzüchtigem Erscheinungsbild.

Ein zu tiefer Ausschnitt, ein zu kurzer Rock oder etwas zu viel Schminke werden in unserer Gesellschaft oft als erster Hinweis für Dummheit, Gestörtheit und für Frauen unpassendes übertriebenes Selbstbewusstsein gesehen. Aus diesem Grund wird Frauen seit jeher empfohlen, sich züchtig und bedeckt zu zeigen, sobald sie vor der Obrigkeit erscheinen müssen. Winona Ryder wurde für ihren Gerichtsprozess sogar extra ausgestattet mit von Marc Jacobs entworfenen nonnenartigen schwarzen Kleidern mit unschuldigem weißen Kragen.

Ich erinnere mich, dass ich bei meinem Auftritt in der Notaufnahme leider die bis zum Oberschenkel reichenden schwarzen Lackstiefel trug, die ich gerade neu hatte und die deswegen am Weihnachtsabend natürlich angezogen werden mussten. Dazu hatte ich ein rotes, tief ausgeschnittenes Minikleid mit schwarzem Lackgürtel und als Gipfel der Ironie dazu passende Christbaumkugelohrringe kombiniert.

Im Prinzip sah ich aus wie eine als nuttiger Weihnachtsmann verkleidete, mittelalte Stripperin, was ich ursprünglich irre witzig gefunden hatte.

Jetzt wünschte ich aber, Marc Jacobs hätte für mich ein züchtiges, unhysterisches Sepsiskleid entworfen. Das hätte meine Chancen, ernst genommen zu werden, eventuell vergrößert, wer weiß?

In meinem Fall dachte der Arzt wohl, ach, so eine schon wieder.

»Wir haben hier viele Frauen, die überreizt sind, die ihren emotionalen Stress nicht verkraften, denen das auch auf den Magen schlägt. Die haben jede Menge psychische Probleme, wie zum Beispiel eine Trennung, und denken dann, es ist der Körper, sind aber top gesund. Gesünder als jeder Oberarzt, der hier Tag und Nacht arbeitet.«

»Aber ich spüre meine Schmerzen doch ganz deutlich, kann das denn Einbildung sein?«, fragte ich noch verwirrt, als er mir bereits die Infusion mit dem Beruhigungsmittel legte. Ich überlegte sogar, ob er recht haben könnte, bis mich der nächste krampfartige Schmerz erwischte. »Es ist wirklich nicht psychisch, meine Niere tut weh!«

Ich weiß das, weil ich mich daran erinnere, dass er mir abschließend sagte: »Die Notaufnahme ist tatsächlich nur für medizinische Notfälle gedacht, Frau Wald. Weihnachten ist schwer für uns alle, also fahren Sie nach Hause.«

Ich habe das mit den ganzen Schmerz- und Beruhigungsmitteln intus nicht mehr verstanden, jetzt weiß ich, was er sagen wollte. Er hat mich als heulende Irre abgestempelt, die sich als Opfer inszeniert, weil sie ihre Trennung nicht verkraften kann.

Meine Mutter und ich sitzen nur da und lassen den Gedanken richtig ankommen.

Ich sehe so viele Menschen vor mir, aus der Notaufnahme, verschwommene Gesichter, von der Angst völlig verzogen. Wir kämpfen hier alle um unsere kleinen fragilen Leben.

Ich wünsche mir mein winkendes Eichhörnchen zurück, auf jeden Fall hätte ich gerne eine ganze Menge weniger Realität.

Die Stimme meiner Mutter klingt ganz rau und tonlos, als sie wieder spricht. »Warum gibt man jemandem starke Schmerzmittel, von dem man annimmt, dass er simuliert?«

»Ich weiß es nicht.« Ich weiß es wirklich nicht. Ich erinnere mich, wie meine Eltern und ich später an dem Abend von zu Hause aus mit Juri geskypt haben und der Schmerz dumpf, notdürftig von den Mitteln überdeckt, in meiner Seite rumorte.

»Ich habe dann neben dir geschlafen, weil es dir immer noch nicht gut ging. Mitten in der Nacht hast du mich geweckt und dich wieder vor Schmerzen gewunden. Du hattest Fieber, also haben wir den Notarzt gerufen. Doch der war komplett überlastet, also haben wir ein Taxi genommen, damit es schneller geht. Der Schneesturm wütete immer noch, und der Taxifahrer kam kaum den Berg hoch. Du hast geglüht und angefangen zu fantasieren. Als wir ankamen, wurdest du sofort auf eine Bahre gelegt und zu einem Untersuchungsraum gefahren. Dort stand wieder dieser Arzt und war furchtbar aggressiv. Er hat dir auf der Bahre noch Vorhaltungen gemacht: ›Warum sind Sie gefahren? Das war unverantwortlich, ich habe Sie gesucht!‹ Ich habe ihn laut angeschrien: ›Stellen Sie sich doch nicht dumm! Sie haben uns weggeschickt! Sie dachten, meine Tochter ist verrückt!‹ Dann war er ruhig. Mir wurde auch klar, warum er sich so verhielt. Neben ihm war nämlich seine Oberärztin aufgetaucht, die angefangen hatte, beim Krankheitsverlauf und der Entlassung nachzuhaken. Die Menschen wollen Karriere machen, das ist wichtig. Ich habe gesagt, dass dieser Arzt nicht mehr Hand an dich legen darf, also verschwand er. Du warst inzwischen völlig weggetreten und hattest vierzig Grad Fieber. Papa und ich waren bei dir. Schließlich haben sie ein CT veranlasst, und du musstest literweise Kontrastmittel trinken. Wir haben dich gehalten und immer wieder gesagt, noch einen Schluck, du schaffst das. Und du hast es geschafft, obwohl dir immer wieder übel wurde. Du warst so tapfer. Dann haben sie in der Röhre den Stein entdeckt, der den Harnleiter verstopfte und so einen Nierenstau verursacht hat. Alle OPs waren besetzt, also schlug die Oberärztin vor, dir noch im Krankenzimmer mit einem Skalpell die Seite aufzuschneiden. Wir dachten, jetzt sind alle verrückt geworden. Irgendwann wurde endlich ein Raum frei, und du konntest operiert werden.«

Ich fühle einen steinharten Knoten in meinem Bauch, bekomme noch weniger Luft als ohnehin schon. Ich sehe das Gesicht des Arztes, unscheinbar fast, maushaft, mit schmalen Lippen und fedrig schütterem Kükenhaar. Ich erinnere mich an den widerlichen Geschmack der Kontrastflüssigkeit, ich sehe mich, wie ich das ganze Bett vollkotze. Ich wurde in den Operationssaal gefahren.

»Nach der Operation ging es dir gut. Du wolltest unbedingt, dass Papa und ich nach Hause fahren, um zu schlafen. Das haben wir dann auch getan. Kurze Zeit später musst du schlagartig abgebaut haben. Weil dein Herz plötzlich dramatisch schwächer wurde, dachte man, du hättest einen Infarkt. Um dies zu überprüfen, wurde eine Katheteruntersuchung gemacht. Sie haben uns die Einwilligung dafür gezeigt, wo neben deiner Unterschrift, die einfach nur ein krakeliger Strich war, noch eine kleine Notiz stand: ›Patientin möchte nicht, dass ihre Eltern unnötig geweckt werden.‹ Das hat uns das Herz gebrochen.«

Mir wurde schon einmal gesagt, dass der kleine, damals bläuliche Schnitt am Bein von einer Herzkatheteruntersuchung kommt, aber ich hatte nicht weiter nachgefragt. Gestern habe ich es gegoogelt. Ein dünner Schlauch wird durch ein Gefäß bis zum Herz durchgeschoben. Durch den Schlauch wird ein Kontrastmittel abgegeben, das die Flussgeschwindigkeit und Durchlässigkeit aller Gefäße anzeigt. In meinem Fall wurde noch eine Gewebeprobe von meinem Herzmuskel abgeknipst, um einen möglichen Bakterienbefall bestimmen zu können. Anscheinend wird diese Untersuchung bei vollem Bewusstsein durchgeführt. Ich kann mich an nichts erinnern, was etwas unheimlich ist. Meine Mutter knetet ihre Hände, ihre Wangen glänzen feucht von den vielen Tränen.

Todunglücklich sieht sie mich an. Sie sagt etwas, so leise, dass ich sie im ersten Anlauf nicht verstehe. Sie sagt es noch mal laut und deutlich. »Wir sind schuld. Ich werde mir das niemals verzeihen, dass wir uns von diesem blöden Arzt haben nach Hause schicken lassen. Es wäre doch alles anders gekommen …« Sie reißt sich zusammen und spricht weiter.

»Nachdem ein Herzinfarkt ausgeschlossen werden konnte, was in deinem Fall die weniger schlimme Variante gewesen wäre, war aufgrund der Symptome nur noch eine Diagnose möglich. Nachts um vier bekamen wir einen Anruf von Dr. Held, der jetzt für dich zuständig war: ›Ihre Tochter liegt jetzt bei mir auf der Intensivstation. Es geht ihr leider schlecht. Eine aggressive Blutvergiftung hat sich bereits in ihrem gesamten Körper ausgebreitet. Sämtliche Organe sind befallen und versagen nach und nach. Bitte kommen Sie schnell.‹« Sie macht eine Pause, sucht nach den nächsten Worten: »Wir fuhren zur Klinik, fassungslos über das, was wir gehört hatten. Als wir ankamen, liefen bereits Vorbereitungen, um dich ins künstliche Koma zu versetzen. Als Papa und ich das Wort Koma hörten, sagten wir sofort Nein. Dr. Held hat uns aber erklärt, dass das Koma den Patienten hilft, weil alle Körperfunktionen unterstützt werden und nur auf Sparflamme laufen dürfen. Du hättest es sonst nicht geschafft. Dein Herz war nur noch zu dreißig Prozent funktionstüchtig. Du hast keine Luft mehr bekommen. Wir haben schweren Herzens unser Okay gegeben, wir konnten uns auch nicht von dir verabschieden, weil du nicht mehr klar bei Sinnen warst.

Als sie dich intubiert haben, wurden wir rausgeführt. Als ich mich noch mal umgedreht habe, hast du mich mit aufgerissenen Augen entsetzt angestarrt. Wenn ich die Augen schließe, sehe ich deinen verzweifelten Blick vor mir, ich sehe meine Tochter, der ich nicht helfen kann.«

Von draußen brüllt das Meer, kreischt der Ostseewind.

Sind meine Eltern schuld? Ich sage nichts. Ich versuche, einen klaren Gedanken zu fassen, was angesichts der unzähligen Informationen nicht einfach ist. Ich sehe zu meiner Mutter, die völlig in sich zusammengesunken ist.

Ich bin so wütend, dass es wehtut, aber auf wen eigentlich?

Kann ich meinen Eltern ernsthaft vorwerfen, dass sie gedacht haben, ein Arzt wäre in erster Linie an meinem Überleben interessiert? Kann ich ihnen vorwerfen, dass sie gedacht haben, ein Uniklinikum sei ein guter Ort für jemanden, der gerade nicht sterben will? Kann meine Mutter etwas dafür, dass heulende Mädchen nirgendwo ernst genommen werden? Hätte man mich anders behandelt, wäre ich ein heulender Geschäftsmann im Dreiteiler gewesen? Ich glaube, ja. Ich bin mir sogar sicher.

Die Stimme meiner Mutter reißt mich aus meinen Gedanken. Sie gießt uns mit zittrigen Händen Tee nach, atmet tief durch und spricht dann weiter.

»Als wir zu dir durften, sahen wir zuerst die vielen Monitore. Du lagst da, nur mit einem Kittel bekleidet und mit ausgebreiteten Armen, die voller Schläuche und Infusionen steckten. An der Wand hinter dir war eine Maschine, die automatisch alle paar Minuten eine andere Infusion in Gang setzte und Flüssigkeiten durch die vielen Schläuche pumpte. Es war furchterregend, dich an dieses Monster angeschlossen zu sehen, aber es war notwendig. Dein Gesicht sah so friedlich aus und so hübsch, man sah dir nicht an, dass du gerade um dein Leben kämpftest.

Von diesem Zeitpunkt an war es ein Wettlauf mit der Zeit. Der Oberarzt von Dr. Held bat uns zu sich.

Er sagte, wir sollten uns am besten ab sofort auf alles einstellen, auch das Schlimmste, und Vorbereitungen treffen. Ich habe so geschrien, ich weiß nicht mehr, was. Ich weiß auch nicht, wozu das gut ist, den Menschen die Hoffnung zu nehmen. Ich habe diesen Mann so sehr angeschrien, dass eine Schwester kam und uns herausgeführt hat.

Dein Vater ist ganz grau geworden und in sich zusammengefallen. Er hat ab diesem Moment für die nächsten Tage aufgehört zu sprechen.«

Meine Mutter sieht mich ernst an. »Ich hätte nicht weiterleben wollen ohne dich.«

Ach, Mama. Ich drehe mich zu ihr und drücke sie ganz fest an mich.

Für alle anderen war einfach nur Weihnachten. Meine Mutter wollte sich umbringen. Frohes Fest. Wie schnell unsere ganze Familie hätte kaputtgehen können.

»Ich lebe doch noch, wie ging es denn weiter?« – »Da hast du recht, jetzt ist alles gut, die Erinnerung ist nur so schlimm.

Du lagst regungslos da, deine Werte waren unverändert schlecht. Die Auswertung der Gewebeprobe deines Herzmuskels war noch nicht da, weil es natürlich einige Tage dauert, eine Bakterienkultur anzulegen. Dir wurde dann von Dr. Held ein Medikament verabreicht, das in den meisten Fällen Wirkung zeigt. Es war eine schwere Entscheidung, denn dieses Breitband-Antibiotikum musste anschlagen, den Wechsel auf ein zweites hättest du nicht verkraftet.

Niemand wusste, ob es funktionieren würde. Dein Körper reagierte nicht, obwohl drei Tage später die Laborergebnisse da waren und diese die Medikamentenwahl bestätigten. Wir wussten, wenn sich am vierten Tag nichts bessert, ist es vorbei. Am Morgen des fünften Tages hattest du plötzlich bessere Werte, wir konnten unser Glück nicht fassen. Am sechsten Tag ging es wieder ein wenig nach oben, dein Körper hatte den Kampf gegen die Bakterien aufgenommen.

Als wir uns noch im absoluten Freudentaumel befanden, kam die nächste Hiobsbotschaft. Dr. Held erklärte uns, dass die Möglichkeit bestand, dass du eventuell nie wieder aufwachen würdest, dass dein Körper vielleicht nicht die Kraft haben würde, dich aus dem Koma zurückzuholen. Als sich aber am Tag darauf die Werte weiter stabilisierten, wurden deine Medikamente vorsichtig und Schritt für Schritt reduziert. Jederzeit hätte dies einen erneuten Zusammenbruch mit sehr ernsthaften Schädigungen, einen Rückfall ins Koma oder sogar dein Ende zur Folge haben können.

Weitere vier Tage lang saßen wir in abwechselnden Schichten mit Juri an deinem Bett. Wir wussten, dass sie dir am neunten Tag einen Luftröhrenschnitt machen müssten, weil mit einem Tubus die Entzündungsgefahr auf Dauer zu groß ist. Wahrscheinlich ist dieser Schnitt gar nicht so schlimm, aber wir hatten schreckliche Angst davor. An diesem neunten Komatag war Silvester. Es war ein wunderschöner, klarer Tag.

Ich werde diesen Moment nie vergessen: Papa und ich saßen bei dir und haben dir von der Sonne draußen erzählt. Wir haben beschrieben, wie schön der Garten aussieht und wie herrlich der Schnee glitzert, und dass alles voller Sonne ist.

Genau in diesem Moment fiel ein Lichtstrahl von draußen durch den Vorhang und dein Gesicht wurde ganz hell, da hast du kurz die Augen aufgemacht und uns angesehen. Unglaublich.

An einem sonnigen Tag wurdest du geboren, und die Sonne hat dich wieder aufgeweckt und zu uns zurückgebracht.«

»Vielleicht war ich auch nur sauer über die Drogenreduzierung?«

»Glaub mir, es war die Sonne. Das ist dein Element.«

»Essen ist mein Element.«

»Das stimmt auch wieder. Ein Teller Spaghetti hätte dich wahrscheinlich auch aufgeweckt.«

»Vermutlich.«

Nachts liege ich auf dem Besucherbett der Ferienwohnung und kann nicht schlafen. Unvorstellbar, dass ich genauso mit einer Woche Bettruhe und ein wenig Antibiotika hätte mein Leben weiterleben können. Ist Weinen denn nicht die natürlichste Reaktion auf Schmerz? Warum hat mich dieser Typ einfach abgeschrieben? In welcher Verfassung hätte ich vor Ort bekommen, was ich auch verdient hätte, was jeder kranke Mensch verdient hätte? Vielleicht war ich aber wirklich so irre, dass jeder Arzt so gehandelt hätte? Wahrscheinlich sind Diagnosen rückwirkend meistens eindeutig, in der Chronologie jedoch eher eine Art Glücksspiel.

Der Schmerz, dem ich kontinuierlich entfliehen will,

legt sich wieder schwer auf meine Brust. Der Gedanke an mein altes Leben tut so unglaublich weh. Ich frage mich, ob sich im Leben des Arztes etwas geändert hat. Weiß er vielleicht sogar, was mir passiert ist? Ich habe keine Ahnung, wie er heißt. Wenn ich gesund werden will, muss ich ihn vergessen, sonst werde ich verrückt.

Leise ziehe ich mich an und gehe vor die Tür. Die kalte Luft schlägt mir ins Gesicht und die Tür zu. Ich rufe die örtliche Taxinummer an und fahre zurück zur Reha, liefere mich sogar am Wochenende freiwillig ein wie eine Geisel mit StockholmSyndrom. Ich weiß, was ich zu tun habe. Meiner Mutter schreibe ich noch eine SMS, damit sie sich keine Sorgen macht.

Die Kliniktür ist glücklicherweise noch auf. Es ist wohl erst halb elf.

Als ich oben im Zimmer ankomme, bemerke ich eine Nachricht, die unter der Tür durchgeschoben wurde. Der Zettel stammt von Heidrun und Irmgard, den beiden Muppets von meinem Frühstückstisch. »Liebe Rahel, leider gibt es schlechte Nachrichten. Sandras Blutdruck ist immer noch zu hoch, und ihr Herz schlägt unregelmäßig. Sie liegt wieder in der Klinik, wird aber bestimmt alles wieder gut. Wir sollen Dich lieb grüßen.«

Ich lese die Nachricht noch mal, weil ich sie nicht glauben kann, aber jedes Mal steht dort dasselbe. Zusammen mit Sandra habe ich permanent die Tage heruntergerechnet, wie lange wir noch bleiben müssen. Sie hatte sich so auf ihre Kinder gefreut, auch jetzt am Wochenende.

Oder war der Besuch vielleicht einfach zu viel für sie gewesen? Sie hat keine Kraft, aber wie soll ein Kind das verstehen, dem Liebe zusteht und Zuwendung? Ich scheitere ja schon an meinem Freund. Oder scheitert mein Freund an mir, weil man mich gerade eben nicht lieben kann?

Ich lege mich aufs Bett und zum ersten Mal seit langer Zeit wehre ich mich nicht gegen den Schmerz, ich lasse ihn ganz tief in mich hinein, bis mein ganzer Körper davon ausgefüllt ist. Ich werde ganz ruhig und fühle Düsterkeit und Wut in mir. Das ist ein neuer Teil von mir, mit dem ich mich vielleicht bekannt machen muss.

Der Kummer breitet sich in meinem Magen aus, der sich sofort zu einem steinharten Klumpen zusammenzieht.

Ich hasse den verdammten Clown. Welcher Vollidiot hat sich eigentlich gedacht, dass man das gerne sehen möchte nach einem Herzinfarkt? Und wieso sitzt der Typ in einem Heißluftballon? Ich reiße das Bild von der Wand und klemme es mir unter den Arm. Heute schaffe ich es. Ich nehme meine Kopfhörer mit und setze mich in Bewegung.

Als ich durch den dunklen Wald laufe, steuere ich mein Tempo, indem ich gefühlte hundert Mal »Inner City Blues« von Marvin Gaye höre und meine Schritte dem Takt anpasse. Düster ragen die hohen Bäume in den schwarzen Himmel. Ich schnaufe laut beim Laufen, warum bin ich immer noch so schwach? Ich muss weiter und weiter. *»This ain't livin'. No, no baby, this ain't livin. Make me wanna holler. The way they do my life. Oh Baby.«*

Ich stürze über etwas, vielleicht eine Wurzel, was auch immer, ist mir egal, ich muss weiter. Ich rappele mich wieder hoch, meine Hose ist nass vom Schnee. Ich zwinge mich zu jedem Schritt, heute gebe ich nicht auf. Ich muss laufen, damit der Schmerz Luft bekommt. Mein Knöchel schmerzt, aber ich habe es fast geschafft. Weiter und weiter folge ich dem holprigen Pfad im Wald, dann den Berg hoch. Ich keuche nur noch, ringe nach Luft. Noch ein Schritt, noch fünf, noch zehn, dann bin ich da.

Das Meer, das Meer schreit mich an, und ich schreie zurück.

Ich schreie und feuere mit aller Wucht das verdammte Bild ins Wasser. Rest in peace, Clownsgesicht. Ich schreie und schreie. Plötzlich höre ich einen dumpfen Knall und noch einen. Dazu splitterndes Glas. Ich schaue in die Richtung, aus der die Geräusche kommen.

»Alles in Ordnung?«, schreit eine laute Männerstimme. Dann entdecke ich eine Partygesellschaft direkt am Strand vor dem Hotel. Ungefähr fünfzig Menschen in langen Kleidern und Smokings mit dicken Pelzen und Daunenmänteln darüber gucken neugierig in meine Richtung.

»Alles okay bei mir, ich musste nur mal kurz schreien.«

»Das kenne ich«, schreit der Mann zurück. »Dann viel Spaß noch.«

»Danke«, brülle ich und sehe wieder aufs Meer. Ich hab's geschafft. Ich bin hier.

Nebenan wird lautstark »Zum Geburtstag viel Glück« angestimmt. In meiner Tasche vibriert mein Handy. Ich weiß, es ist wieder Olli, der versucht, mich zu erreichen, der alles besprechen will. Ich aber nicht. Ich will jetzt das Meer angucken und allein sein.

Das erste Mal seit Langem habe ich das Gefühl, dass ich Luft bekomme, dass ich im Ansatz begreife, was mich da überrollt hat, mich und meine Familie. Ich muss das alles annehmen, meinen Weg weitergehen und die Angst vor dem Schmerz verlieren.

Ich stelle meine Kopfhörer lauter und höre meinen Lieblingssong von Randy Crawford.

»I may get along, when love is gone. Still, you made your mark, here in my heart. One day I'll fly away. Leave your love to yesterday.«

Niemand wird mein Leben wieder richten außer mir, niemals wieder werde ich meiner Mutter und meinem Vater solchen Kummer bereiten. Hier geht es nicht nur um mich und meine kleine Liebesgeschichte, hier geht es darum, dass ich allen schuldig bin, das hier mit aller Kraft zu überwinden. Ich schaffe das.

Lange sehe ich auf das Meer und spüre eine Kraft in mir, die sich durch nichts mehr aufhalten lässt.

Auf dem Rückweg rufe ich Juri an und berichte ihm kurz vom Streit mit Olli. Viel interessanter finde ich aber gerade, wie es meinem Bruder geht.

»Hast du Lissy eigentlich noch mal gesehen, seit eurer Trennung?«, frage ich, als er schon zu diversen tröstenden Worten ansetzen will. Ich höre ihn schwer einatmen.

»Ja, wir waren noch mal essen unten in Tribeca, in unserem Lieblingsladen. Es war trotz allem schön, sie zu sehen.«

»Meinst du, ihr kommt wieder zusammen?«

»Nein, genauer gesagt, war die Erinnerung schön, an

uns, bevor das alles passiert ist. Ich weiß noch, wie ich sie kennengelernt habe auf dieser Silvesterparty in Brooklyn. Als sie hereinkam, ist mir fast der Atem gestockt, so schön war sie. Und dann ist sie mit ihren High Heels die Feuerleiter raufgestiegen aufs Dach und hat mich angesehen und gerufen: ›What the fuck are you waiting for? You wanna kiss me or not?‹ Es war die beste Nacht meines Lebens. Ich wusste von Anfang an, dass sie ein bisschen irre ist, aber es war nie auch nur eine Sekunde langweilig mit ihr. Was noch viel besser war als ihre Schönheit, war ihr beeindruckender Verstand. Alles, was sie sagte, war klug und verwegen und unerwartet. Und mit welcher Wucht sie mich lieben konnte, hat mich umgehauen.«

»Es tut mir echt leid, was passiert ist, und dass ich quasi an eurer Trennung schuld bin. Nimm bitte keine Rücksicht auf mich, falls du sie zurückwillst.«

»Tja, selbst im Koma noch die nervige kleine Schwester.« Wir lachen. Dann stöhnt Juri gequält.

»Es geht aber leider nicht, sosehr ich sie vermisse, weil klar ist, dass es keine Rolle mehr spielt, ob wir den gleichen Humor haben oder ob wir uns generell gut finden oder tollen Sex haben. Ich weiß, dass sie mich im Stich lassen würde, und sie weiß es auch. Sie schämt sich und würde sicher alles tun, um es rückgängig zu machen, da gibt es aber nichts. Manchmal reicht bereuen eben nicht. Es reicht auch nicht, dass man sich liebt. Im Leben geht es um mehr, viel mehr, und das ist einfach nicht da. Mir war vorher auch nicht klar, dass es tatsächlich Menschen gibt, die, auch wenn sie wollen, nicht zur Hingabe und Selbstlosigkeit fähig sind.

Vielleicht musste sie im Leben auch so viel kämpfen, dass sie es verlernt hat. Ich könnte nicht ertragen, dass sie sich im Zweifelsfall sofort verpissen würde, und sie könnte nicht damit leben, dass ich das von ihr weiß. Die gute Nachricht ist: Die Burger, die wir da gegessen haben, waren sehr gut.«

»Wenigstens auf das Walkers kann man sich verlassen.«

»Das ist auch was wert. In Zukunft gehe ich eben mit meinen fünfundzwanzigjährigen Affären in meinen Lieblingsladen.«

Ich muss lachen. »Das verbiete ich dir, du wirst bitte keiner von diesen bemitleidenswerten Typen, die sich heimlich Haare aufsprühen und Sakkos mit witzigen Details tragen, um jugendlich-salopp zu wirken.«

Juri lacht. »Ich bin wahrscheinlich nur eine weitere Trennung von einem dreifarbigen Anzug entfernt.« Es entsteht eine kurze Pause, dann spricht Juri ernster weiter. »Es ist im Moment eigentlich ganz gut, dass ich keine Freundin habe. Ich muss das, was passiert ist, am besten erst mal alleine verarbeiten.«

Das versetzt mir einen Stich, ich will nicht, dass mein Bruder leidet. »An was denkst du denn da genau, wenn du vor dich hin verarbeitest?«

Er atmet angestrengt aus. »Willst du's wirklich hören?«

»Mach dir um mich keine Sorgen, ich krieg' das alles gut hin. Ich werde hier ja schließlich von Spezialisten betreut.«

»Na gut, also ich denke immer wieder an diesen Tag, als sie dich ins Koma versetzt haben. Papa hat mich angerufen. Genau wie bei euch war in New York absolutes Schneechaos. Als Lissy und ich am JFK ankamen, war der gesamte

Flughafen voller Menschen, deren Flüge gestrichen worden waren. Es war ein Albtraum. Dann schnappte Lissy das Gerücht auf, dass doch zwei Maschinen rausgehen sollten.

Eine sollte nach Israel gehen und wegen der aufwendigen Sicherheitsvorkehrungen möglichst bald den Flughafenbereich verlassen, die zweite ging nach Rom. Ich rannte durch die Halle zum erstbesten Schalter. Dort standen bereits circa zweihundert Leute, die genau dasselbe wollten wie ich. Ich bettelte irgendeinen alten Opa an, mich bitte vorzulassen. Die Stewardess sah mich schon schlecht gelaunt an. Ich sagte zu ihr mit allem Pathos, das ich besitze: ›Please, this is no joke. My sister is very sick. Please get me on this flight. My sister might possibly die and this could be the last time I can see her. It's my little sister.‹«

Ich habe ihr ein Bild von dir auf meinem Handy gezeigt. Sie hat erst ungläubig aufgeschaut, aber dann in meinen Augen gesehen, dass es wahr ist. Sie konnte mir nichts versprechen, aber sie hat uns auf irgendeine Liste gepackt. Wir haben die Plätze tatsächlich bekommen und zwei, drei Stunden später konnten wir boarden. Es war der längste Flug meines Lebens. Ich habe auf meinem Platz gesessen und keinen Ton gesagt, ich habe das Universum angebettelt, dass es dich durchhalten lässt. Ich musste die ganze Zeit daran denken, wie wir im letzten Sommer im Central Park waren und du die Eichhörnchen so geliebt hast. Das war das letzte Bild, das ich von dir im Kopf hatte, und ich habe es den ganzen Flug lang nicht losgelassen.« Ich bin erstaunt über die wiederkehrende Symbolik. »Eichhörnchen pflasterten ihren Weg« wird eines Tages in meinem

Wikipedia-Eintrag stehen. »Nach der Landung in Rom war ich fix und fertig. Lissy wollte dauernd wissen, ob es Neuigkeiten gibt, sie hat sich Sorgen gemacht und konnte die Ungewissheit nicht aushalten. Ich wollte mein Handy nicht anmachen. Ich habe es auf dem Weg zum Flughafenbus in meiner Tasche gespürt, aber ich habe es nicht übers Herz gebracht, meinen Code einzugeben, ich hatte solche Angst vor der schlimmsten Nachricht meines Lebens.

Bevor es endlich von Zürich nach München ging, habe ich angerufen. Du warst am Leben, aber sehr, sehr schwach. Mama hat versucht, tapfer zu klingen, aber ich konnte an ihrer Stimme hören, dass es wahnsinnig schlecht aussieht. Nach fast zwanzig Stunden Reise sind wir dann direkt zum Krankenhaus gefahren. Du sahst unwirklich aus. Schneeweiß und ohne eine einzige Regung. Dann erst habe ich alles geglaubt. Ich habe, so verrückt es auch klingt, den ganzen Weg lang gedacht, dass die sich vielleicht alle täuschen und dich verwechselt haben. Ich kann dann an dein Bett treten und sagen: Das ist sie nicht, das ist eine komplett andere lockige, dünne Frau, die da ins Koma versetzt wurde. Und dann rufe ich dich in Berlin an, und wir amüsieren uns über die irrwitzige Verwechslung. Das warst aber du, die da lag. Das warst ganz sicher du.«

Ihm kippt die Stimme weg. Dann ist es still. Ich höre ihn nur schwer und unregelmäßig atmen.

»Juri, sag mal, weinst du?«

»Na klar, weine ich. Was denkst du denn?«

»Es tut mir leid, unendlich leid, dass ich dir wehgetan habe.«

»Ach Quatsch. Ausnahmsweise warst du ja gar nicht schuld«, sagt er mit belegter Stimme.

»Ich muss dir noch etwas sagen«, gestehe ich zögerlich. »Es kann sein, dass ich einen Herzfehler habe, das hat eine Ärztin hier gesagt.«

Kurz ist es still in der Leitung. Ich kann Juri tief atmen hören, und dann: »Quatsch, du hast keinen Herzfehler. Deine Herzklappen sind geschwollen, das ist alles.«

»Das kannst du doch gar nicht wissen!«

»Jetzt tu nicht so, als wäre dir noch nie eine Fehldiagnose passiert.«

Mein Bruder ist wirklich ein Klugscheißer.

Am übernächsten Tag, als ich schon sämtliche Nebenstellen der Krankenhausnummer auswendig kann, bekomme ich tatsächlich Schwester Meral an den Hörer und schildere ihr meine Diagnose. Die letzten beiden Tage waren ein einziger Albtraum, und ich brauche endlich Klarheit. Ich bitte Meral, in meiner Patientenakte nachzusehen, was dort über meinen Herzklappenfehler steht. Sie seufzt und teilt mir mit, dass solche Auskünfte nur ein Arzt geben darf. Das dachte ich mir schon. Ich bin enttäuscht, aber da lässt sich wohl nichts machen, so viel habe ich inzwischen über Krankenhäuser gelernt. Es ist schlimmer als beim Amt. Alles muss nach den Vorschriften gehen, bloß keine Ausnahmen.

Ich will mich gerade verabschieden, als ich Merals Grinsen förmlich durchs Telefon höre, und sie sagt: »Ich darf Ihnen nichts sagen über einen möglichen Herzklappenfehler, wirklich gar nichts, das ist mir strengstens untersagt. Ich halte mich natürlich an die Regeln, denn so ein Mensch bin ich. Sie müssten den Professor um eine Auskunft bitten über den möglichen Herzklappenfehler, der mir allerdings, wenn ich das erwähnen darf, mit Sicherheit beim Durchgehen der Patientenakte aufgefallen wäre. Ich darf nichts verraten, kann aber nur sagen, dass ich eine sehr gute und aufmerksame Leserin bin. Auch meine Schwesternausbildung war nicht umsonst, wenn ich jetzt mit Sicherheit sagen kann, dass mir da, außer der bekannten Schwellung der Wände, gar nichts auffällt, und ich habe ein Auge dafür.«

»Für Herzen? Ja, das haben Sie. Also keine defekten Klappen?«

»Das habe ich nicht gesagt.« Sie macht eine kurze Pause, kichert. »Aber mit an Sicherheit grenzender Wahrscheinlichkeit eventuell gemeint.«

Sie kichert jetzt laut hörbar. In diesem Moment liebe ich sie so sehr, und ich weiß jetzt schon, dass ich ihr das niemals vergessen werde. Genau das sage ich ihr.

»Wieso? Ich habe doch gar nichts verraten. Haben wir miteinander telefoniert?«

»Nein, ich habe hier sowieso kein Netz an der Ostsee.«

»Sehen Sie? Sie können gar nicht angerufen haben. Es könnte aber sein, dass ich generell mit dem Professor noch mal über Herzklappenfehler spreche und Bescheid gebe, falls ich eine Ungereimtheit finde. Und jetzt bitte weiter tapfer sein und kämpfen. Ich glaube an Sie.«

SICHERHEIT

Die nächsten beiden Wochen gehen schneller vorbei, als ich dachte. Jeden Tag war ich jetzt am Meer und habe die Wellen angesehen. Mal fiel mir der Weg leicht, mal dauerte es ewig. Aber ich habe nicht aufgegeben, bis ich direkt am Wasser stand. Wie wunderschön die Natur ist, die meine Seele füttert.

Heute habe ich das letzte Mal das Meer gesehen, heute packe ich meinen Koffer. Es ist keine Spur von Wehmut dabei, ich will endlich wieder frei sein oder zumindest wieder mein Mittagessen selbst aussuchen dürfen. Wenn ich ganz verrückt bin, könnte ich ja sogar mal auf einen Pfefferminztee in eine Bar gehen und mit gesunden Leuten sprechen. Mir fehlt mein normales Leben sehr, auch wenn ich natürlich nicht weiß, ob es jemals wieder so wird wie vor dem Koma.

Plötzlich erscheint die Nummer der Herzklinik auf meinem Display. »Frau Wald«, tönt es mit tiefer Stimme, »ich habe mir Ihr Herz noch mal angesehen.« Ganz leise sage ich: »Ja?«

Ich sitze schon abfahrbereit zwischen meinen Reisetaschen in der auberginefarbenen Lobby, die hilflos mit giftgrünen Chiffondeckchen dekoriert ist. Als mir die Stimme des Herzklappengottes entgegenschallt, richte ich mich ruckartig kerzengerade auf, versuche, ruhig zu atmen, und schließe die Augen. Hoffnung zu haben ist einfach verdammt schwierig. Ich habe Angst vor einem Satz, den ich nicht hören will. Die Fingernägel meiner freien Hand bohren sich in meinen Oberschenkel.

»Die Kollegin aus der Reha hat mir auch noch mal neuere Aufnahmen zukommen lassen! Also, die Herzwände sind immer noch stark geschwollen, das hat sich nicht groß verbessert.« Ich will schreien, bohre meine Nägel noch tiefer ins Fleisch. Und dann: »Wie lange sind Sie noch in der Reha?«

»Ich reise heute ab«, sage ich kaum hörbar.

»Das hätte ich Ihnen auch geraten! Die Kollegin habe ich eben ganz schön zusammengefaltet! Also das mit dem Herzfehler ist kompletter Blödsinn!«

Ich bin mir unsicher, ob ich ihn richtig verstanden habe: »Mein Herz ist also nur geschwollen, aber da ist keine Fehlstellung der Herzklappen, oder so?« Noch eine Sekunde die Hoffnung unterdrücken und zuhören, vielleicht meint er ja doch etwas anderes?

»Korrekt, Ihre Herzklappen schließen vorschriftsmäßig, und der Kollegin würde ich empfehlen, sich eine Brille zuzulegen!« Er lacht schallend über seinen eigenen Witz. Ich lasse meine Hoffnung von der Kette und lache schallend mit. Ich bin unglaublich erleichtert.

Natürlich hat die Sache einen Haken.

»Hören Sie, wenn sich an der Verdickung nichts ändert, muss ich noch mal ins Herz rein! Dann brauche ich eine Gewebeprobe.«

Ich wusste doch, dass es ein Fehler ist, die Hoffnung frei zu lassen. »Okay?«, sage ich besorgt.

»Sie gehen jetzt zu keinem anderen Kardiologen mehr, Sie kommen in sechs Wochen zu mir, so hat die Heilung noch ein bisschen Zeit, und dann entscheiden wir, in Ordnung? Und machen Sie keinen Hochleistungssport jetzt und kein Stress bitte!«

»Ja, mache ich. Danke für Ihren Anruf! Was heißt denn das ›ins Herz rein‹?« Er antwortet nicht mehr, weil er schon aufgelegt hat. Soziale Kontakte und Manieren sind wohl einfach nicht sein Schwerpunkt.

Meine Mutter ruft an, im Hintergrund höre ich sie in der Handtasche rascheln. Dann ruft sie noch mal an, legt sofort wieder auf, dann klingelt es noch mal.

»Dieses verdammte Telefon ist so klein, es rutscht mir dauernd aus der Hand! Warst du schon dran?« Und wieder legt sie auf. Dann klappt es: »Ist bei dir noch Platz im Koffer?«

»Wie viel Platz?«

»Für Pullover und Mitbringsel.«

»Gab es wieder Schnäppchen?«

»Ja gut, ich habe ein paar notwendige Dinge gekauft. Ich kann hier ja auch nicht in Lumpen herumlaufen.«

»Ich sage ja gar nichts.«

»Ich hätte auch noch ein, zwei Paar Stiefel und diverse Turnschuhe, aber die kann ich vielleicht auch hinterherschicken lassen. Hast du eine Ahnung, wie das geht mit dem Hinterherschicken?«

»Kauf dir doch vielleicht lieber noch einen Koffer.«

»Ich habe mir ja schon einen gekauft, aber es ist auch verdammt wenig Platz in diesen Dingern.«

»Sind das alles neue Sachen?«

»Ich muss mich hier nicht erklären wie vor Gericht! Ich brauche keine drei Koffer!«

»Offenbar doch.«

»Es sind nur ganz leichte Pullover, ich weiß gar nicht, wieso ich mich hier so rechtfertige!« Na gut.

Irgendwann fährt das Abholtaxi vor, und der Fahrer schafft es tatsächlich, alles unterzubringen. Meine Mutter nickt zufrieden.

»Siehst du, es war doch überhaupt kein Problem! Ich weiß gar nicht, wieso du mich so spießig gemaßregelt hast.«

Ich will noch sagen, dass ich ja gar nichts gesagt habe, aber da ist meine Mutter schon dabei, die angemessene Autoinnentemperatur anzusagen.

Endlich geht es nach Hause. Ich weiß, jetzt wird alles gut.

NO PLACE LIKE HOME

Zum zweiten Mal nach sechs Wochen gehe ich die Treppen zu unserer Wohnung hinauf, erfreulicherweise im doppelten Tempo und ohne anzuhalten. Ich fühle mich wie in *Rocky 1*, als ich oben ankomme und siegessicher die Arme in die Luft recke. Es ist zwar immer noch Schneckentempo, aber immerhin eine schnelle Schnecke. Meine Mutter lacht und macht ein Handyfoto. Obwohl Olli eigentlich bei der Arbeit sein müsste, weht mir bereits vor der Wohnungstür köstlicher Essensduft in die Nase. Will er mich überraschen?

Wir haben seit dem Streit nicht mehr gesprochen, nur per SMS vereinbart, noch mal neu anzufangen und nicht mehr sauer aufeinander zu sein.

Vorfreudig stecke ich den Schlüssel ins Schloss und höre eine bekannte Stimme, die sagt: »Verdammte Scheiße, das sieht aus wie der Auswurf alter Männer, das kann kein Mensch essen!«

Mein Herz macht einen Satz, und ich schließe meinen Bruder in die Arme.

»Juri, was machst du denn hier?«

»Ich habe nichts verraten, habt ihr wohl nicht gedacht, dass ich das hinbekomme!«, ruft meine Mutter aus dem

Flur, den ersten der vielen Koffer hinter sich herschleifend. Juri läuft schnell die Treppe herunter und holt den Rest des Gepäcks.

»Wer ist denn ihr?«, rufe ich ihm hinterher. Im gleichen Moment erhebt sich meine große karierte Fernsehdecke verschlafen vom Sofa, reibt sich die Augen und schließt mich dann in seine Arme. »Papa!« Ich bin gerührt über die beste Begrüßung, die ich mir vorstellen kann.

Der Tisch ist wunderschön gedeckt mit Kerzen und allen möglichen leckeren Kleinigkeiten wie Käse, Salat, Hummus.

Nur Olli fehlt, aber das drücke ich weg.

»Das sieht ja widerlich aus, was ist das?«, sagt meine Mutter, als sie in eine große Schüssel schaut.

»Das ist mein Spezial-Baba-Ghanoush, schlimmer als Krankenhausessen kann es nicht sein.«

»Ah, die Kotze alter Opas«, sage ich, als ich in den Topf gucke, und stelle alles auf den Tisch. Es ist das schönste Essen seit Monaten. Mein Vater lehnt sich immer wieder zu mir herüber und streichelt meinen Arm. Jedes Mal, wenn ich mehr Essen auf meinem Teller auftürme, sagt er: »Gut, gut, sehr gut.« Und nickt zufrieden.

Nach der vierten Portion wechsele ich von meiner im Laufe der letzten Wochen hauteng gewordenen Jogginghose in Ollis großen Bademantel.

Ich erfahre, dass Juri am nächsten Tag an seiner alten Uni einen Gastvortrag über Thomas Mann und die Musik oder Ähnliches, von dem ich keine Ahnung habe, halten wird und dann einen Tag später schon wieder fliegt. Auch meine Eltern werden dann den Heimweg antreten. So gerne ich alle hier habe, ich weiß, dass es Zeit ist, wieder wie eine Erwachsene zu leben. Aber bis dahin werde ich noch ein wenig Kind sein.

Ich schlafe umhüllt von den lachenden Gesprächen auf meinem Sofa ein. Als Olli kommt und mich küsst, ist es schon spätabends. Ich bin überrascht von mir selbst, als ich bemerke, dass ich nicht im Geringsten das Bedürfnis habe, direkt und bis in die frühen Morgenstunden kleinteilig Ollis und meinen Streit zu besprechen. Ich habe jetzt keine Lust darauf und fühle mich ausnahmsweise nicht zuständig für das Gelingen unserer Beziehung, was sich ziemlich erleichternd anfühlt. Werde ich jetzt etwa erwachsen?

Als ich Olli auf Zehenspitzen in unser Schlafzimmer folge, entdecke ich meinen schlafenden Bruder und meine Eltern, die den Raum bis auf den letzten Zentimeter mit ihren Luftmatratzen ausgefüllt haben.

Olli und ich lassen uns aufs Bett fallen und haben das erste Mal wieder Sex, untermalt vom lautstarken Geschnarche meiner gesamten Familie.

Warum habe ich mir so viele Gedanken gemacht? Wieso hatte ich solche Angst davor? Als es passiert, ist es so selbstverständlich und schön, als wäre nie etwas gewesen. Ganz so, wie wir es uns vorgenommen haben.

Wieso denke ich eigentlich immer, dass man alles besprechen und totreden muss? Muss man eben nicht. Die Welt kann auf wundersame Weise auch komplett ohne meine neurotische Betrachtungsweise existieren, und ich bin genauso überrascht wie erfreut darüber.

Olli und ich kichern noch eine Weile über das dreioktavige Schnarchinferno nebenan.

Früher war es mir immer peinlich, dass wir keine Hotelfamilie sind. Ollis Eltern schlafen immer woanders, beziehungsweise sie »steigen irgendwo ab«, wie sie es nennen. In meiner Familie sieht es keiner ein, für ein Hotelzimmer Geld auszugeben, solange auf einem Boden noch ein Zentimeter Platz ist.

Außerdem sind wir, wie ein Hunderudel, am liebsten immer dicht zusammengedrängt an einem Ort. Bei uns wird es erst richtig gemütlich, wenn mindestens acht Personen auf dem Sofa sitzen und man den Atem des anderen im Ohr spürt.

Ollis Eltern haben gerne Privatsphäre, meine wissen gar nicht, was das ist.

Davon kann sich am nächsten Morgen auch Olli zum hundertsten Mal überzeugen, als mein Vater »nur mal kurz, leise wie ein Mäuschen« seine Blase entleeren will, während mein Freund unter der Dusche steht. Als ich meinen Vater deswegen tadele, weist er den Vorwurf empört von sich: »Was denkt er denn, was ich mir da anschauen will? Dein Freund ist ja pervers!« Kopfschüttelnd geht er ins Wohnzimmer, mit Ollis Deo in der Hand.

Ich nehme es ihm schnell weg und bringe es zurück ins Bad, während ich gleichzeitig meine Mutter wegschiebe, die sich auch mit durch die Tür drängen will: »Nur ganz kurz die Lippen nachziehen. Der Olli kennt mich doch!«

Ich sehe ein, dass es schwierig ist, mit meiner Familie klarzukommen, auf der anderen Seite: Muss man sie nicht auch lieben, wenn man mich liebt? Sie sind ja auch nur so geworden, weil es bei ihnen immer eng war, mit dem Geld und in den Wohnungen.

Mein Vater schlief nach dem Krieg mit seinen drei Brüdern bei seiner Mutter im Zimmer, dem einzigen Raum der Wohnung, der nicht ausgebombt worden war. Meine Mutter lebte mit ihren Eltern, Großeltern und vier Geschwistern in einem Zimmer zur Untermiete bei einer garstigen alten Berlinerin.

Auch als mein Bruder und ich klein waren, gab es nie viel Platz. Wie die Ölsardinen stapelten wir uns in unserer Mini-Mietwohnung, in der immer mindestens drei bis vier Nachbarskinder und deren Eltern zu Besuch waren. Jeder, der klingelte, wurde hereingelassen und bekam einen Teller zusammengewürfelten Auflauf auf unserem seit den Siebzigerjahren ebenfalls zusammengewürfelten Geschirr. Das könnte ein Grund dafür sein, dass mir das Wort »nein« so wahnsinnig schwerfällt. Bei uns zu Hause ging es viel um fremde, wenig um eigene Bedürfnisse.

Es wird das schönste Wochenende, das ich mir hätte vorstellen können, mit viel Gelächter, Essen und gemütlichen Spaziergängen, die ich alle komplett bewältige. Wie viel Glück und Liebe ausmachen bei einer Heilung, war mir vorher nie klar. Nach drei Tagen zu Hause fühle ich mich so gut wie seit Monaten nicht.

Am Montag fahre ich noch mit Juri an die Universität, eigentlich um seinem Vortrag zu lauschen. Seit heute Morgen höre ich auch im Hörsaal wieder und wieder »Retrograde«, den Gospelsong von James Blake auf meinen Kopfhörern und kann nicht damit aufhören. Die Einsamkeit, die in jeder einzelnen Note zu hören ist, die mir aus jeder Zeile entgegenfließt, nimmt mich völlig gefangen.

You're on your own
In a world you've grown
Few more years to go
Don't let the hurdle fall
So be the girl you loved
Be the girl you loved

I'll wait
So show me why you're strong
Ignore everybody else
We're alone now

I'll wait
So show me why you're strong
Ignore everybody else
We're alone now

Suddenly I'm hit
Is this darkness or the dawn

Bin ich eigentlich schon die ganze Zeit so einsam wie der Typ in dem Song? Er wartet auf seine Freundin, die sich entfernt hat, und der Schmerz quält ihn. Worauf warte ich die ganze Zeit? Glaube ich wirklich daran, dass mich mein Freund ganz und gar lieben kann, so wie ich es mir vorstelle? Liegt das Problem vielleicht bei mir? Warum gebe ich immer ab Sekunde eins mein ganzes Herz, ohne Kontrolle und ohne Sicherheitsvorkehrungen? Mein Magen krampft sich zusammen bei dem Gedanken, dass Olli mir vielleicht gar nicht so nah sein will wie ich ihm. Ich bekomme es ums Verrecken nicht hin, einfach mal einen Gang herunterzuschalten. Gibt es diese alles umfassende Liebe überhaupt?

Ich muss an meine Liebesgeschichten denken, bei denen ich immer mein Herz geopfert habe, aber nie genug bekam von dem, was ich mir erhoffte.

Auch bei Olli war ich diejenige gewesen, die angerufen hatte und eine Verabredung herbeitrickste, weil ich zufällig in der Gegend war, weil ich schon Karten für irgendwas hatte oder weil ich zufällig einen Zeitungsartikel über ein gemeinsames Gesprächsthema gefunden hatte.

Dass ich diesen Artikel, statt zu arbeiten, stundenlang recherchiert hatte, verschwieg ich natürlich.

Ich war nicht stolz auf mein Klettendasein, aber auch nicht in der Lage, es zu ändern. Ich habe bis heute keine Ahnung, wie jemand es schafft, länger als einen Tag auf ein zweites Date und länger als eine Stunde auf eine SMS zu warten, ich kann es auf alle Fälle nicht.

Seit ich denken kann, muss ich mein Zuviel an Gefühl im Zaum halten wie ein Raubtierdompteur. Das Vortragen großer Emotionen, was bei uns zu Hause gelobt wurde, war in der wirklichen Welt falsch. Zu viel Gefühl, zu viel Dramatik, zu viele Probleme, zu viel von allem. Wahrscheinlich war ich genauso viel zu viel, wie es meine Mutter und eventuell auch ein wenig mein Bruder sein konnte.

Keine Liebe gab mir das, was ich suchte, bis ich irgendwann zu dem Schluss kam, dass ich fehl am Platze war und mein übertriebenes Verlangen damit auch. Bei uns zu Hause wurde jedes Gefühl sofort und lautstark benannt. Alles wurde immer sofort besprochen.

Auch wurde man sofort an die Wand genagelt, wenn man seine Versprechen nicht einhielt. Mir kam es gar nicht in den Kopf, dass es die Option gab, dass mein Vater zu unserer gemeinsamen Bastelverabredung einfach nicht erscheinen könnte. Mit diesem Musterbeispiel an Zuverlässigkeit als Basis gestaltete ich meine Erwartungshaltung in Bezug auf Dates und Tinder.

Unfähig, meine Kindheit hinter mir zu lassen, versetzte mich jeder Typ in Erstaunen, der nicht zurückrief oder der die Planung eines nächsten Treffens aussehen ließ wie diplomatische Verhandlungen zwischen zwei verfeindeten Staaten. Ein ums andere Mal handelte ich wider besseres Wissen so, wie ich es in frühester Kindheit gelernt hatte: Ich nagelte die Typen verbal an die Wand, trieb sie in die Enge, wollte genau über die Probleme bei der Terminfindung informiert werden und verlangte Entschuldigungen für versäumte Anrufe. Ich hätte sie einfach ignorieren und abschreiben sollen, aber das konnte ich irgendwie nicht.

Meine andere schlimme Macke war mein überbordendes Verlangen nach Verschmelzung. Beim Sex an sich hatte mir das zwar stets großen Applaus eingebracht, beim Drumherum leider nicht.

Bei Ollis und meinem zweiten von mir herbeigeführten zufälligen Treffen in seiner Lieblingsbar, die ich auf Instagram gefunden hatte, verriet ich mich und mein erbärmliches Groupieverhalten dadurch, dass ich mich dabei ertappen ließ, wie ich heimlich an seiner Jacke roch.

Vor lauter Schreck riss ich den Mantel von der Garderobe ab und warf ihn als Übersprungshandlung die Treppe zur Toilette hinab, wo er umgehend vollgekotzt wurde. Beschämt wandte ich den Blick von Olli ab und tippte hektisch auf meinem Handy herum, als müsste ich eine große Tinderkonferenz organisieren. Trotzdem wusste ich, dass sich soeben meine Psychoseele offenbart hatte, und nahm mir vor, das unvermeidliche Ende unseres Flirts mit Würde entgegenzunehmen. Doch stattdessen sagte Olli einfach nur: »Das passiert mir wahnsinnig oft. Es ist manchmal aber auch eine Last, wenn man so gut riecht wie ich. Denk an die ganzen läufigen Hunde, die mir folgen.«

Darauf folgte zu meiner Verwunderung ein beidseitiger Lachkrampf und anschließend unsere erste Liebesnacht.

Ich bin tatsächlich immer noch erstaunt darüber, mit welcher Selbstverständlichkeit Olli mit all meinen Macken umging, mit Teilen von mir, die ich alles andere als liebenswert fand. Er war der Erste und wahrscheinlich der Einzige, der mich so liebte, wie ich bin. Und tatsächlich besserten sich meine Obsessionen über die Jahre, bis ich nur noch wirkte wie eine fast normal neurotische Frau.

Nur leider habe ich jetzt nicht so viel Kraft wie sonst. Im Prinzip bin ich ja noch dünnhäutiger als üblich, und das macht mir Angst.

Was mache ich bloß, wenn wir es doch nicht schaffen sollten? Einen guten Abend haben wir jetzt hinbekommen, aber halten wir das durch?

Die Studenten kleben an den Lippen meines Bruders, der wirklich ein guter Lehrer ist. Hochseriös und auf eine gewisse Art auch lässig, steht er vorn im Hörsaal und referiert über Sublimierung der Leidenschaft und unerwiderte Liebe. Im Prinzip könnte es genauso gut um mich gehen. Thomas Mann bin ich, allerdings ohne das dichterische Talent. Die Melancholie packt mich und lässt mich nicht mehr los.

Später, als ich mit Juri kurz vor seinem Abflug beim Mittagessen sitze, erzähle ich ihm, was mich umtreibt: »Ich kriege es nicht geregelt, nicht so wie andere, auch mal cool zu bleiben, nicht alles als Zurückweisung zu interpretieren. Im Prinzip bin ich eine Psychopathin, die gerne mit jemandem zusammen wäre, der krankhaft auf sie fixiert ist. Ich spüre ja, dass Olli sich bemüht, aber wenn ich ehrlich bin, reicht mir das nicht. Ich bin quasi einen Schritt entfernt vom Kannibalen von Rothenburg. Immerhin sehe ich schon danach aus, als hätte ich jemanden gegessen. Ich habe mich in die Schweinekoteletts aus der Reha verwandelt.«

»Hast du nicht. Ich dachte, ihr versteht euch so gut, Olli und du.«

»Mal ja, mal nein. Ich muss wieder richtig zu mir finden und auch mal wieder Geld verdienen. Außerdem sind meine Oberarme mittlerweile genauso dick wie eins von Ollis Beinen, ganz zu schweigen von meinem Hintern. Wahrscheinlich könnte ich ihn töten, wenn ich mich auf ihn setze. Das kombiniert mit meiner emotionalen Bedürftigkeit ist natürlich ein unwiderstehliches Paket.«

»Ja, sehe ich genauso, du bist nur etwas wert, wenn du dünn und reich bist und eine verführerische emotionale Kälte ausstrahlst.« Er grinst mich an.

»Du bist doch der Erste, der sich in jede Psychofrau verknallt, die ihm über den Weg läuft.«

»Das ist mein Hobby, ich will wahrscheinlich meine Mutter heiraten oder irgendwas noch Schrecklicheres, das musst du mir lassen, aber du bist meine Schwester und hast Besseres verdient.«

»Ich liebe ihn.«

»Bist du dir da sicher?«

»Fragte er die Schwester mit den Eichhörnchenhalluzinationen. Wirklich, frag mich so was nicht. Ich kann gerade nur in ganz kleinen Zeitabschnitten denken. Manchmal wünsche ich mir einfach nur, dass er von sich aus fragt, ob er mir bei etwas helfen kann, oder dass er mal wieder schön mit mir essen gehen will. Wahrscheinlich tut er das auch, nur ich habe einen Tunnelblick und bemerke es nicht richtig. Für richtige Restaurants bin ich ja auch sowieso immer zu müde.«

»Hilft er dir oder hilft er dir nicht?«

»Doch, doch, klar. Er kauft auch oft ein und fragt mich, wie es mir geht. Ich bilde mir aber ein, die Ungeduld darunter herauszuhören. Wie lange geht das noch? Wie lange hat sie vor, den sterbenden Schwan zu spielen?«

»Du *bist* der sterbende Schwan. Du spielst das nicht, du hast das Recht dazu.«

»Dich nerven Frauen doch schon, wenn sie einmal zu oft anrufen, beziehungsweise wenn du dir in deinem kranken Hirn einbildest, dass das eine Mal zu viel gewesen sein könnte.« Er lacht.

»Ich kann nichts dafür, wenn die ihre Finger nicht stillhalten können. Außerdem stimmt das nicht. Es ist bei mir nun mal so, dass die Falschen zu oft anrufen und die Richtigen zu psycho sind, um sich überhaupt zu melden. Abgesehen davon, darf man jemanden, den man liebt, immer und zu jeder Tageszeit strapazieren, wenn es wirklich um etwas geht. Dann ist es die Pflicht des anderen, seine eigenen Bedürfnisse zurückzustellen und damit klarzukommen. Genau das ist gemeint mit den guten und den schlechten Zeiten. Es geht da um eine grundsätzliche Haltung und die Stärke, vorbehaltlos für jemanden da zu sein. Für eine große Liebe kann man alles Mögliche aushalten, wenn man mit Leichtigkeit zurückstecken kann. Du musst Olli aber zugestehen, dass er es vielleicht nicht immer so perfekt hinbekommt, wie du dir das vorgestellt hast.«

Trotz seiner zahlreichen Frauenprobleme finde ich meinen Bruder in diesem Moment sehr weise. Ich frage mich, wieso er sein gesammeltes Wissen nicht auf sich selbst anwendet. Schade, dass mein Freund nicht so stark ist wie mein Bruder, der immer Geduld und Verständnis für mich zu haben scheint.

Vielleicht ist die Situation für Olli auch ungerecht, da Juri und ich uns genau kennen, wie sich eben nur Geschwister kennen. Einerseits streiten wir uns auch öfter als Olli und ich, aber die telepathische Gedankenübertragung ist wahrscheinlich unschlagbar. Vielleicht habe ich auch selbst zu wenig Liebe für meine derzeitige Schwäche und misstraue deswegen Ollis Bemühungen.

Wahrscheinlich muss man ohnehin bei sich anfangen. Ich nehme mir vor, meinen wieder aufkommenden, unstillbaren Liebeshunger vielleicht zur Abwechslung einfach mal gernzuhaben, statt ihn wegzudrücken und zu verurteilen. Vielleicht besteht meine Hauptaufgabe darin, mich selbst zu trösten.

Jetzt heißt es, erst mal Abschied nehmen, was mir noch schwerer fällt, als ich ohnehin geahnt habe.

Erst muss Juri in das Taxi zum Flughafen, dann stehe ich traurig vor dem Taxi, in das meine Eltern einsteigen. Mein Vater nimmt mich in den Arm und sagt immer wieder: »Ein Anruf von dir und wir kommen. Du wählst die Nummer, zack, sind wir da.«

Meine Mutter weint und sagt die ganze Zeit: »Oder wir bleiben gleich? Sollen wir nicht lieber bleiben?«

»Nein, sage ich. Ich muss jetzt mal alleine klarkommen. Ich fühle mich gewappnet für Supermarkteinkäufe und die Erstellung von Kinofilmen in meinem Gehirn«, sage ich mit fünfzig Prozent Überzeugung und hundert Prozent Wunschgedanken.

Mein Vater zuckt mit den Schultern. »Na gut, ich hatte gehofft, wir könnten für immer bei dir einziehen und deine persönlichen Betreuer werden.«

»Das klingt verführerisch, aber nein.«

Ich winke ihnen hinterher, bis sie mit dem Taxi um die Ecke gebogen sind. Jetzt muss ich wohl noch mal von vorne erwachsen werden. Mit wackeligen Knien gehe ich zurück ins Haus.

Meine erste Tat ist das hektische Verschlingen von mehreren Käsebroten, nach denen ich zwar immer noch Hunger habe, mich aber zum Aufhören zwinge. Wie dick soll ich noch werden? Irgendwann passe ich nicht mehr durch die Tür.

Es ist sehr still in der Wohnung, wenn Olli nicht da ist und ich nichts zu tun habe. Also schreite ich zur Tat, um wieder eine für die Gesellschaft wichtige Bürgerin zu werden. Auf meinem Schreibtisch liegt ein Stapel Post, den nehme ich als Erstes in Angriff. Die ersten drei Umschläge enthalten Krankenhausrechnungen von insgesamt zwanzigtausend Euro. Die pure Existenzangst kriecht mir in den Nacken. Muss ich das vorstrecken? Ist da ein Eigenanteil dabei und wie viel kommt da noch?

Ich rufe Stefan, den Produzenten an, der inzwischen tatsächlich mein Geld überwiesen hat.

»Hi, ich bin's, Rahel. Ich kann arbeiten. Ich würde jetzt mit dem neuen Buch anfangen, wenn das okay ist.«

Natürlich ist es okay, schließlich wurde schon Geld ausgegeben. Ich werfe am Telefon mit Ideen um mich, die mir genau in diesem Moment einfallen und die eventuell keinen Sinn machen. Egal, es muss losgehen, sonst verliere ich den Anschluss und verarme.

Eine meiner spontanen Schwachsinnsideen handelt von einer schwerkranken alleinerziehenden Mutter, die sich in der Klinik in einen Geist aus ihrer eigenen Halluzination verliebt.

Das einzig Sinnvolle an dieser Idee ist, dass ich darauf komme, dass ich Sandra sehr vermisse und beschließe, sie bald anzurufen.

Der Produzent zeigt halbherzige Begeisterung über meine wirren Ideen und erinnert mich an den Zeitdruck aufgrund des nahenden Drehtermins. Er sagt zum Abschied: »Hey, is doch egal, worum es geht, Hauptsache, es wird ein Hit.« Dann legt er auf.

Ich stoße erschöpft Luft aus wie ein Walross und lasse meine Stirn auf den Schreibtisch sinken. Das Telefongespräch mitsamt dem Druck hat mich bereits komplett ausgelaugt. Tja, so wie es aussieht, muss ich wohl tatsächlich arbeiten. Mit der Versagensangst im Nacken richte ich mich wieder auf und öffne mein Drehbuchprogramm. Ich tippe ohne zu überlegen einen neuen Titel in die entsprechende Zeile. Ich muss mich schließlich beeilen. Alle warten auf das Buch. Vielleicht tut ein bisschen Druck der Sache auch gut?

Nach dem Titel schleudere ich einen sensationellen Eröffnungssatz in die erste Zeile. Ich bin sehr zufrieden mit mir. Dann fällt mir nichts mehr ein. Absolut gar nichts. Ich sitze wie eine Gefangene eine ganze Stunde in meinem Stuhl und weiß nicht, welche Worte dort auf die Seite gehören. Vielleicht habe ich einfach alles verlernt? Ist es einfach eine kleine Blockade? Ich verordne mir eine Pause. Ich muss sowieso Essen einkaufen und laufen üben.

Also gehe ich nach draußen und betrete meinen guten alten Edeka. Ängstlich schiebe ich mich durch die Gänge. Einerseits ist es ein tolles Gefühl, wieder entscheiden zu dürfen, was ich essen soll, andererseits ist mein Gang wackelig, sodass ich Angst habe, umzukippen. Ich kann mich nicht entscheiden, was ich kaufen soll, ich bin wieder so unfassbar müde. Das muss von den Betablockern kommen, oder mit mir stimmt etwas nicht. Als ich an mir herunterschaue, entdecke ich, dass zu den drei neuen Speckrollen eine weitere hinzugekommen ist. Mal sehen, wann mein Bauchumfang meinen Busen überholt.

Soweit ich das beim Blick in die verspiegelte Säule neben dem Gemüse beurteilen kann, bin ich kurz davor.

Ich entscheide mich dafür, ab jetzt ausschließlich von Salat zu leben, und kaufe Kartoffeln, Eier und Zwiebeln, mehr fällt mir nicht ein.

Ich bezahle, trage die Tüte drei Straßen weiter nach Hause und schaffe anschließend kaum die Treppe. Der Tag hatte so erfolgreich angefangen, jetzt will ich nur noch schlafen. Zu Hause angekommen, mache ich mir einen Kaffee, den ich nicht trinke, weil ich Angst um mein Herz habe. Ich reiße mich zusammen und setze mich noch mal an den Schreibtisch. Mein sensationeller erster Satz ist scheiße, mein sensationeller Titel auch. Ich lösche alles.

Ich durchsuche alte Ordner mit Ideen. Man muss einfach irgendwo anfangen, dann geht es schon. Ich kopiere mir eine alte Idee für eine Szene heraus und beginne, die Handlung in Dialogsätze und Gags umzuwandeln. Gott sei Dank ist mir das Schreiben von Punchlines in Fleisch und Blut übergegangen. Ich schaffe eine Date-Szene mit zwei Frauen, ohne den Hauch einer Ahnung, wo die Story hinführen soll, aber mit drei einigermaßen ordentlichen Gags.

Halbwegs befriedigt mache ich mich an den Salat und freue mich über den Wiedereinstieg in mein geregeltes Erwachsenenleben. Die Müdigkeit ist zwar permanent da, aber ich ignoriere sie und mache weiter. Ich koche Bohnen und Kartoffeln, schneide perfekte Zwiebelringe und stehe dann ratlos da und starre auf die Ablage. Hektisch durchsuche ich meine Einkaufstüte. Ich Idiot habe tatsächlich vergessen, den Salat für den Salat zu kaufen. Todmüde werfe ich mir wieder Jacke und Schal über und laufe die vier Stockwerke hinunter.

Vielleicht ist es gar nicht so schlecht, wenn ich noch mal gehe, dann könnte ich schon mal für die nächsten Tage einkaufen. Wie kurzsichtig war ich doch, nur an eine einzige Mahlzeit zu denken. Ich habe mir doch so lange gewünscht, alles wieder selbst zu machen, jetzt lege ich mir einen schönen Vorrat zu. Ich kann für Olli und mich die Gerichte aus unserem veganen Hipster-Kochbuch machen, das wir mal geschenkt bekommen haben. Das macht bestimmt Spaß, und ich werde groß und stark und wieder ganz gesund.

Als ich voller Tatendrang im Supermarkt ankomme, stolpere ich direkt über eine Obstkiste und falle hin. Mein Knie ist aufgeschlagen und tut weh. Eine Oma schüttelt den Kopf über mich. Mein noch immer unsicherer Gang sieht wohl ziemlich nach Alkoholikerhausfrau aus. Langsam rappele ich mich wieder hoch und lege diese komischen Chia-Samen, Walnüsse fürs Gehirn, Grünzeug für meinen Vitaminhaushalt und noch ein paar andere Dinge in meine Tüte, die mich in kürzester Zeit zu Popeye machen werden. Das mit dem vergessenen Salat war gut, denn der zweite Einkauf ist so viel besser geworden als der erste.

Als ich kurz vor meiner Haustür bin, klingelt mein Handy. Olli. Ich versuche, das Telefon ans Ohr zu halten und zeitgleich die Tüten zu balancieren.

»Hey, wie geht's dir?«

»Ganz toll, ich koche gleich für uns, und geschrieben habe ich auch schon!«

»Wow, das ist ja großartig! Hör mal, ich muss hier noch was schaffen, ich komme erst ganz spät.« Sofort schießen mir die Tränen in die Augen. Ich hasse es, dass ich jetzt eine Heulsuse bin. »Hallo? Ist das okay?«

Ich reiße mich zusammen und sage: »Na klar. Du musst dich nicht um mich kümmern, ich bin sowieso müde. Viel Erfolg!«

»Okay, toll, dass du heute so viel geschafft hast, tschüss.«

»Tschüss«, bringe ich noch einigermaßen ordentlich heraus, als mir die Tüten aus der Hand rutschen und sich deren Inhalt auf der Straße verteilt. Der Salatkopf ziert nun eine große braune Pfütze. Ich muss mich kurz auf den Rinnstein setzen, bevor ich wieder aufstehen kann und alles aufsammele. Die Guten ins Töpfchen, die schlechten ins Kröpfchen. Nur ein paar Sachen haben den Unfall überlebt. Wenigstens ist es jetzt egal, ob ich Salat habe oder nicht. Mein erster Abend allein, und ich tue mir sofort leid. Reiß dich zusammen, Rahel! Oben angekommen, lege ich mich aufs Sofa und schlafe auf der Stelle ein.

Als mich Olli später am Abend zudeckt, weiß ich erst mal nicht, wo ich bin, und nenne ihn Meral. Überall in der Küche verstreut liegen die Einkäufe, die ich noch einräumen wollte. Ich ziehe meine Straßenklamotten aus und trotte hinter Olli ins Bad. Und wieder erstarrt sein Blick, als er mich nackt sieht. Heimlich guckt er schnell wieder weg. Was ist denn jetzt schon wieder?

Ich drehe mich zum Badezimmerspiegel und erschrecke. Mein Knie ist dunkelblau und angeschwollen. Der Rest meines Körpers ist schneeweiß und zu meiner Bestürzung amtlich fett. Ich scheine mich in den letzten drei Wochen verdreifacht zu haben. Ich weiß ja, dass die Jogginghosen plötzlich eng wurden, habe es aber instinktiv vermieden, nackt auch nur in die Nähe eines Spiegels zu kommen. Heute war ich müde und unachtsam. Wo ich schon mal dabei bin, zwinge ich mich zu einer ehrlichen Bestandsaufnahme und versuche nicht zu vergessen, dass dieser Körper so viel aushalten musste und mich gerettet hat.

Mein Bauch besteht jetzt aus vier Bäuchen, vier dicke Speckrollen schmollen mich an wie Münder. Auch meine Beine, die mal Streichhölzer waren, quellen über meine Knie und sind über und über mit Orangenhaut bedeckt. Wer hätte gedacht, dass man auch Dellen an den Oberarmen haben kann? Ich hoffe, dass ein Großteil meiner Dellen einfach nur Wassereinlagerungen sind von den vielen Medikamenten. Unter den wabbeligen Oberarmen habe ich auch zwei hängende Fettfalten, die aussehen wie zwei zusätzliche Busen. Auf dem Rücken habe ich ebenfalls vier traurige Wulste, die man in Frauenzeitschriften »Tannenbaum« nennt, glaube ich. Ganz oben auf meinem qualligen Michelin-Männchen-Körper sitzt ein winzig kleiner Erbsenkopf.

Bin das wirklich ich? Sind vier Hände voll Busen besser als eine? Ich drehe mich herum und wage einen Blick auf meinen Hintern. Er ist groß und rund. Eigentlich finde ich ihn ganz gut. Ich schwinge ein bisschen mit meinen Hüften und überlege, ob ich mich sexy finde oder einfach nur merkwürdig. Vielleicht ist der Tannenbaum besser als das Frettchen?

Nachts versuche ich testweise, obwohl ich eigentlich überhaupt keine Lust habe, Olli Avancen zu machen. Aufdringlich robbe ich mich auf seine Bettseite, aber er schläft tief und fest, oder tut er so?

Am nächsten Morgen probiere ich meinen Kleiderschrank durch. Als Olli sich von mir verabschiedet, stehe ich da mit meinem halb angezogenen ehemaligen Lieblingskleid aus schwarzer Seide, das durch mehrere überkreuzte Seidenbänder an den Trägern und am tiefen Rückenausschnitt zusammengehalten wird, oder eben auch nicht. Ich sehe aus wie ein sehr armseliger Bondageversuch auf einer Kleinstadtsexmesse. Fifty Shades of Speck. Geduldig hilft mir Olli aus dem Ding heraus, bevor er geht. Er sagt noch: »Ist doch nur ein Kleid, mach dir nichts draus.«

Ich mache mir aber was draus, da kein Ende abzusehen ist. Dieser wahnsinnige Appetit von den Betablockern ist einfach nicht zu stillen.

Das Schlimmste an meinem Zustand ist nicht etwa die

bloße Gewichtszunahme, sondern das unheimliche Gefühl, mich im Spiegel nicht mehr zu erkennen. Nach dem Koma das Frettchen und jetzt mehr Ballast, als ich tragen kann. Kein Wunder, dass ich gestern gestürzt bin. Meine permanenten Verwandlungen gehen mir nicht mehr in meinen Kopf, ich habe den Anschluss verloren.

Es geht gar nicht in erster Linie darum, ob mich Olli begehrt oder nicht, auch wenn mir das etwas ausmacht, das Schlimmste ist, dass ich mir selbst so fremd bin. Der Terror, den Zeitschriften und Fernsehsendungen betreiben, indem sie in jedem dritten Satz das Wort »Bikinidiät« unterbringen, befeuert mein Unwohlsein nur noch weiter. Ich versuche ja, alle gesellschaftlichen Bewertungen abzublocken, aber es gelingt mir nicht. Sobald ich ein Magazin aufschlage, sind da Bilder von spindeldürren weiblichen Celebritys. Unter jedem Foto, das den Hauch einer Bauchwölbung zeigt, steht die Frage: »Hat sie ein süßes Geheimnis?« Ja, wahrscheinlich hat sie einfach nur Nahrung zu sich genommen, wie ein normaler Mensch!

Ich räume alles wieder in den Schrank und lege nur die Kleider nach vorne, die mir noch passen. Zeit für den Schreibtisch. Nach meiner Berechnung aufgrund der gestrigen Erfahrung bleiben nur drei bis vier Stunden, in denen ich wirklich wach bin. Ich setze mich an die Szene von gestern. Wieder fällt mir nichts ein. Ich starre auf den Monitor, aber nichts passiert.

Dann muss ich jetzt eben richtig schuften. Ich kopiere mir alle alten Szenenideen in mein Programm und schreibe Gags hinein, das Einzige, was ich noch kann. Ich tröste mich damit, dass ja sogar Komödien mit schlechten oder ganz wenigen Gags gemacht werden, und die, die ich bis jetzt habe, sind gut. In zwei Wochen habe ich zusammen mit dem Produzenten und wahrscheinlich auch Attila einen Termin beim Studioboss, der den Film finanzieren soll.

Irgendwann wird mir schon einfallen, wie ich das alles zu einer Geschichte zusammenfüge.

In der nächsten Woche, in der ich es immer noch nicht hinkriege, mich mal länger als eine halbe Stunde am Stück zu konzentrieren, geschweige denn früher als elf Uhr aus dem Bett zu kommen und am Schreibtisch zu sitzen, kommt Kevin vorbei und zeigt mir Fotos von seinen letzten drei Tinder-Eroberungen. Alle sind sehr dünn, und ihr Leben scheint ausschließlich aus Superfoodbowls und Strandurlauben zu bestehen. Immerhin habe ich heute noch kein Weißmehl gegessen, aber ich giere danach.

Ich bitte Dr. Kevster, auch ein Foto von mir zu machen. Von oben, das ist vorteilhafter. Ich sehe trotzdem aus wie ein Ball mit Minikopf. Ich starre das Bild an und versuche, mich mit der Frau darauf bekannt zu machen.

»Hör auf damit, du bist ja ganz besessen! Sei froh, dass du das alles überlebt hast. Schönheitskönigin kannst du später noch werden.« Er nimmt mir das Handy aus der Hand und macht ein Selfie von uns beiden, auf dem ich sehr unglücklich aussehe. Ich weiß ja, dass ich dankbar sein muss, aber ich erkenne die fremde Frau nicht, und ich weiß auch nicht, was mit mir los ist.

»Ich esse jetzt wirklich wieder normal, nicht mehr diese Riesenportionen, aber jeden Morgen, wenn ich aufstehe, bin ich dicker. Was mache ich denn falsch?«

»Ich finde, du siehst schön aus. Du warst sowieso immer zu dünn. Jetzt hat sich das eben ausgependelt.«

»Du bist ein elender Lügner. Deine Tinderdates sehen aus wie Strichmännchen. Ich kann noch nicht mal meine Füße sehen. Ich weiß überhaupt nicht, ob ich noch Füße habe. Sex will auch niemand mit mir. Wahrscheinlich wachse ich jetzt einfach wieder zu, auch egal!«

»Okay, verstanden, ab sofort werde ich nur noch Doubles von dir treffen, damit du mir glaubst, dass ich die Wahrheit sage. Wenn du mich nicht so nerven würdest, würde ich sofort als Beweis mit dir schlafen! Das ist wirklich mit Abstand die langweiligste Unterhaltung, die ich diese Woche geführt habe, wahrscheinlich kann ich jetzt bei einer Frauenzeitschrift anfangen.«

Er hat recht, ich habe mich noch nie für mein Gewicht interessiert und fand auch generell Gespräche darüber immer ziemlich langweilig. Da muss ich Kevin schon zustimmen. Der Rest seines Besuches wird dann noch sehr lustig, als wir beschließen, uns über spannendere Themen zu unterhalten, wie zum Beispiel, wie schlecht wir als Autoren sind.

Ich betrachte mich aber trotzdem ab jetzt mindestens einmal am Tag nackt im Spiegel, um mich an mich zu gewöhnen. Tatsächlich sehe ich jeden Tag ein wenig runder aus. Mein Tannenbaum auf dem Rücken bekommt innerhalb der nächsten zwei Wochen sogar zwei kleine Äste dazu.

Heute war eine Einladung zum Deutschen Filmpreis in meinem Briefkasten. Im Prinzip freue ich mich darauf, alle alten Bekannten wiederzusehen. Dummerweise ist das Einzige, was mir noch passt, Ollis Bademantel.

Es könnte auch passieren, dass ich während der Show einschlafe. An meinem Rhythmus mit drei Stunden Kraft pro Tag hat sich nichts geändert. Wenn ich zusätzlich noch das Bett beziehen oder einkaufen muss, reduziert sich meine Schreibzeit um die Hälfte, weil jegliche körperliche Arbeit doppelt anstrengt. Ich könnte Olli auch bei jedem Handgriff darum bitten, ihn mir abzunehmen, aber ich will auch nicht dauernd eine Belastung sein, das fühlt sich wirklich beschissen an. Also bemühe ich mich.

Manchmal merke ich gar nicht, wie mir am Schreibtisch die Augen zufallen. Immerhin habe ich noch ein paar Tage Zeit, bis wir zum Studioboss müssen. Ich habe so gekämpft für meinen Beruf, ich kann jetzt nicht einfach aufgeben. Wenn sich herumspricht, dass ich nicht mehr schreiben kann, wovon soll ich leben? Früher habe ich gekellnert, aber das kann ich mit meiner kurzen Wachphase vergessen. Ich war ja schon ohne die Medikamente die schlechteste Kellnerin Berlins.

Eigentlich habe ich mir immer Kinder gewünscht, aber momentan bin ich heilfroh darüber, nur die Verantwortung für mich selbst tragen zu müssen. Ich habe keine Ahnung, wie das andere Kranke machen, die nebenbei noch irgendwen wickeln oder sich kümmern müssen, so wie Sandra. Olli und ich sind davon abgesehen ziemlich weit entfernt von einem Baby. Allerdings hat er vorhin am Telefon erwähnt, er hätte eine tolle Überraschung für mich. Mir fliegen seit heute Mittag tausend Gedanken durch den Kopf, die sich schlussendlich auf ein romantisches Wochenende einigen.

Sein Anruf hat mich immerhin so beflügelt, dass ich nach sieben Tagen den fleckigen Bademantel in die Wäsche gefeuert habe. Ein wenig zurechtgemacht habe ich mich auch, mit dürftigen Mitteln allerdings. Mein Lidschatten ist vor lauter Schreck, dass er benutzt werden soll, von der Ablage gefallen und zersprungen, und meine Wimperntusche ist depressiv eingetrocknet.

Als Olli nach Hause kommt, habe ich zumindest einen schicken Jogginganzug an, was ich als guten Schritt Richtung Zivilisation verbuche. Ich trage sogar einen BH und habe einen Gemüseauflauf mit allen auffindbaren Resten gemacht und dann reichlich Käse darüber gestreut, ganz im Stil meiner Familie. Ich weiß nicht, was am größten ist, meine Angst vor Arbeitslosigkeit, die Angst zu verwahrlosen und zu stinken oder die Angst davor, nie wieder Sex zu haben.

Ich bemerke Ollis zufriedenen Blick und freue mich insgeheim schon auf unser Liebeswochenende, das wir so unfassbar dringend brauchen. Früher haben wir das öfter gemacht, immer dann, wenn es ein wenig trostlos wurde. Das ist Ollis Spezialität, immer mit ein bisschen Abwechslung und Lebensfreude um die Ecke zu kommen, wenn man sie ganz dringend braucht. Wenn wir nur ein bisschen freie Zeit zusammen hätten und er mal rauskäme aus dem Alltag, weiß ich, dass wir uns wiederfinden.

»Du siehst viel besser aus«, sagt er und küsst mich.

»Mir geht es auch schon wieder ganz gut«, lüge ich.

Wir setzen uns, und ich lege je einen viereckigen Klotz Auflauf auf beide Teller. Danach zünde ich eine Kerze an und lasse meine frisch geföhnten Haare wippen, als wäre ich die Hausfrau in einem Fünfzigerjahre-Film. Wir sprechen über dies und das, hauptsächlich darüber, mit welchen schrecklichen Mandanten sich Olli herumplagen muss.

Ich würde mich gerne nach dem amerikanischen Walter und Ollis neuer Kollegin Bernie erkundigen, die ich jetzt schon ungesehen nicht leiden kann. Ich sollte besser meinen Freund dafür hassen, dass er nicht so aufmerksam ist, wie ich das gerade brauche. Gleichzeitig weiß ich aber, dass man mich im Moment, wo ich so wenig Selbstbewusstsein habe, sowieso nicht zufriedenstellen kann. Nur eine Person, die mich den ganzen Tag anstarrt, während sie auf mir liegt, könnte mein Bedürfnis an Aufmerksamkeit stillen. Da kann man nicht gewinnen.

Während wir essen, plane ich, einen Schreibtag herzugeben und mir ein paar neue Sachen für unser Wochenende zu kaufen, wenigstens einen neuen Bademantel.

Als wir die Teller in die Spülmaschine räumen, kann ich es nicht mehr abwarten. Wenn wir wirklich morgen fahren, muss ich am besten vorher in die Stadt. Ich brauche einen neuen Bademantel, ganz dringend.

So beiläufig wie möglich sage ich: »Was ist denn jetzt mit der Überraschung? Wo steht mein Pony, oder ist es ein Ferrari?«

Er lacht und küsst mich. Dann sehe ich ihn abwartend

an. Blau steht mir am besten, ich werde mir einen blauen Bademantel kaufen.

Olli setzt sich aufs Sofa.

»Du kennst doch meinen Kollegen Franz?«

»Der, den seine Frau verlassen hat?«

»Ja, genau der. Der lässt dich schön grüßen.«

Ich verstehe nicht. Was hat der mit unserem Wochenende zu tun? »Er möchte eigentlich nicht, dass jemand in der Kanzlei weiß, dass er da hingeht, aber mir vertraut er.« Ich stehe nur da, nicke und hoffe, dass wir Franz nicht zu unserem Wochenende mitnehmen müssen. »Eigentlich ist der total ausgebucht, aber Franz hat sich schon darum gekümmert und gibt dir die Adresse von seinem Therapeuten. Der soll ganz toll sein, besonders bei Depressionen.«

»Ich hab keine Depressionen.«

»Du weinst, du bist todmüde und empfindlich, du trägst seit einer Woche dieselben Klamotten. Ich kann das nicht mit ansehen, ich will dir wirklich nur helfen.«

Ich bin nicht in der Lage, die Information einzuordnen. So leicht lasse ich meine Träume nicht los. »Ich dachte, wir fahren am Wochenende weg. Ich wollte mir einen Bademantel kaufen«, sage ich blöde.

»Wohin sollten wir denn fahren?«

»Wir fahren doch immer weg, wenn wir mal Zeit für uns brauchen. Ich dachte eben, wir fahren weg.« – »Das tut mir leid, aber ich muss am Wochenende arbeiten. Ich bin ja auch kein Referendar mehr.« – »Und ich muss einen Film schreiben, aber wäre trotzdem weggefahren!«

Olli sieht mich an, als wäre ich eine Verrückte.

»Du hast dir also für dich gedacht, dass wir Urlaub machen, mir aber davon nichts gesagt, und bist jetzt enttäuscht darüber, dass ich mich um etwas viel Wichtigeres für dich gekümmert habe. Und das alles, wo ich gerade das erste Mal die Chance habe, in meiner Kanzlei weiterzukommen. Ja, danke, das fühlt sich gut an.«

»Ich habe überhaupt keine Depressionen!«, fauche ich zurück.

»Ach ja? Du hast heute das erste Mal eine Hose an. Außerdem lösen deine Medikamente Depressionen aus.«

»Das kannst du nicht wissen!«

»Vielleicht liest du selber mal den Beipackzettel!«

Er hat recht, aber ich weiß, wieso ich den noch nie gelesen habe. Ich habe Angst vor dem, was dort steht. Noch sind die Albträume da, noch taste ich jeden Abend nach meinem Herz und zähle die Schläge pro Minute, als würde das etwas ändern.

Ich fühle mich dumm, weil ich nicht stark genug bin, um wenigstens mal einen Beipackzettel zu lesen. Ich war doch immer die Königin der Recherche. Gleichzeitig war ich auch immer die Königin der Schlagfertigkeit, aber anscheinend nur früher, wo es um nichts ging als ganz normales Leben.

Olli rückt näher und umarmt mich.

»Tut mir leid«, sagt er.

»Vielleicht bin ich wirklich etwas depressiv«, sage ich. Ich denke an Dr. Held, der mir so dringend geraten hatte, eine Therapie zu machen, damit ich kein posttraumatisches Belastungssyndrom bekomme. Ich kenne das nur aus US-Kriegsfilmen von Veteranen, die plötzlich in amerikanischen Einkaufszentren wild um sich schießen, weil sie denken, sie wären mitten in einem Gefecht. Ich kenne die typischen Filmszenen, wenn Kriegsheimkehrer nassgeschwitzt von ihren Albträumen aufwachen, wie ich. Immer noch. »Wahrscheinlich sollte ich tatsächlich eine Therapie anfangen«, sage ich leise.

Den Rest des Abends verbringen Olli und ich Arm in Arm zusammen im Bett, was sich schwieriger gestaltet als früher, weil ich jetzt so dick bin.

Als ich aufwache, bin ich allein. Ich rappele mich hoch und starre verschlafen in die Dunkelheit. Ich ziehe meine viel zu enge Jogginghose aus und schleiche durch den Flur ins Wohnzimmer. Dort auf dem Sofa liegt mein schöner, schlafender Freund. Die Hand, die sonst immer auf mir liegt, ruht friedlich auf seinem Bauch. Darunter wölben sich seine perfekten Bauchmuskeln. Ich fühle mich so weit weg von ihm.

Ich kann mir nicht erklären, warum mich mein friedlich schlafender Freund so deprimiert. Wahrscheinlich beherrscht mich wieder der irrationale, unstillbare Liebeshunger. Wir wohnen in einer Wohnung, aber unsere gemeinsame Welt finde ich nicht mehr. Kein Wunder, für die bin ich ja auch abends immer zu müde.

Ich vermisse, wie wir uns früher immer, gespickt mit lustigen Anekdoten, bei einem Glas Wein unseren Tag erzählt haben. Geht es ihm genauso? Tränen laufen mir übers Gesicht. Ich wische sie weg. Im selben Moment schlägt Olli die Augen auf und fährt erschrocken hoch.

»Wie lange stehst du denn schon da? Was soll das?«, fährt er mich erschrocken an. Mit Recht, wie ich finde. Nur mit einem T-Shirt bekleidet und mit wirrem Haar stehe ich neben unserem Couchtisch und beobachte meinen schlafenden Freund wie eine drittklassige Psychopathin. Im Prinzip bin ich nur einen Schritt davon entfernt, ihn festzubinden und ihm die Beine zu brechen, nur damit er bei mir bleibt.

»Stört dich das wirklich nicht, dass ich so dick bin? Mich stört's. Es wäre okay, wenn es dich auch stört«, sage ich in die Dunkelheit hinein.

Olli gibt ein genervtes Stöhnen von sich. »Mich stört es, wenn du wie ein Geist hier herumstehst.« Er dreht sich auf die Seite, weg von mir. »Lass uns bitte schlafen, ich muss morgen arbeiten.«

Ich setze mich zu ihm aufs Sofa. »Ich muss auch arbeiten, nicht nur du.« Ich habe keine Ahnung, wieso ich das sage. Olli bleibt ruhig und scheint zu hoffen, dass ich auch keine Lust auf ein Beziehungsgespräch habe. Er täuscht sich.

»Ich weiß, dass ich gerade viel von dir verlange, aber ich kann leider auch nichts daran ändern, dass ich ein bisschen mehr Aufmerksamkeit brauche als normalerweise. Meine Tage sind manchmal nicht so einfach. Ich versuche ja, nicht die ganze Zeit darüber zu sprechen, aber ab und zu brauche ich dich. Du musst nichts richten oder reparieren. Manchmal will ich einfach nur mit dir reden, wie früher. Mich interessiert deine Meinung, ich wünsche mir, dass du einen Witz machst, wenn ich dir einen absurden Albtraum erzähle, und ich hätte so gern, dass ich sagen darf, wovor ich Angst habe, ohne dass du ein schlechtes Gewissen bekommst, weil du mir nicht helfen kannst. Du musst nicht alles wiedergutmachen. Ich freu mich, wenn du da bist. Das ist alles.«

In der Dunkelheit kann ich seinen Blick nicht deuten. Er sitzt da, aufgerichtet und scheint nachzudenken. Dann beugt er sich vor und umarmt mich so fest, dass mir ganz warm wird.

Dann sagt er: »Es hat überhaupt nichts mit dir zu tun, dass ich im Moment lieber alleine schlafe. Ich habe einfach viel Stress und stehe nachts auf. Du wirst doch auch schneller gesund, wenn ich dich nicht immer wecke.«

Als ich am nächsten Morgen aufwache, ist er bereits in der Kanzlei. Ich rolle mich auf die Seite und lege mich wie ein Kringel um sein verknittertes Schlaf-T-Shirt herum. Ich schließe die Augen und atme seinen vertrauten Duft ein.

PSYCHOS UND THERAPIE

Das Lachen muss ich mir mit aller Gewalt verkneifen, als ich meine ganze Familie als Playmobil-Männchen aufstelle. Der Therapeut, Dr. Baroulow, ist ein etwa sechzigjähriger, bulliger Mann, der offenkundig bemüht ist, seine grobe Erscheinung durch schöngeistig intellektuelles Praxisflair zu widerlegen. In einer Ecke des Behandlungszimmers steht das Standardequipment eines jeden Akademikers, ein Barcelona Chair plus Bogenlampe. Dahinter an der Wand hängt afrikanische Kunst, die zeigt, wie eine Meute Männer diverse Antilopen ersticht. Hinter mir hängen Lithografien von gequält wirkenden Gesichtern.

Der Therapeut hat trotz seiner sanften Worte eine untergründig aggressive Ausstrahlung. Ich kann mir allerdings vorstellen, dass ich mir das nur einbilde, weil ich keine Lust dazu habe, wieder Patientin zu sein und eventuell, weil ich so unfassbar müde bin nach einer Stunde Autofahrt im Stau.

Lustlos wähle ich Balu den Bären, zwei kleine Löwen nur so, einen Nasenbären und ein Einhorn. Wieso gab es früher eigentlich nie so tolles Playmobil? Das ist eigentlich die Hauptfrage, die mich beschäftigt.

Der Therapeut sagt: »Jetzt steht der kleine Löwe ja ganz

weggedreht vom Bären. Warum?« Ich drehe den einen kleinen Löwen schuldbewusst wieder um. Das scheint falsch zu sein. »Nein, mich würde interessieren, WARUM der Bruder sich vom Vater wegdreht.« Welcher war denn jetzt noch mal mein Bruder? Der Bär oder das Einhorn? Ich habe vergessen, was ich gesagt habe. Ich werde hektisch. Ich rate.

»Weil der kleine Löwe Angst vor dem Bären hat?«

Der Therapeut nickt nachdenklich. »Und warum ist das so?« Seine Stimme klingt bedrohlich.

Ich schwimme. Ungeschickt stoße ich an den Tisch, und alle Figuren fallen übereinander. Ich grinse den Therapeuten an und sage: »Inzest!«

Dr. Baroulow schneidet mir sofort das Lachen ab, indem er mich wie ein kleines Mädchen zurechtweist: »Liebe Frau Wald, mit Inzest ist wirklich nicht zu spaßen. Auch wenn Sie das augenscheinlich sehr lustig finden, möchte ich in meiner Praxis diese Art von Humor nicht. Sofern man das überhaupt Humor nennen kann. Ich hoffe, das ist nicht auch das Niveau Ihrer Filme.«

Ich sehe ihn erschrocken an. Sofort bin ich still. Ich bin es schon gewohnt, von älteren Akademikern wegen meines Humors gerügt zu werden, in meiner jetzigen schwachen Verfassung muss ich aber aufpassen, dass ich keine Schreibblockade davon bekomme. Jeder Kommentar zu meiner Arbeit geht mir momentan mehr unter die Haut als sonst. Ich habe auch keine Lust zu diskutieren. Mir gehen diese Menschen sowieso auf die Nerven, die finden, dass »immer ein Quäntchen Wahrheit in jedem Witz steckt«. Ein Gag ist eben manchmal nur ein Gag, nichts weiter.

Abgesehen davon war Humor für mich schon immer ein probates Mittel, um mit Schmerz umzugehen oder der Gefahr ins Auge zu sehen.

Vielleicht ist ein zugegebenermaßen dämlicher Witz über Inzest dennoch keine so gute Idee in einer Psychotherapiepraxis, die auf Traumata spezialisiert ist. Mein Spruch beim Reinkommen, dass Ärzte auf mich manchmal eine komatöse Wirkung hätten, kam ebenfalls nicht so gut an.

Die Art und Temperatur von Dr. Baroulow ist mir so fremd und steht für alles, wovor ich aus der Bildungsbürgertumsenge meines altsprachlichen Gymnasiums geflohen bin.

Was mach' ich hier eigentlich? Bin ich dafür beinahe abgekratzt, dass wir hier Playmobil spielen? Ich muss die Sache anders angehen, wenn mir das hier etwas bringen soll.

»Bitte, können wir aufhören mit dem Playmobil? Ich habe so viele Dinge, die mir Gedanken machen, ich kann mich überhaupt nicht konzentrieren.«

Der Therapeut horcht auf. »Was haben Sie für Gedanken?«

»Ich habe jede Nacht Albträume, ich kann nicht gut arbeiten, weil ich so müde bin. Nach einem Edeka-Besuch bin ich erschöpft, alle Treppenhäuser sind meine Feinde. Gestern bin ich auf dem Sofa eingeschlafen, und mein Freund hat sich alleine in unser Bett gelegt. Wollte er mich nicht wecken, oder mag er nicht mehr mit mir in einem Bett schlafen?

Alles, was ich will, ist essen und Sex. Das sagt einem auch niemand, wie stumpf man wird, wenn man dem Tod ins Auge gesehen hat. Ich hatte wenigstens auf ein paar Erkenntnisse auf der Metaebene gehofft, stattdessen hab' ich mich mental zu einem Teenagerjungen zurückentwickelt. Essen ist das Einzige, was ich auch ausleben kann, der Sex wird mir verwehrt, zumindest habe ich diese dunkle Ahnung.

Ich bin so wahnsinnig fett geworden, und jede Woche nehme ich noch mehr zu. Ich weiß überhaupt nicht mehr, wie ich aussehe, ich erkenne mich einfach nicht.

Ich wiege 75 Kilo. Das bedeutet, dass ich in drei Wochen über zwanzig Kilo zugenommen habe.

Wann hört das auf? Gut für mein Herz ist das bestimmt nicht.

Ich habe das Gefühl, ich verliere mich, löse mich auf. Ich will mich aber wiederhaben, ich will auch arbeiten, ich muss arbeiten.«

Dr. Baroulow wird plötzlich ganz weich. Er kapiert, dass ich einfach Angst habe. Sofort verschwindet die Härte aus seinem Gesicht und er versucht, mir etwas Zuversicht mit auf den Weg zu geben, was nicht gelingt, weil die Stunde schon vorbei ist.

Mir gehen die unbeholfenen Komplimente nicht aus dem Kopf, die Dr. Baroulow mir beim Verabschieden gemacht hat. Er sagte, dass man auch mit hundert Kilo ein durch und durch sinnlicher Mensch sein könne. Ich bin mir allerdings unsicher, ob das auf seine, meine oder die leidenschaftliche Kombination unserer beider Körperfüllen bezogen ist. Er fügte noch hinzu, dass er meine rechte Schulter erotischer findet als die linke. Wenn das alles ist, was er zu meinem Sexproblem zu sagen hat, finde ich das erstens etwas eklig und zweitens dürftig.

Ich beschließe, vielleicht doch lieber bei einer Frau eine Therapie zu machen, sobald ich etwas fitter bin.

Insgeheim bin ich sehr neidisch auf das sexuelle Selbstbewusstsein dieses dreißig Jahre älteren, kugelrunden Mannes. Er verkraftet sicher, wenn ich ihn in Zukunft ghoste.

Ich habe das Gefühl, dass mir im Moment nur ich selbst helfen kann, was nicht so einfach ist. Warum kann ich mich nur akzeptieren, wenn ich funktioniere? War ich deswegen vielleicht medikamentensüchtig, um alles zu schaffen? War ich überhaupt süchtig?

Wieso muss ich immer eine Eins haben? Ich könnte doch auch mal eine Weile mit einer Vier minus leben, oder nicht? Vielleicht kann ich aber auch nur deshalb nicht loslassen, weil ich mir alles so hart erarbeitet habe.

Ich habe panische Angst davor, wieder pleite zu sein, so wie früher. Jeden Monat um die Miete zittern, mit dem Taschenrechner in den Supermarkt gehen und wochenlang Kartoffeln essen traue ich mir gerade nicht zu. Ich muss doch jetzt alles haben, um zu heilen. Wenn ich das Buch nicht gut schreibe, werde ich ausgewechselt. So steht es in meinem Vertrag, so steht es in den meisten Verträgen. Wenn ich diesen Job gehen lasse, weiß ich trotz Filmhit im Rücken nicht, wie schnell ich den nächsten bekomme. Ab diesem Monat wollte ich mich auch wieder an der Miete beteiligen. Ich muss verdammt noch mal arbeiten, ich muss.

Erschöpft komme ich nach Hause und bin nicht gerüstet für die nächsten Klinikrechnungen, die mich bereits in der

Post erwarten. Ich zwinge mich dazu, die neuen Umschläge zu öffnen. Ich muss das bezahlen, sonst bekomme ich Probleme mit der Krankenkasse und Mahnungen von den Krankenhäusern. Ich muss mein Leben im Griff behalten, jetzt wo ich es wiederhabe.

Mit aller Kraft muss ich gegen die Verzweiflung darüber ankämpfen, dass ich so wenig vorankomme, dass ich gefühlt immerzu auf der Stelle trete. Formulare verursachen bei mir ohnehin Verwirrtheit, kombiniert mit Rauschen in den Ohren. Ich muss alles unendlich oft durchlesen.

Die Sache wird dadurch noch komplizierter, dass ich zwar privat versichert bin, aber als Autorin meinem Rentenversicherungsträger, der Künstlersozialkasse, zugehörig, die dann wiederum zuständig für die gesamte Reha ist. Falls ich nach diversen Telefonaten alles richtig verstanden habe, muss ich aber alle Rechnungen an beide Adressen schicken. Die Wahrscheinlichkeit, dass ich alles falsch abgespeichert habe, liegt bei mir in Bezug auf solche Themen immer bei ungefähr fünfzig Prozent. Dazu kommt die ständige Angst davor, etwas nicht erstattet zu bekommen. Mir darf jetzt kein Fehler passieren.

Außerdem merke ich, dass Olli ungeduldig wird, weil es mir nicht besser geht, obwohl ich jetzt offiziell geheilt bin. Jeden Tag sieht er sich konfrontiert mit seiner müden, aufgedunsenen Freundin, die auch zuverlässig jeden Tag ein neues Problem zu haben scheint.

Ich gebe zu, dass der Alltag mit mir wahrscheinlich gerade ein ziemlicher Albtraum ist.

Manchmal steigere ich mich in die Wut auf den Arzt so

hinein, dass ich tagelang über nichts anderes reden mag. Permanent muss nach Ärzten gesucht werden für jedes neue Zipperlein. Durch die immer noch schwachen Muskeln habe ich andauernde Rückenbeschwerden. Durch den Schock der Sepsis ist eine Schilddrüsenstörung aufgetreten, die medikamentös eingestellt werden muss. Dafür war ich bei drei verschiedenen Terminen in einem Hormonzentrum und verstehe immer noch nicht ganz, was ich da genau habe.

Durch die großen Medikamentenmengen der letzten Monate ist so viel Wasser im Körper, dass ich regelmäßige Lymphdrainagen brauche, die ich aber nur zum Teil bezahlt bekomme.

Mehrmals die Woche liege ich in Tränen aufgelöst im Bett, wenn Olli nach Hause kommt. Dann muss ich mir alles von der Seele reden.

Immer wieder geht es ums Sterben. Immer wieder geht es darum, dass ich meine angebliche Medikamentensucht nicht sehen kann, nicht wahrhaben will und nicht verstehe.

Bei jedem neuen Arzt, den ich mir suche, zettele ich Diskussionen darüber an, ob er auch vertrauenswürdig genug ist. Es hört nicht auf. Ich komme nicht darauf, aber ich glaube, dass der entscheidende Teil des Puzzles fehlt.

Ich breite alle neuen Rechnungen, Arztbriefe, Krankenhausrechnungen und Röntgenbilder im gesamten Wohnzimmer aus, in der Hoffnung darauf, endlich Antworten zu finden auf meine Sucht und zu wissen, wie es jetzt mit mir weitergehen soll.

Auf die Auflistung der Leistungen auf der ersten Rechnung bin ich emotional nicht vorbereitet.

»Wiederbelebungsmaßnahme 32,50 Euro« steht dort mit dem Datum von Weihnachten. Ich versuche gar nicht erst, meine Tränen zurückzuhalten.

Im Prinzip ein ziemliches Schnäppchen, wenn man sich einmal klarmacht, was das überhaupt bedeutet. Dann folgen unzählige Begriffe mit Preisen dahinter: »Computertomographie, erhöhter Schwierigkeitsgrad und Zeitaufwand wegen komplexer Begleiterkrankungen des Patienten 348,56 Euro, Röntgen Brustorgane, Übersicht in einer Ebene 40,80 Euro, ungewöhnlich erschwerende Umstände der Aufnahmeanfertigung (Intensivstation im OP), Einbringung eines Herzkatheters sowohl linkes als auch rechtes Herz 34,97 Euro, mit Zuschlag 23,31 Euro, Einbringung eines Kontrastmittels zur Angiographie von Gehirnarterien, je Halsschlagader, 67,03 Euro.« Soso, man zahlt also pro Halsschlagader. Eine hätte dann nur die Hälfte gekostet?

In einem der anderen Umschläge befindet sich der Arztbrief aus der Notaufnahme: »Stark weinende, psychisch stark alterierte Patientin, Druckschmerz linkes Nierenlager.« Das war es, das war meine erste Begegnung mit dem Arzt in der Notaufnahme.

Dann kommt der nächste Arztbrief von der nächsten Station: »Gegen 23 Uhr traten dann EKG-Veränderungen auf, weswegen eine Coronarangiographie erfolgte und wir Frau Wald auf unsere Intensivstation übernahmen.« Dieser Brief, beginnend mit der radiologischen Untersuchung meiner Herzgefäße, stammt von Dr. Held. Das erste Mal heiße ich Frau Wald und nicht mehr nur »Patient«. Nach einer riesigen Latte von Behandlungsverläufen steht unten noch, dass ich einiges hinter mir habe und man bitte Rücksicht darauf nehmen solle.

Dies ist meine Lebensgeschichte, oder besser Wiederbelebungsgeschichte. Mir zittern die Hände, ich muss tief durchatmen, bevor ich mich an die Arbeit machen kann. Ich packe die Rechnungen auf verschiedene Haufen, die keinen Sinn machen. Ich muss damit zum Kopierladen und alles verschicken, damit das Geld überwiesen wird. Am Ende aller langen Kolonnen stehen Beträge von mehreren Tausend Euro. Ungefähr vierzig Rechnungen erzählen meine ganze Geschichte.

Als Letztes finde ich den Entlassungsbericht der Rehaklinik, der für den Rentenversicherungsträger gedacht ist: »Schulbildung Abitur, keine eigentliche Berufsausbildung. Die Patientin hat ein Literaturstudium begonnen, jedoch nicht abgeschlossen. Tätig ist sie nach eigener Angabe freiberuflich als Drehbuchautorin. Die 35-jährige Patientin ist im noch beeinträchtigten Allgemein- und hageren Ernährungszustand. Körpergröße 160, Körpergewicht 42 kg.«

»Nach eigenen Angaben ist sie als Autorin tätig« klingt ein bisschen, als hätte ich mir meinen Beruf einfach ausgedacht. Ich frage mich, warum dies in meinen Entlassungsbericht gehört. Dann fällt mir ein, dass es ja sicher viele Patienten gibt, die noch einer Pflege und der Krankschreibung beim Arbeitgeber bedürfen. Ich dagegen werde mager und schlecht ausgebildet nach Hause geschickt.

In der Nacht passiert wieder dasselbe wie in anderen Nächten zuvor. Trotz unseres Gesprächs hat sich nichts an Ollis und meiner desolaten Lage geändert. Meine Avancen vor dem Einschlafen werden aufgrund angeblicher Müdigkeit abgewehrt. Das ist mir tatsächlich noch nie passiert. Auch mit hunderttausend Promille war bei Olli und mir immer noch einiges möglich.

Jetzt ist alles anders.

Regelmäßig steht er nachts auf, sobald ich eingeschlafen bin, und legt sich aufs Sofa. Wieso? Ekelt er sich vor meinen neuen Tannenbäumen? Tja, Gratulation, ich auch. Ekel ist vielleicht das falsche Wort, ich finde mich einfach nicht mehr zurecht in den vielen Busen und Bäuchen, die ich jetzt besitze.

So viele große Reden habe ich mein Leben lang geschwungen, dass man sich immer lieben muss, egal, wie man aussieht. Ich habe jede Zeitschrift verteufelt, die mir das Gegenteil beweisen wollte, und jetzt? Es ist alles so verdammt einfach, wenn man dünn ist.

Ich erkenne mich nicht wieder. In dieser Wohnung, die immer meine Höhle war, habe ich Angst einzuschlafen, weil er dann geht. Ich weiß auch nicht, wieso ich ihm jedes Mal hinterhertrotte wie ein dummer Hund. Wieso kann er nicht neben mir liegen? Wieso bleibt er nicht bei mir?

Er fasst mich auch so nur noch selten an, früher hat er mir zum Einschlafen den Rücken gekrault, er kommt so verdammt spät nach Hause, wir sind Mitbewohner, die sich kaum sehen.

Wenn ich ihn frage, hat er viele Gründe und keinen davon kann ich glauben. Er sagt, er will mich morgens nicht wecken, wenn er ins Büro muss, er sagt, dass ich seit Neuestem schnarche, er sagt, dass ich mich auf dem gesamten Bett ausbreite und kein Platz mehr ist für ihn. Ich glaube, dass kein Platz mehr ist für mich, kein Platz mehr in seinem Leben.

Jeden Tag schicken mir meine Eltern einen aufmunternden Spruch oder ein schönes Zitat, doch es wird nicht besser, jedenfalls nicht viel. Ich würde den Menschen um mich herum gerne viel mehr Freude machen, aber ich scheitere unaufhörlich, was mich noch mehr verunsichert. Bald ist der entscheidende Termin beim Dr. Herzklappengott, bald weiß ich, wie es weitergehen wird. Hoffentlich nicht genauso. Ich hasse die Betablocker mittlerweile.

Als ich völlig gerädert von der einstündigen U-Bahn-Fahrt von der Therapie zurückkomme, ruft mich Kevin an. Ich bin zu müde, um ranzugehen. Es klingelt noch mal. Ich gehe ran, aber bevor ich auch nur Hallo sagen kann, hat er schon diesen hektischen Ton drauf und schießt sofort los: »Pass auf, ich habe einen mexikanischen Schamanen für dich aufgetrieben, der hat aber nur heute Zeit! Ich schick dir gleich die Adresse, wo du ihn abholen musst.«

»Ist der diplomierter Hexer, oder wie? Auf gar keinen Fall mach' ich das!«

»Klar machst du das! Du brauchst noch neunzigprozentigen Alkohol, destilliertes Wasser, eine weiße Blume und ein Ei. Habe ich dir alles besorgt, bring' ich vorbei.«

Dann legt er auf, um eine Minute später noch mal anzurufen. »Bist du noch nicht weg? Beeil dich, du kannst einen Schamanen nicht warten lassen!«

Ich sehe ein, dass ich keine Wahl habe, und kämpfe mich vom Sofa hoch.

An der Bushaltestelle steht ein hübscher, schmaler Mann mit Zöpfen und einer bestickten Jacke mit einem Hirschen drauf, die aus mindestens zwanzig verschiedenen Farben besteht. Ich tippe mal, dass das mein Mann ist. Er folgt mir hinunter in den U-Bahn-Schacht und stellt sich auf Englisch als Jesus vor. Wie auch sonst. Ich hasse Kevin in diesem Moment. Jesus sagt auch noch: »Your friend, Kevin, a lot of energy. A lot.«

»Yes, a lot«, bestätige ich und mache mit meinem Zeigefinger eine kreisende Bewegung auf Höhe meiner Schläfe, das internationale Zeichen für verrückt.

Der Besagte steht auch schon vor meinem Haus, als wir ankommen, drückt mir einen Beutel mit dem Schamanenzubehör und eine lange weiße Blume in die Hand und sagt: »Es ist extra ein Bio-Ei.«

Jesus und ich gehen nach oben. Tatsächlich hilft er mir sehr fürsorglich bei den vielen Treppen, indem er mich abstützt.

Als wir oben angekommen sind, serviere ich dem Schamanen eine Kinderschokolade und einen Kräutertee, und es geht los.

Er legt einen Stapel Tarotkarten auf den Tisch und fordert mich auf, diese gut zu mischen. Dann übernimmt er die Karten und lässt mich nach und nach acht Karten ziehen, die er nach einem bestimmten Muster vor sich positioniert, sodass sie ein Rechteck mit drei Reihen bilden. Die bunten Zeichnungen darauf sehen sehr hübsch aus. Einerseits hasse ich Esoterik und habe keinerlei Hang dazu, andererseits bringt es auch nichts, jetzt die gesamte Sitzung lang ein bockiger Teenager zu sein und nicht mitzumachen. Außerdem ist mir Jesus – ob ich will oder nicht – ziemlich sympathisch.

Er fordert mich auf, ein Handyfoto von der Kartenkonstellation zu machen, »in case you forget«. Keine Sorge, ich vergesse ganz bestimmt nicht, was mir da eingebrockt wurde, denke ich, und mache brav mein Foto.

Jesus sieht sich konzentriert die Karten an und sagt schließlich: »You were very sick. Krank.«

Ah, er spricht auch Deutsch. Ich nicke, das kann Kevin ihm ja erzählt haben. So leicht kriegt man mich nicht. Da kann ich ja gleich bei diesen Wahrsagern im Fernsehen anrufen, die mir dann raten, vorsichtig im Straßenverkehr zu sein, was bei mir als verwirrtester Autofahrerin Deutschlands sowieso immer Sinn macht. Wenn mir dann nichts passiert, hatte der Wahrsager recht, und wenn ich einen Unfall habe, dann sowieso. Man muss schon besser tricksen, um mich zu kriegen.

»You keep seeing a kleine Tier, a rat maybe or else, what animal is it?«

Okay, das haut mich jetzt ziemlich um. Eine Ratte ist ziemlich nah dran. Mir fällt das Wort nicht ein. »I see ein Eichhörnchen. Do you know Eichhörnchen?«

Jesus nickt, kennt er. »Squirrel. Don't worry, the squirrel is dein Freund. Nettes squirrel, hilft dir.«

Mist, jetzt hat er mich fast, der Schamane. Das mit dem winkenden Eichhörnchen habe ich dem Kevster nicht erzählt.

Jesus tippt auf eine Karte mit vielen grauen Gesichtern, die alle zu schreien scheinen, wie auf dem berühmten Gemälde von Munch. Es ist eine unheimliche Karte, von der mich Hunderte Augen anstarren.

»Warst du an unheimlichen Ort, scary place?«, fragt der Schamane sofort. Ich nicke und sehe ihn gespannt an. »You didn't like it there. Nur dein Kopf und dein Seele waren an diese Ort. Dein Körper war schwach.« Ich bin fasziniert, warte, bis er weiterspricht. »I don't know what it is. You were very sick. Maybe you were unconscious?«

Ich nicke. »Coma. I was in a coma.«

»Oh yes, it was a very scary place for you. Partly you are still there.«

Mir läuft es kalt den Rücken herunter. Er hat wahrscheinlich recht. Wahrscheinlich ist ein Teil von mir noch im Koma oder in dieser anderen Welt. All meine Albträume, die schrecklichen entstellten Monster, die ich gesehen habe, erscheinen vor meinem inneren Auge und machen mir Angst: »Was it real, what I saw in my dreams? The monsters?«

»What do you mean, real? Everything is real. Everything, darling.«

Jesus tippt auf die nächste Karte, und ich sage, erleichtert über den Themenwechsel: »I like this card.«

»Warum?«

Ich weiß es nicht. »There is a lion on it, I like lions.« Löwen mag ich wirklich.

Der Schamane grinst und sagt nur sanft: »Look closer. What do you see?«

Ich schaue mir die Karte genauer an und sehe jetzt erst, dass der Löwe inmitten einer Schafherde steht. Er hat sich selbst ein Schaffell über den Rücken gelegt.

Jesus tippt auf den Löwen. »Das is you. But you are hiding.« Ich bin ein Löwe, der sich versteckt. Ich verstehe gar nichts. »Du kannst viel, aber du willst ein Schaf sein. In Job und in Liebe bist du ein Schaf.«

Ich sehe ihn mit großen Augen an, und dann bricht es aus mir heraus. Ich lache und lache. »You are right! I'm a Schaf!«

Jesus lacht auch. In dem Moment, als er es aussprach, wusste ich, dass es stimmt. Jetzt hat er mich komplett. Ich bin interessiert und eventuell in dieser Sekunde zur Esoterikerin geworden. Vielleicht ist das, was Jesus macht, aber auch etwas anderes?

»If you want to be happy, du musst werden wie ein lion!«

Er erklärt mir, dass ich mich für gewöhnlich kleiner mache, als ich bin, weil ich es allen recht machen möchte. Aber anscheinend wird das gar nicht von mir verlangt.

»People are happy when you tell them, what you want. They don't want you to be another sheep. Alle erlauben dir, dass du Nein sagst oder auch sagst, was du willst. Niemand ist böse at you aus diesem Grund. Stop saying ›Entschuldigung‹, when du sagst, was du denkst.«

Ist das der Grund, warum ich fast nie Wut spüre, weil ich für mich nichts verlange? Mache ich mich permanent klein? Ich denke an den blöden Makaken aus der Reha und spüre tatsächlich nichts. Der Schamane bringt mich ganz schön durcheinander. Vielleicht ist das aber langsam auch mal fällig.

»How do I become a lion?«, frage ich ungeduldig weiter.

Jesus nickt und tippt auf die nächste Karte, auf der ein dicker Mönch abgebildet ist, der auf einem kleinen Felsen balanciert und dabei einen Schmetterling betrachtet, der auf seinem Zeigefinger sitzt. Jesus erklärt mir, dass der Mönch für Weisheit steht.

»He is an old man with a lot of experience, but he is happy like a child.«

Ich soll also das Leben mit meiner gewonnenen Erfahrung betrachten, aber dabei trotzdem meine kindliche Neugier nicht verlieren, so wie der Mönch den Schmetterling betrachtet und sich daran erfreut. Das ist der Weg, um wieder leicht zu werden, ohne dabei den Bodenkontakt zu verlieren.

Ich kann mich nicht daran erinnern, wann ich das letzte Mal etwas ganz in Ruhe betrachtet habe, ohne mir im Hinterkopf Sorgen zu machen und ohne Angst um meine Zukunft. Gleichzeitig sehne ich mich so sehr danach, einfach mal wieder nicht zu denken. Kein leichtes Unterfangen bei einem neurotischen und seit Neuestem auch noch traumatisierten Menschen. Die Klarheit, mit der der Schamane mein Leben betrachtet, haut mich um.

Die nächste Karte ist ein Kind, das vor einem schwarzen Tor steht und in einen wunderschönen Garten schaut. Wieder fordert mich Jesus auf, genauer hinzusehen. Und tatsächlich, das kleine Schloss, das vom Tor herunterhängt, ist geöffnet.

»Das bist du. Du kannst in the garden laufen, aber du denkst, es is zu, closed. Aber du musst nur weitergehen.« Tatsächlich spüre ich so viel Lebenshunger, so viel Sehnsucht in mir, aber warum lebe ich das nicht aus? »Ein Person is holding you back.« Bevor er den nächsten Satz sagt, weiß ich intuitiv, was kommt. »Maybe a boyfriend or a girlfriend?«

»Boyfriend«, sage ich knapp und atme laut hörbar durch die Nase aus. Der Termin macht mir keinen Spaß mehr, ich will alleine sein.

»Don't worry. It can alles be good. Musst nicht trennen vielleicht, nur die Liebe besser machen.«

»Aha. That's not easy«, erwidere ich deprimiert.

»No, it's not. But it's possible. Etwas musst du ändern. Du bist nicht glücklich. Du verhungern. Er gibt dir nichts. And, das ist wichtig, most important thing: You have to make a decision! Du bleibst mit dein Boyfriend, aber ihr müsst etwas ändern, or you have to end the relationship! It is your choice, and then you will be happy. Aber erst mal wir sagen goodbye to the old life.«

Ich hätte eigentlich lieber gehört, dass mein Freund mich über alles liebt und alles gut ist. Ich würde mich so gerne endlich mal ausruhen – von allem. Immerhin scheine ich wenigstens die Wahl zu haben zwischen einer Veränderung der Beziehung oder Schluss machen. In dem Moment, in dem er es ausgesprochen hat, habe ich sowieso gemerkt, dass er recht hat. Es muss sich etwas ändern, sonst werden Olli und ich todunglücklich.

Ich glaube, wir brauchen mal wieder Spaß, vielleicht

eine neue Erinnerung, die ausnahmsweise mal glücklich ist. Wo ist unsere Leichtigkeit geblieben, fragt man sich doch immer, kurz bevor eine Beziehung den Bach hinuntergeht. Olli und ich scheinen bis jetzt noch am Ufer des Baches zu stehen, und ich werde uns retten. Das schwöre ich mir in diesem Moment.

Die nächste Karte scheint ein vergangenes Leben von mir zu symbolisieren. Das finde ich jetzt wieder interessant.

»You were a very important person in your earlier life«, sagt der Schamane und nickt beeindruckt.

Plötzlich krampft sich vor Aufregung mein Magen zusammen. Eine Erinnerung kommt mir schlagartig in den Sinn. Ich erinnere mich, dass mir beim Anblick der Nofretete hier im Neuen Museum ein Schauer über den Rücken lief und ich derart tief berührt war, dass ich mich minutenlang nicht bewegen konnte. Ganz sicher hat meine Vergangenheit etwas damit zu tun. Es war so ein starkes Gefühl, als hätte ich mich in ihr erkannt. Vielleicht bin ich, Rahel Wald, immer abgebrannte, kleine Autorin einmal Königin gewesen? Warum denn auch nicht.

Ich werde ungeduldig, als Jesus so lange auf den Karten herumschaut und die Stirn runzelt. »Was I a princess maybe? Or a queen? I was a queen, right? Ich fühle es.«

Ich bin ganz aufgeregt. Jesus lächelt mich nett an, tätschelt meine Hand und sagt einfach: »No.«

Ich bin enttäuscht. Und dann kommt Folgendes: »You were a very powerful …« Ja, was denn? Er zögert und dann kommt: »Single man.« Wie bitte? Ich war ein alleinstehender Mann? Das ist ungefähr das enttäuschendste Vorleben, das ich mir vorstellen kann. Ich war noch nicht einmal eine Frau? Ich wäre im Prinzip ja auch mit einer schönen Sklavin zufrieden gewesen, aber ein Typ? Und dann auch noch ein Alleinstehender? Deswegen bin ich wahrscheinlich so ein komischer Mensch geworden, weil dieser einsame Machtmann noch immer in mir steckt.

»You sure I was not Nofretete?« Jesus muss lachen, ich auch ein wenig. Wahrscheinlich will jede dritte Frau die schöne Königin gewesen sein.

»Don't be sad. You were very poor first and then you worked a lot and became very rich. Ein Geschenk. Gut für dein Leben jetzt, du kannst viel, viel arbeiten. Let's look who you will become!«

Er lässt mich eine Karte ziehen und nimmt sie verdeckt an sich. Wer bin ich wohl jetzt? Ich hoffe, dass wenigstens jetzt eine Frau kommt. Jesus dreht die Karte um, und dort steht tatsächlich: Der Narr.

Ich schüttele den Kopf. »No, I don't want to be ›der Narr‹. It's even worse.«

»No, it's great!«, ruft der Schamane aufgeregt. »It's a fantastic card!«

Ich bin anderer Meinung. Wer will denn bitte ein Narr sein? Ich betrachte die lächerliche Figur auf der Karte, die einen bunten engen Anzug trägt und einen Hut und Schuhe mit Glöckchen. Der Narr balanciert beziehungsweise tänzelt auf einem gespannten Seil entlang.

»Listen to me, darling«, sagt Jesus sanft. »This person here«, er tippt dabei auf den lächerlichen Narr, »he lives outside the system. He only follows his own rules. You can have your own rules, darling, you will be free like a bird. Nobody can tell you what to do. He doesn't bow down for anyone.«

Das gefällt mir schon besser. Jetzt, wo ich so sehr in meinem schwachen Körper gefangen bin und mir die Arbeit so verdammt schwerfällt, wünsche ich mir tatsächlich nichts auf der Welt mehr, als frei zu sein. Das spüre ich ganz deutlich.

Auch der Schamane ist begeistert. Er kichert: »You look like this nice lady, but inside you are completely crazy. That's great!«

Ich weiß nicht, ob das wirklich Anlass zur Freude ist, muss aber herzlich mitlachen. Ich bin jetzt also offiziell irre. Ich sitze ja auch mit einem Schamanen in meiner Küche, was soll ich also sonst sein? Irgendwie finde ich es lustig, dass ich dieser Mann mit Glöckchen an den Schuhen sein soll.

Vielleicht wird mir das Leben insgesamt leichter fallen, wenn ich mir vorstelle, dass ich mit einem selbstbewussten Grinsen im Gesicht ein Seil entlangtanze? Die letzten Wochen haben sich so angefühlt, als hätte ich Betonklötze an beiden Beinen und müsste einen Marathon laufen. Ich beginne, den Narren in mein Herz zu schließen. Vielleicht ist eine tanzende Verrückte zu sein nicht die schlechteste Zukunftsvision, die man sich vorstellen kann.

Meine Gedanken werden unterbrochen von Jesus, der aufsteht und sich die Flasche mit dem Alkohol greift. »Don't worry. All good«, sagt er zu mir, während er ein Pentagramm auf den Boden tröpfelt und das Ganze dann mit einem Feuerzeug ansteckt. Jesus bedeutet mir, näher zu treten. Ich trotte ängstlich nach vorne.

»Isn't it the sign of the devil?«, hake ich unbeholfen nach, jetzt, wo ich schon direkt davorstehe.

»Yes, it has many meanings. Who is the devil anyway?«, sagt Jesus und betrachtet stolz meinen brennenden Küchenboden. Was wird das hier eigentlich, und viel wichtiger noch: Was hat Jesus bloß mit dem Ei vor? Ich habe überhaupt keine Lust, jetzt auch noch das Ei auf den Kopf zu kriegen. Doch nichts dergleichen geschieht.

Der Schamane nimmt meine Arme und fährt mit seiner Hand immer wieder darüber in Richtung Feuer. Er murmelt immer wieder »dolor« und »evanescet«. Das scheinen Schamanen und Ärzte also gemeinsam zu haben, die Liebe zur lateinischen Sprache. So oft habe ich meine Kenntnisse noch nie angewendet. Schmerz verschwinde, bedeutet das, glaube ich. Dann soll ich mich setzen und die Augen schließen. Jetzt kommt bestimmt das Ei.

Ich täusche mich. Jesus beginnt mit glockenheller Stimme zu singen, diesmal auf Spanisch. Das glaube ich zumindest. Ich kann kein Spanisch. Doch bevor ich ihn fragen kann, passiert etwas Merkwürdiges. Er gibt eine Art Kommando, das Lied stoppt, und als wären Wasserhähne aufgedreht worden, fließt es nass aus meinen Augen heraus. Es fühlt sich nicht an wie Weinen, obwohl es das technisch ja ist. Er streicht mit der weißen Blume über mein Gesicht. Ganze Seen kommen aus mir heraus. Eben hatten wir Feuer und jetzt produziere ich einen Ozean. Eine ganze Weile lang sitze ich so da, regungslos, und lasse die Tränen herunterlaufen. Dann gibt Jesus auf Spanisch erneut eine Art Kommando, und es hört schlagartig auf. Ich versuche, noch ein winziges Tröpfchen aus mir herauszudrücken, aber nichts geht mehr. Rien na va plus.

Ich darf die Augen wieder aufmachen. Ich bin so erschöpft. Dann kommt das große Finale. Jesus gießt das destillierte Wasser in ein Glas und schlägt das Ei hinein. Er nickt zufrieden.

»Keine alten Geister mehr von deine coma. They are all gone.« Er zeigt auf ein paar kleine weiße Schlieren. »This is only some small problems you have to deal with in the future. Don't worry, you will be happy.« Und sofort erklingt der Song in meinem Kopf. Ich bin leichter ablenkbar als jeder Hundewelpe. Jesus wirft sich seine Hirschjacke über. »Now you sleep. I will leave. Your friend Kevin paid me. All good.«

»Oh, thank you so much! How much was it?«

»80 Euros, darling. Now sleep.«

Er lässt die Tür zufallen. Nur die Flaschen mit dem Wasser und dem Alkohol stehen noch da. Die Blume stelle ich in eine kleine Vase, den Rest räume ich weg. Dann setze ich mich aufs Sofa und falle sofort in einen tiefen Schlaf.

Als ich die Augen wieder öffne, scheint die Sonne ins Zimmer. Ich habe tatsächlich im Sitzen geschlafen.

»Oh, du bist ja wach«, sagt Olli. Er hat einen Smoking an. »Du musst langsam mal unter die Dusche. Wir müssen bald los.«

Ich bin verwirrt. »Wohin?«

»Zum Filmpreis. Wir müssen in einer guten Stunde da sein.«

»Das ist doch erst morgen«, sage ich genervt.

»Heute ist morgen. Du hast ungefähr sechzehn Stunden durchgeschlafen.«

Ich sehe Olli erschrocken an »Ich wollte doch noch schreiben.«

Er lacht. »Daraus wird nichts. Hopp, hopp, du musst dich fertig machen!«

Mühselig rappele ich mich vom Sofa hoch und sehe auf die Wanduhr. Tatsächlich scheine ich sechzehn Stunden geschlafen zu haben. Im Sitzen. Die nächste Sache, die mir auffällt, ist, dass ich keinen einzigen Albtraum hatte, so wie bisher jede Nacht. Sind die Monster tatsächlich weg? Und überhaupt fühle ich mich so leicht wie schon lange nicht mehr. Mit einem für meine Verhältnisse extrem elastischen Gang schlendere ich zum Bad. Bevor ich die Tür schließe, drehe ich mich noch einmal zu Olli um.

»Wusstest du, dass ich eigentlich Glöckchen an den Füßen habe?«

»Bitte was?«

»Erkläre ich dir später«, sage ich und schließe lachend die Badezimmertür. Ich sehe in den Spiegel und entdecke, dass das Lachen immer noch da ist. Ich weiß, jetzt wird sich endlich etwas verändern, und ich freue mich darauf.

ICH FALLE

Es kann losgehen. Ich sehe meinen gut aussehenden Freund an und platze vor Aufregung und Vorfreude auf unseren ersten schönen Abend seit langer Zeit.

Im Prinzip habe ich auch einen kleinen Erfolg zu feiern.

Stefan, mein Produzent, ließ mir heute Morgen durch eine seiner Assistentinnen mitteilen, dass Attila, der Filmstar, der mich in der Klinik anrief, Interesse an meinem zukünftigen Buch bekundet hat. Da er nicht selbst angerufen hat, sondern die Produktion anfragen ließ, werte ich das als offizielles Angebot. Das ist die gute Nachricht, die schlechte ist, dass es noch kein Drehbuch gibt, aber das bekomme ich schon in den Griff.

Einerseits schicken alle Gute-Besserungs-Karten, andererseits hat niemand wirklich Verständnis für meine Langsamkeit. Meine Waffe dagegen sind Lügen. Lügen über die tollen Fortschritte des Drehbuchs, Lügen über meine Leistungsfähigkeit und Lügen über meine rosigen gesundheitlichen Prognosen. Aber von der schnöden Realität lasse ich mir heute nicht die Laune verderben.

Meine Mutter hat mir hundertfünfzig Euro für ein schönes Kleid überwiesen, von denen ich mir eine Art dunkelblaues

Zelt mit großem Ausschnitt gekauft habe. Ich sehe aus wie eine schöne und gerechte, aber sehr strenge Klavierlehrerin. Als ich meine hohen Schuhe anziehe, bin ich schwindelig vor Glück beim Anblick meines Gesamtkunstwerkes. Olli biegt um die Ecke und stößt einen beeindruckten Pfiff aus.

»Bist du bereit, mit dieser Krönung von Schönheit und Liebreiz den Abend zu verbringen? Ich muss wissen, ob du der Sache auch gewachsen bist.«

Er legt den Arm um mich und zieht mich an sich. »Wie soll ich das beantworten, wo so viel Liebreiz noch nie zur Schau gestellt wurde? Es werden sich Menschentrauben bilden.«

»Ich weiß, man muss den Menschen auch mal was Schönes bieten.«

Wir lachen. Da sind wir ja wieder. Ich schnappe mir meine Tasche und steige mit ihm ins Taxi. Als wir an der Gästeschlange ankommen, wird mir heiß und kalt vor lauter Aufregung. Doina, die Schauspielerin aus meinem aktuellen Film, die gerade von einer Limousine direkt am roten Teppich abgesetzt wurde, dreht sich um und läuft in die entgegengesetzte Richtung, direkt auf mich zu.

»Wie toll du aussiehst!«, ruft sie schon von Weitem und umarmt mich so schwungvoll, dass ich beinahe hinfalle mit den hohen Schuhen. Sie bedankt sich bei mir noch mal für die schönen Dialoge, die ich ihr geschrieben habe, und freut sich, dass ich wieder gesund aussehe. Dabei drückt sie die ganze Zeit meine Hand. Ein guter Anfang.

Ich gehe mit Olli zum Gästecounter, wir bekommen unsere Bändchen und dann stellen wir uns in der Schlange ohne Foto an. Um den Ablauf zu beschleunigen, gibt es bei den meisten Filmveranstaltungen immer zwei Wege über den Teppich. Vorne entlang, also vor der Logowand, ist reserviert für alle, die »ein Gesicht« sind, wie Schauspieler und einige bekannte Produzenten und Regisseure. Der Großteil der Meute geht hinter der Wand entlang direkt zum Eingang.

Olli und ich beobachten den lustigen Posing-Zirkus im Zusammenspiel mit den Fotografen. Die am häufigsten gerufenen Begriffe seitens der Fotografen sind »Küsschen, Küsschen«, dann schickt der Mensch auf dem Teppich einen Luftkuss Richtung Kamera, »ohne Jacke« wird gerufen, wenn die Fotografen mehr Haut sehen wollen, weil ihnen niemand ein Bild in Verhüllung abkauft, einfach nur »ohne« wird gerufen, wenn ein erschrockener, nicht berühmter Ehepartner sich zu lange mit auf dem Bild herumtreibt oder wenn ein weniger berühmter Promi zu lange neben einem sehr berühmten steht und weg soll. In erster Linie ist das ganze Schauspiel vorher viel lustiger als die Show danach.

Olli und ich sehen einen überehrgeizigen YouTuber, der sich fürs Foto selbst einen gespielten rechten Haken versetzt, um sich neben die erschrockene Filmakademiepräsidentin Iris Berben zu drängeln. Und, schwupp, hat Frau Berben einen fremden Arm um die Taille, dreht sich aber direkt mit einem höflichen Lächeln zur Seite, sodass der aufdringliche Kollege sie aus der Klammerhaltung entlassen muss. Ich bin beeindruckt.

Ein Schauspieler vollführt immer wieder, bis zur Erschöpfung, einen Sprung, bei dem er beide Hacken zusammenschlägt und verrückte Grimassen schneidet. Wir sind uns sicher, dass er damit in die *Bunte* kommt.

Am liebsten mögen wir allerdings die Fingerpistole, kombiniert mit einem schelmisch zugekniffenen Auge. Das kommt oft vor und ist wie eines dieser Emojis, bei denen einem die Bedeutung immer ein Stück weit ein Rätsel bleibt.

Ungefähr alle zwei Minuten entdeckt uns jemand von der Filmakademie oder ein Autorenkollege und begrüßt mich freudig. So oft bin ich seit Jahren nicht umarmt worden, und die Veranstaltung ist ja noch nicht mal richtig losgegangen. Ein bekannter Schauspielagent stürmt auf mich zu und ruft schon von Weitem: »Wir haben uns alle solche Sorgen um dich gemacht!«

Zum ersten Mal in diesen vielen Jahren merke ich, dass ich keine Einzelkämpferin bin, so wie ich immer dachte. Auch wenn ich jeden Tag alleine in Schlafanzughose am Schreibtisch sitze, bin ich trotzdem, ohne es zu merken, Bestandteil einer riesigen Gruppe geworden. Olli ist fast genauso gerührt wie ich über die vielen netten Menschen, die auf mich zukommen.

Ich sehe Attila, den Filmstar, der angeblich Interesse an meinem Buch hat. Gestern habe ich eine Sammlung der besten Szenen, den hoffentlich vielversprechenden Anfang des Buches und eine inhaltliche Zusammenfassung an ihn und Stefan, unseren Produzenten, geschickt. Angeblich hat ihm alles gut gefallen.

Ich winke also selbstbewusst herüber, er guckt grimmig

zurück. Nach ein paar Minuten flüstert ihm seine Presseagentin etwas ins Ohr, vermutlich dass ich das ja bin, daraufhin erkennt er mich und winkt auch. Das ist der einzige etwas merkwürdige Moment.

Die meisten berühmten Schauspieler werden permanent von allen Seiten bedrängt, so sehr, dass sie sich abgewöhnen, den Menschen in die Augen zu sehen. Sie trainieren sich als Abwehrtaktik einen leeren Blick an, der an allen vorbeischaut.

Die einen werden zu viel gesehen, die anderen zu wenig. Das hat natürlich Auswirkungen, und in der Folge habe ich, was die Filmbranche betrifft, mittlerweile relativ niedrige Erwartungen an zwischenmenschliche Umgangsformen. Damit fahre ich sehr gut, und die Enttäuschungen sind weniger geworden. Was mich allerdings bei Laune hält, ist, dass die Verfilmung meines Drehbuchs anscheinend in greifbare Nähe gerückt ist, und darauf bin ich sehr stolz.

Als Olli und ich im Festsaal Platz nehmen, beginnt auch schon die Show. Ich bin euphorisiert davon, dass ich mich fast wieder fühle wie ein richtiger Mensch. Tatsächlich habe ich einmal von einer wissenschaftlichen Untersuchung gelesen, bei der herausgekommen ist, dass man schneller gesund wird, wenn man von Gesunden umgeben ist. Man wird angeblich auch schneller reich, wenn man in der besten Gegend wohnt. Das kann ich leider nicht bestätigen, nur dass die Miete dauernd erhöht wird.

Auf der Bühne gewinnt Helene Hegemann gerade einen Filmpreis für ihren unfassbar guten Kinofilm *Bungalow*. Darin geht es um ein einsames Mädchen mit verrückter

Mutter, das sich heftig in ein Bohemianpaar verliebt, so sehr und mit solch einer Kraft, dass es wehtut. Das war schmerzhaft für mich anzuschauen, als ich den Film gesehen habe, weil es mich so sehr an mich und meine Liebesbedürftigkeit erinnerte. Gleichzeitig fühlte ich mich so tröstlich verstanden.

Eine Szene ging mir nicht aus dem Kopf, in ihr schleicht sich das Mädchen mitten im Winter in den Garten des Bungalows, in dem die beiden leben. Es robbt über eine Mauer und liegt dann draußen vor der Terrassentür im Schnee und beobachtet die Frau und den Mann – ihre Frau und ihren Mann – dabei, wie sie eine Party feiern. Das Mädchen erfriert fast dabei.

Als ich das sah, fiel mir sofort eine Situation aus meiner Schulzeit ein. Dort war ich nah am Rande des Wahnsinns in Carl, einen Jungen aus Washington, verliebt. Nur ganz selten besuchte er seine Großeltern, die in einer wunderschönen Jugendstilvilla bei uns um die Ecke wohnten. Wir waren uns flüchtig aus der Grundschule bekannt, als er und seine Eltern noch hier wohnten, und ich hatte ihn damals einmal von mir abschreiben lassen. Sehr selten sah ich ihn bei seinen Besuchen aus der Ferne und erstarrte immer sofort zur Salzsäule oder rannte wie vom Affen gebissen davon. Darauf begründete sich im Prinzip unsere ganze Beziehung.

Ich war besessen von seinen langen Wimpern und dem androgynen Mädchengesicht. Außerdem war seine gesamte Familie wunderschön, und das faszinierte mich. Alles an seinen Großeltern, vom Auto bis hin zu ihren Mänteln, war von erlesener Güte. Sogar der Garten war, soweit ich es bei meinen heimlichen Besuchen beurteilen konnte, von einem Profi gepflegt und angelegt zum Lustwandeln, wie ich das aus historischen Filmen und der Besichtigung von Schlössern auf Klassenfahrten kannte. Carl war mein persönlicher, dreizehnjähriger Dorian Gray.

Einmal bekam ich zufällig mit, dass er wieder zu Besuch war. Mein Bruder fand ihn affig, weil er Erwachsenenhalbschuhe und hellblaue Hemden trug. Ich als Trägerin geerbter eitergelber Nickipullis fand das wahnsinnig exotisch.

Auf jeden Fall hatte Juri ihn auf der Straße getroffen, als er gerade ins Haus seiner Großeltern hineinging. Ich schlang daraufhin in circa drei Sekunden mein Mittagessen hinunter und rannte sofort in mein Zimmer, um mich wie eine Faschingsprinzessin zu schminken. Bessere Fähigkeiten hatte ich damals leider nicht. Dann stahl ich den viel zu großen Kamelhaarmantel meiner Mutter und ihre gefälschten Chanelohrringe.

In diesem Kinderprostituiertenlook versteckte ich mich in einem kleinen Busch gegenüber vom Großelternhaus. Der Plan war, sofort wenn Carl dort aus der Tür treten würde, lässig den Weg herunterzuschlendern und »Hi, was für 'ne Überraschung« zu sagen. Das war mein Text, nachdem ich unzählige andere Entwürfe wie »Hey, na?« oder »Potzblitz, was machst du denn hier?« ausgeschlossen hatte.

Dummerweise hatte mein Plan einen Haken. Pünktlich um zwölf klingelte in der Ferne irgendeine Glocke, und innerhalb von Sekunden war ich umzingelt von ungefähr zwanzig heimlichen Rauchern aus der Berufsschule nebenan. Im Busch hockend, mit dem viel zu großen Mantel an, muss ich ihr Misstrauen geweckt haben, denn sie ließen sich durch nichts abwimmeln. Meine Ausrede war, dass ich mich hier verabredet hatte, aber zu früh gewesen sei.

»Hier in unserer Raucherecke? Wieso?«

»Ich finde, dass euch das nichts angeht, was ich hier verabrede«, sagte ich pseudoselbstbewusst. Als sie mich mehr und mehr in die Enge trieben, sagte ich noch: »Die Freundin, die ich hier treffen will, ist Kettenraucherin, deswegen.« Aber es half nichts, und ich wurde vertrieben. Carl sah ich nie wieder.

Inzwischen ist die Hälfte des Filmpreises vorbei. Katja Riemann und Jasmin Tabatabai betreten die Bühne. Aus dem Hintergrund erklingt traurige Violinenmusik, und was dann kommt, zerreißt mich fast. Die Schauspielerinnen stellen sich dezent an den Bühnenrand und beginnen zu singen. Auf der Leinwand erscheint ein Schwarz-Weiß-Foto nach dem anderen, von Regisseuren, Drehbuchautoren und Schauspielern. Es sind all die Menschen, die in diesem Jahr gestorben sind.

Ich starre nach vorne und versuche, die Fassung zu bewahren, bloß nicht schon wieder weinen. Ich habe in den letzten Monaten genug geweint für immer, finde ich. Olli weiß, woran ich denke, und berührt sanft mein Bein. Ich schaffe es, mich zusammenzureißen, aber in meinem Magen klafft ein brennendes Loch, das sich bis zum Ende der Show nicht beruhigt.

Als wir rausgehen auf die Afterparty, bin ich in beklommener Stimmung. Jemand tippt mir von hinten auf die Schulter, es sind Atilla und Stefan, der Produzent. Beide sind klein und gedrungen wie gut trainierte Bulldoggen, Attila ist natürlich der Hübschere. Trotzdem könnten beide problemlos in einem Mafiadrama mitspielen in ihren zum Platzen gespannten Smokings. Ich fühle mich gut, weil ich ja weiß, dass Attila mein Buch machen will. Er gibt mir Küsschen rechts und links.

»Na, wie geht's? Siehst ja eigentlich ganz okay aus«, gibt er erstaunt von sich. Stefan nickt bekräftigend. Im Schlepptau haben sie einen Mann mit kalten Augen, den Studioboss Jürgensen, der eher so wirkt, als wäre er ein Fan von Attila, weil er bei jedem flachen Witz wie eine Hyäne auflacht, sogar als Attila zu Stefan sagt: »Du läufst ja wie eine Ballerina, oder wie heißt das große graue Tier mit dem Rüssel?«

Jürgensen kann sich kaum halten, so lustig findet er das. Er ist ohnehin in der Branche bekannt für seinen willkürlichen und schlechten Filmgeschmack. Mir ist alles egal, solange mein Buch gemacht wird.

Ich schlucke mein mieses Gefühl von eben so gut es geht herunter und lächle. »Eigentlich ist alles wieder mehr oder weniger in Ordnung«, lüge ich. »Natürlich war es am Anfang schwierig und ich konnte nicht so viel …« Ich merke, dass ich das Interesse meiner Zuhörer bereits verloren habe und höre auf zu sprechen. Wenn ich nur nicht so verdammt pleite wäre! Keine Schwäche zeigen, keine Schwäche zeigen. »Aber das Schöne ist ja, dass ich noch lebe. Das ist das Wichtigste«, plappere ich unbeholfen.

Attila nickt und sieht mich dabei prüfend an. »Ich will

jetzt nicht taktlos klingen, oder so, aber wenn du das nicht packst, wäre das schon gut, wenn du Bescheid sagst. Deine Szenen gefallen mir, aber es liegt noch ein langer Weg vor uns. Das Buch muss geil werden, und ich will dieses Jahr drehen! Ich habe jetzt schon die ganze Zeit gewartet, irgendwann muss auch mal Schluss sein mit dem Ausruhen.«

Bevor ich nach einer Schrecksekunde etwas erwidern kann, ist er weg. Das kannst du haben, denke ich. Ich schreibe dir ein schönes Buch, das viel zu gut für dich ist, du Arschloch. Und dann bin ich für immer weg.

Olli, der die ganze Sache nicht mitbekommen hat, kommt mit einem Glas Sekt für mich von der Bar zurück. Ich schüttele den Kopf. Ich traue mich wegen der Betablocker nicht, Alkohol zu trinken. Jetzt noch nicht. Olli überredet mich doch, und das Glas verfehlt seine Wirkung nicht. Danach will ich noch eins und noch eins, und tanzen will ich.

Egal, wie stumpf der nächste Hit ist, der gespielt wird, ich bleibe auf der Tanzfläche und entspreche dem Klischee einer entfesselten Sekretärin auf der Firmenweihnachtsfeier. Ich scheiße darauf, wie das aussieht. Olli tanzt mit, und es fühlt sich zum ersten Mal so an, als wäre er wirklich gerne bei mir, nicht so, als wäre ich eine Bürde für ihn. Ich stelle außerdem fest, dass man mit einem dicken Hintern besser tanzen kann als mit meinem früheren knochigen Quadrat. So ganz traue ich der angetrunkenen Lebensfreude noch nicht, aber sie ist so viel besser als mein Betablockerdepressionszustand. Ich tanze und tanze, bis ich wieder zur Bar gehe, um mir noch ein Glas zu holen.

Die Stufe, hätte ich die verdammte Stufe bloß gesehen, oder hätte ich doch nicht noch ein Glas gewollt!

Der Sturz ist genauso spektakulär wie schmerzhaft. Ich liege in meinem schönen neuen Kleid wie ein großer dekorativer Seidenteppich direkt neben der Bar auf dem Boden. Als mir Olli und ein anderer Mann aufhelfen, stehe ich kurz, bis ich direkt wieder stürze. Mein Fuß tut weh, an Auftreten ist gar nicht zu denken. Den Rettungswagen kann ich noch verhindern, die Taxifahrt zur Notaufnahme nicht.

Als Olli mich in seinem absurden Smoking Huckepack nimmt und ich so zur Anmeldung reite, muss ich trotz der Schmerzen doch lachen. Der Geruch aus scharfen Reinigungsmitteln und dem üblichen Mief steigt mir in die Nase. Ein Pfleger läuft an mir vorbei, den ich irgendwoher kenne. Die weißen Plastikreihen mit genau elf Sitzflächen identifiziere ich sofort, ohne weiter nachzählen zu müssen. Eine Sitzfläche hat ein Loch. Aber ich war doch noch nie hier. Mir wird schwindelig, und ich falle und falle.

Ich sehe meine Füße im Schnee, das grelle Schild der Notaufnahme erscheint. Die Erinnerung reißt ab. Dann sehe ich Olli und mich auf einer Party. Ich trage die Lederjacke, die ich mir neu gekauft habe. Ich kann die Bilder in meinem Kopf nicht einordnen.

Die Schwester bei der Anmeldung bestätigt meine unheimliche Ahnung. Ja, ich war schon mal hier, und zwar Ende November, nur ein paar Wochen vor der Sepsis. Ich sehe Olli an, der kreidebleich wird. Dann müssen wir sofort los, hinter dem Unfallarzt her. Ich werde in einen Rollstuhl gesetzt und geschoben. Danach komme ich in eine Röhre, und schon wissen wir Bescheid. Ich habe anscheinend Pech und Glück. Der Arzt schüttelt den Kopf über mich und meine Dummheit.

»Ihre Fuß- und Wadenmuskulatur ist eindeutig zu schwach für die Schuhe. Haben Sie das nicht bedacht, dass diese Absätze etwas für Profis sind?«

»Ich bin ehemaliger Profi, ich dachte, ich krieg' das hin«, antworte ich kleinlaut und ärgere mich maßlos über meinen Größenwahn.

Natürlich wird keine harmlose Prellung diagnostiziert, so wie Olli es prophezeit hatte, sondern ein Bänderriss, der allerdings Gott sei Dank nicht operiert werden muss. Die Schwester befestigt einen Druckverband und danach eine fachgerechte Schiene an meinem Fuß. Die Krücken bekomme ich auch schon direkt vor Ort. Während aller Gespräche höre ich nur mit halbem Ohr zu.

»Wieso war ich hier? Ich war schon mal hier«, sage ich zu Olli, der meine Hand hält und ehrlich besorgt zu sein scheint. Er sieht mich verständnislos an, schüttelt den Kopf.

»Quatsch. Sehen nicht alle Krankenhäuser ähnlich aus?« Vielleicht hat er recht?

Plötzlich steigt eine unbändige Wut auf ihn in mir hoch, und ich weiß nicht, wieso. Ich sehe meinen Freund von der Seite an, den Mann, den ich so sehr liebe, und versuche zu ergründen, was er jetzt gerade falsch gemacht haben könnte. Er hilft mir liebevoll auf die Krücken, ich spüre nichts als Zorn. Warum? Das angebotene Schmerzmittel lehne ich ab, ich will klar im Kopf sein.

Als wir vom Taxi vor unserer Haustür ausgespuckt werden, toben die Bilder in meinem Kopf. Ich lasse mir von Olli die Treppe hochhelfen und versuche gleichzeitig, die in meinem Kopf herumwirbelnden Bilder zu ordnen und letztendlich zu verstehen. Und dann weiß ich es: Das ist das fehlende Puzzleteil, nach dem ich so lange gesucht habe.

Ich war in der Klinik, ganz sicher. Ich erinnere mich jetzt an das, was passiert ist.

Olli und ich, wir haben uns fürchterlich gestritten auf der Party. Es ging um eine andere Frau. Wir haben uns schreckliche Dinge an den Kopf geworfen. Die Frau war auf der Party aufgetaucht, und ich hatte Olli und sie bei einem Gespräch erwischt, während sie in der Schlange vor der Toilette warteten.

Ich wollte gerade ein Päckchen Zigaretten aus meiner Jacke holen und stand hinter ihnen an der Garderobe. Olli strich dieser anderen Frau eine struppige blonde Haarsträhne hinters Ohr, eine zärtliche Geste, in deren Genuss früher auch meine Struppigkeit gekommen war.

»Ich weiß noch nicht, wann ich wegkomme. Ich kann aber früh bei dir sein. Sie hat Abgabetermin mit ihrem Buch. Da läuft sie im Bademantel herum und ist im absoluten Ausnahmezustand. Sie checkt sowieso nicht, wann ich weggehe oder wiederkomme«, flüsterte er.

Mit »sie« war ich gemeint. Damals passte mir noch mein wirklich sehr schöner Bademantel. Die andere Frau sagte: »Ist es noch so schlimm zu Hause?« Und dann sagte Olli noch: »Ja, ich vermisse dich.« Ich hörte einen sehr leisen Schmatzer, der mir das Blut in den Adern gefrieren ließ. Betrogen werden ist sehr unwürdig. Da stand ich nun, drückte mich tiefer in den Wust der Garderobe, trocknete meine Tränen an fremden Jacken ab.

Ich sehe ihr Gesicht vor mir. Ich erinnere mich. Es ist Ollis Kollegin, die Pferdefrau von dem Foto aus der Bar.

Damals, im ersten Schreckmoment, dachte ich daran, dass Olli mir während unserer Liebe auch schon tausendmal gesagt und geschrieben hatte, dass er mich vermisste.

Immer schrieb er dabei das »dich« von »Ich vermisse dich« fälschlicherweise groß. Das machte mich noch wütender, dass er es jetzt dieser anderen Frau sagte und nicht die geringste Ahnung hatte, wie man das schreibt! Jeder Trottel weiß doch, dass das vertrauliche Anredepronomen in schriftlichen Mitteilungen kleingeschrieben wird! Das machte mich aus irgendeinem merkwürdigen Grund am wütendsten.

Wahrscheinlich war es für mich einfacher, mich damit zu beschäftigen als mit ihrer Frage »Ist es noch so schlimm zu Hause«, die mir durch Mark und Bein ging. War ich das »es«? War ich schlimm?

Im tiefsten Innern wusste ich ganz genau, was das Problem war, obwohl wir es nie ausgesprochen hatten. Egal, wie sehr Olli einen auf verrückter Hund machte, so wusste ich doch immer, dass er im Grunde eine Frau wollte, die so absurde Dinge tat wie zum Beispiel ihren Job für ihn aufgeben, um zu Hause seine Pullover nach Farben zu ordnen und ihn nach einer selbst zusammengerührten Gesichtsmaske aus Kleie und Honig mit einem frisch geschmierten Brot von Manufactum in die Kanzlei zu schicken.

Nichts davon konnte oder wollte ich. Im Prinzip hatte ich sogar eher Verachtung für dieses Modell übrig. Nicht, dass ich nicht auch gerne ein frisches Bauernbrot gehabt hätte, aber eben nicht in dieser widerwärtigen Konstellation.

Ich sehe Ollis wütendes Gesicht an diesem Abend vor mir. Ich lockte ihn mit meinen Zigaretten nach draußen, noch ganz steif vor Schreck. Mein Plan war, mich bloß nicht kleiner zu machen, als ich mich ohnehin schon fühlte. Eine Szene vor Publikum war daher nicht geplant.

Mit französischer Lässigkeit wollte ich bei einer Zigarette meine Allwissenheit demonstrieren und so tun, als würden wir uns irre gut mit der Handhabung von Liebhabern auskennen.

Meine Intention dahinter war jämmerlich. Ich wollte einfach Zeit gewinnen für einen klugen Plan, der ihn zurückholen, der alles wieder in Ordnung bringen sollte.

Dummerweise war ich nicht cool genug für meine eigenen französischen Intrigen. Als ich nämlich sagte: »Du, schlaf heute doch lieber bei ihr. Ich brauche Freiraum«, zuckte er sichtlich zusammen und wurde zwar leichenblass, aber sagte dann nur leise »Okay« und »hast du denn den Schlüssel dabei?«.

Hatte ich natürlich nicht. Während er also in seiner Jeanstasche kramte und meine Zigarette den Geist aufgab, zählte ich innerlich bis drei, bis ich losschrie.

»Wer ist sie? Wer ist diese Frau?« Olli sagte nur: »Es tut mir leid, ich habe mich verliebt.«

Verliebt?

Ich wollte ihm schrecklich wehtun, ich schrie alles heraus, was ihn möglicherweise an seinen empfindlichsten Stellen treffen würde. Dass ich ihn als rückgratlose, gallertartige Masse beschimpft habe, war, glaube ich, die netteste Bezeichnung an diesem Abend.

Und dann sehe ich uns draußen auf der Straße um die Ecke von der Bar, in der die Feier stattfand. Ich sehe Ollis Gesicht vor mir, wie er mich kalt betrachtet und einfach nur sagt: »Du bist verrückt, eine verrückte Irre, genau wie deine Mutter! Keiner kann mit dir leben, nur die Bücher! Oder schaff dir doch zwanzig Katzen an!«

Ich weiß noch, wie ich auf ihn losgegangen bin, so verletzt und in all meinen Ängsten bestätigt. So hatte er mich also gesehen, jeden Tag, wenn er nach Hause kam und ich am Schreibtisch konzentriert mein Buch tippte und dabei die Dialoge laut vor mich her sprach.

Plötzlich waren wir beide zu solchen Klischees geworden. Ich, die verwirrte Autorin mit Fußheizung unterm Schreibtisch, er, der saubere Rechtsanwalt und Hüter des guten Geschmacks. In seinem Kanzleioutfit sah er auch nur aus wie ein verkleideter Golden Retriever, der einen auf verrückter Hund macht.

Ich weiß noch, dass ich ihn am Arm gepackt habe, so fest ich konnte, und geschrien habe: »Wir gehen jetzt zusammen zu ihr, und dann will ich alles wissen!«, in dem Moment fuhr ein Taxi vorbei und hielt an.

Ab diesem Punkt gibt es in meiner Erinnerung zwei Möglichkeiten. Entweder Olli rannte zum Taxi und ich rutschte gleichzeitig im glatten Schnee aus, oder beide Ereignisse hingen zusammen und Olli hatte mich geschubst, so sehr, dass ich hinfiel. Ich lag auf der Seite im Schnee und sah die Rücklichter des wegfahrenden Taxis.

Olli war weg. Ich versuchte, ihn anzurufen, doch er ging nicht ran.

Ich weiß noch, wie mein ganzer Rumpf schmerzte beim Aufstehen. Er kam nicht nach Hause in der Nacht. Ich lag wach und hatte schreckliche Schmerzen, bis ich es irgendwann nicht mehr aushielt und mit der Trambahn zur Notaufnahme der Charité fuhr. Dort saß ich mehrere Stunden im Warteraum und zählte immer wieder die Plastikstühle durch, die Bodenfliesen, die Risse in der Decke, um meine Gedanken abzulenken.

Die zuständige Ärztin stellte drei angebrochene Rippen fest und fragte mich direkt, ohne Kenntnisse der Hintergründe, ob ich unter häuslicher Gewalt leiden würde. Ich schüttelte entschieden den Kopf. Genau genommen war unsere gemeinsame Gewalt ja auch auf der Torstraße passiert und nicht in einem Haus.

Ich bekam Schmerzmittel mit nach Hause mit der Ansage, diese bitte die nächsten Tage einzunehmen und mich dann gegebenenfalls noch mal einem Arzt vorzustellen. Letzteres tat ich natürlich nicht, da das Drehbuch fertig werden musste für die anstehenden Dreharbeiten. Ich nahm einfach weiter die Tabletten, die man auch ohne Rezept in der Apotheke erhielt.

Olli kam zurück nach Hause, wir stritten tagelang, versöhnten uns wieder, trennten uns, fanden wieder zusammen. Ich wollte um keinen Preis der Welt allein sein. Ich bettelte Olli nach jeder Trennung an, bei mir zu bleiben. Irgendwann war ich zu Tode erschöpft, hatte Schmerzen und schluckte meine Mittel – die mir Olli voll von schlechtem Gewissen besorgte.

Als es mir besser ging, trennte er sich von mir und flog nach Bali.

Holy shit. Das sind also die Schmerzmittel, die in meinem Blut gefunden wurden.

Erst bin ich erleichtert darüber, dass ich doch kein richtiger Medikamentenjunkie bin, dann trifft mich mit unglaublicher Wucht das blanke Entsetzen.

Olli sitzt am Küchentisch, hat eine Flasche Wein aufgemacht und mir auch ein Glas hingestellt, als würde das etwas helfen.

Mein erster Satz ist direkt eine Lüge. »Die andere Frau ist mir scheißegal, falls dich das interessiert. Aber du, du bist beeindruckend widerlich.«

Ich dachte, es würde sehr laut werden, stattdessen fahre ich ganz leise fort: »Nur kurz zusammengefasst: Dir war es also wichtiger, dass ich mich nicht daran erinnere, dass du ein Schwein bist und mich betrogen hast. Dafür hast du mich dann einfach mal denken lassen, dass ich medikamentenabhängig bin? Herzlichen Glückwunsch, das ist wirklich die schäbigste Entscheidung, die du jemals getroffen hast. Weißt du eigentlich, dass ich mich im Krankenhaus deswegen komplett irre gemacht habe? Ich dachte ernsthaft, ich wäre ein Junkie. Wegen dir.«

Und zum ersten Mal, seit ich Olli kenne, sehe ich ihn

weinen. Ich wünschte, es wäre mir egal. Aber ich würde sogar jetzt noch am liebsten zu ihm rüberhumpeln und ihn trösten.

»Was hätte ich denn tun sollen?«, heult er auf. »Du lagst da auf der Intensivstation, mehr tot als lebendig. Hätte ich dir da die Wahrheit erzählen sollen? Ich hatte doch die Wahl zwischen Scheiße und Scheiße. Also habe ich dir gar nichts erzählt, und das war ebenfalls eine beschissene Wahl. Du bist verdammt noch mal fast gestorben! Man durfte dir nichts erzählen, was dich aufregt. Du konntest nichts vertragen, überhaupt nichts, und daran habe ich mich gehalten. Ich geh' doch nicht auf die Intensivstation und sage: ›Oh, hey, tut mir leid, aber wir hatten uns eigentlich getrennt. Und eine andere Frau war da auch.‹ Was hätte ich denn bitte tun sollen?«

»Keine Ahnung«, schreie ich. »Auf jeden Fall nicht so ein grausamer Lügner sein! Und noch viel weniger brauche ich einen beschissenen gespielten Freund! Wofür hältst du dich eigentlich?«

»Ich wollte dir nie wehtun.«

»Soll ich dich jetzt auch noch trösten?! Hör einfach bitte auf, dir so beschissen leidzutun. Das ist erbärmlich«, heule ich auf. Ich weiß auch nicht genau, wie er mir das alles hätte sagen sollen oder wann. Ich weiß aber auch, dass ich mich verdammt armselig fühle mit meinem imaginären Freund an der Seite.

»Rahel, du lässt einem auch keine Wahl, entweder man ist der Gute oder der Böse.«

»Bist du jetzt das Opfer? Hast du mich auch betrogen, als ich im Koma lag? Da war ja quasi sturmfrei!«

Mit jedem Satz hoffe ich, dass ich widerlegt werde, aber unser Drehbuch scheint von keinem besonders guten Autor zu stammen. Es gibt keine überraschenden Wendungen, stattdessen eine Aneinanderreihung von Tiefpunkten.

»Ja, Benedicta war da, als du im Krankenhaus warst, aber sie hat mir auch sehr geholfen, damit ich stark sein konnte für dich.«

»Ich bin gerührt«, sage ich ungerührt und: »Sprich diesen lächerlichen Namen nicht aus!«

»Ich wollte doch nur, dass es dir besser geht. Dann hätten wir bestimmt geredet.«

»Wann denn? Wann wäre denn der große Tag gekommen? In ein paar Tagen, ein paar Jahren? Du wolltest es wohl richtig spannend machen!«

Olli schafft es noch nicht mal, mich richtig anzusehen. Er steht auf.

»Weißt du, es ist weder deine noch meine Schuld, dass du krank geworden bist. Ich liebe dich, als Mensch, und ich habe wirklich aus tiefstem Herzen versucht, das Richtige zu tun. Zwischendurch dachte ich auch, dass alles wieder gut wird mit uns. Dann habe ich begonnen, den Tag der Wahrheit vor mir herzuschieben. Das hat alles nur verschlimmert. Ehrlich gesagt, weiß ich gar nicht, was ich genau will. Jeden Tag denke ich zwanzig Mal, dass ich mit dir zusammenbleiben will, dass wir das alles hinbekommen, und zwanzig Mal denke ich, dass es nicht geht.«

Ich sitze auf meinem Küchenstuhl, dem neben dem Fenster, wo ich immer meinen Morgenkaffee trinke und

Olli mir gegenüber, auch an seinem Frühstücksplatz. Er sagt noch mal: »Ich weiß es einfach nicht.«

Ich sehe ihm in die Augen und sage mit fester Stimme: »Dann lass mich bitte in Ruhe. Für immer.«

Als er geht und die Tür hinter ihm zufällt, höre ich, wie meine Hoffnung in tausend Scherben zerbricht.

HOLD HEART

»Hold heart, don't beat so loud,
For me keep your calm, as he walks out on you.
No, tears, don't you come out,
If you blind me now, I'm defeated.
No lips, don't make a sound,
Don't let him hear the break in your voice.
Hand, let go of his with ease and grace,
Don't let him bleed under your nails.
Oh lord, take off thy crown,
You're my king no more with that merciless
heart.«

Ich weiß nicht, wie oft ich das Lied in den letzten Tagen gehört habe. Emiliana Torrini singt mir direkt aus der Seele. Mein Vater singt mittlerweile den gesamten Text fehlerfrei mit. Meine Mutter sagt, dass sie garantiert verrückt wird, wenn ich das Lied noch ein einziges Mal abspiele. Ich muss es aber zwanghaft um mich herum haben, anders kann ich die Umzugskisten, die wir packen, nicht ertragen, habe ich keine Orientierung mehr in diesem Riesenwust aus Dingen, die einmal miteinander verbunden waren und jetzt einfach nur noch Olli oder mir gehören.

Gestern Abend hat mir mein Vater noch mit traurigem Gesicht die Todesanzeige von Frau Rose gezeigt. Ganz so, wie sie es vorausgesehen hatte, haben sie meine Eltern kurz vor der Abreise in ihrer Heimatzeitung entdeckt.

Ich glaube, Frau Rose hat gespürt, dass sie nicht mehr lange leben wird. Wir zünden zusammen eine Kerze für sie an. Ich versprühe ein bisschen von meinem Chanel-Parfum, falls sie gerade in der Nähe sein sollte. Ich kann sie beinahe hören:

»Jetzt hören Se ma auf mit dem Theater. Hab' ich doch gesagt, dass ich gehe, und jetzt ist es halt so. Keine große Sache – Und hören Se doch auf, das teure Zeugs zu versprühen!«

Meine letzten Monate kommen mir vor wie ein Roadmovie. So viele Menschen habe ich getroffen, um dann immer weiterzugehen.

Ich schreibe Sandra eine SMS und hoffe, dass es ihr gut geht.

Der Abschied von unserer, meiner sicheren Höhle fällt mir schwer. Es war schwierig genug, eine neue Wohnung in meiner vertrauten Gegend zu finden, die einen anderen Supermarkt hat, ein anderes Postamt und ein anderes Lieblingsrestaurant.

Trotz der Beschwörungen meiner Eltern will ich nichts von den Möbeln haben und nichts von unserem Geschirr. Es ist, als wäre alles mit einem Fluch belegt. Wie bei den sieben Zwergen müsste ich dauernd denken »Hat sie von meinem Tellerchen gegessen, aus meinem Becherchen getrunken oder in meinem Bettchen gelegen?«

Es sind für mich nicht nur irgendwelche Dinge, sondern unzählige Zeugen eines Betrugs.

Heute Morgen waren wir alle zusammen bei IKEA und haben ein Bett und das All-inclusive-Topfset gekauft, für Studenten und Geschiedene. Danach auf dem Flohmarkt haben wir ein paar schöne Stühle und sogar ein Bücherregal, inklusive drei englischer Originalausgaben von Joan Didion, gefunden. Es ist mir lieber, mit den Möbeln von Fremden zusammenzuleben, als die DNA von zwei Rechtsanwälten um mich herum zu haben.

Olli ist heute bis spätabends in der Kanzlei, sodass meine Eltern und ich in Ruhe packen können. Danach ist der Plan, dass der Kevster uns alle zum Essen ausführt. Erstaunlicherweise wurde sein erster Roman noch mal neu aufgelegt, da er als Serie verfilmt wurde und jetzt auf Netflix läuft. Kevin ist also wieder in seiner reichen Phase. Beruflich läuft es ganz gut für uns. Ich habe trotz oder wegen des Liebeskummers die erste Fassung meines Drehbuchs so gut wie fertig. Als die letzte Kiste gepackt ist, durchsucht mein Vater wie ein Bluthund die gesamte Wohnung auf vergessene Dinge. Wir waren gründlich, denn er findet nur einen unters Bett gerollten verpackten Tampon.

»Den nimmst du auch mit«, sagt er feierlich, »hat er nicht verdient«, und wirft ihn in die Handtasche meiner Mutter. Ein letztes Mal koche ich uns einen Tee und ärgere mich über den altersschwachen Gasherd. Traurig sitzen wir an meinem winzigen Ex-Küchentisch. Als meine Mutter noch mal ausschwärmt, ahne ich, dass wieder eine ihrer typischen Aktionen kommt.

Und ich habe recht. Wir hören, wie sie Möbel verrückt und ein paar Dinge aus dem Regal fallen, dann ertönt mehrmals ein deutliches Knacken. Verschwitzt und mit wirrem Haar kommt sie zurück.

»So, ich habe mich um ein paar Sachen gekümmert«, sagt sie außer Atem und hält dabei ein paar schwarze Stückchen hoch. Bei genauerem Hinsehen erkenne ich die Bruchstücke einer von Ollis Free-Jazz-Platten. Meine Mutter zuckt mit den Schultern.

»Ist mir leider aus Versehen kaputtgegangen. Drei bis vier andere auch.«

»Spinnst du?«, sage ich fassungslos. »Die sind vielleicht wertvoll, das sind alte.«

Meine Mutter grinst breit. »Dann tut es mir sehr, sehr leid, dass ich so ungeschickt bin. Ich hatte die Brille nicht auf. Es könnte auch sein, dass ich ein bisschen Rotwein auf dem Teppich verschüttet habe. Ich bin aber auch ein Schussel.« Sie freut sich wie ein kleines Kind.

»Du weißt, dass man sich nicht an Menschen rächen sollte? Das ist nicht nett.«

»Rede nicht so schlecht über deine Mutter!«, sagt mein Vater und gibt mir eine Kopfnuss.

Ich sehe ein, dass diese beiden Irren nur mein Bestes wollen. Wir verstauen die kaputten Platten wieder im Regal und schließen die Tür hinter uns ab. Morgen kommen die Umzugsleute und bringen mir meine Bücher und ein paar gepackte Kisten. Mein neues Bett und die Flohmarktsachen warten schon auf mich in der neuen kleinen Balkonwohnung.

In der ersten Nacht träume ich von der Sonne. Ich strecke mein Gesicht ins Licht und liege einfach im frisch duftenden Gras eines schönen Gartens. Mehr passiert nicht. Mein Monster lässt sich nicht blicken.

Ich weiß, dass nach mir wahrscheinlich eine andere Frau in unsere Wohnung ziehen wird. Ich weiß aber auch, dass ich nichts dagegen tun kann. Zwischen all dem Schmerz spüre ich auch ein Fünkchen Erleichterung darüber, dass ich mit Ollis Lügerei und meiner daraus resultierenden Unsicherheit nichts mehr zu tun habe. In guten wie in schlechten Zeiten, sagt man ja. Die schlechten haben mit Olli keinen Spaß gemacht.

Ein Teil von mir fühlt sich freier als zuvor. Vielleicht war meine Krankheit auch eine Chance zu sehen, was wirklich in uns steckt? Wenn man erst mal erlebt hat, wie sich jemand im Ernstfall verhält, lässt sich kein Mäntelchen mehr darüber decken. Ich verstehe jetzt, was Juri damit gemeint hat, als er sagte: »Ich könnte nicht ertragen, dass sich Lissy im Zweifel sofort verpissen würde, und sie könnte nicht damit leben, dass ich das von ihr weiß.«

Olli hat mich auch im Stich gelassen und sich dabei eingeredet, dass er »das Richtige« tut. Ich bin froh, dass ich das nicht erst mit siebzig herausgefunden habe, zumindest versuche ich, es so zu sehen. Dass ich dann diejenige sein musste, die die Drecksarbeit des Schlussmachens erledigt, das nehme ich Olli allerdings übel. Zwar handelte es sich, nachdem die Wahrheit herausgekommen war, nur noch um eine Formsache, trotzdem hätte ich gerne mehr aus seinem Mund gehört als ein »Ich weiß nicht«. Eventuell war es aber auch einfach die Wahrheit.

Eigentlich kann auch niemand etwas dafür, dass der nur vier Millimeter große Nierenstein so viel Chaos angerichtet hat. Im Prinzip war ja auch davor alles ein Durcheinander, und vielleicht kommt jetzt endlich meine große Chance auf Ordnung.

Meine neue Therapeutin scheint auf jeden Fall genau dieser Meinung zu sein. Sie hat auf der rechten hinteren Seite ihres Oberkiefers eine große Zahnlücke, von der ich geradezu besessen bin. Warum hat sie die? Variante eins ist, dass sie marode Knochen hat, wie meine Großtante Ulrike, und deswegen kein Implantat möglich ist. Variante zwei in meinem Kopf ist, dass sie eventuell eine extrem schlechte Therapeutin ist und deswegen nicht das nötige Geld hat, um sich eine Brücke zu leisten. Variante drei ist, dass es ihr noch gar nicht aufgefallen ist, dass ihr mindestens drei Zähne fehlen, weil sie mit ihrem Kopf immer hundertprozentig bei ihren Patienten ist. Ich habe mich für die dritte Möglichkeit entschieden, da es bei mir und meinen Erinnerungen tatsächlich voranzugehen scheint.

Ich kann mir mittlerweile fast komplett ohne Hysterie alle meine Krankenkassenordner ansehen. Ich weine seltener und träume schöner.

Auch meine Krankenkassenrechnungen sind inzwischen fast alle geordnet und eingereicht. Die Kosten für die Intensivstation belaufen sich auf sage und schreibe zweiundachtzigtausend Euro. Ich bin wild entschlossen, genau diesen Betrag im Laufe meines Lebens zu spenden, an Organisationen für Menschen, die aus ihrem normalen Leben herausgerissen werden und wieder auf die Beine kommen müssen. Dann wäre der Kreislauf doch perfekt. Dafür muss ich aber erst mal wieder etwas verdienen.

Morgen ist der Termin bei Stefan, dem Produzenten, und direkt danach meine Herzuntersuchung. Verschieben konnte ich weder das eine noch das andere.

Direkt davor, also heute Abend, hat mir Kevin zur Ablenkung ein Tinderdate mit einem Unternehmensberater aufgebrummt. Fünf Minuten lang hatte er mein Handy in der Hand. Jetzt besitze ich einen Tinder-Account mit diversen gegenseiten »Megalikes«, einer Art Medaille, die man denjenigen verleiht, an denen man besonders hartnäckiges Interesse hegt.

In meinem Fall habe ich das nicht selbst entschieden, sondern Dr. Kevster. Er findet es wichtig, dass ich mit jemand anderem Sex habe, damit die Geister meiner alten Beziehung ausgetrieben werden. Ich bin mir unsicher, ob das unbedingt mit einem Unternehmensberater geschehen muss.

»Ganz einfach, weil du dich in den auf keinen Fall verlieben wirst, das kannst du jetzt nicht gebrauchen«, stellt Dr. Kevster fest. Er hat recht. Ich sollte wohl noch etwas warten mit den Gefühlen, da das bei mir ja in der Regel weitreichende Auswirkungen hat.

Dem Unternehmensberater werde ich hoffentlich nicht direkt verfallen und ihm in seiner Straße auflauern oder vierundzwanzig Stunden lang versuchen, seine Hobbys zu ergoogeln.

Wenigstens bin ich mittlerweile die Fußschiene los und sehe nackt nicht mehr aus wie ein Cyborg.

Als ich durch die Scheiben des Steak-Restaurants blicke, entdecke ich einen blassen Mann mit randloser Brille und einem Hemd mit aufgesticktem Monogramm, falls er mal vergessen sollte, wie er heißt.

»Hey, bist du Björn, der heimliche Axtmörder, den ich im Internet kennengelernt habe?«

»Bitte was?«, fragt der Mann konsterniert zurück. Als ich schon knallrot weitergehen will, hat er den Witz anscheinend verstanden und beginnt zu lachen.

»Sehr gut, sehr gut«, sagt er immer wieder, während ich Platz nehme. »Ich hoffe, du bist keine Vegetarierin, das Schnitzel hier ist eine Granate!« In das Wort »Vegetarierin« legt er alle Verachtung der Welt.

»Doch, bin ich«, sage ich charmant, ohne dass es stimmt. »Ich hoffe, dass die Tiere sich irgendwann an uns dafür rächen, dass wir sie in Fabriken halten und quälen, so wie in *Planet der Affen*.«

Das scheint Björn ebenfalls für einen Witz zu halten und lacht wieder schallend. Ich nehme mir vor, für den Rest des Abends etwas vom Gas zu gehen. Es soll ja ein schöner Abend werden.

Das nachfolgende Gespräch ist eher eintönig und langweilig. Ich bekomme sehr viel erklärt. Wenigstens weiß ich jetzt mehr über Berater, als ich je wissen wollte, die sich alle für ziemlich coole Hunde zu halten scheinen.

Wein ist auch noch ein großes Thema. Er erzählt völlig schamfrei, dass er auf einem Weinseminar gewesen ist, um bei Geschäftsessen auch mal mit der Weinwahl beeindrucken zu können. So stelle ich mir die Hölle vor: lauter

Berater, die sich beim Essen gegenseitig mit ihrer Weinwahl übertreffen wollen. Aber ich bin ja nicht zum Reden hier. Je länger ich das Alphamännchen-Geschwätz von Björn ausblende, desto mehr schweifen meine Gedanken ab. Ich kneife die Augen zusammen, denke mir Björns Monogrammhemd und die zurückgegelten Haare weg und bekomme schließlich Lust auf Sex, was kein Wunder ist.

Im Prinzip denke ich seit der Entlassung aus der Klinik jeden Tag hundert Mal daran. An Olli waren meine Avancen gescheitert, also hatte ich mich auf mein Zweithobby Essen verlagert.

Meine Therapeutin sagt, dass mich die Nahtoderfahrung wohl erst mal auf meine Urinstinkte zurückgeworfen hat, und dass das sehr heilsam sei, sich und den eigenen Körper wieder in einem positiven Zusammenhang zu spüren.

Das gefällt mir, weil es so klingt, als hätte ich die medizinische Verpflichtung dazu, wie eine offene Hose durch die Stadt zu turnen. In meinem gesamten weiblichen Vorleben wurde ich noch nie dazu aufgefordert, so viel Sex wie möglich zu haben. Wer weiß, vielleicht fange ich bald an, leicht bekleideten Bauarbeitern nachzupfeifen?

Tinder-Björn hier hat allerdings noch nicht verstanden, dass nicht er der Jäger ist, sondern ich. Während er noch denkt, dass er mich mit Weinkenntnissen klarmachen muss, habe ich mich schon längst entschieden.

In Björns Wohnung gibt es alles zweimal. Zwei nagelneue, brettharte Barcelona Chairs, zwei Lampen dahinter, zwei Kerzenleuchter auf dem Tisch und zwei fast identische Drucke an der Wand gegenüber. Tatsächlich schlafen wir auch genau zweimal miteinander. Besonders gut ist es nicht, aber ganz okay. Björn ist sehr durchtrainiert und sehnig, weswegen es sich so anfühlt, als wäre auch er ein ungemütlicher Barcelona Chair, auf dem man in einem Zahnarztwartezimmer Platz nimmt.

Wieso denken Männer eigentlich, dass sie permanent das Tempo steigern müssen?

Ich glaube, sie lernen das aus Pornos, wo sich gute Liebhaber benehmen wie Presslufthämmer. Sie vergessen dabei aber, dass diese unsinnigen Pornosexpraktiken zu mehr oder weniger hundert Prozent von unwissenden Männern ausgedacht wurden.

Auf jeden Fall fühlt sich der Sex so an, als hätten wir es eilig. Vielleicht müssen wir eine imaginäre U-Bahn erwischen? Immer wenn wir mal kurz anhalten und die Landschaft bewundern, beginnt Björn wieder zu hetzen. Gegen meine Bremsversuche zeigt er sich uneinsichtig.

Es ist natürlich völlig illusorisch, dass ich bei diesem hektischen Unterfangen kommen kann.

Aber der Service ist gut. Ich bekomme so oft Oralsex, wie ich will, bei dem der Orgasmuserwartungsdruck so hoch ist, dass ich da auch nicht kommen kann. Immerhin bekomme ich danach einen perfekt zubereiteten Espresso aus einer sehr lauten Profibrühmaschine.

Auch der Abschied gestaltet sich espressoartig. Wir zählen kurz ein paar freundliche Floskeln auf à la »Das war schön« und »bald mal wieder«, und dann gehe ich. Das ist also der Sex der Zukunft. Im Internet einen heraussuchen, anklicken, fertig.

Was ich im Moment des Aus-der-Tür-Gehens noch spannend finde, deprimiert mich zu Hause über alle Maßen. Hellwach liege ich in meiner neuen kleinen Wohnung in meinem neuen Ikea-Bett und vermisse Olli so sehr, dass ich Magenschmerzen bekomme. Es ist eben doch ein Unterschied, wenn man mit jemandem schläft, den man liebt, und dummerweise liebe ich ihn noch. Das kalte Gerangel mit Björn und das, was ich mit Olli besaß, fühlen sich an wie zwei komplett unterschiedliche Sportarten.

Warum ist das Gefühl so langsam und der Kopf so schnell? Wieso kann man nicht ab dem Moment aufhören, jemanden zu lieben, in dem man erkennt, dass es falsch ist? Ich stelle mir vor, er wäre hier. Ich stelle mir vor, ich wäre nicht allein.

Ich muss endlich schlafen, morgen ist ein großer Tag.

GRÜN IST KEINE SCHÖNE FARBE

Wir befinden uns in den Büroräumen von Stefans Filmproduktionsfirma. Als wir den Konferenzraum betreten und uns setzen, kann ich nur an eines denken: Ich muss diesen Job unbedingt behalten.

Ich muss endlich Geld verdienen.

Ich starre mein Buch an, das wie achtlos hingepfeffert am Rande des Konferenztisches liegt. Mir gegenüber sitzt ein mir unbekannter Mann, der mit Attila und Stefan Witze über einen Fußballverein macht.

Der Studioboss, die Hyäne, ist gerade hereingekommen und begrüßt uns mit einer pseudolässigen Handbewegung, die er vielleicht einmal in einer coolen Serie gesehen hat.

Er geht direkt in die Vollen: »Das Buch, ja, das Buch ist ja ein bisschen zugeknöpft. Wir haben diese wunderschönen Darstellerinnen, und es wird nur geredet? Wir machen Mainstream-Kino, Leute, da brauchen wir schon ein bisschen mehr nackte Haut, wenn ihr wisst, was ich meine.«

Ich stelle mich blöd und frage: »Möchte Attila eventuell mehr Bein zeigen?«

Die Herren amüsieren sich alle köstlich, aber ich bin

noch nicht vom Haken. Ich wüsste doch ganz genau, was gemeint sei. Diese ganz junge Frauenrolle und auch die bereits mit einer bekannten Schauspielerin besetzte andere Rolle sollten beide »sexy as hell« sein.

Ich sehe herüber zur einzigen anderen Frau im Raum, Sissi, der Mitarbeiterin der Hyäne. Das hatte ich mal in einem Seminar für freischaffende Kreative gelernt, dass man bei Sexismus Augenkontakt mit seinen Geschlechtsgenossinnen suchen soll. Dummerweise hatten wir im Seminar nicht krankhaften Ehrgeiz kombiniert mit Arschkriechertum durchgenommen. Sissi nickt nämlich begeistert bei der Idee, dass nun haufenweise Brüste durchs Bild geschleudert werden sollen.

Neben Sissi sitzen die beiden, mir von anderen Projekten bekannten Produktionsassistenten der Hyäne, der eine lang und dünn mit dicht zusammenstehenden Augen, der andere klein und schmächtig mit Truckertattoos für harte Kerle am Arm. Beide sind komplette Filmnerds, die bei jeder Gelegenheit ihr Nischenwissen über Filmkomponisten aus den Siebzigerjahren zum Besten geben und das mit Kreativität verwechseln. Was immer die Hyäne sagt, wird von ihnen in der Regel durch eifriges Nicken wie von zwei Wackeldackeln bestätigt.

Der Hauptkritikpunkt der Hyäne ist, dass ihm zu viel Wald im Buch ist. Die Begründung dafür ist so bescheuert, dass ich schwer an mich halten muss, um nicht laut loszulachen.

»Ich mag kein Grün. Das ist keine schöne Farbe«, sagt er mit vollem Ernst.

»Es gibt doch nur eine einzige Szene im Wald«, wende ich ein.

»Ich habe das Buch nicht gelesen, ich vertraue dem, was Sissi sagt.«

Sissi lächelt geschmeichelt. Ich fühle mich jetzt wirklich wie im Wald, einem Wald voller Verrücktheit.

Tatsächlich werde ich den Verdacht nicht los, dass die viele nackte Haut bei meinem Film zu hundert Prozent zur Bespaßung der Hyäne da sein soll.

Ich persönlich glaube ja, dass er als sexuell extrem unattraktiver Mensch in die Filmbranche gegangen ist, um dann irgendwann mächtig zu werden und der Schulprinzessin, die er nie bekommen hat, endlich befehlen zu können, wann und wie sie sich auszuziehen hat. Bitte auf keinen Fall im Wald! Woher er nur diese absurde Abneigung hat?

Ich probiere es aus lauter Verzweiflung mal mit Logik und merke an, dass unsere Zuschauer zu achtzig Prozent heterosexuelle Frauen sind, die zu wahrscheinlich hundert Prozent keinerlei Interesse an Busen hätten. Ich rechne noch etwa zehn Prozent an Frauen interessierte Frauen dazu, denen ich ebenfalls nicht so viel Stumpfheit zutraue.

In diesem Moment schaltet sich der unbekannte Mann, der mir nicht vorgestellt worden war, ein. Er findet den zusätzlichen Sex eine »total notwendige Idee« und hat das auch bereits in seiner neuen Version eingearbeitet. Und schon habe ich einen tonnenschweren Klumpen im Magen. Welche neue Version?

Attila klopft dem Mann auf die Schulter und sagt: »Es sind auch viel geilere Locations drin, und Action! Der Bernd hat da richtig Tempo reingeschrieben, und dann noch eine total abgefahrene Bankraubgeschichte! Das wird ein Hit!« Ich kapiere, dass dieser Mann Bernd heißt, Autor zu sein scheint und hinter meinem Rücken mein Buch umgeschrieben hat.

Sissi schaltet sich jetzt auch noch ein: »Wir fanden alle das Kind so süß beim Lesen! Da muss auch noch viel mehr davon rein! Szenen mit einem Kind haben immer ganz viel Emotion. Die könntest du doch bestimmt gut schreiben als Frau.«

»Das Kind ist so süß!«, bekräftigt Bernd, und dann sagen alle nacheinander noch mal, wie süß das Kind ist.

Mir wird ganz schlecht. Ich schnappe mir mit klopfendem Herzen das auf dem Tisch liegende Drehbuch und blättere darin herum. Überall stehen dort Sätze, die ich nicht geschrieben habe. Auf dem Deckblatt steht mein Name und darüber Bernd Gormann. Mal abgesehen davon, dass dieses Buch mein Baby ist und da meine Ideen drinstanden, bedeuten diese zwei Namen vorne drauf, dass sich meine Autorengage um mindestens fünfzig Prozent reduziert.

Jeden einzelnen Satz dieses Buchs habe ich mit Herzblut geschrieben. Ich habe mich gezwungen aufzustehen und versucht, wieder Spaß an meiner Arbeit zu haben. Todmüde habe ich mich jeden Tag, auch an den Wochenenden, an meinen Schreibtisch geschleppt und gearbeitet. Ich liebe meine Geschichte. Weder die Hyäne noch die beiden Produktionsassistenten, Sissi oder Attila haben jemals ein Buch geschrieben, keiner hier weiß, was es mich gekostet hat.

Mit dünner Stimme sage ich: »Ihr habt mein Buch umgeschrieben? Das lasse ich nicht zu.«

»Ich habe schon mehr Bücher drehfertig machen lassen, als du dir jemals vorstellen kannst!«, zischt die Hyäne plötzlich in einem Ton, der mich zusammenzucken lässt. Wäre dies ein Zeichentrickfilm, würden meine Haare zurückwehen von der Aggressivität in seiner Stimme. Ich habe keine Ahnung, wie dieser Mann so als Privatmensch lebt, ob er Freunde hat oder nicht. Er ist es auf jeden Fall nicht gewohnt, dass ihm widersprochen wird.

Sissi glotzt mich einfach nur unbeeindruckt an. Unzählige Fragen rasen durch meinen Kopf. Haben die tatsächlich diesem Autor, den ich überhaupt nicht kenne, mein Buch gegeben und ihn all meine Ideen ändern lassen? Wieso überhaupt so heimlich?

»Warum habt ihr mich angelogen? Wieso hat mich eigentlich keiner angerufen und mir Bescheid gesagt?«

»Wir müssen dir nicht Bescheid sagen! Ich entscheide hier, was gemacht wird! Ich allein!«, brüllt der Studioboss wie ein wütendes Rumpelstilzchen. Die Produktionsassistenten ducken sich ängstlich.

Sissi dagegen sieht jetzt gespannt in meine Richtung, als wären wir eine Soap kurz vor dem Cliffhanger.

Herumschreierei finde ich absolut erbärmlich, aber dummerweise auch zugleich extrem angsteinflößend. Ich versuche es mit der in der Reha empfohlenen Entspannungsatmung, bei der man sich ein kleines rotes Bällchen vorstellt, das in einer Röhre aufsteigt, während man einatmend bis sechs zählt. Dann wieder bis sechs zählen und dabei langsam ausatmen, das Bällchen sinkt wieder nach unten. Wenn ich mehr mit Schreierei sozialisiert worden wäre, würde es mich vielleicht nicht derartig aus dem Konzept bringen. Vielleicht hätten mich meine Eltern in meiner Kindheit als pädagogische Maßnahme mehr anbrüllen sollen? Sie haben mich völlig ahnungslos und mit dem genauso festen wie dämlichen Glauben an die stets bestehende Möglichkeit von logischen Diskussionen ins Leben entlassen. Ich war nicht darauf vorbereitet, dass mich jemand mit komplettem Schwachsinn anschreien darf.

Worum geht es eigentlich gerade? Ich kann vor Nervosität noch nicht einmal richtig zuhören. Ich schnappe lediglich Fetzen auf, die alle immer dasselbe bedeuten, nämlich dass meine Arbeit nichts wert ist und ich nichts wert bin.

Ich versuche, Blickkontakt mit den anderen aufzunehmen und schaue in tote Augen. Schon faszinierend, dass es andere seelenruhig geschehen lassen, wenn jemand fertiggemacht wird. Sie haben vermutlich Angst um ihre Jobs. Einerseits versteht das niemand besser als ich, andererseits ist es mir ein Rätsel, wie ihr Gewissen das mitmacht.

Hinten stehen immer noch die Schnittchen, mir ist kotzübel.

Hier geht es aber nicht um mich, hier geht es darum, was Attila will. Sie wollen, dass der Star happy ist, und gehen davon aus, dass den Zuschauern die Geschichte egal ist und sie sowieso ins Kino gehen. Ich halte die Zuschauer für nicht ganz so blöd.

Ich frage mich, wozu die mich eigentlich noch brauchen, warum haben sie mich nicht einfach rausgeschmissen?

Während ich so überlege, fällt mein Blick auf den langen dünnen Produktionsassistenten.

Er scheint für die Orga zuständig zu sein, weil er ständig fragt: »Wollen wir denn mal die Eckdaten besprechen?« Nein, will ich nicht. Ich weiß auch ganz genau, wieso er hier den willigen Helfer spielt. Er träumt nämlich davon, ein großer Regisseur zu werden. Damit hat er mich mal auf einer Premiere nach drei Gläsern Sekt zugetextet und mir hanebüchene Filmideen erzählt, die alle klangen wie ein Abklatsch von *Pulp Fiction* oder *Scarface*.

Er trägt als Vorbereitung für sein cineastisches Meisterwerk alle guten Kamerafahrten, die er in anderen Filmen sieht, in eine Excel-Tabelle ein. Ganz sicher hat die Hyäne ihm bei guter Führung einen Film, bei dem er Regie machen darf, in Aussicht gestellt, was, wie ich die Hyäne einschätze, niemals passieren wird. Es ist lediglich die Möhre, die vor den Esel gehalten wird. Das scheint bei dem Dünnen ziemlich gut zu funktionieren. Er hat, wie man seit Jahren aus der Branche hört, jeden erdenklichen, noch so strapaziösen Wunsch seines Chefs erfüllt, hat sein wahrscheinlich ohnehin kaum noch existierendes Gewissen übergangen und hat sich tagtäglich zum Horst machen lassen. Wer so lange getreten wird, will auch mal treten dürfen.

Ich sehe in seinen Augen, dass er jetzt gerade darauf wartet, dass ich endlich heule und einknicke, damit gemacht wird, was der Boss will. Den Gefallen tue ich ihm nicht. Mir fällt auch gerade siedend hieß ein, wofür sie mich noch brauchen. Warum bin ich nicht gleich darauf gekommen?

Sie brauchen mein Einverständnis. Tatsächlich dürfen

sie das hier nicht. Ich bin die Urheberin der Geschichte, und sie müssen mich fragen, wenn sie den Inhalt maßgeblich verändern. Das steht in meinem Vertrag. Und sicher wollen sie auch noch ein paar Ideen für die süßen Kinderszenen von mir, die Schnittchen sind ja sowieso schon bezahlt.

Der Studioboss sieht mittlerweile so aus, als würde ihm gleich Feuer aus den Augen kommen. Es scheint ihm gewaltig zu stinken, dass er auf mich kleines Nichts angewiesen ist. Ich lehne mich entspannt zurück und erlaube mir den zufriedenen Gesichtsausdruck, den mein Vater hat, wenn er bei Dränglern auf der Autobahn extra gemütlich wird und noch mal einen Gang herunterschaltet.

Das scheint den Studioboss bis aufs Blut zu reizen. Wie aus einem miesen Mafiadrama abgeschrieben, brüllt er, dass die Sache so läuft, dass ich mache, was er sagt.

Bei mir läuft allerdings gleich etwas anderes. Dummerweise habe ich immer noch dieses lästige Pinkelproblem. Es ist zwar schon viel besser geworden, und ich habe auch alles meistens wieder unter Kontrolle, aber jetzt gerade muss ich sofort auf die Toilette, bevor ein Unglück geschieht. Während der Studioboss gerade wie ein Achtjähriger brüllt, dass er hier bestimmt, was gemacht wird, husche ich zur Tür. »Gleich wieder da«, sage ich hastig. Doch als ich schon beinahe draußen bin, fällt mir ein, dass ich ja eigentlich überhaupt keinen Grund habe, zurückzukehren.

Ich drehe mich columbomäßig noch mal um und sage: »Ich finde, Grün ist eine ziemlich coole Farbe! Ihr kriegt mein Buch nicht. Ich muss jetzt weg, tschüss.«

»Bravo, dann geh. Ich sorge dafür, dass du nie wieder in dieser Branche arbeitest!«, brüllt mir Stefan hinterher.

Direkt vorm Hauseingang kotze ich vor Aufregung auf den Bürgersteig, wische mir den Mund ab, rappele mich hoch und setze mich in Bewegung. Je weiter ich mich vom Gebäude entferne, desto leichter werde ich. Ich lache über die dämlichen Gesichter der Hyäne, Attilas, Stefans und der Assistenten, ich bin leicht wie eine Feder.

Als ich sicher in der S-Bahn sitze, rufe ich Juri an und erzähle alles.

»Also Schwesterchen, ich bin baff. Was ist denn mit dir los? Kein Rückzieher und dann doch anschließende Unterwerfung?«

»Ich weiß es ja auch nicht. Ich befürchte fast, dass ich erwachsen werde. Meinst du, ich kann jetzt wirklich nie wieder in der Filmbranche arbeiten?«

»Na, mit den Idioten bestimmt nicht mehr. Arbeite doch mal mit netten Leuten.«

»Nette Leute? Beim Film?«

»Du wirst sie finden.«

»Irgendwo verstecken sie sich.«

Ich wundere mich über meine Gelassenheit darüber, dass ich gerade mein gesamtes Einkommen in den Wind geschossen habe. Dann denke ich, was könnte wichtiger sein als meine Würde? Habe ich nicht immer tausend Gründe dafür gehabt, nichts an meinem Berufsleben ändern zu können? Und siehe da, ich kann es doch. So überraschend es auch ist für mich, ich bin ein freier Mensch.

»Und was machst du jetzt?«, will mein Bruder wissen.

»Keine Ahnung. Wahrscheinlich mache ich eine Kinderyoga-DVD oder eröffne einen Hundesalon, es kann aber auch sein, dass ich jetzt YouTuber werden muss. Das sind meine Möglichkeiten.«

»Klingt top.«

»Das finde ich auch.« Ein bisschen traurig bin ich schon. »Es war schon ein sehr schönes Buch, das ich da geschrieben hatte. Ich weiß gar nicht, was jetzt damit passiert.«

»Keine Ahnung, aber ich bin mir sicher, dass du 'ne Lösung finden wirst.«

Und er hat so recht. Ich erinnere mich daran, dass ich ja ein Löwe werden wollte.

»Ruf mich an nach deiner Herzuntersuchung, und sei tapfer«, sagt Juri sanft.

»Na klar«, sage ich nervös und mache wieder meine Bällchenatmung.

Als ich das Krankenhaus betrete, kommt mir die Empfangshalle winzig vor. Meine kleine Welt. Ich nehme den 5c, dann 7d, verlaufe mich kurz, finde dann aber Aufzug 14b, der zur Ebene A–K führt, wo sich der Untersuchungsbereich befindet.

Da ich aber noch viel zu früh bin, laufe ich durch Gang L zum Aufzug 14A, fahre damit auf die Ebene 6 L–Q, gelange dann zur Station 16 und klopfe an ein bestimmtes Schwesternzimmer. Meral sieht genervt auf, und dann breitet sich auf ihrem Gesicht das strahlendste Lächeln aus, das ich je gesehen habe. Sie schießt aus dem Zimmer heraus und umarmt mich so fest, dass ich Angst habe, dass mein Herz jetzt noch auf der Zielgeraden den Geist aufgibt.

»Toll sehen Sie aus! Ganz, ganz toll und gesund.«

»Danke. Ich habe heute Abend sogar ein Date!«

Es handelt sich um Kevins zweites Megalike. Auf dem Foto sieht der Typ sogar ganz okay aus.

»Bravo, bravo. Das find' ich gut.« Meral kichert und kneift mich in die Seite. »Und endlich mal was auf den Rippen, gefällt mir.«

»Ja, ich bin jetzt dick, aber irgendwie finde ich es auch ganz gut.«

Beim Abschied verspreche ich ihr, noch mal anzurufen, sobald ich meine Ergebnisse habe. Dann nehme ich die von Meral empfohlene Abkürzung über den Aufzug 13c, danach in 4b und anschließend geht es mit 22a wieder nach oben zum Herzklappengott.

Tatsächlich habe ich das Gefühl, dass er sich richtig freut, mich wiederzusehen, so oft wie er mir ungelenk auf den Rücken klopft. Er ist zwar ein Sozialhonk, aber irgendwie mag ich ihn. Gemeinsam lästern wir noch ein bisschen über die Rehaklinik, bis es dann langsam ernst wird. Er möchte mich als schwierigen Fall persönlich untersuchen. »Das letzte Elend bringen wir jetzt gemeinsam zu Ende«, sagt er und lacht schallend. Ich bin geschmeichelt.

Ich durchlaufe die üblichen Herztests, während Dr. Herzklappengott aufmerksam alle Werte beobachtet. Wir starten mit einem Herzultraschall. Ängstlich begutachte ich mein schlagendes Herz auf dem Monitor. Es sieht immer noch dick aus und geschwollen. Der Herzklappengott schweigt und runzelt die Stirn. Dann muss ich auf ein Fahrrad und so lange treten, bis mir die Zunge bis zu den Knien hängt. Da war ich gestern bei Björn bedeutend fitter. Im Anschluss geht es in eine Kabine zum Lungentest, also known as Blowjobkabine. Nur dass mir heute nicht zum Scherzen zumute ist. Während der Untersuchung kommen diverse Assistenzärzte herein und betrachten gemeinsam mit dem Professor meine Krankenakte.

Die ganze Prozedur dauert gute vier Stunden.

Als wir zum Abschluss wieder im Gesprächszimmer Platz nehmen, weiß ich, was kommt.

»Ich weiß schon, ich weiß, mein Herz hat Schaden genommen. Ich spüre es bei jedem Schritt. Ich bin so schnell außer Atem, ich habe bei Anstrengung ein Stechen. Manchmal wache ich nachts auf und höre, wie angestrengt mein Herz pumpt. Sie überraschen mich jetzt also nicht mit Ihrer Diagnose. Wir können offen reden. Ich halte das aus.«

Dr. Herzklappe sieht mich ernst an und nickt. Dann beginnt er eindringlich zu sprechen.

»Frau Wald, ich muss Ihnen leider sagen, dass es stimmt.« Ich nicke, er holt noch mal tief Luft. »Es stimmt tatsächlich, dass alle Autoren auch Hypochonder sind. Frau Wald, Ihr Herz ist wieder kerngesund. Das ist nichts, ganz und gar nichts Ungewöhnliches. Alles macht ganz genau, was es soll.« Ich glaube, ich habe mich verhört. »Ich möchte jetzt nur noch mit Ihnen besprechen, wie wir in nächster Zeit die Medikamente absetzen. Die müssen langsam ausgeschlichen werden.«

Ich verstehe immer noch nicht. »Ich bin wieder ganz gesund?«

»Ja, Frau Wald, jetzt haben Sie nur noch Ihre eingebildeten Krankheiten zur Verfügung.«

Ich kann nicht anders. Ich springe auf und umarme den stocksteifen Professor, dem das sichtlich sehr unangenehm ist. Ich werde wohl doch wie meine Mutter. »Danke«, heule ich, »danke, danke, danke!«

Draußen vor der Klinik muss ich mich erst mal auf eine Bank setzen. Die Tränen laufen mir übers ganze Gesicht. Ich kann mein Glück gar nicht fassen. Ich bin gesund. Das sage ich immer wieder vor mir her. Ich bin tatsächlich gesund. Ich bin dem Tod von der Schippe gesprungen und sicher gelandet. Wer hätte das gedacht?

Als ich mich gerade auf den Weg nach Hause machen will, bewegt sich der Baum gegenüber ein wenig. Ich schaue genauer hin und entdecke ein kleines Eichhörnchen, das zu mir herübersieht. Dann hebt das Eichhörnchen die linke Pfote, winkt mir zu, ganz kurz, und verschwindet wieder.

Dieser kleine Freund wollte sich wohl von mir verabschieden. Davon muss ich unbedingt Sandra erzählen, die auf meine SMS geantwortet hat und mich nächste Woche auf einen Kaffee treffen will. Ihr scheint es wieder gut zu gehen. Vielleicht reden wir einfach mal über etwas ganz Normales wie blöde Ex-Männer, schlecht haftenden Nagellack oder darüber, wie das jetzt mit Europa weitergehen soll. Den ganzen wunderbaren Blödsinn eben.

Ich stehe auf und denke das Einzige, was möglich ist: Das Leben ist schön, wunderwunderschön.

Mein Blick wandert zu den unzähligen Fenstern der Klinik. Hinter jedem Viereck ein Leben. Ich wünsche euch Kraft und noch mehr Glück, da auf der anderen Seite. Ich darf jetzt nach Hause gehen, aber vergessen werde ich euch nie.

Besonderer Dank an Barbara Laugwitz dafür, dass sie eine wunderbare Verlegerin ist. Dank an Christian Schumacher-Gebler und Julia Claren.

Danke für eine großartige Zusammenarbeit an Ertugrul Eren, Kristine Kress, Peter Schulze, danke Katja Sämann für den ersten Teil.

Danke auch an: unsere Tatta, alle Tanten, Onkels, Cousins und Cousinen, Familie Wilde, Bora Dagtekin, Anna Pauli, Frauke Hennig, Alexandra Maria Lara, Sam Riley, Palina Rojinski, Uli Kleppi, Katja Riemann, Detlev Buck, Nicole Lindbergh, Gioia Pelzer, Sibylle Berg, Helene Hegemann, Iris Berben, Emiliana Torrini, Edith Held, Numan Acar, Charles Ladmiral, Elyas M'Barek, Violetta Czerwinski, Moritz Anton, Ortwin Schuchardt, Simone Koch, Marcel Sipp, Gisela Klenner, Familie Hertl, Steffi Knecht, Katja Dittrich, Sandra Schukies-Lai, Janina Hell, Tanja von Frantzius, Slavica Prvulocic, Carlos Sanchez, Doina & Valentin Plătăreanu, Dr. Katrin Klose, Daidy Mair, Tobias Rehberger, Andreas Jerrentrup, Anne Thoma, Petra Schäfer, Andreas Pochmann, Eva Zulauf und das gesamte Team, Schwester Monika, Edin Osmanoglou, Kathrin Kruschke, Anna Brüggemann, Katharina Thiem, Klaus Hartmann, Leo Görg, Nikolaus Reber, Florian Prugger, Stephanie Fresle.